ODE TO DRAGON

A BRIEF HISTORY OF WORLD FANTASY FICTION (COLLECTOR'S EDITION)

巨龙的颂歌：
世界奇幻小说简史（典藏版）

屈 畅 —— 著

重庆出版集团 重庆出版社

图书在版编目(CIP)数据

巨龙的颂歌:世界奇幻小说简史:典藏版/屈畅著.—重庆:重庆出版社,2024.3
ISBN 978-7-229-17953-3

Ⅰ.①巨… Ⅱ.①屈… Ⅲ.①幻想小说—小说史—世界 Ⅳ.①I106.4

中国国家版本馆CIP数据核字(2023)第171470号

巨龙的颂歌:世界奇幻小说简史(典藏版)
JULONG DE SONGGE: SHIJIE QIHUAN XIAOSHUO JIANSHI(DIANCANG BAN)
屈 畅 著

责任编辑:邹 禾 唐弋淄 崔明睿
装帧设计:谢颖设计工作室
封面图案设计:罗 烜
责任校对:郑 葱
排版设计:池胜祥

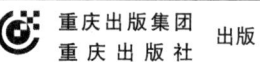
重庆出版集团 出版
重庆出版社

重庆市南岸区南滨路162号1幢 邮政编码:400061 http://www.cqph.com
重庆出版社艺术设计有限公司 制版
重庆豪森印务有限公司 印刷
重庆出版集团图书发行有限公司 发行
E-MAIL:fxchu@cqph.com 邮购电话:023-61520646
全国新华书店经销

开本:787mm×1092mm 1/16 印张:21.875 字数:310千
2024年3月第1版 2024年3月第1次印刷
ISBN 978-7-229-17953-3
定价:88.00元

如有印装质量问题,请向本集团图书发行有限公司调换:023-61520678

版权所有 侵权必究

目录
Contents

引　子　001

第一章　一个春天的童话：现代奇幻的萌芽　005
　　第一节　从童话中走来　005
　　第二节　在世界之外创世　009
　　第三节　永失吾爱　012
　　第四节　俄狄浦斯的崛起　015

第二章　流派诞生的拓荒时代　018
　　第一节　仲永千人斩，心停手不停　018
　　第二节　"人类最古老最强烈的情绪，是对未知的恐惧"　026
　　第三节　一剑出石山海情　035

第三章　载体的变幻之一：通俗杂志之春　041

第四章　漫长的中世纪　046
　　第一节　黄金假面　047
　　第二节　永恒斗士　055
　　第三节　海之槛歌　068

第五章　载体的变幻之二：始于书籍革命　078

第六章　霸业初成：旧史诗奇幻的辉煌　090
　　第一节　至尊魔戒御众戒　092
　　第二节　以山寨之名　102
　　第三节　"这阵风本非开始……但这确实是一个开始"　117

第七章　继承王位：新史诗奇幻的发展　127

- 第一节　吴下阿蒙变身记　127
- 第二节　革命！我们要革命！　136
- 第三节　血与火的帝国、欲与魔的王位　148

第八章　载体的变幻之三：多元化时代　163

- 第一节　巨龙阴影下　163
- 第二节　上得了台面的重口味　177
- 第三节　无孔不入的小卡片　182
- 第四节　网络与电脑的奇迹　186
- 第五节　电纸书时代的到来及对奇幻出版的影响　193

第九章　盗梦空间：百花齐放的21世纪　196

- 第一节　都市奇幻与"超种族爱情"小说　196
- 第二节　如果有一天——历史奇幻　205
- 第三节　走下神坛的斗士——新英雄奇幻　210
- 第四节　"我勒个去"——幽默恶搞类奇幻　217
- 第五节　扫帚、魔杖与巫师的尖头帽——青少年奇幻及儿童奇幻　221
- 第六节　私奔到月球——新怪谈文学　225
- 第七节　繁星点点——其他奇幻流派　229

第十章　海的另一头：中式奇幻　234

- 第一节　中式奇幻的界定　234
- 第二节　迄今为止的3.5条路径　245
- 第三节　"心中的江湖"——近现代的传统创作　259
- 第四节　网络新赛道　297

附录　各大奇幻奖项　332

后　记　340

引　子

自打盘古开天、耶稣降世，从茹毛饮血时代的洞穴壁画，到当今零零落落的"砖头史诗"，幻想文学在人类历史中乃是最古老的一脉文字。我们不知道，远古的篝火堆前，部落的说书人对围坐的孩子们讲了些什么，但我们清楚，我们自己也有过类似经历。我们不仅爱听老奶奶的睡前故事，还时时寻找着类似的感觉。

幻想文学之所以盛行，因为它是对人类心情最基本、最朴素的表达。凡人生活在大千世界当中，无论对世事探索得多么深入，对现实有多么了解，作为个体的他或她始终是渺茫的。我们不知道自己为什么会存在，不知道一切的尽头在哪里，我们需要东西来支持自己，需要东西来填补空间，需要一个大于自己的存在作为向往寄托，以维持内心的平静安宁。

于是，我们有了一个最原始、最容易发掘，也最能打动人心的答案——想象。

想象伴随着人类从远古走向未来，而我们这趟现代奇幻之旅，意在阐述建筑在想象基础上的"现代奇幻文学"的诞生和发展历程，描绘那一个个文学意义上轮番登台的英雄儿女，描绘那一部又一部名垂青史的奇幻巨著。

幻想文学作为泛用的文学形式，"想象"是其主要特征，它运用想象力去演绎和超越现实——在古代，想象力主要体现为魔法、神灵和其他超自然因素。从两河流域的《吉尔迦美什史诗》到希腊的《荷马史诗》，从印度的《罗摩衍那》到阿拉伯的《一千零一夜》再到中国的《西游记》，乃至中世纪的"亚瑟王"传说、《尼伯龙根之歌》……这无穷无尽、为我们耳熟能详的种种，都是幻想故事的历史传承。

那个时候没有科幻，现代奇幻也没有出现。那时只有笼统的大幻想文学，建构于自然时代的大幻想文学乃是现代奇幻文学的先祖与养料，其运用的魔法、神灵等手段，常被现代的奇幻爱好者所追溯探究。每个民族的文学史上，都有无数这样的作品。

那个时代仿佛辉煌的宝库。

直到蒸汽机发出震惊世界的轰鸣。

18世纪到19世纪之交，乃人类历史最大的转折点。在这个时间点之前，人类过着相对简单的自然生活，无论东西南北，生产水平基本相同，无论生活在秦朝还是宋朝、中国抑或欧洲，生活样态基本类似，没有根本差异。无数的帝王将相、帝国和民族，他们的宫廷、他们的文字乃至他们本身，在战争的暴力与历史的长河中灰飞烟灭，人类创造了再去毁灭，毁灭了再去创造，周而复始，循环往返。历史成为传说，传说成为神话，随后纪元轮回，犹如个体的生命。

可在这个时间点以后，人类仿佛被赶上了一辆没有刹车装置的火车，整个地球都在被同一种机械化模式所同化。你可以砸碎一亿辆汽车，但你毁灭不了汽车的制作方法和人类对物质财富的贪婪，我们因此被劫持在一条通向高科技远景的康庄大道上前进前进再前进，我们的口号变成了不断创新，并在"创新"的同时被机器拖着跑。

我们征服了自然，突破了生命循环，主宰了地球，但也背上了沉重的枷锁——

我们开始自我焦虑，我们怀疑自己已不是从前的人类。

在王尔德的代表作《道林·格雷的画像》中，天生漂亮的道林·格雷先生因为害怕青春难驻，于是找画家为自己画了一幅肖像画，让那幅肖像代替自己承担岁月和心灵的负担；与之相似，现代人也需要一种带有怀旧色彩的新文化，一种带有回归意味的幻想文学，以代替我们承担精神上的衰老，表达对自然和自由的向往。

现代奇幻文学就这样诞生了。

很多人认为科幻与奇幻同属幻想文学，却是矛盾冲突的一对，彼此互不相容。这话既对又不对，正确之处在于它们之间确实存在商业竞争关系，但反过来讲，两者并没有深层矛盾，仅仅是视野不同罢了。所谓科幻，便是应科技时代而产生的新型幻想文学，科技带来了重大变革，使人类的物质财富极大丰富，并拓展了人类的理性思维，其结果在人类的精神生活上必然产生与之对应的文化产品，以反映和赞颂时代；但与此同时，人类不可能与过去彻底割裂，而科技时代说到底也只是人类生活的一个"现阶段"，甚至很难被定义为高级阶段。

人类对想象的诉求存在于人性中更深远的地方，它是奇妙的，并不为时空所束缚，足以涵盖科技远远不能表达的众多领域。

由此，我们可将现代奇幻文学称为"科技时代的大幻想文学"，是含有不符合科学认知的超现实元素、且此种元素发挥着主导或重要作用的幻想小说。作为自涅槃中复生的伟大类型文学，它与科幻之间既有竞争、更互为补充。在科技力量占据明显优势的当前，人们愈加需要多种渠道来纾解焦虑，古老的幻想文学也因之呈现出愈加强烈的回归态势。可以想见，随着以后科技越来越发达，现代奇幻的辐射也将越来越广，以维持微妙的平衡关系。

现在，让我们把时间拨回近代，在法国大革命的隆隆炮声中，启蒙运动和工业革命相继到来。昙花一现的拿破仑帝国分崩离析，维多利亚女王日不落的荣光照耀世界。那是最好的年代，巫术与迷信纷纷被打入冷宫；那也是最坏的年代，人们怀疑一切神话，坚信自己的创造，奇幻乃至幻想文学因而陷入了尴尬境地，既失去了故往的依托，又暂时难以找到新的合理形态。

但它顽强地滋生着。在欧美，奇幻元素起初主要存在于两种文学中，一是神秘主义的哥特式小说，二是启迪儿童的童话故事。尤其是后者，曾在18世纪获得极大发展，并于19世纪中叶走向顶峰，相继出现了《爱丽丝梦游仙境》、"格林童话"等一系列传世经典，为幻想文学保留了香脉。

随着时间的推移，文学沉淀不断堆积，好比大河终将汇成湖海，童话的故事架构愈加开阔，情节愈加复杂，元素越来越多，篇幅越来越长，描写越来越深刻……终于，它不再只是为儿童专写的作品。

我们的现代奇幻之旅，正式从这里启程。

第一章　一个春天的童话：现代奇幻的萌芽

黑暗没有开始，也没有结束。它是永恒的……凡是光明照不到的地方，那便是黑暗。而那光明，犹如无尽黑暗之中的矿藏，盘旋在黑暗之中，用那隐秘和伟岸的力量，留下一个又一个清新的喷泉与水井。光明就好比人类，人类则好比风中摇曳的火烛，在夜晚的包围中紧张地前行着。[①]

第一节　从童话中走来

1857年春，英格兰东南小城黑斯廷斯。

一位身材消瘦、满脸络腮胡须的苏格兰男子骑马走在小城的全圣大街上。岛国初春的寒风出了名地冷，令他不由得打起哆嗦来。虽然还不满三十五，正该是年富力强的年纪，但他的身体一直很不好，这才刚回国，便开始怀念在阿尔及尔的假期了。

黑暗没有开始，也没有结束。它是永恒的……凡是光明照不到的地方，那便是黑暗。而那光明，犹如无尽黑暗之中的矿藏，盘旋在黑暗之中，用那隐秘和伟岸的力量，留下一个又一个清新的喷泉与水井。光明就好比人类，人类则好比风中摇曳的火烛，在夜晚的包围中紧张地前行着。

---

① 选自乔治·麦克唐纳的《幻境》，下同。

——哈！好比喻！

　　男人一边骑行一边构思着自己的作品。迄今为止，他已有两本诗集出版，尽情抒写过浪漫的情怀。不过此刻在他胸中沸腾的，乃是长久酝酿的奇思妙想。他知道，有的故事，不是诗歌和浪漫所能表达。

　　这里，黑斯廷斯！正是一个带来太多故事的地方——或许也曾是英国史上最重要的地方。八百年前，"征服者"威廉渡海登陆，正是在此与英王哈罗德二世决战，最终诺曼底公爵战胜对手，征服了英格兰，从此改变了岛国乃至世界历史的走向。

　　这应该是一块能带来灵感的福地。

　　男人望着全圣大街上古香古色的建筑，默默地点了点头。介绍他前来此处海滨疗养的朋友大力吹嘘过这条街的历史，然而博学的苏格兰人知道，这些建筑物最多不过屹立了四百年。

　　他回头朝马车上看去，怀孕的妻子朝他微微一笑。男人的妻子同时也是他的表妹，婚后几乎每年给他添一个孩子，如今他们膝下已有三个女儿和一个儿子，最大的女儿五岁。此时此刻，男人觉得妻子怀中抱着的、他们夫妇唯一的儿子似乎有些过于严肃。马车摇晃，他的目光从孩子身上又扫到妻子隆起的肚皮上，不禁苦笑了一下，他有理由怀疑自己的女人会再生出一个女儿。

　　　　经过一夜深沉无梦的睡眠，我焕然一新地在晨间醒来。从窗户望出去，只见太阳高挂，照耀着广阔、起伏的田野，窗边种植的蔬菜欣欣向荣，每样东西都在灿烂的阳光下展示出勃勃生机。露珠闪烁，牛羊闲步吃草，女人们唱着歌儿来回忙碌——可是这不可能、我不可能就这样来到了所谓的仙境。

　　　　于是我下楼去，发现这家人已经就座用餐了。一个小女孩跑过来看着我，似乎有话想对我说。我蹲下去，任她环住我的脖子。她凑在我耳边低语道：

　　　　"神奇的白夫人整晚都在屋子里忙碌准备呢。"

男人想起了自己失意的青年时代。与长辈的期望相违，他没有喜欢上国教学堂，而偏爱骑马、游泳和做白日梦——当然，他的最爱是读书。长大后，他成为牧师，却又与职业要求宣讲的教义抵触。他宁愿自己开个小教堂……可惜自己这身板……

走过街角，山坡上便是全圣教堂。一位身材肥胖的矮个子正在那里跟人谈话，从衣着来看，应该是旧城的镇长。

"欢迎你，苏格兰人！介绍信我都看过了，我们清楚你的事迹。"看到满脸胡须的骑马男人，镇长并不意外，他脸上挂着男人经常见到的那种权威人士对其评头论足的神情，"本来你可以在我们的教堂里干点事……听说你写了几本诗，还喜欢写点睡前小故事啥的。"

"故事！故事就好比根据枯枝和落叶重建森林。"男人翻身下马，"是的，你可以称它们为睡前童话，但它们同时也是真实的、闪闪发光的，能直达你的灵魂与意识。我希望能用一种丰富有力的语言来再现想象，让想象去感动优秀的文明人，甚至令野蛮部落的孩子产生共鸣。当我读到自己的故事的时候，我就是里面的主人公，他的历史就是我的历史。"

"是，是……"镇长被瘦弱的男人这番野心勃勃的声明给震住了，"我衷心希望本地能成为阁下的创作之地。"

"谢了，阁下，不过我不会久留。我的下一站是伦敦。"

各位读者，或许您也惊叹于这位先生的狂言不羁吧！别看他貌不惊人，真实身份恐怕会吓人一跳——这位，就是我们现代奇幻的祖师爷，**乔治·麦克唐纳**（George MacDonald, 1824—1905）。他前来海滨小城黑斯廷斯疗养只有短短的一年时间，这段时间却成了他创作生涯的转折点，令他从此踏上成名之路。他在黑斯廷斯居住期间酝酿写成的小说《幻境》，便是历史上第一部公认为写给成人看的现代奇幻著作。

麦克唐纳生于苏格兰，如上文所叙，他年少聪慧、天赋异禀，独立思维能力很强，因而与保守的家庭产生了矛盾。他不满于僵硬的教会式教育，成年后虽当过一段时间的牧师，却又不太安分，专爱宣讲自己改编的教义，终于搞砸了饭碗。在黑斯廷斯休养后，他去了伦敦大学讲学，此一期也成为他的爆发期，居然一连提笔写了三十多部长篇小说，以及数不清的短篇小说、诗歌、论文和布道文，和他妻子的生产能力不相上下（他和妻子总共有十一个孩子），死后被追誉为"维多利亚时代童话之王"。

因为牧师的背景，麦克唐纳的写作风格总体来讲充斥了许多宗教隐喻乃至训诫，文字相对沉闷，用词按今天的眼光来看已颇为"陈旧"，但他确实营造出了一个个纯粹的幻想空间，深深影响了同时代和以后的作家。《幻境》作为他的出道作，全名是《幻境：男人和女人的虚幻罗曼故事》，讲述年轻人安诺德来到梦幻世界，在这里追寻他幻想的女性，最终放弃了幻想，回到现实之中。这部小说的奇异之处在于其作为麦克唐纳的第一部长篇小说，竟是麦克唐纳的所有作品里最不像童话、语言最严肃的，因而格外引人注目。今人追溯既往，便把此书当成现代奇幻的里程碑。

在麦克唐纳的主要作品中，如今被归为奇幻小说的除了《幻境》之外，还包括长篇《北风的背后》（1871）、《公主和妖魔》（1872）、《利利丝》（1895），中篇《轻轻公主》《金钥匙》等等。《北风的背后》讲述了伦敦城内一个穷困潦倒但心地善良的马夫之子去"北风后面的国度"游历的故事，《公主和妖魔》是公主和小矿工在妖魔王国的曲折冒险。与之相对，《利利丝》作为作者晚年的作品，气氛较为凝重，可视为对《幻境》主题的深入探讨，一前一后乃是麦克唐纳两部较为严肃的作品。

在大英帝国，比麦克唐纳稍晚一些出现的有约瑟夫·鲁德亚德·吉卜林（Joseph Rudyard Kipling, 1865—1936）。此人声名更盛，素有"帝国诗人"之称，更于1907年成为第一位荣获"诺贝尔文学奖"的英国人。他死后得到葬于威斯敏斯特大教堂的诗人公墓的崇高待遇。吉卜林常年在印度生活——他本出生在印度——对热带雨林，尤其对雨林中生活的各种奇特动物怀有浓厚兴趣，这给他的创作提供了灵感，他就此写下诸多动物故事集，包括两本脍炙人口的《丛林之书》，以及一系列鬼怪故事和恐怖故事。这些故事既有印度的雨林风光，也有白令海的浪涛，既描写了半年不见太阳的北极圈，也描写了喜马拉雅山顶的圣地。总之，吉卜林的作品很好地展示了自然风貌和动物习性，进而烘托人物的冒险。

与麦克唐纳相似，吉卜林也被认为是现代奇幻的先驱之一，他那些拟人化小说体现了不同于寻常童话、更灵活有时也更具现实主义的表现方式。20世纪末开始出版的"奇幻大师杰作丛书"中，便有一个专集特别留给吉卜林的《丛林之书》及其他作品。

《丛林之书》有多个译本、绘本曾被翻译介绍进国内，可供读者尽情领略老熊"巴鲁"、黑豹"巴赫拉"、蟒蛇"卡"、孤狼"阿克拉"和因为身上不长毛而被叫做"小青蛙"的狼孩毛格利的传奇，近年来还有改编的电影大片问世，掀起一阵不小的风潮。吉卜林的其他数百部长、中、短篇小说也常有译本问世。

第二节　在世界之外创世

无论麦克唐纳还是吉卜林，其写作主旨仍依附在"童话"的大概念之下，即便《幻境》或《利利丝》这样的"严肃"作品，亦只被公众视为给成年人看的童话，并不具备破土而出的地位。

奇幻小说不是非要有幻想世界不可，但若没有以想象力架空塑造的"第二世界"，底蕴上就弱了一大截，缺乏和其他类型文学分庭抗礼的资本。很大程度上，"第二世界"好比奇幻创作的王冠，正是以创造"第二世界"为基础，方才培育出日后奇幻文学的擎天主干——史诗奇幻。

在欧美，首先着手创造世界的是19世纪中后期的英国作家威廉·莫里斯（William Morris, 1834—1896），《魔戒》的雏形便可追溯到他的《世界之外的森林》（1894）。

莫里斯不仅是作家，更是一位优秀的多面手。他是19世纪工艺美术运动的重要奠基人和"现代设计之父"，曾创立不列颠艺术和手工艺协会，亦是英国社会主义运动的先驱——我国商务印书馆便出版过他以未来共产主义社会为题材的小说《乌有乡消息》，并收入"汉译世界学术名著"系列——同时还是一位著名的诗人。他晚年方才从事幻想文学创作，在类型文学上的影响比麦克唐纳晚了一代。作为欧洲中世纪历史文化的狂热爱好者，莫里斯的研究驱使他去创作中世纪风格的小说——西方现代奇幻小说多具有相似背景，设定在基督教文明的"古代"，也就是中世纪——此种尝试带来了架空世界。从此，我们不用像《幻境》那样在奇奇怪怪的梦中游走，也不必去异国他乡冒险，我们有了自己的世界。

《世界之外的森林》代表中世纪骑士浪漫小说在工业革命最鼎盛时期的复活。小说主人公是一位年轻骑士，因受不了妻子的背叛，所以背井离乡，路遇一座女巫城堡，城中囚禁了一位拥有魔法的侍女。骑士发扬勇敢机智，拯救了侍女，随后他俩结伴逃亡，在经历许多考验之后来到一个新的国家。该国有个规矩，就是王位空悬时要传给第一个来到都城的外国人，由于先王刚刚死去，骑士和侍女便顺理成章当上了国王和王后，从此幸福地生活在一起。

《世界之外的森林》是建立在中世纪基础上的架空想象，虽远不如当今的史诗奇幻那么完备，但基本要素已然齐全，而主人公在幻想世界中由卑微或蒙难的地位，通过无数冒险与奋斗，最终战胜敌人获得胜利的故事模板，也为后来者奠定了基调。

《世界之外的森林》并非莫里斯唯一的奇幻作品，他用同样的手法连续创作了《神奇岛屿的海水》（1895）、《世界尽头的水井》（1896）和《奔腾的洪流》（1896）。这四部小说耗尽了莫里斯最后的心血，写成之后他便撒手人寰了。

与《幻境》等作品不同，这四部小说无论从哪个角度都不可被仅仅归于"童话"的范畴，这便是莫里斯在奇幻文坛的划时代意义所在。

英伦文坛中，紧接着莫里斯，出现了另一位文豪邓萨尼勋爵（Lord Dunsany, 1878—1957）。这位勋爵是古老的爱尔兰贵族家族的第十八代继承人，跟同时代许多名人都有血缘关系。在那个大英帝国荣耀四海的时代，他当过爱尔兰象棋比赛与手枪射击比赛的冠军，去过南非打仗，作为军官参加了两次世界大战，一生还有约七十本书得以出版，其中包括许多剧本[①]、短篇集，也包括诸多奇幻小说。这位勋爵不但写得多，写作质量也极高，丰富的阅历和极尽华美的用词使他的作品时常令人由衷地发出难以模仿的感叹。

在邓萨尼勋爵的奇幻小说中，有一部分是以《裴伽纳的诸神》《时间与诸神》《梦者故事》《奇迹之书》等为代表的短篇小说集。在这些集子里，邓萨尼勋爵虚构了一整套神系，神系中的主神陷入了沉睡，当其醒来时将毁灭诸神，创造新的世界，而人类应该主动膜拜沉睡的主神——此套模式的延续，便造就了H.P.洛夫克拉夫特的"克苏鲁神话"，梦者会穿越现实到达"梦土"的设定、"梦土"上诡异而恐怖的场景也被洛夫克拉夫特直接继承下来。此前，奇幻小说已有了莫里斯创造的"第二世界"，现在又有了邓萨尼勋爵创造的"神系"这一重要元素。

邓萨尼勋爵的另一些小说则走了莫里斯的路子，主要代表作为《精灵王之女》（1924）。这个故事发生在有七百年悠久历史的艾尔王国里，那里的人们希望被"魔法君主"统治，所以年轻的王子领受任务，前往精灵王国，企图偷走精灵王之女，并娶她为妻。由于精灵王国的一天等于凡间的十年，此任务花了十年才告完成，当不再年轻的小王子回国时，老国王已然去世，他便和他的精灵王后一同接管了国家，还结合生下了儿子——然而，故事并未朝"童话"的方向继续发展，由于精灵王之女在人类的王国里并不快乐，她最终偷偷逃回故乡，留下她的王子孤独地追寻……直到故事末尾才在思念之情的作用下，一家三口得以团圆。

在这部节奏缓慢的小说中，邓萨尼勋爵运用华丽的笔墨来勾勒各式各样的奇幻元素和丰富多彩的田园风景，结局则警示人们，往往自己想要的和得到的并不相同——这又给了托尔金以灵感启迪。君不见，不也有评论家半带讽刺地认为托尔金的小说是"旅行游记"吗？还有《魔戒》的结尾，著名的"苦涩中的甜蜜"——弗罗多虽然战胜了魔王，身体却

[①] 曾有五部戏同时在百老汇上演，创下惊人的纪录。

受到极大摧残，只能背井离乡、渡海西去，前往神灵的福地。

第三节　永失吾爱

19世纪与20世纪交接时，现代奇幻小说的特征逐渐凸现，作为一种不同于童话的故事类型，它在公众当中获得了越来越多的关注。对一个文类来说，获得读者的首肯就有了扩展的基础，而扩展的结果往往是分化出子文类，子文类独立成派，直至枝叶茂盛。虽然在当时，奇幻小说还没能彻底脱离童话的桎梏，相当多的作品——如《彼得·潘》（小飞侠）、《绿野仙踪》等等——游弋在两者之间，但它已有了第一个、也是相对短命的子文类了。

这第一个奇幻流派的诞生有其特殊的历史因缘。现代奇幻的酝酿期也是第一次世界大战前的帝国主义时期，是欧洲国家最鼎盛的时期。德国、意大利和日本等现代民族国家纷纷建立，大英帝国把米字旗插遍全球，列强们掀起瓜分地盘的狂潮，只需翻看中学历史课本里的地图，便可知晓几个小小的欧洲国家是如何在短时间内吞下庞大的非洲的。德国人说"我们要阳光下的地盘"，英国人说"如果星星可以占领，我们也要把它们瓜分殆尽"，可惜地球的幅员毕竟有限，无节制的竞争和没有约束的贪婪，最终不可避免地带来毁灭性的世界战争。

在奇幻文学史上，一类特殊的文类在这一时期应运而生，即"失落的世界"或"失落的种族"。失落的世界可以说是殖民者的"意淫文学"，主要情节就是冒险家发现从没有被发现过的种族、国度等等，然后闯入其中，经历各种奇遇，最终满载而归，通过充当救世主而凸显优越感。此文类在19世纪中后期到20世纪初期盛极一时，一度被视为当时的"正统奇幻"，但在如今的奇幻界几近绝迹。这不仅是由于过去神秘兮兮的区域和文化，如今随着飞机、卫星、手机等新型交通、通信工具的出现和人类沟通形式的发展，早已不是什么秘密，更因为"白人的历史责任就是要拯救全世界"的论调已被丢进了历史的故纸堆。

第一部轰动世界的"失落的世界"小说是亨利·哈格德的《所罗门王的宝藏》(1885)。亨利·莱特·哈格德（Henry Rider Haggard, 1856—1925）是一位土生土长的英国乡绅，后来成为家喻户晓的作家，乃至得封爵位。他十九岁去南非总督手下服务，不仅对非洲的土著文化尤其对祖鲁人的文化颇有造诣，甚至还交过非洲女友。《所罗门王的宝藏》是哈格德返英后，结合南非的文化特征加以改编写就；据说他当时看了史蒂文森的名著《金银岛》，旋即以五先令打赌自己可以写出更出色的作品，此书便迅速诞生了。

《所罗门王的宝藏》设定在虚构的马塔比尔国和库库安纳国，主人公艾伦·夸特梅因为帮助朋友寻找失踪已久的兄弟翻山越岭，穿越沙漠，不仅挫败了女巫的阴谋，帮助国王复位，还在所罗门王的宝库中寻得宝藏，最后胜利返回文明世界。这是一部典型的白人至上论的作品，最终拓展成为"艾伦·夸特梅因"系列，一共包含十五部长篇。在这个系列之外，哈格德又有类似模式的"艾莎女王"系列，亦包含五部长篇。此二系列后来被哈格德融为一体，合成了一个世界观。

两大系列之外，《洁丝》(1887)、《蒙德苏玛皇帝的女儿》(1893)等作亦为佳品。哈格德的语言朴实之中不乏细节描画，钱钟书曾高度评价道："哈格德在同辈通俗小说家里比较经得起时间的考验，一直没有丧失他的读众。"

失落的世界的文风很快由大西洋东岸吹到西岸。由于美国人天性自由，富于冒险精神，亦由于资本主义在新世界的高速发展，对外传播价值观的渴求强烈，此类作品于此达到了新高度。1912年，做过骑兵军官的美国人埃德加·赖斯·巴勒斯（Edgar Rice Burroughs, 1875—1950）依照哈格德的路数撰写了在20世纪百大英文小说中排名前五的作品《人猿泰山》。

《人猿泰山》在我国也广为人知，很早便通过漫画、小说和电视等多种媒介传入，令老一辈读者津津乐道，而"泰山"这个形象在英语世界的影响力某种意义上就好比我国《西游记》中的"孙悟空"。

然而很多人只看过《人猿泰山》，却不知"人猿泰山"系列一共有二十六本之多！在这二十六本小说中，巴勒斯描述了非洲种种失落的文明，包括古亚特兰提斯幸存者建立的城市、巨人族与蚁人族、地底都市等等。实际上，巴勒斯一生都在演绎这个失落的世界的套路，而且还多线发展，包括把失落的世界搬到宇宙中，打造了同样出名、长达十一本小说的"火星"系列；把失落的世界搬进地心里，打造了长达七本小说的"地心王国"系列。此外，他还有"金星"系列、"月球"系列、"丛林冒险"系列等近五十本小说。

紧随巴勒斯在失落的世界中闯荡的，是美国又一著名早期科幻奇幻双栖作家兼编辑亚伯拉罕·格雷斯·梅里特（Abraham Grace Merritt, 1884—1943）。梅里特是个叛逆者，中学只上了一年就觉得没意思，死活不想再上，退学之后被牵涉进一起政治丑闻风波，不得不跑到中美洲去冒险流浪，避避风头。这一出走不打紧，他一路旅行来到墨西哥的尤卡坦丛林，竟成为百年来首位走进玛雅古城的白人，这为他的写作提供了最好的素材。

总体上讲，梅里特的小说不太多，一共只在杂志上连载过八个长篇，篇篇以"失落的世界"为主题，有在太平洋深处的洞穴里冒险的，有去找印加帝国失落的宝藏、结果却发现亚特兰提斯人的，有挖阿拉斯加山谷的，有在喜马拉雅山上与金属生命体和古波斯人接触的。其中有些内容可用史前科技解释，有些是纯粹的奇幻，包括《月潭》（1919）、《金属魔怪》（1920）、《深渊里的面孔》（1923）、《伊斯塔之船》（1926）、《烧吧！女巫！烧吧！》（1933）等等。梅里特的笔锋利落，以刺激的冒险情节贯穿作品始终，他对洛夫克拉夫特的创作同样有所启发。

梅里特搭上了失落的世界的末班车，在他之后，该流派就一天不如一天、每况愈下了。也难怪，到20世纪30年代，当内燃机成为主导，飞机也走向超音速，世上哪还有那么多神秘可言？待卫星把地球勘探得一干二净，上个Google Earth就可以探索世界的奥秘，尤其是反殖民主义浪潮席卷全球之后，这一门派已被挑断手筋脚筋，彻底废了武功。

失落的世界的余绪只有去"人猿星球""侏罗纪公园"或"阿凡达"之中寻找了。

第四节　俄狄浦斯的崛起

古希腊俄狄浦斯的故事众所周知，他弑父娶母，很是风光了一阵。而在我们身边，确实有那么一位强横霸道的儿子和一位昔日河东狮吼、今天羸弱无力的母亲，这一对母子的关系跟奇幻界的格局有莫大关联呢！

想当初，日不落帝国何等强大，小小的十三州起来造反，虽把老妈赶出了北美，她也没太当回事。不料风水轮流转，才过一百多年，儿子越长越高，母亲已病得下不了床，事到临头只能急急召唤儿子来救驾，救驾之后不但以身相许，更是言听计从——这一对孽种夫妇，就这样挽起袖子横行天下，夫唱妇随，恨得咱们牙痒痒的。

话说当日儿子来见老妈，看到刚培养出的奇幻苗子，虽然远不到结果的时候，但觉得委实可爱，非要拿走不可。老妈拗不过儿子，为防血本无归，只得说好奇幻苗子平时交给儿子养育，假期须得搬回母亲家——以上只当是对今日西方奇幻界美主英从局面的戏说，止增笑耳，反映的是现实中伴随美国的崛起及美国文化的飞速发展，现代奇幻文学萌芽之后，很快便由英伦向美利坚强力传播，并在大洋彼岸焕发出生机。无论你对这对"母子"是爱是恨，有一点必须承认：它们联手打造的英语系文化仍是当今世界的最强声音，截至目前，享有世界性声誉的奇幻作品仍多出自其门下。

一部现代奇幻史，首先必须是英美奇幻史。

奇幻文学在向大西洋彼岸扩散的过程中，其学院气息、贵族气质均在淡化，草根英雄逐渐浮现，逐渐转变为深入民心的大众文化。前述的威廉·莫里斯、邓萨尼勋爵、亨利·莱特·哈格德等均是清一色的牛津或剑桥学子，家世一个比一个显赫，后继的美国作者就没那么严肃的教育背景了，身份也越来越底层。当然，造就奇幻文学第一次大繁荣的H.P.洛夫克拉夫特、罗伯特·霍华德等人比之今天的作家，无论从教育还是从文笔上说，典雅程度还是强出许多。

美国奇幻草创期的风云人物之首要数詹姆斯·布朗奇·卡贝尔（James Branch Cabell, 1879—1958）。卡贝尔出生于美国弗吉尼亚州的乡绅世家，祖上当过州长，而他凭着天资聪慧，十五岁便上了大学，边学还边承担学校法文和希腊文的教务，可后来……他的成名小说却动了情色的"歪脑筋"。1919年，卡贝尔凭自己的第八部长篇小说《朱根：正义喜剧》轰动天下——这部被今日学界认为具有标志意义的奇幻小说起初被定义为黄色书籍，纽约反堕落协会以"内容淫秽"为名头提出指控，引发了一场长达两年的马拉松式大官司。原来该小说中写道，风流的主人公朱根在寻妻之旅中三次进入神秘洞穴，在种种神话与传说的国度中展开冒险，无论走到哪里都勾引女人，甚至连神话中的仙子也不放过！依照当时美国清教徒式的道德标准，这是无法容忍的伤风败俗，哪里谈得上什么新潮的奇幻创作，简直就是挂羊头卖狗肉！

然而官司闹到最后，却以卡贝尔和出版方的胜诉告终。诉讼期间他可谓名利双收，无数读者被这场官司所吸引，争相寻找和购买他的作品，竟令他迅速成为国际知名作家。鲜为人知的是，卡贝尔得理不饶人，在1926年推出的修订版《朱根》中狠狠报复了当年的检察官。

新大陆的牛仔们就这样放肆……20世纪整个20年代，卡贝尔延续《朱根》的创作模式，以虚构的法国省份"鲍克泰斯米"为舞台，以领主曼纽尔及其后代为主人公，连续创作了十八部系列作品，讲述了曼纽尔如何当上领主及其后代无穷无尽的冒险，许多神话和传说中的人物在故事里纷纷登台，标志着美式奇幻初步走向成熟，尤其为罗伯特·霍华德划时代的"科南"小说奠定了基调。即便在21世纪尼尔·盖曼的《美国众神》中，也有若干向卡贝尔致敬的地方。

与卡贝尔同时代，美国还出了一位奥斯丁·塔潘·赖特（Austin

Tappan Wright, 1883—1931）。此人获得过哈佛大学的文学学士和法学学士，后又担任法学教授，也是不折不扣的学术精英。赖特胸怀大志，从小立志创作一套宏伟、架空的幻想小说，然而未等作品完工便因车祸逝世，作品由妻子和女儿整理出版。

赖特太太其实连打字也不会，但为完成亡夫遗愿，自学成才，最终竟从遗稿中整理出二千多页的小说，夫妇俩的女儿又自任编辑，将打印出的小说压缩到一千多页。1942年4月，在赖特先生逝世十一年之际，这部名为《艾兰迪亚》的巨著终于问世。《艾兰迪亚》的主人公也是一位哈佛大学的高材生，毕业后去了岛国艾兰迪亚，该岛国拥有独特的风土、历史、宗教、人文，还有源远流长的古文明，小说主人公后来被岛国吸引，决定永远留居于此。前文已述及"第二世界"对奇幻文学的重要性，《艾兰迪亚》便是美国人独立创造的"第二世界"，也是托尔金之前最完备的"第二世界"之一，同时此作亦被归于乌托邦小说的范畴。20世纪60年代至80年代，此书编辑得到赖特太太和女儿的允许后，又为之写了三部前传及续作，分别是《艾拉，或称今日之艾兰迪亚——兰格三世的报告》《两王国》和《艾兰迪亚的风暴》。

维多利亚时代徐徐落幕，日不落的帝国、海军竞赛、三国协约与三国同盟，终于演变成"终结一切战争的战争"——第一次世界大战，亦是人类从未目睹过的大动乱。四大帝国（德意志帝国、奥匈帝国、奥斯曼土耳其帝国和俄罗斯帝国）在战火中崩溃，两个强国（美国、日本）在战火中兴起。战后人们痛定思痛，潮流改变，直接带来了现代奇幻的生机。

在属于科技的伟大时代里，雪莱的科学怪人曾一度把古老的神话与传说踩在脚底，但蛮王科南与古神克苏鲁即将闪亮登场，联袂闯出一片天地，迎来现代奇幻的第一个繁荣期。

第二章　流派诞生的拓荒时代

　　试想一片茫茫荒原之中，风吹草低见牛羊。辛勤的移民不辞劳苦来到这里，他们从无到有，靠着勤劳的双手，由居无定所逐渐建造庄园，由庄园又形成可供交易的聚落，乃至最终发展为城镇……

　　20世纪上半叶，第二次世界大战爆发之前，现代奇幻文学正经历这样一个拓荒阶段，其载体和温床是第一次世界大战后在美国蓬勃兴旺的廉价杂志。在那个特殊的历史时期，杂志以其独有的易于传播的优势，短暂地成为大众阅读的主流媒介，也给了有天赋的新手作家以施展的舞台，使他们能接触到更多读者，走进万千平民百姓家中。

　　早期奇幻作家们果断出手，以《诡丽幻谭》（Weird Tales）等一批奇幻杂志为舞台，有力地彰显自己的主张，不仅第一次成体系地推出了奇幻作品，更从中塑造出现代奇幻两个至今仍极具影响力的子流派。

　　美国通俗杂志的"黄金时代"，也被称为现代奇幻的第一次繁荣期。

　　这个时期的代表人物，便是美国杂志上涌现的奇幻"三杰"——罗伯特·霍华德、H.P.洛夫克拉夫特和克拉克·史密斯。

第一节　仲永千人斩，心停手不停

　　世上有两类仲永。

　　一类是少年天才长大后却籍籍无名，另一类是少年天才却英年早逝。

"三杰"中生前最光鲜的罗伯特·欧文·霍华德（Robert Ervin Howard, 1906—1936）无疑是第二类的代表。

这位一手开创整个现代奇幻文学第二大子流派"剑与魔法"的男人，仅仅活了三十岁。他如流星般划过人世，留下三百多篇故事和七百多首诗歌，尤其是二十余篇野蛮人"科南"的冒险故事，成为了后世所有"剑与魔法"作家顶礼膜拜的"圣经"，为他赢得不朽声誉。试想，如果他没有止步于三十岁，而是六十岁、九十岁，整个奇幻界又会是怎样一番模样呢？

令人失落与惋惜的是，霍华德之未享天年，甚至并非由于什么意外事故，而是在母亲逝世所带来的悲伤中自杀的……

2006年，世界奇幻大会专门在霍华德的家乡得克萨斯州举办，以纪念其百年诞辰。人们评价道：霍华德"短短的生命投下了长长的阴影"。

霍华德出生时的得克萨斯州作为边陲之地，远没有现在发达，而他的家庭正是从美国南方前往西南部的拓荒者。霍华德的父亲作为一名乡村医生，到处云游行医，因此在霍华德十四岁之前，他的家庭一直没有安定下来，其间搬迁了很多次。在这样的辗转过程中，霍华德从小便与形形色色的人士接触，听内战老兵和被解放的黑奴讲述鬼故事与边疆传奇，并亲自游览过若干故垒残垣，残酷而又充满活力的边疆开拓史成为他的英雄传奇最初的底料。

由于父亲常年出门在外，霍华德作为家中独子，慢慢对母亲产生了病态的依恋。霍华德之母赫丝特按我们中国人的标准是一位贤妻良母，耐心相夫教子，打小便向霍华德灌输文学和诗歌的奥妙，鼓励他走上创作之路。然而这位母亲终生被病痛纠缠，加剧了霍华德悲观厌世的人生态度，为他日后的自杀埋下了引子。

有意思的是，霍华德虽然打小钟爱阅读，却非常厌恶学校，他觉得学校简直就是监狱，充斥着无法忍受的清规戒律。他喜欢运动，尤其喜欢当时在美国如火如荼地开展的拳击比赛，为此曾刻苦练习举重与摔角，中学时代起便在家乡的小酒馆和赌场中打拳，凭着近六英尺的身高和一百九十磅的体重，几乎从未被击败过。血腥的比赛、暴力的竞技在霍华德后来的故事创作中打下了深深的烙印，可以说，他把诗人的忧郁和拓荒者的粗犷完美结合了起来。

霍华德从事写作很早，大约十岁开始动笔，十五岁时他把目光转向日后成名的载体——通俗杂志。当时美国的文学杂志与现在的地位大不一样，现在占主导地位的是大型出版社，它们几乎垄断了作者资源，像港台经纪公司培养演艺明星一样培养作家，并鼓励作家向长篇长系列方向发展，以致今天的许多奇幻名家，自出道以来甚至没有公开发表过一篇中篇小说，更不用说在杂志上频频露面了！——某种意义上讲，那甚至是"掉身价"的事。然而20世纪20、30年代，在现代奇幻的草创阶段，并没有成熟的奇幻市场，美国的情况和21世纪初的中国有些类似，读者的欣赏水平和层次都不高，市场上各家廉价杂志呈现群雄逐鹿、互相争夺的态势，一个作家要想成功，必须通过杂志来赢得读者。此前谈到的那些美国早期奇幻名家，例如埃德加·巴勒斯、亚伯拉罕·梅里特等等，无一不是从杂志起家，霍华德也不例外。他给许多廉价杂志投过稿，类型从西部小说、侦探故事、东方传奇、喜剧、诗歌到历史小说等不一而足，但他最感兴趣、同时也为他留下不朽声名的是奇幻小说。

霍华德从十五岁开始就从未停止过写作，被回绝的稿子堆积如山，但他一步一步、坚持不懈、自学成才，终成大师。

所罗门·凯恩在霍华德创造的诸多英雄人物中率先脱颖而出，最早出现在1928年的《诡丽幻谭》杂志上。凯恩其人生活在16世纪，乃是个沉默寡言、精于剑术、坚持以"以牙还牙"为信条的清教徒，随着他在欧洲和非洲各个危险地域展开奇异的冒险，《诡丽幻谭》杂志的影响力随之大增（此系列最后发展到了十三篇小说和一些诗歌）。在凯恩走红的第二年，霍华德顺势推出新英雄库尔。库尔比凯恩显得要"奇幻"得多，他是被远古的亚特兰提斯流放的战士，辗转来到日后科南活跃的北境——终北大陆——其行事更为豪放嗜杀（此系列最后也有十三篇小说和一些诗歌）。从库尔开始，霍华德隐然有了一派掌门风范。

他掌的是什么派呢？形象地说，几乎所有人看书都会或多或少产生这样的感觉：大部头太伤脑筋，情节迟缓、半天等不到刺激点。久而久之，许多"经典"便被束之高阁。事实上，当代史诗奇幻由于"砖头书"居多，更是此类负面感受的"重灾区"。纵然个中发烧友书看得多了，变得适应了（或者麻木了），可能更有耐心地等待感情爆发和情节高潮，但每当阅读状态不佳时，不耐烦也总会浮上水面，更不要说广大普通读者。大伙儿读文消遣，期盼进入情节更快、刺激点更容易寻找的故事，就好比《魔兽世界》再好玩，玩家总数还是比不上《王者荣耀》或《原神》。

霍华德引领的"剑与魔法"流派，便是专门刻画英雄人物、以动作场景为卖点的奇幻小说。

在20世纪上半叶，"剑与魔法"流派是对早期奇幻故事一大卓越的改造尝试。雏形期的奇幻故事多由童话发源而来，或来自"失落的世界"，它们的故事结构简单，人物总显得智勇双全、无所不能，最终总能获胜，这样的模式重复若干回之后已不能满足读者的需求。奇幻杂志上领军的风骚人物们开始主动改造笔下的人物形象，他们创造的新英雄不再那么优雅完美，而往往显得粗暴蛮横，他们笔下的世界也不再带有田园牧歌式的风情，而是充满了血腥暴力和阴谋背叛。

所谓"剑与魔法"，顾名思义，就是指小说突出展现"剑"与"魔法"两大奇幻元素主导的动作场景，以这样的场景去彰显那些身怀绝技、但往往内心挣扎的"黑色英雄"（与后来史诗奇幻对"第二世界"的关注形成对照）。"剑与魔法"小说通常节奏很快，伴随着画面感极强的打斗和令人喷血（狗血？）的香艳场景。既然大部头看着慢、看得累，那就来短的、爽的，让读者欲罢不能。

有趣的是，"剑与魔法"的流派名号在霍华德生前并不存在，直到他死去二十年后的1956年，他的徒子徒孙们为兹纪念成立了"终北联盟"[1]，发行了一本叫《阿姆拉》的同人志。迈克尔·摩考克在该杂志上

---

[1] 霍华德早期的崇拜者往后多闯出了自己的一片江山，联盟成员中包括弗里茨·莱伯、迈克尔·摩考克等赫赫有名的人物。

提出为本门小说正名的要求，弗里茨·莱伯经过一番研究，认定"剑与魔法"是最合适的名字，因为"'斗篷与长剑'更适合历史小说，'斗篷与匕首'更适合间谍小说，而'剑与魔法'既有争斗气氛，又烘托了超自然元素"。莱伯的提议得到了大家的赞同，于是从1961年7月号的《阿姆拉》起，"剑与魔法"的名称正式得到采用，并延续至今，成为与"龙与地下城""史诗奇幻"等旗鼓相当的响亮名号。

1932年12月，在集合此前所有写作经验的基础上，霍华德创造出"科南"这个奇幻小说中最著名的野蛮人，"剑与魔法"流派的"圣经"就此诞生。

科南其人身高六英尺，体重一百八十磅——堪称霍华德本人的翻版。他放荡不羁，力大无穷，带有强烈的黑色英雄意味，遇到危险并不多加犹豫，而习惯用拳头或武器应付。在科南心目中只有三类人：朋友、弱者和敌人。他对朋友怀有春天般的温暖，对弱者施以保护，对敌人则如寒冬腊月般无情，快意恩仇！真正做到了大碗喝酒大块吃肉男女关系豪放不羁——这种原始的豪迈，离现代社会的人们很远很远，因而极受读者追捧。

科南生活在"终北纪元"，即传说中的亚特兰提斯大陆沉没到信史上的原始人类出现之前的冰川期，距今大约两万两千年到一万两千年。霍华德设想在这样一个时期里，北半球（主要是大西洋和北极之间）存在着无数辉煌的文明，它们后来逐渐衰落，但相关痕迹残留在挪威、冰岛等地的传说中。"终北纪元"实际上是把凯尔特神话、日耳曼神话、斯堪的纳维亚神话、希腊神话、犹太神话和古非洲神话里对远古的想象组合而成。科南来自此一时期若干远古国度中的西米里亚，他十五岁背井离乡出发冒险，游历了一个个王国与部落。他的敌人是拥有各种超自然力量的巫师或怪物，而他和他的伙伴们一一将其战胜。至四十岁时，科南业已成为全世界最著名的阿科洛尼亚王国的国王，威震天下。（从当上国王直到身死，科南还有无数传奇经历，这些经历多由霍华德的后继作家们补写。）

在那个您做梦也想不到的时代，大海已将亚特兰提斯辉煌的城市吞没，而雅利安的子孙们还远未兴旺昌盛。那时，辉煌的王国如同群星下的大海一样遍布世界，光辉而又辽阔：美迪亚、俄斐、不列吞尼亚、西柏里尔、有着黑发女人和蜘蛛高塔的萨姆拉、深具骑士传统的吉普赛、与闪族草原毗邻的寇斯、用幽魂守卫坟墓的斯塔吉亚，还有穿丝袍戴金银持钢铁的骑士横行的赫卡尼亚。但这世上最光辉灿烂的王国莫过于阿科洛尼亚，雄立在如梦幻般美丽的西方。有一个西米里亚人来到了这里，他名叫科南，长着漆黑的头发，有着忧郁的眼神，手里紧握钢剑。他是个小偷、掠夺者和刽子手。他带来了无尽的悲哀，也带来了无穷的欢笑，并将镶满珠宝的王座踩在草鞋下。

这段引文便是科南系列著名的开场白，与星球大战的引子"很久很久以前，在遥远的银河……"齐名。

"科南"系列是霍华德无数作品中真正的精品，可谓与史前神话发生化学反应的崭新的西部小说，尤其迎合崇尚个人主义的美国人的心态，所以一出世就得到《诡丽幻谭》读者的疯狂欢迎。借此契机，霍华德后期创作全面转向，从1932年《剑上的凤凰》开始，到1936年的《红指甲》，短短三年半时间便有十七篇科南故事被刊登在《诡丽幻谭》杂志上（外一篇刊登于其他杂志），还有四篇故事霍华德生前没来得及排上刊，五篇故事他生前尚未完工，去世后由其他作家代笔。该系列另包括诗歌《西米里亚》、设定文集《终北纪元》等。

除"科南""所罗门·凯恩"和"库尔"三大系列，霍华德的奇幻小说还包括基本设定在同一世界观体系下的"詹姆斯·阿里森"系列、"布兰王"系列、"杜比·奥布莱恩"系列以及其他十余部中篇，其中包括很多"克苏鲁神话"小说。

可惜！天不假人以时日！

1936年，霍华德的母亲赫丝特在经历与病痛的多年斗争后，终于走向死亡，霍华德也随之变得日益消沉。孤独本是他的天性，母亲给了他最大的安慰，当最大的安慰走到尽头时，霍华德也崩溃了。那年6月11日清晨，当护士告知他，他母亲再也不可能恢复神志后，他便径直冲车里，掏出手枪，一枪爆了自己的头。

虽经抢救，霍华德仍在八小时后去世，而他母亲反倒死于第二天。

母子同葬在一起。

后世学者都说，霍华德的死，标志着以《诡丽幻谭》为代表的美国奇幻杂志"黄金时代"的衰落。

奇幻杂志虽然衰落了，科南却没有衰败。科南的影响力如此巨大，无数名家在霍华德死后继续创作着科南的故事，最著名者包括波尔·安德森、林·卡特、斯普拉格·德·坎普、哈利·图多夫、罗伯特·乔丹等人——这些现代奇幻史上的名家着手填补霍华德留下的空白，前赴后继写下了许多中短篇故事，编辑了若干小说集，还续写了三十部以上的长篇小说，包括《守护者科南》《佣兵科南》《浪人科南》《伟人科南》……不胜枚举，仅从这批书名即可看出科南被作家们回收进行了多少惊心动魄的历险。由于"科南小说"的家族庞大，乃至研究他一生的事迹年表都成了门学问，曾有包括罗伯特·乔丹在内的三位作家写过"科南年代记"，试图梳理科南的"正史"与"野史"之间的关系，而这三部年代记之间还互相抵触！有人就此做过有趣的统计，截至2010年，科南的相关小说共计出版七十八本，页数多达20549页，全部拉通来算是所有奇幻小说系列中最长的！

可以说，在科南六十五岁的生命中，几乎月月一次小冒险，一季度一回大冒险，每年一度超级冒险，他简直成了世上所有幻想人物中最忙碌的英雄。当然，无独有偶，科南绝想不到日后的东瀛日本会出现一个跟他同名的"柯南"（Conan），堪称东西辉映，一个是最长的奇幻系列，一个是最拖戏的动漫系列……

小说以外，"科南"亦是首开先河者，是第一个全方位辐射的奇幻文化符号。著名影星阿诺德·施瓦辛格就依靠主演科南电影《王者之剑》（1982）与《毁天灭地》（1984）而成名，而科南的漫画版权自1970年被漫威公司拿下以来，《野蛮人科南》系列一共连载了二十三年，出版过二百七十五期月刊和十二本年度增刊，外传系列《野蛮人之剑》也连载了二十一年，出版过二百三十五期月刊和一本增刊，此外还有其他外传改编。21世纪以来，黑马公司接手改编全新的科南漫画，迭获大奖，从2003年到2018年一共推出了二百四十期。根据"科南"系列改编的大型网络游戏《科南纪元》于2008年上线运营，亦曾轰动一时。

在霍华德逝世之后，扛过"剑与魔法"大旗的是一对模范夫妇：亨利·库特纳与凯瑟琳·摩尔。

亨利·库特纳（Henry Kuttner，1915—1958）生于加利福尼亚，比妻子小四岁。他从小特别崇拜霍华德等"三杰"，并与他们保持着长期的通信联系。1936年，《诡丽幻谭》发表了库特纳的第一篇小说《坟场鼠》，这是一篇"克苏鲁神话"故事，从此他便一发不可收拾，且在霍华德死后占据了《诡丽幻谭》新主将的地位。

库特纳遵照"科南"的路子写了以《黎明雷声》为代表的"亚特兰提斯的埃拉克"系列，堪称《诡丽幻谭》杂志后期最重要的"剑与魔法"作品。该系列有四个中篇，最后一篇故事刊登于《诡丽幻谭》1941年因二战停刊之前，与杂志相伴始终。同一时期，库特纳还创作了大量"克苏鲁神话"故事，[①]他在写作上极有天赋，林·卡特曾评价说"同时代其他作家对他的嫉妒和崇拜之情简直可以把他驱逐出这个圈子"。我们熟悉的电影《我是传奇》，其同名原著小说正是由作者理查德·马特森专门献给库特纳的。

在这个奇幻杂志作家的圈子里，库特纳结识了后来的妻子凯瑟琳·摩尔。

凯瑟琳·露希尔·摩尔（Catherine Lucille Moore 1911—1987）比丈夫早出道几年，处女作于1933年发表在《诡丽幻谭》上。她的写作也沿袭"科南"的套路，但具有划时代意义的是小说主人公转为女性。想当然耳，从前女性在"剑与魔法"小说中一直处于配角地位，在这类男性荷尔蒙强烈的作品中，女性作为男性的附庸，不是如杂志封面上赤裸裸暗示的那般充当蛮王的胜利奖品，就是扮演迷惑男人的红颜祸水角色。

---

① 大约有十篇，后来结集出版为《伊欧德之书》，有中译本。

摩尔一反传统地赞颂女性的力量和智慧，塑造女性黑色英雄，为流派带来清新空气，其代表作"乔里的洁儿"系列共有六篇。

库特纳与摩尔在1940年结婚，婚后一起创作，使用共同的笔名如劳伦斯·奥唐纳（Lawrence O'Donnell）、刘易斯·帕基特（Lewis Padgett）等，合作亲密无间。只不过当时《诡丽幻谭》已走向衰落，奇幻文学本身也暂时陷入低潮，所以他们合写的多是科幻作品，但同样获得较高赞誉。

1958年，亨利·库特纳因心脏病突发英年早逝，凯瑟琳·摩尔再婚并活到了1987年，却再没从事幻想小说创作。

莱昂·斯普拉格·德·坎普（Lyon Sprague de Camp, 1907—2000）是20世纪中期接过"剑与魔法"大旗的又一风云人物。他生于美国纽约，亦于20世纪30年代开始从事写作，二战中他与艾萨克·阿西莫夫和罗伯特·海因莱因在海军后勤大队做过同事，后来的六十年间一共写出一百多部科幻小说、奇幻小说和名人传记。在创作风格上，德·坎普主要是一个过渡性人物，他的奇幻小说继承了霍华德的模式，但没有那么血腥，相对比较轻松，为以后"剑与魔法"流派的改造铺垫了基础，弗里茨·莱伯和迈克尔·摩考克都经由他而确立了自己的文风。

然而德·坎普出于对霍华德的崇拜，参与了大量"科南"小说的整理、编辑与续写工作——与下文将提到的奥古斯特·德莱斯对"克苏鲁神话"的贡献类同——并在工作中与后来著名的奇幻大编辑林·卡特结下了深厚友谊。他还撰写了许多同时代奇幻作家的传记和评论，尤其是两本关于霍华德和洛夫克拉夫特的书，具有很高的学术价值。

第二节　"人类最古老最强烈的情绪，是对未知的恐惧"

有科技就有反科技，哪怕在科技最为昌盛的年代。

自19世纪初叶起，科学技术犹如脱缰之马，呈几何级数蓬勃发展。

科学家们信心十足地把以前的人类世界比喻为黑暗中的孤岛，把手中掌握的技术比作亮度不断增强、划破黑暗的明灯——事情真的这样简单吗？

奇幻作家们率先给出另一种思考，在他们看来，科学永远只是宇宙若干纬度中的一种，在这个纬度的上下，在科学所能探究的位面之外，还有太多可能性、太多黑暗的秘密、太多超越人类思维的空间。人类的科学永远达到不了，因此人类只能是大宇宙中渺小的存在。

换言之，人之为人，作为生物体，突破不了对未知的恐惧。科学的界限之外山外有山，存在理性根本无法理解的"恐怖"国度。从这个对科技万能论证谬的角度出发，20世纪20年代，一个崭新的奇幻文学流派——"克苏鲁神话"——诞生了，其开山祖师H.P.洛夫克拉夫特又被后世誉为与罗伯特·霍华德并立的绝代双骄。更难能可贵的是，洛夫克拉夫特和霍华德两人之间始终维持着亦师亦友的深情厚谊。

1890年8月20日，霍华德·菲利普·洛夫克拉夫特（Howard Phillips Lovecraft, 1890—1937，一般简称为H. P.洛夫克拉夫特），出生在美国罗德岛州普罗维登斯市一个古老的新英格兰家庭之中，该市后来因他和他的小说而享誉世界。

三岁时，洛夫克拉夫特的父亲因精神病被关进医院，并于五年后去世，洛夫克拉夫特转而由母亲和祖父抚养成人。与罗伯特·霍华德相似，洛夫克拉夫特与母亲的联系也非常紧密，恋母情结同样发展到极端，当母亲于1918年因精神病被关进当初他父亲被关的同一间医院、且于三年后撒手人寰时，他也遭受了重大打击。

好在他没有自杀自残，这份打击反倒让创作走向了成熟。

由于家庭环境的影响，洛夫克拉夫特自幼不可避免地种下了精神创伤；另一方面，他又是罕见的天才儿童，两岁会背诗，三岁能识字，六岁可写文，紧接着迷上艰深的天文学与化学。他的性格显得格外早熟，怀有强烈的孤独感，几乎没经过童年便直接跳到成人时代。十八岁高中毕业前夕，洛夫克拉夫特因精神崩溃提前退学，不仅无法上大学，甚至连高中文凭也未获得，此后的五年时光，他都与饱受病痛折磨的母亲隐居在一起，几乎足不出户。

请想象一下这是什么概念！十八至二十三岁，无论从什么角度来说都是人生最美好最青春的年华，不知多少朋友在外面潇洒放逸、风流快活，而我们未来的大作家却如鸵鸟一般宅在家里，情何以堪？直到1914年，由于涉足进报纸上的论战，洛夫克拉夫特方才逐渐恢复社会联系。

又三年后的夏天，洛夫克拉夫特模仿邓萨尼勋爵的路子，创作了"克苏鲁神话"最初的两部短篇：《坟墓》与《大衮》。

俗话说："笨鸟先飞。"这句话倘若针对洛夫克拉夫特，应该是内向的孩子别出心裁吧。普通人可与外界交流使情绪获得排解，洛夫克拉夫特却由于生来的孤独而缺乏渠道，要想获得肯定，不能靠嘴巴和外表，只能依靠纸和笔。从很小开始，他就尝试写作，现存洛夫克拉夫特最早的文学作品是他六岁时根据《奥德赛》创作的八十八行韵诗。他九岁时自制科学杂志，十六岁起定期给本地各种报纸写专栏，甚至借此成为了美国业余记者协会的主席！

然而，这些文字终究不能令他满足，他逐渐发现足以倾诉自己孤独情绪与世界观的竟是在邓萨尼勋爵与爱伦·坡的基础上创作的一系列恐怖奇幻小说。他一生共写了一百零四篇小说，大多带有恐怖色彩，由于那份孤独，他对"未知的恐惧"探究得特别深入，也特别重视梦对人的影响，重视对梦境的回忆，反过来，这些因素又促使他去反思科学、反思文化。

洛夫克拉夫特说："人类所有的法则、兴趣和情绪在浩瀚的宇宙中都显得微不足道，这是我所有小说的创作前提。"

1921年，洛夫克拉夫特的母亲过世；1926年，他仅仅维持两年的婚姻也宣告失败。受到两次重大刺激的洛夫克拉夫特终于挣脱羁绊，坚定地塑造自己的文风，"克苏鲁神话"就此成型。以1926年《克苏鲁的召唤》的问世为开端，此后十年间，洛夫克拉夫特大展拳脚，相继发表了《印斯茅斯的阴霾》《天外之色》《超越时间之影》《敦威治惊魂》《疯狂山脉》等多部经典作品。和罗伯特·霍华德一样，洛夫克拉夫特的主打小说也统统发表在《诡丽幻谭》杂志上,《诡丽幻谭》竟在短短数年间成为两大宗师的主要阵地,真可谓百年难遇的盛况啊!

克苏鲁(Cthulhu)乃洛夫克拉夫特神话体系中的"旧日支配者"之一。实际上,此名号按人类语言根本没法发音,一般译作"克苏鲁"或"库图鲁"只是取近似音调。它最初就出现在洛夫克拉夫特的成名作《克苏鲁的召唤》里,由于该小说给人的印象实在深刻,后来人们便借用这位最著名的"旧日支配者"来指代整个神话体系,故此有"克苏鲁神话"①一说。

所谓"旧日支配者",即宇宙之初,君临太虚的一些"怪物般"恶心而强大的存在,祂们在若干纪元前统治了地球和其他许多星球,后因种种原因陷入沉睡(克苏鲁本身便沉睡在太平洋海底的拉莱耶城)。但地球上的许多遗迹仍保留着祂们的影响,若干原始宗教残存着对祂们的崇拜,只要时机契合,"群星就位"时,"旧日支配者"将再度苏醒,重新统治世界,那便是人类的末日。

整个神话体系里有一件奇物,名为《死灵之书》,可以说是连接我们生活的现实世界与笼罩于世界之外的黑暗维度的桥梁。该书作者阿拉伯狂人阿卜杜勒·阿尔哈札德是一位真实的历史人物,他曾在公元7世纪时游历中东,到处发掘,结果发狂而死。传说他死后留下这本唯一的遗作,任何人只要能解读《死灵之书》,就能明了中世纪的符文与咒语、明了基督教和犹太教的黑暗渊源,甚至北欧神话里的诸神也与它有着莫大关联。洛夫克拉夫特将这本书当成核心道具,许多作品都会在不经意间提到《死灵之书》。《死灵之书》的文字内容本由洛夫克拉夫特杜撰,但随着"克苏鲁神话"的广泛流行,竟然越传越玄,相关话题众说纷纭、莫衷一是,为"克苏鲁神话"蒙上了一层格外神秘的面纱。

在创作笔法上,洛夫克拉夫特及其追随者、模仿者基本以第一人称来讲故事,"我"一般是好奇心浓烈的研究员或科学家,通过阅读《死灵之书》等途径接触到恐怖神秘事件,并因按捺不住人类的好奇心一步步

---

① "克苏鲁神话"的提法最初来自洛夫克拉夫特最忠实的追随者奥古斯特·德莱斯。

展开探索。随着真相逐步揭露，"我"的恐惧也逐渐加深，当最终的真相即将揭示时，"我"的精神负担也达到顶点，随即陷入绝望深渊——要么变成怪物，要么精神失常，俗话叫"San值掉光"。

此种创作决不雷同于19世纪及更早以前那些闹鬼的府宅或德拉库拉伯爵式的作品，洛夫克拉夫特不拿吸血鬼、狼人这类常见道具吓人。他朦朦胧胧描绘出一个庞大体系，但小说中的恐怖对象始终不曾直接露面，或者故事就在恐怖事物露面的关头戛然而止。他只是病态地勾勒恐怖的印象（腐臭的住宅、衰败的植物、怪异的渔民等等），造就独特的心理暗示，暗示围绕我们的是永无尽头的黑暗，这些黑暗与人类相伴始终，但我们不能探究，一旦探究，下场便极为悲惨。总而言之，人类只能生活在"黑暗中的孤岛之上"。

"小孩子永远会害怕黑暗，而对于成年人，倘若知道怪物所居住的隐秘而深邃的世界，可能就在繁星以外的虚空中漂浮着，或者正在某些邪恶的空间里，虎视眈眈着我们的地球，而惟有死人和疯子能一探它们的奥秘时，他们将永远颤抖不已。"

这是洛夫克拉夫特本人给出的解释，也是整个"克苏鲁神话"流派的精神主旨所在。

独特的思路搭配上洛夫克拉夫特古雅的语言造就了"克苏鲁神话"，但洛夫克拉夫特在生前并未享受到罗伯特·霍华德所受的疯狂推崇，读者毕竟还是更喜欢热血打斗，以至于洛夫克拉夫特生前除开在杂志上发表小说外，竟没有一部书籍得以出版。直等到二战以后，当人类目睹意识形态操纵国家机器进行的战争所带来的伤害与散播的恐怖时，开始普遍反思自我，"克苏鲁神话"才正好作为一种文化答案，理所当然地得到关注。

洛夫克拉夫特去世后，他的追随者们继承他的精神，继续撰写"克苏鲁神话"，还开放了该体系的版权，因此该体系下各类小说、游戏设定、世界设定，简直犹如过江之鲫，数之不尽，洋洋洒洒多达数千种，几乎每位名家都想来这个领域露一手，写一点"克苏鲁神话"致敬前辈大师。如今，在"克苏鲁神话"体系之下，单单公开发表的小说故事已若干倍于洛夫克拉夫特的原典故事，整个体系的完备程度令人吃惊，乃至令新读者常有管中窥豹、瞎子摸象之感。林林总总的故事虽难免有自相矛盾乃至无法自圆其说之处，但正好印证了"克苏鲁神话"的影响之深远，受欢迎之广泛。

毫无疑问，"克苏鲁神话"早已不单是奇幻元素，而是世界文学史和文化史上的一大符号。今日，随处可见小说、漫画、游戏和电影中带有"克苏鲁神话"的痕迹，比如电影《异形》中的"异形"，游戏《毁灭战士》中的各种怪物等等。它影响了整整几代幻迷，启发了包括斯蒂芬·金、尼尔·盖曼在内的大批作家，甚至奇幻界至高无上的荣誉"世界奇幻奖"的奖杯，曾经也是那个高额头、长下巴、神情忧郁、俨然一副复活节岛雕像模样的中年人——洛夫克拉夫特！不过相当讽刺的是，在近年来兴起的"政治正确"风潮中，洛夫克拉夫特因"种族歧视"及可能存在的性别倾向而被剥夺了这一传统荣誉，2016年后"世界奇幻奖"的奖杯改为新版。

顺带一说，近些年"克苏鲁神话"作品被大规模引进国内，好几家出版社相继出版过洛夫克拉夫特作品的中文译本，并收获不斐，笔者本人也即将推出洛夫克拉夫特小说译文"全集"。"克苏鲁神话"甚至影响到中国的网络文学，催生了《诡秘之主》《道诡仙途》此类作品。对新读者而言，想要更好地欣赏洛夫克拉夫特的原典故事，须得注意如下几点：首先，客观上讲，洛夫克拉夫特使用的生僻词汇和"陈旧"语法较多，追求精雕细刻的语言，与快餐化的网文大为不同；其次，洛夫克拉夫特根据自己的生活经历，设定了一个幻想版的美国新英格兰地区作为故事舞台，风味固然独特，但对中国人来说不免有些陌生和疏离之感；最后，也是最根本的一点，"克苏鲁神话"是古典恐怖主义的极致成就，它追求心理效果，处处尝试心理暗示，与某些流行的血浆式恐怖故事的区别好比阿加莎·克里斯蒂与007电影之间的距离，难免让某些朋友觉得并不"恐怖"。

除开小说的贡献，洛夫克拉夫特还被誉为"20世纪最伟大的信件作家"。罗伯特·霍华德就是因为仰慕洛夫克拉夫特，随后通过信件交流与后者建立友谊的。洛夫克拉夫特生前虽然名气不算大，还有社交自闭症，却非常热衷于通过信件联系同行、辩论问题、提携年轻人。由是，他留下的书信堆积成山，通信圈里的出类拔萃者不仅包括罗伯特·霍华德[1]，还有克拉克·史密斯（"三圣"的第三位，笔者将在下一章讲到）、奥古斯特·德莱斯和罗伯特·布洛克等人。洛夫克拉夫特在世时便在这个圈子里隐然有领袖地位，得到了真正懂他的一帮人的衷心肯定、崇拜乃至追随，诚如其墓志铭上所写——"I AM PROVIDENCE"[2]。

洛夫克拉夫特的生命后期极为不幸，先是两个姑妈相继去世，然后自己身患肠癌。更让他痛心疾首的是，好友罗伯特·霍华德于1936年撒手人寰。次年3月，洛夫克拉夫特便追随好友而去，年仅47岁。不到一年间，两大巨星陨落，代表着现代奇幻第一次高潮的消退，奇幻杂志则再也没有达到这对绝代双骄在世时的创作高度。

继承洛夫克拉夫特衣钵的，首先是奥古斯特·威廉·德莱斯（August William Derleth, 1909—1971）。此人也是十三岁开始写作，十七岁就在《诡丽幻谭》上发表小说。作为洛夫克拉夫特的拥护者，他的伟大功绩是和唐纳德·万德里携手创办了专门出版"克苏鲁神话"作品的阿卡姆出版社（Arkham House）。当初洛夫克拉夫特过世后，亲朋好友们急匆匆将其作品汇聚成册，企图出版以兹纪念，结果出版社反应冷淡，竟无一家愿意接受。好在事在人为，德莱斯毅然决定开张单干，哪怕注定会倒闭也要干！——阿卡姆出版社由是在1939年诞生，并且没有倒闭，延续直至今天。

从出版社诞生那天起直到生命的尽头，德莱斯三十年如一日主管事务，不惜以家产（因为一开始总是入不敷出）和毕生心血来宣传老师的

---

[1] 如前所述，霍华德仿写过一些"克苏鲁神话"，而他的"科南"小说的背景也被洛夫克拉夫特包含进"克苏鲁神话"体系之中。
[2] 双关语，直译"我是普罗维登斯人"，引申义为"我乃天命之人"。

作品，同时他自己也写作"克苏鲁神话"小说和其他作品，坚持笔耕不辍，一生共发表一百多部长篇小说和一百五十多部中短篇小说，将"克苏鲁神话"的体系丰富完善。然而后世读者却不领情，对他颇有微词，主要批评点在于德莱斯天资不够高——至少远不及洛夫克拉夫特——写得却太多，还假托与洛夫克拉夫特"合写"的名义更改"克苏鲁神话"的设定，并在1960年开放了"克苏鲁神话"的版权，本意是鼓励参与，结果导致原本文风优雅的"克苏鲁神话"体系中掺入了数以千计鱼龙混杂的劣作，令其庸俗化了。

公正地讲，没有勤勤恳恳的德莱斯，"克苏鲁神话"哪有今天的地位呢？一代宗师阴影下的第二代掌门，放在哪里都不好当啊！

唐纳德·阿尔伯特·万德里（Donald Albert Wandrei, 1908—1987）是阿卡姆出版社的合作创立者，并在奥古斯特·德莱斯死后接管出版社，继续发扬"克苏鲁神话"。他在《诡丽幻谭》上的第一篇小说发表于1926年，自身的小说创作在20世纪30年代达到巅峰，但二战时参军入伍，归来后写作速度大减，主要就是协助德莱斯编辑洛夫克拉夫特的书信集和相关作品，最终凭借努力获得了"世界奇幻奖"的"终身成就奖"[1]。

弗兰克·贝克纳普·朗（Frank Belknap Long, 1901—1994）的经历与万德里相似，他是另一位得到洛夫克拉夫特赏识的奇人，后来也获得了"世界奇幻奖"的"终身成就奖"和"布莱姆·史铎克奖"（世界恐怖文学的至高荣誉）的"终身成就奖"，曾涉猎包括奇幻文学、恐怖文学、科幻文学、漫画和爱情小说等在内的多个门类，创作早期亦写了许多"克苏鲁神话"作品。1921年，朗首先引起了洛夫克拉夫特的注意，后者主动为朗提供帮助，从此，朗便一直把洛夫克拉夫特当作老师般看待。在洛夫克拉夫特的关照下，他于1923年在《诡丽幻谭》上发表处女作。他和洛夫克拉夫特经常见面，不断通信，他们之间存留的信件多达一千多封，其中包括很多长达八十页的长信，这些信件日后成为了《洛夫克拉夫特书信集》的主要内容，是后人研究洛夫克拉夫特的重要参考资料。

---

[1] 鲜为人知的是，他拒绝接受此一奖项，因为奖杯是他仰慕的洛夫克拉夫特的形象。

1975年，朗为他心目中的老师写下传记《霍华德·菲利普·洛夫克拉夫特：黑夜里的做梦人》，以兹永久缅怀。

最后，我们来看看"克苏鲁神话"的"第三代掌门"罗伯特·阿尔伯特·布洛克（Robert Albert Bloch, 1917—1994）。布洛克是洛夫克拉夫特生前的圈子里最为年轻的成员，虽然洛夫克拉夫特去世时他才弱冠二十，日后却取得了比上述诸位更加辉煌的成就。

十岁那年，布洛克买了一本《诡丽幻谭》，并因之疯狂迷恋上"克苏鲁神话"。不久后，他试着向洛夫克拉夫特本人去信，令他惊喜万分的是很快得到回复。洛夫克拉夫特在回信中亲自指导他写作，一步步带领他走向成功。自十七岁起，布洛克便在《诡丽幻谭》上发表了一系列作品，他的早期作品主要是模仿洛夫克拉夫特，这一对师徒颇为有趣：布洛克的《繁星来的摇摆怪》中出现过一个叫洛夫克拉夫特的角色①，此角色在小说结尾被残忍地杀死；随即洛夫克拉夫特在其名作《猎黑行者》中便写了一个叫"罗伯特·布莱克"的角色，并也将其残忍地杀死——"罗伯特·布莱克"不仅照着布洛克描绘，小说中甚至使用了布洛克的真实住址！后来，布洛克又写了第三篇小说《尖塔上的阴影》来为《猎黑行者》作续。

洛夫克拉夫特死后，布洛克摆脱了盲目模仿的写作习惯，形成了自己的文风，并广泛创作各类小说。在幻想文学史上，他是最早获得"雨果奖"肯定的奇幻作家之一（1959），而第一届"世界奇幻奖"便为他颁发了"终身成就奖"（1975）。自然，他也获得了"布莱姆·史铎克奖"的"终身成就奖"。当洛夫克拉夫特的故旧相继逝世以后，他仍活跃在文坛上，直到20世纪90年代。

布洛克巅峰时期的代表作是《精神病患者》，又译《惊魂记》，曾由阿尔弗雷德·希区柯克本人亲自导演改编，乃是世界恐怖电影史上任何时候均能排入前五位的经典作品，原著亦不逊色。

---

① 布洛克曾要老师写下保证书，允许他使用老师的名字。

第三节　一剑出石山海情

"曾有一份真诚的爱情摆在我的面前，我没有珍惜，等到失去的时候才追悔莫及……"这段堪称最"俗套"的台词，当年却也赚得笔者掬了几把伤心泪。虽然笔者不免腹诽，利用咱们的"西游"情结，把中国人家喻户晓的故事编成那样未免有点匪夷所思、太无厘头了，但《西游记》本身确实是个取之不尽用之不竭的宝藏。游戏、漫画、小说、电视，编来改去，以猪八戒为主角的有之，以白龙马为主角的亦有之，有的爱得惊天动地，有的甚至不惜来个性别转换……对世俗化的中国来说，《西游记》俨然已成为神话与信仰的一部分。

西方当然有类似的文化符号，能与《西游记》相提并论者无过于"亚瑟王神话"。"亚瑟王"的形象源自公元5、6世纪时期的古英格兰，时值凯尔特文化受基督教文化入侵的历史阶段，那是一个古老传统与新文明之间的交接期。"亚瑟王神话"主要讲述部落领袖亚瑟在魔法师梅林的指导下称王，建立起理想化的卡美洛王国，设立圆桌骑士，完成寻找圣杯等一系列丰功伟绩，后又陷入与麾下骑士兰斯洛特和王后桂妮薇的三角恋中，最终被自己与同父异母姐姐所生的私生子莫德雷德所杀，魂归阿瓦隆，理想王国宣告破灭。

毫不夸张地说，这一系列故事代表着西方人、尤其是北欧民族最朴素的价值观，众多形象深深烙印在西方文化深处，影响力绝不亚于东方的《西游记》。无数现代奇幻小说和电影都包含"亚瑟王神话"的内容，如同许多中国作品总有西游元素，总离不开孙悟空和哪吒一样，西方作家写作时也总是下意识地运用"亚瑟王神话"来给作品镀金。不仅如此，在20世纪上半叶，奇幻小说中还形成了一个专门的流派，即"重述亚瑟王神话派"。

其实从历史学的角度出发，亚瑟王和圆桌骑士们的真实身份几不可考。英国的早期编年史隐约记载了公元5世纪左右，当罗马军团撤离不列颠之后，本地部落领袖带领人民抵抗外族入侵的故事，"亚瑟"之名则首见于公元8世纪尼尼奥斯所著的《不列颠史》。当然，早期记载中的亚瑟和我们今天了解的"亚瑟王神话"中的亚瑟几乎没有共通之处。

迟至1136年，蒙茅斯的乔佛里用拉丁文写了一份手稿——《不列颠诸王史》，绘声绘色地描述了从不列颠的建立者布鲁图斯王开始的列王故事，其中不仅出现了亚瑟王，还出现了他的王后桂妮薇、叛徒莫德雷德和魔法师梅林等经典角色（但没有圆桌骑士）。乔佛里声称自己是从威尔士古书中汲取的信息——自然，所谓的"古书"早已失传。《不列颠诸王史》在诺曼征服后的英格兰上层阶级流行起来，很快又流传到法兰西与德意志地区，在那里受到更大推崇。时值中世纪，人们渴望看到理想化的骑士英雄，亚瑟王的故事正好拿来作为原型，添加罗曼蒂克色彩。罗伯特·华斯、西斯廷·德·托瓦、戈特弗里德·冯·斯特拉斯堡等著名中世纪作家从亚历山大大帝的征服、查理曼大帝的宫廷和罗兰骑士的歌谣中抽取元素，描绘出圆桌骑士的风采，也搭建起我们今天所见的"亚瑟王神话"的基本情节。

又过了两三个世纪，到15世纪中叶，英国人托马斯·马洛礼爵士在综合整理前人繁复的亚瑟王故事的基础之上，写下了著名的《亚瑟王之死》[1]。此书在历史上第一次脉络清晰地梳理了亚瑟王的一生，特别重要的是它用英语写成，让亚瑟王回了家。

文艺复兴以后，伴随骑士文化的没落和幻想文学的低潮，亚瑟王的故事相应地走向衰败，直到19世纪后期才逐渐重振旗鼓。在20世纪中叶"重述亚瑟王神话派"亮明旗帜前最著名的作品，当推1859年由桂冠诗人丁尼生勋爵所著的《亚瑟王传奇》，前文介绍的威廉·莫里斯也写过很多著名的亚瑟王诗歌。

"重述亚瑟王神话派"，顾名思义，是指现代奇幻小说通过各种改编，重新讲述"亚瑟王神话"，并将其作为小说的主体内容。按说一段古代神

---

[1] 当代"重述亚瑟王神话派"大多以这本名著为创作出发点。

话能有几本现代小说予以重述，就已经很对得住老祖宗了；盖不住亚瑟王的影响力实在太大，足以令作家们撇下万千神话不管，集中火力专攻于他。今日世界，这个独特的流派每年都会出版一些新书，市场影响力虽不算绝顶，亦无消减之势。林林总总的改编作品中，有现代人穿越回古英格兰的，有刻意模仿历史记载的，有把时代拉回到罗马时期的，也有延后到文艺复兴时期的，甚至有转世后循环斗争在现代美国的，不胜枚举。想要把上千种重新讲述的"亚瑟王神话"整理清楚，实在是一门学问。

但若要在无数作品中举出几部作为代表，特伦斯·汉伯里·怀特的"永恒之王"系列、玛丽安·纪默·布雷利的"阿瓦隆迷雾"四部曲和伯纳德·康威尔的"亚瑟王"三部曲便脱颖而出了。"永恒之王"系列足以撑起整个"重述亚瑟王神话派"，"阿瓦隆迷雾"四部曲则更为细腻，通过引入女性角色和非基督教视角，升华了"亚瑟王神话"的档次，其改编影片也相当出色。至于伯纳德·康威尔，他是乔治·马丁最喜欢的小说家之一，他的"亚瑟王"三部曲以现实性著称，是"重述亚瑟王神话派"近来的佳品。

"永恒之王"系列毫无疑问是20世纪"重述亚瑟王神话"之王。作者特伦斯·汉伯里·怀特（Terence Hanbury White, 1906—1964）是个出生于印度孟买的英国人，童年十分不幸，父亲是酗酒的印度殖民警察局局长，母亲则精神不稳，十四岁时双亲便告离异。同年，他被送回英国读书，在寄宿制学校的体罚制度和高年级学生的等级压迫双重桎梏下，身为"外来户"度过了不太愉快的学生生涯，幸而发愤图强，最终得以进入剑桥大学。在剑桥大学里，怀特在导师L. J.帕茨的指导下开始崭露头角，接连获得文学奖学金，还出版了小说和诗集，也正是在大学里，他开始深入研究托马斯·马洛礼爵士的《亚瑟王之死》，为日后的创作埋下伏笔。

1932年大学毕业后，怀特以教书为业，并于1936年写下广受赞誉的英格兰乡间生活传记《吾身属英格兰》。同年，怀特放弃了教书，在乡下租了间猎人小屋隐居，专心从事写作、养鹰、打猎和捕鱼。1937年秋，他在给朋友的书信中写道："某天晚上，我厌烦了所有的书，随手又把马洛礼的《亚瑟王之死》翻来瞧看。我这才突然发现，这是一部完美的悲剧，中间和结尾的线索被完美地埋在了开篇。书中人物都是真实的，能做出正常人所能做出的反应。"于是乎怀特产生了要为马洛礼的书作"序"的念头，这篇序将从怀特自己不幸的童年中抽取原料，用于抒写以往"亚瑟王神话"改编作品所忽略的部分——亚瑟王的童年。这篇序最后演变成一部长篇小说，也就是"永恒之王"系列的第一本——1938年出版的《石中剑》。

《石中剑》选取亚瑟王小时候（小名"小瓦"）的成长历程，以其童年期教育为主，到拔出石中剑称王为止，可以说至今也没有几部小说敢尝试挑战这段时期（部分原因是《石中剑》实在写得太好）。书中核心人物梅林和其他"亚瑟王神话"中的大魔法师形象有所不同，"永恒之王"系列的梅林固然也法力无边，却是"倒着活"的人——从20世纪倒退着活回去！他知道所有事情的结局，包括亚瑟王最终的悲剧，但他仍然努力教导亚瑟，以求挽回悲剧。

梅林先后把亚瑟王变成鱼、鹰、蚂蚁、猫头鹰、鹅和獾，教导不同的生活道理，以培养亚瑟王的情操。由于作者怀特的兴趣特别广泛，写书时便把丰富的知识派上用场，他笔下的中世纪场景是如此细腻，由他描写的鹰狩、捕鱼等场面格外真实。由于童年的波折，怀特很清楚青春期教育的重要性，他把自己化身为《石中剑》的梅林，透过梅林的教育来弥补自己童年的遗憾。《石中剑》除开上天入地的丰富想象，还有无处不在的幽默，尤其擅用时空倒错的手法，作为从现代活回去的人物，梅林时常背出现代台词，什么血管、电话、坦克等等，令人忍俊不禁。《石中剑》也是"永恒之王"系列里唯一一本无拘无束、快乐浪漫的书。

"永恒之王"系列本为五卷，但许多评论家只接受前四卷，不肯将最后一本《梅林之书》包括进去。因为《梅林之书》是在怀特逝世许久后的1977年才整理出版，未经作者润色，很多细节与前四本存在矛盾。整个系列伴随亚瑟王的成长而变得逐渐深沉,乌托邦式的童年不复存在,成人将面临许许多多的难关,而亚瑟王的故事本是人性的悲剧,田园牧歌终成梦中回味。第二卷《空暗女王》的主要人物是亚瑟王同父异母的姐姐摩高丝,塑造这个形象时,怀特非常痛苦,这本书也曾被退稿、改写了四次,因为摩高丝的原型其实是怀特之母。前已述及,怀特之母精神不稳,事实上,她是一位非常自私高傲的上层女子,曾造成怀特一家的分裂;与之相对,在"亚瑟王神话"传说中,亚瑟与姐姐通奸,日后遭到报应,与儿子同归于尽。怀特勉力把生母自私阴辣的特征注入这个"空暗女王"的形象之中。

另一条贯穿"永恒之王"系列始终的线索是亚瑟如何实现理想化的政治形态。在《空暗女王》中,亚瑟的第一个办法是相信自己的力量,以武力统一王国,随后他察觉到正确运用权力的必要性,于是设立了圆桌骑士,但接下来圆桌骑士事与愿违地变得堕落,亚瑟转而求助于信仰。在第三卷《残缺骑士》中,他要骑士们通过寻找圣杯来净化自身,结果仍无法解决根本问题,往后他开始改造权力,还政于民——在处理兰斯洛特与王后桂妮薇的偷情事件时,这点又令他自食其果。第四卷《风中之烛》写了亚瑟王在世的最后几十天,他来到与儿子莫德雷德决战的战场,自觉衰老又疲惫,浑不知错在哪里,不晓得胜败有何意义,彻底陷入了迷茫……

作者死后出版的"永恒之王"第五卷《梅林之书》接续了最终之战前的场景。梅林回到亚瑟王身边,又像儿时一样把他变成各种动物去体验生活、探寻真理,"永恒之王"系列终于寻回最初的和谐美。亚瑟王意识到,战争并非自己的错,根源在于人性本身。他回到战场上,提出将王国平分成两半,以期达成和平协议。可就在这时,一条蛇咬了莫德雷德的士兵,就像特洛伊城下的雅典娜一样重新诱发了战争。亚瑟与莫德雷德决战,双双战亡。

著名的奇幻编辑兼作家林·卡特曾如此高度评价"永恒之王"系列:"最能代表我们时代的奇幻小说,以任何标准而言,都只能是T.H.怀特的

'永恒之王'。"

前述诸书之外，"重述亚瑟王神话派"影响力较大的作家和作品还包括玛丽·斯图尔特（Mary Stewart）的"梅林三部曲"、帕克·高德温（Parke Godwin）的"火王"系列、理查德·摩纳哥（Richard Monaco）的"骑士传说"系列、大卫·达克（David Drake）的《龙王》、莎伦·纽曼（Sharen Newman）的"桂妮薇三部曲"、斯蒂芬·劳埃德（Stepen Lawhead）的"潘达刚"系列、哈顿·米兰顿（Haydn Middleton）的《莫德雷德》等等。值得注意的是，当代"重述亚瑟王神话派"运用最多的背景是还原公元5、6世纪相对原始的部落时代，反而像"永恒之王"这般大胆建构在中世纪盛期的较为少见。

第三章　载体的变幻之一：通俗杂志之春

说来有趣，我们的一生之中，可能经常遇到此类故弄玄虚的问题：如果把你一个人放逐到海岛上，只准带三样东西，你带什么？或者，如果世界即将毁灭，你会选择留下什么？

回答当然五花八门，有人说电脑，有人说书籍，有人说宠物，还有人只带心爱的手机！然而我相信，如果叫百年前的"古人"来作答，许多人会选择通俗杂志。

19世纪与20世纪相交时，社会正式进入工业时代，但娱乐方式还没有及时跟上，远不及现在丰富，杂志这种静态媒介因此脱颖而出，短暂地成为人类表现文艺精神的最佳舞台。尤其在两次世界大战之间的二十年里，通信、交通与印刷术的发展进一步拓展了杂志的发展空间，杂志的审美机制和发行模式逐渐趋于成熟定型。与之相对，电影界才刚发明黑白默剧，新兴的好莱坞如少年般摸索探寻着；电视还是遥不可及的梦想，连收音机也直到二战前才逐渐普及。在这样的环境下，杂志由于其方便快捷的优势特点，地位相当于如今的网络，享受到了短暂的黄金时期。

在当时的美国文化市场，最受欢迎的是通俗杂志（pulps）。流行的通俗杂志不仅刊登奇幻与科幻文学，还刊登西部文学、侦探文学和哥特文学等类型文学。

文学杂志本身兴起于19世纪后期，最初的式样跟书籍没什么区别，同样拥有书脊，使用与书籍相同的纸张与开本，只是出版时间固定，颇似今日的mook①，主要是欧洲中产阶级的消费品。例如维多利亚时代后期英国的《海滨杂志》，就培养出包括阿加莎·克里斯蒂、柯南·道尔等在内的若干名人，也是早期幻想小说的发表阵地之一。两次世界大战之间，世界经济经历了短暂繁荣，随后又爆发了严重的经济危机——在美国被称为"大萧条"——此时从老的文学杂志里分化出两个新类别，一类是大开本杂志，采用彩色印刷，植入大量广告和新闻信息等，这类杂志最终成为当代杂志的主流（当然，其中很多内容已不再与文学有关）。

另一类便是通俗杂志，它采用粗糙的廉价纸张印刷，坚持以小说为本，图少文多，价格低廉，几乎没有广告或者其他五花八门的内容，单靠满满载载的故事来吸引读者，读者读它就是为了读故事，因而对看故事的人而言就显得特别值当！当时奇幻通俗杂志的佼佼者是《诡丽幻谭》。②

《诡丽幻谭》创办于1923年，它是罗伯特·霍华德、H.P.洛夫克拉夫特和克拉克·史密斯这美国早期奇幻"三杰"的主要阵地。作为迄今为止最具影响力的奇幻文学刊物，曾直接哺育出"剑与魔法"和"克苏鲁神话"两大流派。《诡丽幻谭》上诞生的"三杰"，笔者此前已介绍过两位，名列第三的克拉克·史密斯并未开宗立派，文学地位上显得没有前两位大师那么耀眼，但要说在《诡丽幻谭》上弄潮，风头却是一时无双。

克拉克·阿斯顿·史密斯（Clark Aston Smith, 1893—1961）出生于加利福尼亚，与洛夫克拉夫特相似，他自幼疾病缠身，性格羞涩敏感，也没接受过太多正规教育，高中没上多久便退学了。但他拥有非凡的记忆力，在绘画、雕塑等领域造诣颇深，常人难以忍受的病痛亦成为创作灵感的来源。他十一岁就模仿《一千零一夜》发表了两篇小说，十三岁开始写诗并迅速成名，十九岁时出版了第一本诗集，被誉为"太平洋畔的济慈"。1922年，洛夫克拉夫特首先注意到他，并给他写信，两人因而

---

① 将杂志（magazine）和书籍（book）合在一起，成为独具魅力的"杂志书"（mook）。
② 此种模式，其实与中国20世纪末21世纪初的《科幻世界》《今古传奇》等杂志的运作有异曲同工之妙。

结下毕生友谊。1926年，洛夫克拉夫特把史密斯介绍给了《诡丽幻谭》，从此史密斯成为《诡丽幻谭》上的常客，与霍华德及洛夫克拉夫特组成杂志里和杂志外的"铁三角"。

作为诗人，史密斯的辞藻华丽奇诡、底蕴深厚，除开创性稍逊外，他在文字上甚至胜过洛夫克拉夫特，幻想构思与环境烘托也更为出色。他的作品主要可归为四大设定，分别是波塞冬尼斯大陆[1]、终北大陆[2]、阿韦鲁瓦涅省[3]、佐希克大陆[4]，此外还有不能严格归入这四大设定的几十篇小说（包括《烈焰高歌之城》等名作），以及无数小说的残篇、纲要等等。

不过，史密斯的创作巅峰也是中道而止的。20世纪30年代中期，史密斯的父母相继去世，随后霍华德以及密友洛夫克拉夫特的死给了他沉重的打击，虽然史密斯本人直到二十多年后才与世长辞，但自洛夫克拉夫特去世后，他几乎在文坛上销声匿迹，再未发表什么作品[5]，转而以雕塑自娱，这也间接加剧了《诡丽幻谭》的衰微。

《诡丽幻谭》之外，当时名扬天下的通俗奇幻杂志还包括周刊形式的《故事杂志》（*The All-Story Magazine*）和著名科幻编辑约翰·坎贝尔创办的《未知》（*Unknown*）等等。当然，从严格意义上说，杂志时代出现的第一次奇幻高潮只是相对于奇幻文学以前的状况而言，这些奇幻杂志尚无法与当时流行的其他通俗杂志相提并论。比如从发行量讲，《诡丽幻谭》月刊尚不足五万本，而特别流行的通俗杂志能超过一百万本。

文学杂志的好景不长，它在工业社会里毕竟是一种过渡性载体。它比图书灵活，但相对来说没有图书严谨，收藏和保存价值较低，受环境和舆论影响更大。它的地位是脆弱和不稳固的，随着科技不断进步，杂

---

[1] 亚特兰提斯大陆沉没后的残余，史密斯在该设定下有五篇小说。
[2] 此设定沿袭自霍华德等人，史密斯在该设定下有十篇小说。
[3] 幻想的法国中世纪省份，与《死灵之书》并驾齐驱的《伊波恩之书》译本的来源，史密斯在该设定下有十余篇小说，大多可归入洛夫克拉夫特的"克苏鲁神话"体系。
[4] 未来地球唯一可供人居住的大陆，史密斯在该设定下有十六篇小说。
[5] 这就是为何他后期的作品多为残篇、纲要，因为根本就没有完成。

志自我更新的手段很有限，尤其是它无法提供最关键的视觉刺激，从一开始就为衰落埋下了伏笔。此种苗头在20世纪30年代中后期收音机和好莱坞电影兴起时，已经比较明显了。

二战期间，战争导致纸张紧张，通俗杂志大受打击；二战之后，电影、漫画、电视与平装书百花齐放，更是对杂志业的致命一击。此时的通俗杂志开始向轻杂志方向转换，不再把自己打扮成一本密密麻麻的故事书。此时诞生的奇幻杂志包括《幻界冒险》（*Fantastic Adventures*）、《低语》（*Whispers*）、《科奇幻》（*Science Fantasy*）和延续至今但发行量已降至一万册左右的《奇幻与科幻杂志》（*The Magazine of Fantasy & Science Fiction*），它们都没掀起什么风浪，反倒是同时代的科幻杂志，随着科幻"黄金时代"的到来，短暂享受过一段辉煌。

作为奇幻杂志代表的《诡丽幻谭》自20世纪40年代起经历了一系列编辑更迭、财务困难、中途停刊等动荡，它后期的成就是培养了一批未来之星，名垂科幻史的雷·布雷德伯里、"剑与魔法"流派的优秀继承人弗里茨·莱伯等最初都在这里生长。1954年9月，《诡丽幻谭》在发行二百七十九期之后终于支撑不住，只好关门大吉。后来在1988年，又有人出资让它重新运转，杂志经过多次转手折腾，勉强延续至今（到2019年，该杂志已发行至三百六十三期，值得注意的是，2011—2019年间总共才发行四期，处于半死亡状态）。

20世纪80年代开始，奇幻杂志的新动向是以《巨龙志》《地城志》为代表的TRPG（桌面角色扮演游戏）杂志及作为生力军加入的各种同人志。这是一个类型融合、内容多元的时代，传统杂志中也竞相加入介绍评论、插画图片、卡通连载、幻界新闻、读者交流，著名的《轨迹》杂志甚至不发表任何小说，只刊登业界新闻。然而网络时代紧接着到来，又给了传统杂志以致命一击。《巨龙志》《地城志》等纷纷取消传承达四分之一个世纪的纸质版，改为电子版，老牌杂志《奇幻与科幻杂志》被迫改单月刊为双月刊。一些幻迷顺势打造出许多免费的电子杂志，但受众很小，成不了气候。

这期间涌现的新杂志包括《奇幻国度》(*Realms of Fantasy*)、《黑门：探索奇幻文学》(*Black Gate: Adventures in Fantasy Literature*)等。

总体来看，奇幻杂志处于无可挽回的羸弱式微期，也泰然接受了自己的配角地位。它能给新作者提供不大不小的空间和故事模式的试验田，给老作者提供发表外传和彩蛋的机会，也给忠诚的读者一份回馈与调剂（目前欧美奇幻杂志的主要订户都是老读者），但在开拓方面有心无力。当代属于书籍、专业出版社和网络，杂志载体很难有翻身之日。

必须明确的一点是，奇幻杂志的衰颓绝不代表奇幻文学的没落，实际上，在奇幻杂志兴盛的年代，奇幻文学往往被看成花边文学，难登大雅之堂；而在书籍时代，奇幻文学却又能冲入无数畅销榜，获得交口称赞。如今的西方奇幻文坛，从写作、出版到周边开发均已完全实现商业化，允许作家经年累月地打造重磅书籍来满足粉丝群，这是杂志载体绝对做不到的事。成熟的运作体系一方面使得奇幻作家们纷纷实现职业或半职业化创作，另一方面也让奇幻作品越来越厚重，绝大多数名家直奔长篇而去，甚至连新秀也是如此。既然市场这般，辛苦挖掘作者的出版社都想将之"套牢"，它们会鼓励作者一举签下多部曲合同，也就是多年的"卖身契"。

与之相比，我国的幻想文学市场走向了另一条岔道，也就是通过网络文学来实现"弯道超车"，这点将在后文中仔细辨析。

第四章　漫长的中世纪

20世纪20年代末开始，美国科幻小说进入成熟期。

科幻小说与奇幻小说虽属同门，但挤在同一个屋檐下，彼此也一直存在微妙的竞争关系。在两次世界大战之间的间歇期，奇幻文学迎来以通俗杂志为载体的第一次高潮，不幸的是，高潮来得快去得也快，很快便淹没在科幻"黄金时代"的夺目光芒当中。

1928年，雨果·根斯巴克创立《惊奇故事》（*Amazing Stories*）杂志，专门刊登科幻小说。不仅如此，雨果·根斯巴克还要求作者们在写作科幻小说时，有意识地摈弃缺乏科学元素的幻想成分，务必做到"每篇小说都讲述一个科学原理"——颇有数十年后国内业界的科普之风——那个时代，出现了以杰克·威廉森等为代表的第一代科幻作家。又过了十年，人类对技术的乐观情绪更为高涨，而科幻史上最伟大的编辑约翰·坎贝尔登上历史舞台，由他主编的《惊险科幻故事》（*Astounding Science-Fiction*）和《未知》（*Unknown*）培养出罗伯特·海因莱因、艾萨克·阿西莫夫为首的一大批大师级人物。

20世纪30年代末到50年代末，一般被称为美国科幻文学的"黄金时代"，甚至被称为"坎贝尔时代"。同时这也成了奇幻文学的"中世纪"，奇幻文学经历了暂时的低潮，暗中积聚着能量，直至《魔戒》破土而出。

第一节　黄金假面

科幻黄金时代的奇幻在夹缝中生存：一方面，奇幻杂志在电影、电视等新兴娱乐方式的冲击下纷纷倒闭；另一方面，战后的公众情绪更多停留在对二战时极大发展的技术的敬畏之情上，科学遂成为新的宗教。

翻遍此时的作家名录，基本上没有纯粹的奇幻作家，但与容易产生的误解相反，那批光鲜的"科幻大师"，譬如艾萨克·阿西莫夫、波尔·安德森、罗伯特·海因莱因等等，他们从来不"纯粹"，而是双栖乃至多栖作者。只因"黄金时代"的读者口味更倾向于硬科幻，创作重心才有所倾斜。如今回顾20世纪50、60年代的奇幻名篇，我们会恍然发现它们大多出自那批"科幻大师"之手。

一个典型例子是弗里茨·莱伯（Fritz Leiber, 1910—1992）。莱伯在世界幻想文学的三大奖项（"雨果奖""星云奖"和"世界奇幻奖"）中共计获得三十次以上提名，且曾三次同时获得"雨果奖"和"星云奖"！1976年，他被授予第一届"甘道夫奖"，即"奇幻终身成就奖"，后又被美国科幻与奇幻作家协会授予"大师特别奖"。这样一位大师，父母均为著名的莎士比亚戏剧演员，受他们影响，诗歌般的语言和戏剧化的人物一直是莱伯的拿手好戏。

莱伯的第一篇小说《二人历险记》发表于1939年，书中两名主角——野蛮人法夫纳和身手敏捷的盗贼灰鼠是他一生最伟大的创造，这两个形影不离的人物成为了新一代"剑与魔法"小说的代言人。弗里茨·莱伯的早期创作受H. P.洛夫克拉夫特的影响很大，1943年的《魔妻》（*Conjure Wife*）被认为是第一部现代女巫小说，曾三度改编为电影。同年的《聚集吧，黑暗》（*Gather, Darkness!*）、1953年的《你永远孤独》（*You're All Alone*）、1953年的《绿色千禧年》（*The Green Millennium*）和1977年的《我们的黑暗夫人》（*Our Lady of Darkness*）（曾荣获1978年"世界奇幻奖"的"最佳长篇奖")等均以超自然邪恶力量为主题。

　　法夫纳与灰鼠作为莱伯在奇幻文学上的主要贡献,与科南的特点明显有所不同。法夫纳是莱伯版的科南,高大的北方野蛮人,同时又以莱伯自己为原型,具有罗伯特·霍华德的科南所没有的幽默感;灰鼠曾是雇佣法师的学徒,身材矮小,身手敏捷,为人机智狡猾,乃是以莱伯的密友哈利·奥托·费舍尔为原型。整个系列之所以写得得心应手,很大程度上是因为这就是莱伯自己的生活。法夫纳与灰鼠两个浪荡儿在纽沃恩大陆(Nehwon)最伟大的城市兰柯马城(Lankhmar)一见如故,旋即成为伙伴,两人本领高超,又都贪财好色,整个系列讲述的就是他俩在酗酒、偷窃、赌博和争斗之余完成了一个又一个任务。由于广受欢迎,该系列延续长达半个世纪,从1939年的《二人历险记》至1988年的《灰鼠下地》,可谓长盛不衰,纵然系列作品多为中短篇小说,只有《兰柯马之剑》一部为长篇。

　　"法夫纳与灰鼠"系列的发生地纽沃恩大陆,便是英文"no-when"两个单词的谐音,意为"无此地"。兰柯马城位于纽沃恩大陆中央,既为法夫纳与灰鼠的相遇之地,也是他俩一次又一次冒险的起点。此城拥有迷宫般复杂的巷弄、臭名昭著的盗贼公会、上百个神灵的庙宇,下水道里还有高智商的巨鼠蠢蠢欲动——总之,它便是奇幻作品中常见的大都市原型。法夫纳与灰鼠不仅在城市里冒险,后期随着故事扩展,足迹还踏遍整个纽沃恩大陆,凄凉海岸、水淹之泽,乃至死亡之地,都被他们一一征服。在一系列冒险故事中,弗里茨·莱伯对节奏的把握、对诙谐语言的运用一直为同行们津津乐道。中国读者熟悉的幽默奇幻大师特里·普拉切特就是弗里茨·莱伯的忠实仰慕者,著名的"碟型世界"系列里有很多法夫纳与灰鼠冒险的影子,对此普拉切特并不讳言。

　　1971年,"法夫纳和灰鼠"系列的中篇《兰柯马城屠贼记》赢得"雨果奖"和"星云奖"双奖!——这是世上绝无仅有的几部同时得到双奖认可的奇幻小说,更可贵的是还发生在20世纪70年代初。

　　雷·布雷德伯里(**Ray Bradbury, 1920—2012**)是另一位双栖典型,

此人从科幻"黄金时代"一路活跃至21世纪，文字利落流畅，描写生动形象，不只是类型文学大师，更是现代美国数一数二的文法家。他不仅获得过"世界奇幻奖"的"终身成就奖"与美国科幻与奇幻作家协会颁发的"大师奖"，还获得过"美国国家图书勋章""美国国家艺术勋章"和"法兰西艺术骑士勋章"。他的小说甚至出现在中小学教材里，成为美国语文的范文。

布雷德伯里生于美国伊利诺伊州，十二岁时蒙他人赠送一部打字机作生日礼物，藉此走上写作之路，1950年的《火星编年史》和1953年的《华氏451度》让他三十岁出头就成为公认的大师。他一生以短篇小说著称，中短篇小说在四百篇以上，而长篇仅写了十部左右。很多人不清楚，雷·布雷德伯里出版的第一本书，亦是他的第一部短篇小说集《黑暗嘉年华》（*Dark Carnival*, 1947），实乃正宗的恐怖奇幻，由出版"克苏鲁神话"作品的阿卡姆出版社推出，操刀编辑正是H.P.拉夫克洛夫特的大弟子奥古斯特·德莱斯。

1962年，雷·布雷德伯里的名著《必有恶人来》问世，此书后来进入"当代奇幻大师杰作"系列。《必有恶人来》以两名年近十四岁、即将告别童年的男孩为主人公，他们生活在典型的美国小镇绿镇上，某日马戏团来镇子举办嘉年华盛会，随之出现了很多怪事。孩子们发现，坐上马戏团里表情扭曲的旋转马车竟能改变年龄，每向前旋转一圈可增加一岁，每向后旋转一圈则能年轻一岁！实际上，马戏团是邪恶的化身，企图通过人类对生老病死的恐惧来攫取生命，作为维持马戏团的养料。孩子们想长大，大人们想变小，坐上马车虽能改变生理年龄，却无法改变心智，被它影响的人终将无法融入原来的生活，而被迫跟随马戏团巡游。明白这点后，孩子们最终粉碎了马戏团的阴谋。

这部小说是"绿镇"三部曲的第二部，它透过孩子们的眼光，把布雷德伯里对童年、生命和故乡的思考紧密结合起来，曾多次改编为影视剧，1983年迪士尼版《必有恶人来》还由雷·布雷德伯里亲自担任编剧，而2011年风靡全球的幻想小说——埃琳·摩根斯顿的《夜晚马戏团》则以《必有恶人来》为直接灵感来源。

今天月球上有一个大坑被取名为"蒲公英坑",这个名字来自"绿镇"三部曲的第一部《蒲公英酒》(《必有恶人来》的前传),"绿镇"三部曲的第三部叫《告别夏天》,此外雷·布雷德伯里还写了同一世界观下的短篇集《夏天的晨与夜》(Summer Morning, Summer Night)。

或许某些阅读量丰富的读者认为布雷德伯里和莱伯等人文风不够"硬",尚不足为训!那再看看另一位"黄金时代"的大师波尔·威廉·安德森(Poul William Anderson, 1926—2001)。这位可是明尼苏达大学物理系出身,公认的硬派代表,七次"雨果奖"和三次"星云奖"得主。波尔·安德森的父母都是北欧人,因而他与北欧神话颇有渊源,这是他幻想文学创作的一大灵感来源。安德森的第一部长篇科幻小说《世代的苍穹》(Vault of the Ages)发表于1952年,两年之后的1954年,他便写下英雄奇幻的里程碑作品《断剑》(The Broken Sword)。《断剑》与《魔戒》的初版大约同时出现,也同样从冰岛传说、挪威传说等原材料中汲取养分。故事发生在维京人入侵时期的英格兰,蛮人奥姆来到撒克逊人的海岸,抢夺土地,强占女人,从而触怒了精灵领主。在他的孩子斯卡弗克诞生前夕,精灵偷走了他的孩子,替换成小精灵,毁了奥姆的后半生。斯卡弗克在精灵中长大,并逐渐成名,但他在命名日那天收到了一份黑暗的礼物,一份来自神的礼物——一把断裂的黑剑,预言他将在末日决战中使用它,并因之丧命……整篇小说犹如一首雄浑悲壮的瓦格纳史诗歌剧,令人久久回味。

1961年,波尔·安德森把他1953年写作的中篇小说《三心三狮》(Three Hearts & Three Lions)改编为长篇。此书主人公是二战时期丹麦地下反抗组织的成员,被莫名其妙召唤到另一个时代,在那里,巨魔、龙和巨人正要征服人类,而主人公身边仅有一个吵闹的矮人、一个化身天鹅的美貌女子和召唤他的女法师——"亚瑟王神话"中的莫根·拉菲。透过三心三狮的盾牌纹章,主人公意识到自己就是丹麦远古神话中的英雄,而他掌握的现代科学知识在战争中发挥了独特的作用,并且他还爱上了那位天鹅女（此套路在我国网络穿越小说中屡见不鲜，想必大家并不陌生）。

波尔·安德森的著名奇幻小说还包括"行动异世界"两卷（*Operation Other World*），在那异世界里，魔法与科技并存，二战各国使用的是独角兽骑兵、隐形头盔和变身特种兵；重写丹麦神话《赫罗夫·克拉奇王传奇》（*Hrolf Kraki's Saga*, 1974）；改编莎士比亚戏剧的《仲夏夜风暴》（*Midsummer Tempest*, 1974）；科南小说《叛乱者科南》；他还和妻子凯伦·安德森合著了"伊苏之王"系列（*The King of Ys*）。

不用说，波尔·安德森也荣获过"世界奇幻奖"的"终身成就奖"，这样的例子在"黄金时代"的科幻大师中不胜枚举。我们看过海因莱因的《星船伞兵》，却没关注过他的《光荣之路》（*Glory Road*）；我们追捧阿西莫夫的《基地》，却没发现他还编著有长达十一卷的"奇幻魔法世界"（*Isaac Asimov's Magical Worlds of Fantasy*）。很大程度上说，从来也没有一批不写奇幻只写硬科幻的大师，现代奇幻一直与科幻的"黄金时代"同在，只不过后者更能得到读者的关注，因而更夺目罢了。

理清这点，方才能理解整个生态。

风水轮流转，科幻"黄金时代"在20世纪50年代达到巅峰，随即于60年代走向没落。50年代的作品过于乐观，对技术的赞颂已达到顶点，相对来讲，对人性乃至人类本身的考察却显得单薄。随着二战硝烟逐步散去，冷战阴云笼罩，环境问题日益突出，人类社会面对着许多更复杂而具体的问题，世界思潮向多元化方向大步演进，大一统式的"黄金时代"作品受到质疑和挑战在所必然。除此之外，科幻文学很大程度上是"点子"文学，许多大师在文笔上的缺陷开始逐渐暴露出来，改革迫在眉睫。

新的审美情趣在20世纪60年代中期走向成熟，即所谓的科幻"新浪潮"。新浪潮作品重视对人的全方位考察，广泛接受和吸纳主流文学与其他类型文学的创作特点，模糊了幻想文学各门类之间的藩篱与界限，它的旗手包括罗杰·泽拉兹尼、厄修拉·勒古恩、迈克尔·摩考克等人。

"新浪潮"之后,纯粹的"黄金时代"科幻小说再也没有达到当年的影响力。而在科幻"新浪潮"的大潮里,除大量存在双栖作家,更重要的是涌现过一种科幻与奇幻的杂交体,即"科奇幻"。

"科奇幻"的英文原名为"science fantasy",又称"神话体"科幻小说。它顶着"科学"之名,仍然发生在物理宇宙中,以科技元素为支撑,但不吝啬凸显神灵与魔法之力,从而模糊了界限。此类作品探讨的往往不是什么大发明、大发现,而是人之为人的本质和人类的历史。

将"神话体"演绎得出神入化的首推美国人罗杰·泽拉兹尼(Roger Zelazny, 1937—1995),此人是六次"雨果奖"和三次"星云奖"得主,1969年成为职业作家,活跃于20世纪60年代至80年代。泽拉兹尼的长篇小说处女作《不朽》发表于1966年,一举荣获"雨果奖"。该小说描写地球因核战毁灭,织女星人成为地球的主宰,但以主人公为首的"回归主义者"并不甘心。这篇小说融合了大量宗教神话元素,包括希腊神话、巫毒教、狼人等等,堪称是"科奇幻"的试水之作。

"科奇幻"的里程碑作品则是泽拉兹尼出版于1967年、赢得"雨果奖"和"星云奖"双奖的《光明王》。《光明王》搭建了恢弘的故事架构,说的是人类殖民者征服了一个土著星球,并在当地繁衍生息,首批殖民者为确保因技术而享受的特权,便将地球上的印度教和种姓制度搬到外星,将自己打扮为神,以愚弄民众——其实,民众都是他们的后代!——并通过业报轮回之说,企图永远君临天下。然而他们中的一员愤于此种不公,飘然下界,化身"释迦牟尼",带领凡人起来反抗。这本书合理运用了古印度的传说,将一部外星殖民史演绎为《罗摩衍那》式的史诗,让人不能不击节赞叹!

罗杰·泽拉兹尼最为大家熟悉的奇幻作品是他在20世纪70年代倾心打造的"安珀志"系列。在这个系列里,"安珀"是诸界中唯一真实的世界,包括地球在内的其他世界均是其倒影,拥有超能力的安珀王子可通过强大的心灵塑造能力在世界之间穿梭,他们钩心斗角、彼此竞争,都想成为安珀的主宰。该系列围绕一位失忆后被流放到地球上的王子的复仇展开，逐步引出安珀世界的真容，系列前半段极其刺激，但后期颇有乏力迹象，部分原因是泽拉兹尼受同时创作的科幻作品影响较大，把奇幻书也生生写成了"点子文学"——概念出色，铺陈较差，缺乏细节。"安珀志"系列前五本（《安珀九王子》《阿瓦隆之枪》《独角兽之兆》《奥伯龙之手》《混沌王廷》）原文加起来总共才不过六百页，却企图讲述普通史诗奇幻若干卷方能讲述清楚的内容，今日观之难免显得有些空洞。

1985年至1991年间，罗杰·泽拉兹尼创作了"安珀志"后传系列（《末日主牌》《安珀血脉》《混沌之兆》《暗影骑士》《混沌王子》），这五本后传以上代主人公之子为中心人物，在"剑与魔法"之外加入电脑等现代科技。此外，"安珀志"作为奇幻大系，还包含泽拉兹尼的另外七个中篇故事、一本设定集以及别人补写的"安珀志"前传系列五本（《安珀黎明》《混沌安珀》《统治安珀》《安珀阴影》《混沌之剑》），另有电子游戏和桌面角色扮演游戏[①]。

罗杰·泽拉兹尼的其他"神话体"小说还有：1969年的《光与暗的生灵》，此书堪称《光明王》的姐妹篇，只是舞台提升到全宇宙，印度神系变成埃及诸神，文字也更晦涩；1971年的《影子杰克》设定在公转与自转相同，因而始终一面光明一面黑暗的星球上，光明的一面科技发达，黑暗的一面则由魔法统治；1980年的《科魔大战》等等。

"科奇幻"的巅峰成就要数安妮·麦考菲利（**Anne McCaffrey, 1926—2011**）的"佩恩龙骑士"系列。佩恩是一颗类地球的可居住行星，拥有完全合乎科学逻辑的物理规则，同时又由龙和龙骑士主宰，并与周而复始的毁灭命运作斗争，可谓再典型不过的"科奇幻"小说。

书中说到未来人类探索宇宙，一支队伍来到人马座阿尔法的某颗行星上，此行星虽然美丽，却有一些难以解释的荒漠，探索队将这里标记为"类地球，但缺乏开发价值"（Parallel Earth, Resources Negligible），缩写为P.E.R.N——这就是佩恩的由来。

---

① 开创了角色扮演游戏的新流派——"无骰游戏"，即游戏判定无须骰子。

若干年后，另一队殖民者来到这个星球，他们厌倦了战争，决心回归淳朴的农业社会，不再发展技术。起初一切都很顺利，然而恐怖的危机悄然来临，天空降下一种被称为"毒雨"的孢子（这些孢子是一颗围绕佩恩运行的彗星的产物），此种孢子贪婪地吞噬一切有机物。为躲避它，佩恩人一开始不得不藏到地下。

然而人类并不甘心束手待毙，他们找到了一种原生动物——火蜥蜴。火蜥蜴有两个胃，其中一个可消化岩石，将之转化为火焰，它还能与人类建立心灵感应。以此为基础，人类培养出龙，进化后的龙被赋予极高的智慧和心灵感应能力。每条龙孵化之后都必须选择主人，并与其紧密联结，分享感情、思想、欲望和需求，终至生死相依，由此诞生的龙骑士肩负起了飞上天空摧毁毒云的重任。

由于龙骑士的出现，佩恩星人被划分为龙骑士、堡垒领主、手艺人和无地者四大阶层，而毒雨至少两百年才出现一次（有时甚至长达数百年）。在几百年的间隙中，灭世威胁难免被遗忘，社会斗争纷起，甚至龙骑士被屠灭殆尽……整个"佩恩龙骑士"系列就讲述了两千年间人类迎接九次大灾难的故事。

"佩恩龙骑士"系列的作者安妮·麦考菲利生于美国马萨诸塞州，大学时代专攻斯拉夫语和斯拉夫文学，1968年以"佩恩龙骑士"系列的第一部《飞龙》崭露头角。她是第一位以小说作品荣获"雨果奖"和"星云奖"的女性，一生自著与合著了七十多部长篇小说，获得了美国科幻和奇幻作家协会颁发的"大师奖"称号。截至2022年，"佩恩龙骑士"系列已有二十四部长篇小说和两个中短篇小说集问世，还衍生出世界设定集、桌面游戏和电脑游戏等。值得注意的是，2003年后由于精力问题，麦考菲利的"佩恩"小说多与儿子托德·麦考菲利合著，而她的小女儿也于2018年单独出版了"龙骑士"系列小说，可谓子继母业，一家人将龙骑士发扬光大了。

从20世纪末到21世纪初，"科奇幻"流派值得关注的作品还包括詹姆斯·莫里诺的《世界毁灭之路》（*This Is the Way the World Ends*）、L.E.

莫德塞特的"隐士传奇"系列①（*The Saga of Recluce*）、帕特里克·蒂利的"美铁战争"系列、C. S.弗里德曼的"冷火"三部曲、理查德·莫根的"英雄之地"三部曲（*A Land Fit for Heroes*）等等。

第二节　永恒斗士

花开两朵，各表一枝。二战前后，美国进入科幻"黄金时代"，在现代奇幻的发源地英伦三岛，奇幻文学也并未停滞不前。大西洋彼岸诞生了"克苏鲁神话"和"剑与魔法"两大流派，老欧洲则孕育出"史诗奇幻"这一擎天巨树，"孩子"与"母亲"的步调不同，深层原因当然与彼此不同的文化底蕴息息相关。

谈论20世纪上半叶的英伦奇幻，首先要追溯到世纪之初对H. P.洛夫克拉夫特的创作产生过重要影响的威廉·霍普·霍奇森（William Hope Hodgson, 1877—1918）。霍奇森1877年生于英国埃塞克斯郡，脾气倔强，十三岁便逃学去当水手，经过四年学徒生涯，又在利物浦学习了两年，终于获得海员证书。海上讨生活十分辛苦，迫使霍奇森锻炼身体，成为"全英格兰排得上号的好手"……海上的风暴、恶劣的环境、人与自然的搏斗和无法预料的致命危险，这些都构成了后来霍奇森小说中反复出现的意象与符号。

霍奇森文学生涯的第一站是诗歌，但他的诗在当时未得赏识（有些甚至直到2005年才首度出版面世），霍奇森对此曾愤愤不平地说："诗人要想活命，先得学会题墓志铭！"然而此处不留人，自有留人处，1906年，有家美国杂志刊登了他的恐怖奇幻小说，激发了他走奇幻文学创作之路。此后几年，他在大西洋两岸的杂志上卖出了许多作品，而标志他真正登堂入室的是1909年的《边陲鬼屋》，从1910年开始，霍奇森又撰写了颇受大众欢迎的连载小说"幽灵侦探"系列。

---

① 又一个大系，至今已有二十多部长篇小说，尤以魔法描写著称。

由于一战紧接着爆发，霍奇森战死于1918年的第四次伊普尔战役，他的创作生涯并不长，只有十年出头，留下的作品以《边陲鬼屋》《幽灵海盗》《格兰·卡格号的救生舟》和《夜之地》四部影响最大。这些书多取材于霍奇森自己的生活，始终充斥着诡异压抑的恐怖气氛。

《边陲鬼屋》发生在一所孤独怪诞、已成废墟的爱尔兰别墅，两位来此宿营钓鱼的人发现了一本破损的笔记，笔记由前屋主写就，倾诉了一个跨越已知维度的超自然故事；《幽灵海盗》则讲述一艘厄运临头的船只的最后一次航行，如何在大海汪洋中与从前的海盗化身的恶魔作殊死搏斗，最后归于失败；《格兰·卡格号的救生舟》刻意运用仿古笔法，叙述了一位于1757年坐格兰·卡格号出海失事的男子，乘救生舟在海上漂流的离奇经历，经过艰苦和恐怖的磨难，终于回到伦敦；《夜之地》是一部长达五百多页的长篇小说，亦是霍奇森毕生最长的作品，书中的离奇故事发生于17世纪，一位男人悲痛爱人去世时，惊讶地发现自己能梦见未来的世界，而他在那里能与爱人重聚。那个未来世界是无数纪元之后的地球，此时太阳已经熄灭（故此名为"夜之地"），仅存的人类聚集在一些巨大的金属金字塔周围，被邪恶势力围困。小说围绕这名男子在夜之地的旅行冒险而展开，乃是穿越类小说的鼻祖。

H.P.洛夫克拉夫特曾高度评价这位被遗忘的大师："霍奇森先生在超现实文学上是继阿尔杰农·布莱克伍德（Algernon Blackwood）之后的第二人。没人能像他那样准确地勾勒未知的力量与恐怖，并通过文字传递建筑物或地点本身所蕴涵的怪异感。"

一战结束后，维多利亚时代正式落幕，但英国仍是世界上数一数二的强国，在两次大战之间享受了夕阳的辉煌与短暂的平静，在奇幻文学方面则为史诗奇幻的诞生做了充足的准备。1922年，英国著名作家 E. R. 艾迪生（E. R. Eddison, 1882—1945）的《奥伯伦巨虫》发表，它是史诗奇幻从《世界之外的森林》的雏形发展到《魔戒》这个成熟阶段的跳板之一。所谓"奥伯伦"，乃是头咬尾巴、无始无终地旋转轮回的大蛇形象，该形象在人类的许多文化中都曾留下痕迹，包括挪威神话、希腊神话、基督教文化等等，它代表轮回、结合与永恒——艾迪生将此寓意运用到小说之中，讲述了恶魔之地的三位君主为救出同伴（本来有四位君主）与巫术之地的国王开战的故事，书中所有的事都会轮回重演，譬如国王死了两回，主线任务执行了两次，甚至小说开头和结尾都是巫术之地的使节来到恶魔之地等等，无始无终地反复。

《奥伯伦巨虫》之所以经久不衰①，当然不只是因为它沿用了"大蛇"这一经典形象，更在于其破天荒地将拥有详细年代大事记的架空世界引入奇幻领域，并以丰富的语言进行世界塑造。当然，此书的缺点也很多，艾迪生胡乱引用16、17世纪的英国名人名言，这些名人名言和北欧神话般的故事氛围纠缠在一起，显得相当不伦不类。

艾迪生的创作并未以此告终，他后来又写了新的"第二世界"奇幻"济米瓦亚"三部曲（Zimiamvia）和一些以挪威传说为素材的历史奇幻。与托尔金写《魔戒》一样，"济米瓦亚"三部曲也耗费了艾迪生十数年光阴和心血，三部曲的最后一部《魔则坦之门》本是残篇，是他妻子在他逝世多年后整理笔记出版的。

在史诗奇幻的先驱之路上，在威廉·莫里森的《世界之外的森林》、邓萨尼勋爵的《精灵王之女》和E.R.艾迪生的《奥伯伦巨虫》之后，很快又诞生了"歌门鬼城"系列②。

国内读者对"歌门鬼城"系列远比对《奥伯伦巨虫》熟悉，除了引进过精湛的译本，还要归功于英国BBC公司在世纪之交曾花费巨资打造剧集，并获得过很高评价。"歌门鬼城"系列的作者马文·匹克（Mervyn Peake, 1911—1968）既是小说家，又是著名插画家、剧作家与诗人，国人耳熟能详的许多外国名著的插图本，如《格林童话》《金银岛》等都出自他的手笔。鲜为人知的是，匹克还是在中国出生的呢！

马文·匹克恰在辛亥革命爆发前生于中国江西，不到一岁时举家迁

---

① 评选20世纪百部英语小说时，《奥伯伦巨虫》排名第三十二，许多支持者甚至企图把托尔金从史诗奇幻开山祖师的位置上拉下来，换成E.R.艾迪生。

② 又译《仇云盖堡》。

往天津,并在天津就读小学,此一时期对东方文化风土留下的深刻印象在他的作品中时有闪现。1923年,匹克返回英国就读伦敦艾萨姆中学,那里成为"歌门鬼城"系列的另一大场景——"贝尔格洛夫学院"的原型。

匹克拥有极高的绘画天分,后进入克洛登艺术学院及英国皇家学院深造,不到二十岁便小有成就。他为富人们画肖像,在多家画廊展示画作,更任教于威斯敏斯特艺术学院,在整个30年代和40年代前期一直以插画家的身份名扬英伦,成为名流。今天,他的画作也被收藏在英国国家肖像画廊和帝国战争博物馆里。

二战爆发后,匹克应召入伍,他请求以战时插图艺术家的身份免役,却被屡屡驳回。不过,正如托尔金在一战的战壕中构思《精灵宝钻》与《霍比特人》一样,匹克也利用二战战时的空隙写下"歌门鬼城"系列第一部《泰忒斯诞生》。这部书在战争结束后的1946年出版,迅速把匹克推上作家生涯的巅峰,他又在1950年出版了"歌门鬼城"系列第二部《歌门鬼城》,1959年出版了系列第三部《泰忒斯独行》,其中《歌门鬼城》荣获"英国皇家学会文学奖",并使匹克入选为皇家文学学会成员。"歌门鬼城"系列除上述长篇外,还包括1956年发表的一个中篇《黑暗中的男孩》(*Boy in Darkness*)。

"歌门鬼城"系列发生在一座世代坚守传统、有着森严制度的古城里,它是马文·匹克心目中北京的紫禁城、西藏的拉萨与西方哥特风格的融合体。歌门鬼城的孤立、千年不变的传统与繁复的礼仪等都来自匹克对中国的印象,而其中的陈设、废墟、阁楼之类又具有典型的哥特风格。因此,"歌门鬼城"系列素来被称为带中国风的哥特童话故事。

歌门鬼城世代由葛若恩家族统治,业已传承七十六代。此城巨大无比,犹如一座无尽的迷宫,又像一座监牢,把所有人都关锁在内,遗世独立。老城主昏庸无能,大小事务均遵照秘书大臣根据传统定下的礼仪执行,城中还有一位霸道蛮横、冷酷无情的城主夫人,时刻不放松对权力的控制。在这样一座城堡中,有人碌碌无为,有人想逃离桎梏,十五岁的公主疯狂地渴望自由，却被礼教和家庭束缚，厨房主管只把心思放在与大管家的争斗上……故事是从第七十七代继承人泰忒斯·葛若恩的意外诞生开始的，虽然老城主惊喜于老年得子，但他的出生并非城主夫人的本意，更让公主和老城主的两个双胞胎妹妹愤愤不平，因为这打乱了继承顺序。

在这座变态的城堡中，有位底层的厨房小弟史迪帕克，他因低贱的出身被人贬称为"厨房老鼠"，似乎永无出头之日。但聪明伶俐的他受不了厨房暗无天日的生活，决心把城堡夺为己有。他挑起厨房主管和大管家的斗争，闯进公主的秘密阁楼与公主相恋，又利用老城主双胞胎妹妹的虚荣，引诱她们在家庭聚餐中点燃图书馆，使得一生依赖图书馆行事的老城主发疯而死。史迪帕克从自导自演的火灾中救出大家，反倒成为英雄，当上大臣……

来到"歌门鬼城"系列第二部《歌门鬼城》，泰忒斯继位后，史迪帕克见他年幼，便利用公主和老城主愚蠢的双胞胎妹妹，密谋争夺王位。泰忒斯从两岁开始，不仅要与史迪帕克作斗争，还要反抗歌门鬼城的清规戒律。随着故事发展，老城主的双胞胎妹妹、奶妈、大管家等人纷纷死在史迪帕克手上，连与史迪帕克相爱的公主也在绝望与伤心中拿着他定情时赠送的已经干掉的玫瑰，在瓢泼大雨中跳进滔天洪水。关键时刻，年少的泰忒斯·葛若恩果断除掉了史迪帕克，完成了对古堡和亲人的义务，随后把权位留给母亲，孑然一身奔向梦想中的自由，由是开始了"歌门鬼城"系列第三部《泰忒斯独行》。离开歌门鬼城的泰忒斯，忽然闯入现代世界，一个有科学家、高楼大厦、汽车和飞机的世界，别人以为他精神失常，认为歌门鬼城是他的虚构，最后连泰忒斯自己都怀疑起来，他千辛万苦出了城，又千辛万苦寻觅归乡之路，一切好比奇幻版的"围城"……

可惜我们已无法目睹匹克最终的设想，因他中年患上帕金森氏症，又因剧本失败而精神崩溃，写《泰忒斯独行》时已然病重，许多手稿字迹难辨，与人沟通也十分困难——这让《泰忒斯独行》一度沦落到无法出版的地步。其实，匹克的计划本不只三部曲，他的遗孀曾解读出第四部《泰忒斯醒来》的部分残稿。这部分残稿在1995年再版"歌门鬼城"系列时被附在第三部后面，以兹永久的怀念。[1]残稿中城主夫人在窗前凝望儿子归来，也许匹克心头所想正是少年时离开的古老中国，那才是他梦中的歌门鬼城吧。

二战中的大英帝国付出了惨烈代价，在紧随而至、席卷全球的反殖民主义浪潮冲击下，短短一二十年间便完全解体，不得不将世界的权柄拱手让予两个新兴的超级大国——美国与苏联。战后初期，英伦奇幻的领军人物是"最伟大的牛津人"C.S.刘易斯，其名著"纳尼亚传奇"系列迄今已被翻译为近五十种语言，卖出一亿两千万本以上，在系列奇幻丛书中仅次于"哈利波特"系列和《魔戒》。此外，刘易斯与J.R.R.托尔金毕生的友谊，也堪与大西洋彼岸H.P.拉夫克洛夫特与罗伯特·霍华德的友谊相媲美。

刘易斯原名克利夫·史戴普·刘易斯（Clive Staples Lewis, 1898—1963），生于北爱尔兰首府贝尔法斯特的一个圣公会革新教派的家庭，自幼喜欢躲在小阁楼上读书。他童年丧母，后被送去严酷的寄宿学校[2]，思想曾经一团混乱，自称为无信仰者。根据传记作者们的说法，把刘易斯从青春期的消沉与绝望中拯救出来的，乃是他对神话、童话和浪漫故事的喜好。

金子总会发光，刘易斯毕竟天资过人，1917年，他进入牛津大学历史最悠久的大学学院攻读，一年级时便出版了一本诗集《缚灵》，毕业时取得的学位包括希腊文学、拉丁文学、哲学、古代史和英国文学。作为天生的"书虫"，他在三个学科上拿到了牛津大学前所未有的高分成绩。毕业后，刘易斯做了二十九年的英语文学教师，1954年完成《牛津英国文学史·十六世纪卷》后，又被指定去剑桥大学教授中世纪和文艺复兴时期的英国文学，其文学创作生涯也在此时迎来巅峰。

---

[1] 目前的中译本"歌门鬼城"系列中，也忠实再现了这部分内容。
[2] 被刘易斯厌恶地形容为"贝尔森集中营"。

C. S.刘易斯的创作生涯很大程度上要感谢"吉光片羽"（The Inklings）读书会——在牛津大学那些优美的古典建筑中，散布着若干舒适的酒吧，"吉光片羽"读书会就是在一家名为"老鹰与小孩"的酒吧里成立的。该读书会从20世纪30年代初一直延续到1949年，成员以J. R. R.托尔金和C. S.刘易斯为核心，还包括E. R.艾迪生、查尔斯·威廉姆斯、欧文·巴菲德等一大批牛津学者和作家，他们讨论的多是常人觉得荒诞的奇幻故事。在会上，作家们通常会把未完成的作品拿来大声朗读后征求意见——由于"吉光片羽"读书会中孕育诞生了以《魔戒》和"纳尼亚传奇"系列为首的一大批深刻影响世界文坛的杰作，因此到今天已成为传奇，"老鹰与小孩"酒吧也成为奇幻迷心目中的朝拜圣地。

刘易斯与托尔金于1926年在"吉光片羽"读书会相识，这场相遇改变了他们的人生。刘易斯在《四种爱》中写道："恋人喜欢摒人独处，朋友则分享共同的孤独感。这种孤独曾使得他们与他人分隔开来，不管他们本身愿不愿意。"刘易斯亦曾入伍参加第一次世界大战，与托尔金一样自残酷的战争中生还，两人均受创于大战展示的工业兽性，都在北欧传说中寻求安慰。无数个夜晚，这对好友在读书会里聚会，在房间里谈话，在大学校园中散步。托尔金说服刘易斯相信，基督教的神话并不仅仅拥有外表的美丽，还是真实的。当刘易斯反驳说神话都是无价值的谎言时，托尔金回答道："不，它们不是谎言。"他进一步要刘易斯解释，为什么把北欧神话看做承载事实的工具，却要求《福音书》满足更严格的真实标准？就这样，刘易斯最终摆脱了精神上的迷茫与怀疑，重新找回了信仰。当然，帮助并非是单方面的，托尔金也曾回忆道："我欠刘易斯的债永远也还不完，那不是'影响'二字所能概括的……长期以来，他是我唯一的读者。有了他的存在，我才认识到我的创作可以不仅仅停留在个人爱好的层面。"

寻回信仰后的刘易斯在人生道路中站稳了脚步。1944年二月到四月，也就是诺曼底登陆前夕，刘易斯每天在BBC电台发表"超越个人"的广播讲话，向战时的大众解释基督教信仰，为他们打气助威。这些广播讲话在大西洋两岸广受欢迎，确立了刘易斯作为20世纪基督教最重要阐释者与宣扬者之一的名声，赢得了"向怀疑者传播福音的使徒"之名。此后，刘易斯的创作之路也全面打开，他结合自己复杂的成长经历，最终一共留下十四部幻想小说[①]和数十部其他著作。

刘易斯被概括为"三个刘易斯"，意思是他完成了三类非凡的事业：一是杰出的牛津剑桥大学文学史家和评论家，代表作包括《牛津英国文学史·十六世纪卷》《爱的寓言：中世纪传统研究》等；二是广受欢迎的幻想文学作家，作品包括"纳尼亚传说"七部曲、"太空"三部曲、《天路归途》《裸颜》《魔鬼家书》和《梦幻巴士》；三是通俗的基督教作家和宣讲家，代表作包括《痛苦的奥秘》《荣耀之重》《四种爱》《文艺评论的实验》《人之废》《返璞归真：纯粹的基督教》《卿卿如晤》《切今之事》《古今之争》《聆听智者》等等，这些书大都有中文译本问世。

刘易斯第一部真正意义上的小说作品，乃是"太空"三部曲的第一部《沉寂的星球》，出版于1938年——该书出版还得感谢托尔金凭借《霍比特人》的成功而对出版方施加的影响。让刘易斯这个名字家喻户晓的则是他在小说上的第二次尝试，即于1942年问世的《魔鬼家书》。《魔鬼家书》是一部带宗教色彩的奇幻书信集，讲述年长的老魔鬼"私酷鬼"教导年轻的魔鬼"瘟木鬼"如何诱使人类堕落，当时二战正酣，欧洲人惶惶不可终日，刘易斯企图在乱世中通过讽喻的形式规劝世人保持清醒。由于他对人性细微处的体悟十分到位，加上幽默风趣的笔触，结果私酷鬼和瘟木鬼这对组合一炮走红，成为英国家喻户晓的角色。该书到1942年底已再版八次，在大西洋两岸销量以百万册计。二战结束后，美国《时代周刊》在1947年9月8日那一期的封面上把刘易斯的肖像和手持刀叉的魔鬼画像同时刊登出来，更使他成为家喻户晓的牛津护教学者。

20世纪40年代后期，刘易斯开始创作令他获得不朽声名的"纳尼亚传奇"系列，始料未及的是，这套书竟令他与好友托尔金产生裂痕。托尔金厌恶"纳尼亚传奇"系列的第一本《狮子、女巫和魔衣柜》，他认为

---

① 另有"太空"三部曲的续作《黑暗塔》未完成，只能视为半部作品。

书中包含太多可笑的元素，如邪恶女巫、圣诞老人、能言马等等，好比把一大堆不协调的布料强行粘贴在一起。托尔金自己系统性地构建了一套世界体系和神话体系，在他看来，"纳尼亚传奇"系列的模式无疑是懒惰和粗糙的。其实在当时，不仅托尔金愤愤不平，连出版商也试图劝阻刘易斯，他们认为这部小说会损害他作为严肃作家的名声，然而刘易斯统统置之不理。毕竟，就算是好友，又怎能理清刘易斯童年的曲折经历，并体会他如今的喜乐心境呢？

结果《狮子、女巫和魔衣柜》甫一出版便大受欢迎，此后六年间，刘易斯以一年一本的速度依次推出了《凯斯宾王子》（1951）、《黎明踏浪者号》（1952）、《银椅》（1953）、《能言马与男孩》（1954）、《魔法师的外甥》（1955），直至1956年完成最后一部《最后一战》，并赢得英国儿童文学的最高荣誉"卡内基文学奖"。"纳尼亚传奇"系列七本连成一体，从四个孩子去乡下借宿，结果通过魔衣柜来到纳尼亚王国开始，描述了魔法王国纳尼亚的兴衰故事，其文字简洁而富于想象力，精致又隽永，若非要找出不足的话，可以说有些过于追求宗教寓意。尤其是狮王阿斯兰的牺牲、救赎与复活，明显能对照《圣经》中耶稣的经历。托尔金便以此认定刘易斯受宗教思想太多束缚，没能放开手脚，体现出应有的洒脱。但对世人而言，由于刘易斯的真诚，"纳尼亚传奇"系列还是获得了全世界孩子们的共同喜爱，最终被文学界接受，当之无愧地成为英国二战后最伟大的儿童文学作品。

刘易斯与托尔金的友谊虽然由于"纳尼亚传奇"系列与《魔戒》的分歧出现了裂痕，但在《魔戒》面世前夕，刘易斯意识到这的确是一部伟大的作品，仍旧毅然放下所有芥蒂，利用自己的巨大威望为《魔戒》造势，使得两位大师终能在文学上交相辉映。有趣的是，为"报复"朋友，两人皆以对方为原型来塑造小说中某些"讨厌人物"。刘易斯以托尔金为原型塑造了"太空"三部曲的主人公，一位啰嗦的语言学家；托尔金则用刘易斯来描画树胡，即《魔戒》中树人的领袖，刘易斯的大嗓门和不停清喉的习惯在树胡身上得到了集中体现，托尔金还借树胡之口挖苦刘易斯流水线式的文学创作——在《魔戒》里，树胡把树人所用的语言描述为"一种可爱的语言，但用它来说任何事情都要花上很长时间，因此我们只说那些值得花很长时间来说的事情"，令人忍俊不禁。

也许是受两人弥古长青的友谊保佑，在21世纪，他们的代表作不仅先后被改编为电影，均在新西兰取景拍摄，且都在世界范围内带来了强烈的冲击和持久的影响。"魔戒"三部曲和前传三部曲自不必说，"纳尼亚传奇"的第一部、第二部和第三部分别于2005年、2008年和2010年公映，但遗憾的是，此系列就此没了下文。

1963年11月22日，刘易斯终因肾衰竭去世，离开人世之前，他为十年后才去世的挚友托尔金写好了讣文。刘易斯去世当天也是肯尼迪总统遇刺和著名作家A.赫胥黎[1]去世的日子，他的死和赫胥黎的死一样，由于肯尼迪事件的震撼效应，在当时都被大众忽略了……

奇幻小说写的多是英雄，但有英雄就有反英雄，犹如光与影。

事物一旦被塑造到极致，便会有不甘寂寞的人站出来宣扬主张，争夺话语权，而其中最常见的一条路，便是"唱反调"。

战后时代，英伦的另一条路便是对美国"剑与魔法"流派的改造与反叛，代表作是迈克尔·摩考克的"永恒斗士"系列，摩考克也被提名为二战后英国最伟大的作家。

迈克尔·摩考克（Michael Moorcock, 1939—）出生于英国伦敦，他出生后不久纳粹德国便用世上最早的飞弹V1、V2袭击伦敦，他每早醒来，熟悉的景物就可能面目全非。废墟的惨状就这样留在摩考克幼年的记忆里，并在日后的创作中频繁反映出来，在他心目中，秩序与混乱的斗争莫过于此了。

少年摩考克是个疯狂的书呆子，几乎读完了家里和图书馆能找到的所有小说，以及英美两国流行的文学杂志，甚至通过邮购广泛收集早已绝版的冒险小说刊物。十六岁那年，摩考克成为专业杂志《人猿泰山大冒险》的编辑，很快又担任《塞尔斯汀·布雷克图书》的编辑，这期间

---

[1] 《美丽新世界》的作者。

他开始写下大批中短篇小说，内容非常庞杂，从同人小说到罗宾汉、维京人、航天故事等不一而足。1961年，他的小说头一次印刷出版——"永恒斗士"系列中最出名的"美尔尼博的艾尔瑞克"正是在这篇名为《梦之城》的小说中首度与世人见面的。

摩考克赢得世界范围内的声誉可追溯到他于1964年接任科幻刊物《新世界科幻》的编辑，之后的七年，他以旗手的姿态引领科幻"新浪潮"，最终颠覆了统治欧美长达二十年之久的科幻"黄金时代"。而在奇幻方面，自1961年艾尔瑞克现身后，摩考克亦大展宏图，写下了长长短短、数以百计的"永恒斗士"小说。

永恒斗士是什么意思呢？摩考克设想我们的宇宙是个多元宇宙，地球所在的位面只是多元体系中极小的剖面而已，而支撑整个宇宙的是混乱与秩序间永无止境的斗争。永恒斗士为多元宇宙的平衡服务，他们的一生都在有意无意地维持平衡，既不会消灭混乱从而扼杀世界的创造力，又不会消灭秩序从而让世界走向毁灭。①

简言之，永恒斗士好比"位面警察"。他们在各个位面的形象或许不同，但所做的事大差不差。当然，他们本人也许不理解自己的使命，甚至产生怀疑和抗争，永恒斗士故事的有趣之处就在于此。

先说艾尔瑞克。艾尔瑞克所在的美尔尼博是个有上万年文明史的古国，号称"龙之岛"，位于世界中心。岛民魔力强盛，曾经统治世界，但当艾尔瑞克，这位美尔尼博第四百二十八任、也是最后一任皇帝登基时，其势力已退回岛上，世界上其他地方纷纷兴起了由人类主宰的"青年王国"（The Young Kingdoms）。

艾尔瑞克天生患有白化病，身体和四肢浑似枯骨，头发如牛奶般花白，他还有一对深陷的、忧郁的红眼睛，必须时时依靠药草来维持生命。但和不食人间烟火的同胞们不同，身为统治者，他深深地为民族的前途忧虑着。

艾尔瑞克拥有强大力量，他从皇家血统里继承了魔力，也继承了美

---

① 后来《龙与地下城》照搬了多元宇宙的世界观。

尔尼博人与神灵和恶魔之间的诸多契约，只要愿意，随时可以召来各种帮手。更重要的是，他拥有魔剑"风暴使者"（stormbringer），此剑即为恶魔化身，威力无穷且拥有邪恶意志，以吞食灵魂为乐。它给了艾尔瑞克能量及活力，他既离不开它，又极端憎恨它。它让艾尔瑞克战胜强敌，又让他不时陷入疯狂，从而失手杀害亲人和朋友，成为污点英雄。

在故事里，艾尔瑞克为了报仇，亲手导致了美尔尼博的灭亡。后来他与残余的同胞及其他伙伴经历了许多冒险，直到最终面临混乱与秩序的决战。决战后，世界得以重生，但在平衡恢复的高潮时刻，"风暴使者"杀害了艾尔瑞克，它变回恶魔的形象，去腐蚀新生的世界。

艾尔瑞克的一生就是这样讽刺。

摩考克的"永恒斗士"系列中，与艾尔瑞克齐名的有红袍王子科伦（Corum Jhaelen Irsei, the Prince in the Scarlet Robe）。科伦所处的位面本由瓦达歌族（Vadhagh）和纳迪戈族（Nhadmgh）两支古老种族统治，两族互相竞争了上百万年之久，但混乱诸神创造出马布登族（Mabden）来颠覆他们。马布登族就是人类，生命短暂，繁衍迅速，如瘟疫般扩张，将旧世界化为废墟。尽管人类缺乏知识、愚昧落后，却拥有巨大的破坏力，使得古老种族面临灭顶之灾。红袍王子科伦是瓦达歌族唯一幸存的族人，他起初一心复仇，在复仇之路上却发现一切都是由混乱诸神造成的，由此他杀掉了混乱一方的大神，开始在位面与位面之间流浪，直至来到爱尔兰的传说时代，成为人类的英雄，帮助人类打败了邪眼巴洛。

多里安·霍克蒙（Dorian Hawkmoon）是另一位著名的永恒斗士，更是目前国内唯一有过中文译本的永恒斗士，书名为《头颅里的宝石》。霍克蒙生活在很久以后的地球，那个地球被英国演化而成的邪恶帝国统治着。帝国的马里亚达斯男爵在霍克蒙的头颅里嵌进一颗黑宝石，宝石不仅会传达霍克蒙的一言一行，必要时甚至能吞噬他的心智，幸好霍克蒙找到办法暂时遏制住了它，随后踏上旅途，寻找对抗帝国、去除宝石的办法，最后他与这个世界的混乱之源——也就是由艾尔瑞克的魔剑"风暴使者"化身而成的恶魔做了终极决斗。

还有一位永恒斗士叫杰瑞·科尼利厄斯（Jerry Cornelius）。杰瑞·科尼利厄斯是现代社会里的超级英雄，生活在无政府主义主导下的英国，其故事光怪陆离，充满后现代主义色彩。摩考克本人不愿将科尼利厄斯的故事简单定义为奇幻或科幻，他说"写科尼利厄斯的目的就是打开或'解放'读者的视野，让他们知道（幻想小说）也能这样写"——毫无疑问，他做到了。

以上四位只是迈克尔·摩考克笔下的"永恒斗士"中最出名的四位，事实上，他打造了好几十位性格鲜活的斗士。这些人物在纠结的多元宇宙中挣扎奋斗，时而相会，共同组成繁复浩渺的"永恒斗士"大系，堪比今日影视界的"漫威"系列。永恒斗士们虽然也打打杀杀，但和前面浓墨重彩介绍的、由霍华德开创的"剑与魔法"流派有所区别。霍华德的英雄逢山开路、遇水架桥，历经考验终能取胜，具有鲜明的爽感；摩考克则把此种桥段比作陈腔滥调，他笔下的英雄都有极大的身心缺陷，终其一生往往也无法逃避悲剧命运，这是一种更古典、希腊式的英雄，与霍华德的人物是阿喀琉斯与蝙蝠侠的区别，或者金庸与古龙的区别，反映出除暴安良的美式超级英雄文化和英伦传统文化的不同之处。

迈克尔·摩考克是曾经的"码字之神"，号称一天能写一万五千单词，三天能出一本书，"永恒斗士"系列的诸多故事就是这么诞生的。这些故事一开始多为中短篇，后来逐渐写成长篇，而摩考克又有一个跟金庸老先生类似的"毛病"，喜欢修订、增删小说内容，导致市面上流传着同一小说的多个版本，令整理者无所适从。直到今天（2022），他还在不断添加和改写内容，因此本书很难给出一个完善的阅读顺序。

世界上有很多作家曾创造出一个世界，但迈克尔·摩考克创造的是一个宇宙。

第三节　海之槛歌

我们大致介绍了在科幻"黄金时代",奇幻文学于夹缝中双栖生长的景况和"科奇幻"的诞生,也了解了现代奇幻在其原生地——英伦三岛——的进一步发展,想要理清20世纪中叶的生态,还差最后一片拼图,那就是美国本地继杂志时代之后坚守奇幻阵地、以奇幻小说为首要成就的作家和作品。美国原创奇幻在杂志时代之后的二三十年间规模不及从前,门类也没过去那么系统齐全,但文脉仍然延续下来,间或还出现了一些颇有号召力的作品。

这时期的原创奇幻作家,最有代表性的是三对男女。

却说古代盲诗人荷马,广泛采摘民间传奇,谱为《伊利亚特》和《奥德赛》,当代也有一位晚年失明的作家,其创作深深影响了奇幻界的诸多后辈,而其人直到九十多岁高龄仍坚持写作。他就是当代盲诗人,"濒死地球"系列的创作者——杰克·万斯(Jack Vance, 1916—2013)。

万斯从小视力就很差,以至于到20世纪80年代完全失明。二战爆发后,他不甘心因视力原因无法入伍当兵,偷偷背下视力表,上商船做了水手。这一干培养出他对海洋的感情,在20世纪70年代成为全职作家前,他一直在从事各种与海洋相关的工作,而小说集《濒死地球》的前六篇都是在海上写成的。

万斯初次尝试写作可追溯到大学时代,处女作《世界的思考者》发表于1945年,后来他总共出版了六十多本小说,与《沙丘》的作者弗兰克·赫伯特及科幻、奇幻大师波尔·安德森做了好友兼邻居,并于1984年荣获"世界奇幻奖"的"终身成就奖"。

1950年,万斯把在海上漂泊时创作的一系列互相连接的小说结集出版,这就是《濒死地球》小说集,亦是"濒死地球"系列第一作和万斯的成名作。"濒死地球"系列后来又补充了《灵界之眼》(1963)、《破天之光》(1978)与《奇人莱尔托》(1981)。

"濒死地球"系列发生于二十亿年后的未来地球。那时太阳已快熄灭，文明走到尽头，魔法与神话重新出现，各种奇异生物，如遗传工程的遗留产物迪奥殆、以情报换盐的骑蜻蜓的图克人等与人类一起生存在地球上。形色人物就在这样的背景下进行奇妙的冒险，具有丰富想象力的背景设定对奇幻文化的发展具有相当大的启发和指导意义。与之相应，精致诙谐的语言也是万斯的招牌，他追求幽默效果和曲折婉转的语言技巧，厌恶单调直接的文字，他的书读起来既像童话，又像远古传奇。只不过和童话乃至寓言不同，万斯的世界是黑白不分的灰色世界，他从不在书中做道德判定，这点往往会让中国读者产生"三观不正"的不适感。

在奇幻角色扮演游戏的王者《龙与地下城》之中，魔法系统几乎照搬"濒死地球"系列。熟悉的朋友都知道，根据《龙与地下城》的经典设定，魔法不是按"魔力值"来施放，而靠法师休息时加以记忆，一旦施放，记忆便告消失，必须重新休息再度记忆。[①]由于取材"濒死地球"系列，《龙与地下城》的这种魔法系统又名"万斯魔法系统"（Vancian Spellcasting）。《龙与地下城》还有不少魔法照搬"濒死地球"系列，如七彩喷射、时间停止、无尽绳索等等，为纪念万斯的启发，《龙与地下城》的创造者加里·吉盖克斯特意把"龙与地下城"体系的主神之一的位置给予万斯，那个神叫维克纳（Vecna），其实是万斯（Vance）名字的倒写。

万斯晚年依然笔耕不辍，虽眼睛失明，但凭借工具，仍创作出"琳妮丝"三部曲[②]（*Lyouesse Trilogy*）。这套三部曲连接了远古传说与亚瑟王时代，堪称万斯一生文学成就的集大成者。

在这个三部曲中，万斯设想在英伦三岛的西南方，法国布列塔尼半岛的正西方，有一个面积与爱尔兰岛大致相当的大岛西柏拉斯。此岛原是统一王国，后分裂为十个国家，琳妮丝是西柏拉斯岛南端的大国，由

[①] 为方便当代玩家，此传统在《龙与地下城》第四版中有所改变。
[②] "冰与火之歌"系列中的人物琳妮丝便是在向这个三部曲致敬。

于三部曲的故事从琳妮丝国开始，反派又一直是该国阴险的卡西米国王，因此才得名"琳妮丝"三部曲。

西柏拉斯除本地住民之外，还有称为"斯卡人"（The Ska）的挪威原住民漂洋过海到来，后者自诩为血统能追溯到冰河纪元的纯种人，决心进行征服，故事就这样围绕着西柏拉斯的再统一而展开（事实上部分影射了不列颠走过的历程）。先是卡西米国王强迫女儿进行政治婚姻，女儿却被邻国同样蒙难的王子救走，这对苦命鸳鸯生下一个儿子，又教妖精调包成一个妖精女子。后来公主自缢而死，王子历经辛苦寻到长大的儿子，并当上几个王国的国王，战胜了斯卡人。此时，卡西米国王又把政治婚姻的目光对准了他自以为是孙女的妖精女子，怎奈那妖精女子却是个巾帼英雄，不仅不肯依从，而且出发前去冒险……最后她与自己当年调包的苦主彼此相爱，并统一了全岛，故事在皆大欢喜中落下帷幕。

"琳妮丝"三部曲堪称虚构历史（即我们后面要讲到的秘史流派）和史诗奇幻结合的上佳之作，万斯透过对欧洲神话的细致考察，伪造出一个与真实世界相连接的历史故事，而整个西柏拉斯岛的传说、生物及地理环境等，又完全出于他的想象与创造。该系列的创作与发表贯穿了整个20世纪80年代，万斯在其中倾注了毕生功力，而系列第三部也实至名归地获得了"世界奇幻奖"。

2007年，乔治·马丁与好友，也就是著名科幻编辑加德纳·多佐伊斯携手，广邀天下高手，在万斯生前为他献上了一份厚礼——《濒死地球之歌》。二十一位当代名家在这本小说集里各自奉献出一篇架构在万斯的"濒死地球"设定下的同人小说，以为致敬，万斯本人也老当益壮，在集子中贡献了一篇中篇小说，与当世豪杰们一争高下！

万斯作为男性作家老当益壮的代表，厄修拉·勒古恩老奶奶亦不让其专美。厄修拉·勒古恩（Ursula K. Le Guin, 1929—2018）比万斯小十三岁，但论及写作速度及在中国的知名度则犹有过之。

厄修拉·勒古恩成名于20世纪60年代，不仅是科幻"新浪潮"的弄潮儿，更在原创奇幻、散文乃至诗歌方面都取得过重大成就，辉煌的职业生涯延续长达半个世纪，可谓幻想文坛的常青树。最终她获得了二十四次"轨迹奖"、八次"雨果奖"和六次"星云奖"，包括四次"星云奖"的"最佳长篇小说奖"，被美国国会图书馆列为"传奇"。

童年的熏陶往往能决定一个人的发展方向，这点在此前介绍的诸位作家身上屡屡应验，勒古恩也不例外。勒古恩的父亲是人类学家，母亲是儿童文学家和心理学家，三位兄长也均是学者，家中时常高朋满座，在这样的环境下，勒古恩几乎从懂事起就对阅读和写作产生了浓厚兴趣，十一岁便开始给《惊奇故事》杂志投稿。当然，她的成名之路也并非一帆风顺，辛苦耕耘到三十多岁方才成为公认的大师。

勒古恩写过很多好作品，包括获得"雨果奖"和"星云奖"双奖肯定的著名科幻小说《黑暗的左手》与《一无所有》，而其奇幻代表作首推"地海"系列。该系列最初的三部曲出版于20世纪60年代末和70年代初，包括《地海巫师》《地海古墓》和《地海彼岸》，第四部《地海孤儿》出版于1990年，而到2001年，宝刀不老的勒古恩又出版了《地海故事集》和《地海奇风》，并因之获得"世界奇幻奖"。除前述六作之外，"地海"系列还有四个单独的短篇——《解放之词》《真名之道》《奥登之女》和《炉火》，这些内容加上勒古恩专门撰写的解说词，2018年又被收录到《地海全传》（*The Books of Earthsea: The Complete Illustrated Edition*）之中，此书有大量精美插图，乃是目前最值得收藏的版本。

"地海"是一颗海洋占绝对主体的星球，整个世界分布着数百个岛屿，但没有大陆，龙和魔法在这里大行其道。最独特的是，地海世界精细的魔法系统以事物的真名为根基，真名属于失传的古语，知道某物的真名就能操纵某物，因此真名成了巫师最重要的财富。

地海的故事围绕巫师展开，讲述少年认识自我之艰难、女性打破性别藩篱的困惑、老人对人生意义的再追寻等等。

与气势恢宏、宛如交响乐的史诗奇幻不同，"地海"系列压根没有什么战胜大魔王、拯救世界的情节，而是一直围绕追寻人的本性来展开。这与勒古恩的思维方式有关，作为中国老庄思想的崇拜者，勒古恩曾倾四十余年之力翻译注释《道德经》。她把东方哲学的无为思想、相生相克的均衡概念运用到现代奇幻小说之中，加上女性独特的视角，遂令作品具备独树一帜的气质，犹如一壶清凉的龙井。

进入21世纪，"地海"系列曾被宫崎骏之子宫崎吾郎改编为动画版，又被美国sci-fi电视台改编为电视剧，但均不尽如人意，甚至惊动勒古恩亲自去信谴责，这也从一个侧面证明了"地海"系列的独特和难于复制之处。

除"地海"系列，勒古恩的奇幻作品还包括青少年奇幻"西岸编年史"三部曲，分为《礼物》《声音》和《力量》三本。其中《礼物》获得了2005年的"美国童书奖"，《力量》获得了2008年的"星云奖"的"最佳长篇小说"。

比完老将常青树，第二对就来比比文采。在过渡时期的美国原创奇幻作家中，文笔最佳者无过于彼得·S.毕格，其代表作、出版于1968年的《最后的独角兽》是家喻户晓的经典，也曾先后被改编为动画和电影。

彼得·S.毕格（Peter S. Beagle, 1939— ）出生于美国纽约，中学时代就因优美的诗歌创作而屡屡获奖。十九岁那年，他写了小说《美好安息地》，后来这本小说被巴兰亭书社选中再版，成为早期奇幻名著之一。毕格的创作生涯总体可分为两段，前一段是20世纪60、70年代，代表作即为《最后的独角兽》，后一段是20世纪90年代至今，代表作包括《旅店主人之歌》《泰姆欣的幽灵》及《最后的独角兽》的续作中篇小说《孪生双心》等，两个阶段之间近二十年时间里，毕格被好莱坞相中聘为编剧，创作了包括《星际迷航》剧集在内的许多剧本，又时常巡游各地，举行朗诵会和演讲，因此小说产量较少。

《最后的独角兽》以一只孤独的女独角兽为主人公，她平静地生活在森林里，某天，当她得知自己可能是世界上最后一只独角兽时，便离开了森林，幻化为美少女，踏上寻找同类的旅途。一路上，她和半吊子魔法师史曼德里克及绿林女侠茉莉小姐结成伙伴，漫游江湖闯荡，经历了一场场跌宕起伏、出生入死的冒险，终于解救了被困的独角兽同类。在这个过程中，她也爱上了人类李尔王子，体会到爱情的滋味与苦痛。在故事末尾，春回大地，独角兽却下定决心带着人类的忧伤与失落返回森林……

《最后的独角兽》仿若一则飘逸而空灵的美丽童话，但它突破了经典的童话结构，充满讽喻地讲述了人的成长历程，这是其能长盛几十年不衰的理由。2005年推出的，堪称毕格后期代表作的《孪生双心》，延续了《最后的独角兽》的故事，讲述多年后当初的李尔王子、今天的李尔国王与独角兽的重逢，感情真挚，读来催人泪下，一举获得"雨果奖"和"星云奖"双奖的肯定。毕格此后顺势推出了《最后的独角兽：作者修订完整版》（该书有中文版），又续写了许多与之相关的短篇故事，这些故事大多收录在2017年出版的《下方》（The Overneath）这个集子里。

毕格在《最后的独角兽》之外的最佳作品是《旅店主人之歌》，一部关于爱与生命的奇幻小说。此小说围绕一家旅店，以拼图手法讲述了三个女人、一个男人和一只狐狸的追寻，乃是一部颇有古韵的当代奇幻经典。

说到文字的诗意，论及成长的坎坷，女性以其细腻当然不会让男性专美。在这个过渡时期，美国涌现了一位专写"小清新"单本或短系列奇幻的名家帕特里夏·麦奇利普。

帕特里夏·安妮·麦奇利普（Patricia Anne McKillip, 1948—2022）出生在美国俄勒冈州，1973年自圣何塞大学获得英语文学硕士学位，此后成为职业作家。她的写作风格清新，偏青少年向，虽是多栖作家，但以奇幻创作为主，一生总计创作了三十余部长篇小说和近百部中短篇小说，多次获得"轨迹奖""世界奇幻奖"和"奇幻创神奖"的肯定，并于2008年获得了"世界奇幻奖"的"终身成就奖"。

麦奇利普的小说中最著名者是20世纪70年代出版的"御谜士"三部曲，包括《赫德御谜士》《海与火的传人》和《风中竖琴手》。"御谜士"的世界由"至尊"统御，七百年前，巫师学院神秘解散，巫术书皆收藏于御谜学院，各地少年来到学院成为"御谜士"，研读自古流传的谜题与其中教训。每道谜题都有一个答案和一个教训，御谜士学习谜题是为了解谜题背后的教训，以了解自我，进而帮助苍生，学院名言曰："解不出的谜题不可怕，未知的谜题才是最可怕的。"

来自荒僻小岛的赫德侯摩亘就是御谜士之一，其拥有解谜天赋，经由一次解谜得到美女瑞德丽的婚约。热爱乡土淳朴生活的他甘愿返乡务农，额上却出现三星记号，成为"佩星者"，不得不与神秘的竖琴手一起前去拜见至尊，企求揭开身世之谜。结果他发现真正的至尊早已失踪，如今在位的竟是个冒牌货，而强大的易形者竟在此时大举入侵！寻寻觅觅，摩亘终于在危急关头破解谜题，原来在自己身边的竖琴手就是至尊本人，之所以没有露出原形，乃是为锤炼摩亘的意志，使其能完成"佩星者"的使命。最终，摩亘获得了各地的国土统治力，释放出强大的异能，打败易形者，拯救了天下。

"御谜士"三部曲就是这么一段平凡英雄追寻自我的历程，它以诗歌般的语言歌颂爱与自然，讲述如何与命运抗争，如何确立人生定位，在寂静无声的夜晚里，读来尤其发人深省。

帕特里夏·麦奇利普的其他奇幻小说也基本是这个小清新风格，包括《女巫与幻兽》《翼蜥之歌》《幽城迷影》《魔幻之海》等。

奇幻"中世纪"的原创奇幻中，笔者已讲到宝刀不老与宝刀不老的对应，诗意与诗意的对应，再来看看男权与女权的对应。

下面两位剑走偏锋的美国原创奇幻作家，书籍累计销量都早已突破千万册大关。其一是"阳光面"的安德雷·诺顿，她的"女巫世界"系列开创了女性浪漫主义奇幻之先河；另一位是"黑暗面"的约翰·诺曼，他创造出"戈尔世界"这样一个绝无仅有的以男权主义甚至以性虐待为卖点的玩意儿，倒也风靡一时、至今不衰。

安德雷·诺顿（Andre Norton, 1912—2005），原名艾丽丝·诺顿，生于美国俄亥俄州克利夫兰市，高中时代投身写作，由于经济危机大学中途辍学，长期在图书馆儿童部工作，这带来了充足的写作和阅读时间。1934年，艾丽丝·诺顿正式改名为安德雷·艾丽丝·诺顿，简称安德雷·诺顿——在那个保守的年代，诺顿认识到看书的基本是男孩，若想出人头地，就得动动脑筋，果然在那年，她的第一部长篇小说顺利出版了。

诺顿是一位特别多产的作家，足以跟阿西莫夫这样的大手相提并论。她一生共创作了二十七个小说系列，包括一百四十多部长篇小说和一百多部中短篇小说，总计超过三百部。其中既有奇幻小说，也有大批科幻小说、历史小说乃至冒险小说，最著名的则是奇幻小说"女巫世界"系列。

在"女巫世界"系列之中，只有女性可使用魔法，还必须是处女，若与男人结合，就会失去魔法。这意味着爱情会付出巨大代价，敌人甚至会玷污被抓住的女巫，使她们失去魔力。小说伊始，退伍军官西蒙·塔加思被人追杀，穿越逃到这个世界，无意中拯救了一位女巫，并帮助女巫与敌人斗争，其间发挥出在二战中锻炼的领导技能，成为了大英雄。后来他更通过与女巫老婆的精神联系，使得自己也拥有了魔法，并让女巫社会承认了男性魔法的合理性。

因为极具浪漫色彩的情节，"女巫世界"系列也被认为是历史上第一个"浪漫奇幻"系列。诺顿在小说中展示了创造世界的伟大天赋，她的创世与托尔金有相似之处又不尽相同，在诺顿的世界里，原野风景占据主要地位，城市只是偶尔出现，她还歌颂人类的原始生活，并将动物作为有智能的实体看待，把技术文明作为反面教材。说来神奇，这样一些看着像是写给青少年的设定，吸引的不只是青少年，她也拥有海量的成人粉丝——诺顿的书被粉丝崇敬地评价为"怀有青年人的心"，恐怕是她最独到和最神奇的地方了吧。

"女巫世界"系列包括十部正传、十八部外传和中短篇小说集，其中许多外传由诺顿和粉丝合写，价值较低。此外，诺顿于1965年出版的"女巫世界"外传《独角兽之年》（*Year of the Unicorn*）是美国历史上第一本以女性为主人公的单行本奇幻小说，打破了男性垄断主角的写作樊篱。

经历漫长而辉煌的创作生涯后，2005年，安德雷·诺顿在九十三岁高龄时因病去世。她是史上第一位获得"星云奖大师奖"肯定的女作家，在她去世之后，负责评选与颁发"星云奖"的美国科幻与奇幻作家协会经商议决定，在"星云奖"下单独设置"安德雷·诺顿纪念奖"，以兹奖励青少年幻想小说方面的杰作。

有女权作家就有男权写手。安德雷·诺顿的"女巫世界"系列固然成功，但火辣程度比起约翰·诺曼的戈尔星球就是小巫见大巫了。约翰·诺曼的"戈尔"系列是奇幻中少见的以"性"为关键词的作品——这个"性"还是男权主义、性虐待和女性屈从的"性"。

约翰·诺曼（John Norman, 1931— ）本名约翰·兰格，原是哲学博士和教授，学院派精英，从20世纪60年代开始把业余时间都用到小说创作上。他的小说也设定在一个"第二世界"里，但那并非托尔金式神话学构筑的世界，而是地球的黑暗反面。那个星球叫戈尔，带有地球上罗马、希腊、维京人和北美土著文化的成分，星球上的"神君"禁止进一步发展科技，于是戈尔人没有走向宇宙征服，他们干的是到地球和其他星球上抓人。

抓人干什么？当奴隶，这是"戈尔"系列引起最大争议的点。类似科幻名著《沙丘》，诺曼也构想出了戈尔星完整的生态，包括植物生态、动物生态，再到吃、穿、住、用、行等等。随着小说进行，他更设定了戈尔星上的文字语法，详细到极点，但他说得最详细的还数奴隶制度。在戈尔星上，男性占绝对主导，天生享有特权，女性则几乎全被降为奴隶身份，成为供男人取乐的对象。在小说中，从地球上抓去的女人经历了残酷的训练和折磨——如戈尔星对女人的站、坐姿态等有一整套复杂的要求及与之相关的命令词汇——被去掉一切主动性，成为温顺听话的奴隶，称为"卡佳拉"（Kajira）。而最终那些最美丽的奴隶，还被要求习得戈尔星的舞蹈，成为夜夜供男性欣赏的舞姬。

诺曼的这套奴隶制度正好迎合了很多现实生活中追求极端刺激的人群，成为他们起而效尤的模板。今日世界到处都有这样的团体，以诺曼的书为"圣经"，过着男主女奴式的起居生活，因之"戈尔"亚文化也成为世界性虐文化下具有重要影响力的分支。

"戈尔"系列从1966年的《戈尔星的塔里恩》开始，到2022年的《戈尔的战士》，五十六年间已出版三十七部，并创造了许多销量神话，其中多部超过百万册销量，还被翻译为十多种语言。虽然20世纪80年代末，迫于社会舆论压力，相关再版曾暂时停止，但到21世纪又死灰复燃。

公平地说，"戈尔"系列并非单调无聊的黄色小说，亦不只有性虐待可言，作为"剑与魔法"流派的变体，它讲述了地球上的各色人等被劫持穿越到充满奇幻生物的戈尔星挣扎求存，最终成为英雄的故事。在惊心动魄的情节转折上，诺曼不输于任何当代奇幻作家……然而一切的一切，由于"性"的关系往往被人们忽视，拥趸们最好奇的还是书里火辣辣的奇幻奴隶制。火上浇油的是，诺曼其他的写作也在围绕此议程打转，例如他出过一个合集《幻想中的性》，详细勾勒了五十三种奇幻场景，大都是男性为尊女性屈从的性幻想，这充分展示了诺曼的"性自由主义"。

因为以上种种"劣行"，诺曼虽然作品畅销，但被同行认定"非我族类"，甚至被评为"奇幻史上最烂的作家"。譬如2001年的费城世界科幻大会就曾上演过一出闹剧，主办方生硬地通知诺曼他人可以来，但不会为他举办任何官方活动。这种态度一下子点燃了诺曼的怒火，由是他发表公开信，谴责其他作家的保守和迂腐，宣称"他们中没有几个卖的书能有我这么多"，他还炮轰现有的幻想文坛是个小圈子，缺乏开阔视野，必将使幻想文学"走向死亡"。

第五章　载体的变幻之二：始于书籍革命

　　现代奇幻的历史上，20世纪70年代是一个重要转折期，犹如一道鸿沟或分水岭。在此之前，奇幻文学虽屡有佳作问世，但从总体上说，即便在类型文学里都还不是一股决定性力量。换句话讲，如果把文坛比做议会，奇幻文学只是一个有特色有纲领的小党派而已，连其他幻想文学党派（如科幻等）的席位都比它多。然而这个小党派自有其深厚渊源，并在奋斗历程中一步一个脚印地打下了稳固根基，赢得了广泛的民意基础，乘着20世纪70年代出版业新一轮变革的东风，它最终在大选中脱颖而出，忽然跃居各兄弟党派之上，成为令人侧目的豪强，至今蓬勃不衰。

　　达成这点的载体不是杂志，而是书籍。

　　20世纪后期以来的英语文学书籍，大致分为两大类三小类：一般卖价二三十美元不等的是硬皮精装书（hardcover），卖价六七美元的是平装书（paperback，也就是俗称的口袋本和砖头书），两者中间还有一类卖价十余美元的，叫做大平装（trade paperback），其开本和精装书相似，但封面为软皮。这三类书的质量跟价格呈正比关系，精装书[1]字大行稀，往往带有插图，而平装书[2]字小，开本也小，没有插图，书脊也易磨损。精装书是出版社给优秀作家或潜力新秀的优待（用在后者身上往往是一场赌博），如果是乔治·马丁或布兰登·桑德森这样的大师，那么作品一开始就会印刷几十万册的精装本，出版社将投入大量成本，以求获得最大利

---

[1]　目前精装书开本尺寸一般为长23cm左右，宽15cm左右。
[2]　目前平装书开本尺寸一般为长17cm左右，宽11cm左右。

润——在奇幻小说的巅峰期，类似这样有号召力、旱涝保收的作者，甚至有"就算印白纸，也能卖出百万册"的笑谈——直到精装书卖不动之后，出版社才会转而推出各种平装书，以价格优势来吸引更多非核心读者；与之相对，初出茅庐的新手只能从平装书干起，等到多出几本书，卖得火了、有人气了，也许会有出版社愿意将其作品升格为精装本。当然，有的人奋斗一辈子也没法鲤鱼跃龙门，完成此种转变，得不到精装本的待遇。大平装书一般在版式上和精装本完全一致，它是精装与平装之间的折中形式，但一般也只有出过精装书的作家才可能将自己的书改成大平装书以继续"骗钱"。

网络时代以来，电子书大量出现，实体书市场在21世纪的第二个十年经受了很大冲击，尤是2010年前后以Kindle为代表的新型电子阅读方式进入市场，几乎把精装本的运作空间蚕食泰半，传统实体书籍的巅峰时期已经过去，具体情形将在本书第八章予以探讨。读者只需知道，两大类三小类的高低结合撑起了西方的实体书市场，最早提出此种分野概念的便是巴兰亭书社（Ballantine Books）及其创办人巴兰亭夫妇。

巴兰亭夫妇是幻想文学出版史上一对了不起的组合。丈夫名叫伊恩·基思·巴兰亭（**Ian Keith Ballantine, 1916—1995**），生于纽约，1939年与妻子贝蒂·巴兰亭（**Betty Ballantine, 1919—2019**）结婚，并于同年加入企鹅书社，正式进入出版行业，很快便有如鱼得水之势。1945年，羽翼丰满的巴兰亭夫妇和几位合伙人一起下海，联合创办了至今赫赫有名的班腾书社（Bantam Books）——该出版社同样是幻想书出版重镇，但别将它和巴兰亭书社搞混——之后的七年间，伊恩·巴兰亭都是班腾书社的社长，直到1952年他和妻子再度跳出单干，创建了巴兰亭书社。

第二次下海的同年，伊恩·巴兰亭就领导了书籍革命！书籍制作方面最初只有精装书，平装书到20世纪30年代方才诞生，随着图书阅读门槛越来越低以及印刷术的进步，原有的精装书越来越不适应市场要求。创建巴兰亭书社时，伊恩·巴兰亭宣布将"推出一种崭新的出版理念，也就是为一本书同时制作两个版本，其中'常规'的精装硬壳书仍旧提供给书店,'新型'的软皮书则廉价销售给大众"。

新生的巴兰亭书社推出的第一本小说叫《商务组曲》(Executive Suite),当时,全美的出版界都屏息以待,静观新销售模式的成败。巴兰亭书社的平装本以每本零点三五美元的价格销售,而由另一出版社推出的同名书精装本则以每本三美元的价格销售,一年后,前者已销售近五十万册,后者销售仅二万册有余。不到十倍的价格差距,却换来二十多倍的销售增长,平装书革命显然获得了成功!

巴兰亭书社不仅引领了书籍革命,更从诞生之初起,就将关注重点放在科幻和奇幻书籍上。20世纪50年代的草创时期,该书社着重打造了亚瑟·克拉克和弗里德里克·波尔的作品,在那个科幻"黄金时代",科幻小说凭杂志载体之余威,率先推出许多平装本,令奇幻书望尘莫及。进入60年代后,随着《魔戒》热潮的兴起,情况发生了转变,而在此转变中,巴兰亭书社与ACE书社就托尔金和埃德加·赖斯·巴勒斯作品的版权展开了著名的较量。巴兰亭书社最终赢得独家版权,迎来了发展契机。

ACE书社并不是盏省油的灯,它成立于20世纪中叶,和巴兰亭书社同年(1952)问世。目睹巴兰亭书社的成功,ACE书社也将注意力逐步转向平装幻想书的出版,尤其在科幻领域,一度与巴兰亭瓜分了市场。ACE书社发明了一种特殊的平装书形式——ACE双面书,即平装书的正反面是两个封面,一本书同时包含两部长篇小说,可从两个方向分头阅读。此形式在当年风靡一时,现今很多杂志还在使用类似的装订方式。

托尔金的《魔戒》问世后,明眼人都晓得这是棵摇钱树。ACE书社情急之下,干出了件不太地道的事。当然,他们还是先礼后兵,派主力编辑唐纳德·A.沃尔海姆[①](Donald. A. Wollheim, 1914—1990)出马联系托尔金,然而"傲慢"的英国人丝毫没把这家专出廉价书的出版社看上,声称"决不允许自己的心血以一种可怜的(平装本)形式面世"。唐纳德·A.沃尔海姆把这份拒绝当成对他个人的侮辱,于是埋头钻研法律

---

① 此人亦是幻想出版界的大鳄,最先拥护平装书革命的出版人之一,其后单干创办了至今拥有很大影响力的DAW书社。

条文，终于发现出版托尔金精装书的出版社在版权授权上有空子可钻，事实上，美国当时的版权法并未保护国外图书的平装版权！于是，ACE书社抢先于20世纪60年代初"非法"引进托尔金的《魔戒》，并一举走红——在此之前，奇幻平装书还是出版人不大敢碰的领域呢！ACE书社冒了点风险，换来无数年轻人的追捧，把《魔戒》推上"叛逆偶像"的位置，这下轮到托尔金着急了，总不能眼睁睁看着作品在美国大卖特卖却没有版税吧？正是在这样的前提下，巴兰亭书社作为另一家平装书出版社适时伸出援手"拯救"托尔金，托尔金也正式把《魔戒》的平装版权授权给巴兰亭书社。后来，巴兰亭书社经过与ACE书社漫长的诉讼斗争，最终确立了自家平装本《魔戒》的正版地位。

《魔戒》及其他幻想文学平装书的畅销，让巴兰亭书社维持了近十年辉煌。尝到甜头后，巴兰亭夫妇制定了更野心勃勃的计划，即把托尔金之前那些经典的奇幻书统统结集出版，以最大限度地开发和利用被自己打开的市场。要知道在那时，从前杂志时代那许许多多优秀的奇幻作品，包括罗伯特·霍华德、H. P. 洛夫克拉夫特等人的经典在内大多已经脱销，当时没有网络，普通读者除了在旧书市场淘书，很难完整地欣赏到前辈大师的风采。巴兰亭书社决意拿下所有的经典版权，从故纸堆中将它们整理结集出版，这本身就是一件功德无量的事，由之诞生的"巴兰亭成人奇幻丛书"（Ballantine Adult Fantasy Series）因此而永垂青史。

为保证"巴兰亭成人奇幻丛书"的成功，巴兰亭书社在1968年底礼聘了著名的奇幻作家和编辑林·卡特（**Lin Carter, 1930—1988**），由他来主导这个大书系。林·卡特也算是奇幻界的巨子，他的小说虽缺乏特别出色的代表作，但作为奇幻编辑的贡献却值得大书特书。

林·卡特生于美国佛罗里达州，从小就喜欢上了奇幻杂志"黄金时代""三杰"的著作，之后在创作上基本走的就是"剑与魔法"和"克苏鲁神话"的路子，也间或写一些科幻小说。他在三十年创作生涯中总共留下八十余部长篇或长中篇小说，以及无数短篇小说。在写小说之外，林·卡特还是那个时代少有的奇幻史学者，留下《托尔金：魔戒背后的故事》(*Tolkien: A Look Behind The Lord of the Kings*)、《洛夫克拉夫特：克苏鲁神话回眸》(*Lovecraft: A Look Behind The Cthulhu Mythos*)、《想象的世界：幻想艺术论》(*Imaginary Worlds: The Art of Fantasy*)等一大批研究著作——正因为这方面的成就，出于对奇幻史和相关学术的精通，他才被巴兰亭夫妇选定为"巴兰亭成人奇幻丛书"的操盘手。

有了林·卡特的专业指导，"巴兰亭成人奇幻丛书"于1969年至1974年之间陆续出版，基本保持一月一本书的速度。它显得如此的"根正苗红"，再版了从威廉·莫里斯一直到20世纪70年代初的经典奇幻著作，总计六十七本，口碑一直保持上佳。其中既包含早已绝版的威廉·莫里斯、詹姆斯·卡贝尔等人的代表作，也有当时的新锐凯瑟琳·库兹的"德莱尼"系列，加上在该书系问世前巴兰亭业已出版的十八本奇幻平装书[①]，总共达到八十五本，不啻于西方奇幻史上地位最重要、影响最深远的"基石工程"和"视野工程"！

审阅"巴兰亭成人奇幻丛书"的书目，不仅可以领略林·卡特的编辑大家风范，更是对近代以来西方奇幻小说的总览（以下此前已专文介绍的作家作品仅简要提及）：

托尔金的作品凡七本，包括《霍比特人》《魔戒》（分为三本）、《托尔金读者》《大路迢迢》和《短篇小说集：大伍顿的史密斯和哈莫农夫吉尔斯》。

E. R. 艾迪生的作品凡四本，包括《奥伯伦巨虫》和"济米瓦亚"三部曲。

马文·匹克的作品凡三本，包括"歌门鬼城"系列前三部。

彼得·S. 毕格的作品凡二本，包括《最后的独角兽》和《美好安息地》。

乔治·麦克唐纳的作品凡三本，包括《利利丝》《幻境》和《伊凡诺》(*Evenor*)。作为现代奇幻的第一人，麦克唐纳的《利利丝》和《幻境》此前已经介绍，《伊凡诺》实际上是林·卡特编辑的麦克唐纳童话小

---

① 后来均被贴上了"巴兰亭成人奇幻丛书"的统一标签。

说集，包含三篇麦克唐纳的中篇小说。

邓萨尼勋爵的作品凡六本，包括《精灵王之女》《世界尽头》《唐·罗德里格斯：影谷编年史》（*Don Rodriguez: Chronicles of Shadow Valley*）、《超越界限》（*Beyond the Fields We Know*）、《女佣阴霾》（*The Charwoman's Shadow*）和《远山之外》（*Over the Hills and Far Away*）。前已述及，邓萨尼勋爵以文笔华丽、想象力丰富著称，对H.P.洛夫克拉夫特及克拉克·史密斯等人的创作有深远影响。他入选"巴兰亭成人奇幻丛书"的六本作品中，《精灵王之女》已做过介绍；《唐·罗德里格斯：影谷编年史》出版于1922年，设定在西班牙，是向唐·吉诃德致敬的作品；《女佣阴霾》出版于1926年，同样是改编的西班牙民间故事；剩下的三本全为短篇小说合集。

威廉·莫里斯的作品凡五本，包括《世界之外的森林》《神奇岛屿的海水》《世界尽头的水井》（分为两本）和《奔腾的洪流》。

H.P.洛夫克拉夫特的作品凡两本，包括《梦寻秘境卡达斯》和《沙那斯的末日和其他故事》，两本都是"克苏鲁神话"小说集。

克拉克·史密斯的作品凡四本，包括《佐希克》《终北大陆》《希卡斯》和《波塞冬尼斯神之民》，分别为史密斯几大设定下的中短篇小说合集。

威廉·霍普·霍奇森的作品凡三本，包括《格兰·卡格号的救生舟》和《夜之地》（分为两本）。

波尔·安德森的作品凡两本，包括《断剑》和《赫罗夫·克拉奇王传奇》。

詹姆斯·卡贝尔的作品凡六本，包括《银色牡马》（*The Silver Stallion*）、《大地幻影》（*Figures of Earth*）、《神殿》（*The High Place*）、《夏娃逸事》（*Something About Eve*）、《绝妙笑料》（*The Cream of the Jest*）和《忠贞》（*Domnei*）。这六本书除《绝妙笑料》外都属于长达十八部的"曼纽尔"冒险系列，《绝妙笑料》讲述一位历史学家在家中做梦，游历于各个历史事件之中，出版于1917年。

亨利·莱特·哈格德的作品凡两本，包括《迷雾之人》和《红星佚史》，分别出版于1894年和1890年。《迷雾之人》是刺激的非洲探险，发现失落种族的故事；《红星佚史》为哈格德与著名神话传说收集学者安德鲁·朗（Andrew Lang）合著，重述奥德修斯的航海历险。鲜为人知的是，后者早在我国民国时期就有译本，为周作人和周树人兄弟合译，著名翻译家林纾亦另有译本，称为《金梭神女再生缘》。

哈恩斯·波克（Hannes Bok）的作品凡两本，包括《法师之舟》（*The Sorcerer's Ship*）和《黄金阶梯上》（*Beyond the Golden Stair*），分别出版于1942年和1948年。哈恩斯·波克为人们所熟知，主要是由于其在科幻、奇幻插图上的贡献，作为整个幻想插图产业的奠基人之一，他为《诡丽幻谭》《惊奇故事》等赫赫有名的幻想文学杂志绘制过近一百五十期封面，一手奠定了行业的创作基调。除开插图创作，由于天赋异禀，他在小说、诗歌乃至星相学方面都有一定成就。哈恩斯·波克非常看重自己的创作，却不满意卖画这种不够"稳定"的生活，后期变得越来越封闭，一心埋身于星相玄学之中，由于穷困潦倒，年仅49岁就因心脏病去世（1914—1964），尸体两天后才被人在公寓里发现。入选"巴兰亭成人奇幻丛书"的两本作品中，《法师之舟》讲的是在一个异世界里，一艘法师的船离开纽约去航海所经历的种种冒险；《黄金阶梯上》讲了四个越狱者通过一道神奇的金色阶梯，去到一个天堂般的世界，然而那个世界却会在潜移默化中改变他们，他们最终不得不选择逃离……

恩内斯特·布拉玛（Ernest Bramah）的作品凡两本，包括《开龙的流金岁月》（*Kai Lung's Golden Hours*）和《开龙铺席》（*Kai Lung Unrolls His Mat*），分别出版于1922年和1928年。恩内斯特·布拉玛是20世纪活跃的一位英国小说家，也是英国作家中的"中国通"，或许称得上英国作家中描写中国风情最好的人。透过"开龙"这位虚构的中国说书人，他讲述了许多中国的民间故事。"开龙"系列共六本，巴兰亭书社选择出版的是第二本和第三本。

弗莱彻·普拉特（Fletcher Prstt）的作品凡两本，包括《无理性之地》(*Land of Unreason*)和《蓝星》(*The Blue Star*),分别出版于1941年和1952年,前者为弗莱彻·普拉特与此前介绍的奇幻名家、编辑斯普拉格·德·坎普合著。弗莱彻·普拉特不仅是一位幻想文学家,还是著名的海军历史作家、拿破仑战争史作家、二战史作家和美国内战史作家,其历史著作有几十本,远超文学作品。《蓝星》讲的是女巫与世俗教会的斗争,更为出名的《无理性之地》则讲述二战时一位在英国乡村作客的美国孩子,被小妖精劫持到他们的世界里的冒险故事。

伊万杰琳·沃顿(Evangeline Walton)的作品凡四本,包括《伟力之岛》(*The Island of the Mighty*)、《里尔之子》(*The Children of Llyr*)、《瑞拉侬之歌》(*The Song of Rhhnnon*)和《阿恩王子》(*Prince of Annwn*)。伊万杰琳·沃顿是被埋没多年的奇幻作家,她最主要的作品写于20世纪30、40年代,重述了威尔士神话故事《马比诺吉昂》(*Mabinogion*),可惜在当年默默无闻。"巴兰亭成人奇幻丛书"将她从故纸堆中发掘出来,并使她一举成名,这四本书中有三本获得"奇幻创神奖"提名,其中《瑞拉侬之歌》获得了"奇幻创神奖"。1989年,伊万杰琳·沃顿还被授予了"世界奇幻奖"的"终身成就奖"的至高荣誉。

凯瑟琳·库兹(Katherine Kurtz, 1944—)的作品凡三本,包括《德莱尼崛起》(*Deryni Rising*)、《德莱尼困境》(*Deryni Checkmate*)和《高等德莱尼》(*High Deryni*)。凯瑟琳·库兹的"德莱尼"系列属于"巴兰亭成人奇幻丛书"着力打造的原创系列,该系列以欧洲中世纪历史为出发点,虚构了一个"德莱尼民族"的故事。该系列影响力颇大,到21世纪仍在不断创作,目前(2022)总计出版了十六部长篇小说、两部世界设定集和若干中短篇小说,凯瑟琳·库兹也因之成为奇幻史上一位有相当分量的作家。"巴兰亭成人奇幻丛书"中选入的是整个"德莱尼"系列的前三本——"德莱尼编年史"三部曲。

"巴兰亭成人奇幻丛书"的单本入选作品和其他作品包括:

《雾中国度》(*Lud-in-the-Mist*),出版于1926年,是英国小说家、翻译家和诗人霍波·莫利斯（Hope Mirrlees）的代表作，直到今天仍在不断再版。在《雾中国度》里，霍波·莫利斯展现了自己架构"第二世界"的天赋，她所创造的那个规矩守法的雾中城，必须处理自河流上游的小妖精国度漂流而下的诱惑果实。

《红月黑山》（*Red Moon and Black Mountain*），出版于1970年，是英国奇幻作家乔伊·钱特（Joy Chant）的"瓦多里"（*Vandarei*）系列三部曲第一本。《红月黑山》是深受《魔戒》影响的早期史诗奇幻，讲述三位现实世界的孩子被传送到魔法世界，为不同的领主收养，最终对抗大魔王的故事。乔伊·钱特出生于1945年，晚年已退出写作圈，但《红月黑山》曾为她赢得一尊"奇幻创神奖"（1972），"瓦多里"三部曲的第三部在1984年又为她赢得了一尊"奇幻创神奖"。

《哈里发维克的历史》（*The History of the Caliph Vathek*），现代奇幻小说出现前的古旧哥特小说经典，背景设定在阿拉伯世界，乃是英国政治家和艺术收藏家威廉·托马斯·贝克福（William Thomas Beckford）的作品。贝克福喜欢卖弄学问，这本小说是他二十一岁（1782）时用法文写就的，随后才译为英文，而他自称连续写了三天两夜就完工了。由于这本书在哥特小说中的祖师级地位，经常被其他文集文选收编进去。

《代号星期四》（*The Man Who Was Thursday*），出版于1908年，是英国文学泰斗G. K. 切斯特顿（G. K. Chesterton）的大作。该书是超自然惊险小说，讲述一位诗人受政府雇佣，卧底打入反政府地下组织，该组织共有七位核心成员，分别以一星期的顺序为代号。

《失落的亚特兰蒂斯》（*The Lost Continent: The Story of Atlantis*），出版于1899年，美国作家C. J. 卡特克利夫·海茵（C. J. Cutcliffe Hyne）的成名作，也是"失落的世界"流派的又一代表，历来被奉为文学经典。

《三怪客》（*The Three Impostors*），出版于1895年，英国威尔士籍恐怖小说家、散文家和翻译家亚瑟·玛臣（Arthur Machen）的作品。该书采用插话体，穿插讲述了无数诡异、恐怖的小故事，以烘托一个恐怖的秘密邪教，笔法华丽，对H.P. 洛夫克拉夫特的创作具有影响。

《湖中圣剑》（*Excalibur*），"重述亚瑟王神话"流派的名作，出版于1973年，为美国作家、诗人、历史学家和空军少校桑德斯·安妮·劳本萨（Sanders Anne Laubenthal）所著，小说发生在桑德斯的故乡——美国阿拉巴马州的莫拜尔市，是追寻湖中圣剑的现代版故事。

《梅林之戒》（*Merlin's Ring*），"重述亚瑟王神话"流派又一名作，美国奇幻和恐怖作家H.沃纳·莫恩（H. Warner Munn）的"梅林传奇"三部曲第三部。沃纳·莫恩是生于1903年的老前辈作家，作为洛夫克拉夫特的同龄人，亦是美国幻想杂志黄金时期的弄潮儿之一，《诡丽幻谭》的常客。出版《梅林之戒》时他已七十高龄，而这套三部曲的写作前后延续了三十年，把发现新大陆、"亚瑟王神话"和不列颠征服等元素串联在了一起。

《哈立德》（*Khaled*），出版于1891年，是美国著名作家弗朗西斯·马里恩·克劳福德（F. Manon Crawford, 1854—1909）的作品。克劳福德是一代宗师，总共创作出版了四十多部长篇小说以及许多中短篇小说，出彩的多是历史浪漫小说，而作家本人最喜欢这本《哈立德》。《哈立德》设定在阿拉伯背景下，主人公是一位遭贬斥下凡的灯神，他与女主人——苏丹的公主——演绎了一段不平凡的爱情故事。

《给夏帕达修面》（*The Shaving of Shagpat*），出版于1856年，又一本阿拉伯风奇幻，为英国维多利亚时代著名小说家和诗人乔治·梅里狄斯（George Meredith）所作，讲述一位波斯理发师与一位女巫联手谋划为暴君修面，以消去其魔法，释放受暴君压迫的人民。

《大角星之旅》（*A Voyage to Arcturus*），出版于1920年，此书将科幻、奇幻与哲学探讨完美地结合，乃是苏格兰作家大卫·林德森（David Lindsay）的代表作，也是整个20世纪最常被人忽视的奇幻杰作之一。

《双凤凰》（*Double Phoenix*），是一本合集，收录了两位名气不大的作家艾德蒙·库伯（Edmund Cooper）和罗杰·兰斯林·格林（Roger Lancelyn Green）的各一篇小说。

"巴兰亭成人奇幻丛书"中除单个作家的作品，还有林·卡特编辑的作品合集八本，包括《龙、精灵与英雄》《青年魔法师》《远方的金色都市》《神的新世界》《克苏鲁的子孙》《奇幻再发现》《成人奇幻短篇小说集·卷一》和《成人奇幻短篇小说集·卷二》。这些小说集是林·卡特为奇幻事业做出的杰出贡献，大抵都是名家名作的发掘再版。

"巴兰亭成人奇幻丛书"还收录了林·卡特的两本奇幻研究著作《想象的世界：幻想艺术论》《托尔金：魔戒背后的故事》及一本翻译作品《愤怒的奥兰多》。后者是意大利诗人卢多维科·阿里奥斯托的传奇叙事诗，定稿于1532年，以查理大帝同回教徒的大战为背景，描写骑士奥兰多对安杰丽嘉的爱情，被认为是意大利文艺复兴时期的名著之一。

尽管"巴兰亭成人奇幻丛书"在文学价值和舆论口碑上无与伦比，但从商业角度而言不够成功。[1] 如此庞大的书系，虽然个别著作屡创销售佳绩，但作为一个整体，并未给巴兰亭书社带来高额利润，也就埋下日后巴兰亭书社遭遇并购的伏笔。1973年，巴兰亭夫妇将书社卖给兰登出版集团，并于次年彻底退出书社的管理，转而去当自由作家与自由编辑。同年，"巴兰亭成人奇幻丛书"被兰登集团终止。[2]

巴兰亭夫妇告别了书社，巴兰亭书社却并未就此消失在人们的视野中，该社继续出版奇幻作品，由它带来的书籍革命理念更是生根发芽，为后人铺好了道路。在新东家的指导下，巴兰亭书社稍稍转变了出品方向，这个新方向其实不难判断——再版老作品、外国作品不赚钱，想赚大钱得靠原创啊！1977年，巴兰亭书社将奇幻和科幻图书部门分割为独立的德尔·雷伊书社（Del Rey Books），此书社的成功又是依靠的一对夫妻档——由同样在奇幻界名垂青史的季斯特·德尔·雷伊（Lester Del Rey）及其妻子茱迪·林恩·德尔·雷伊（Judy Lynn Del Rey）主管。

该社推出的第一本书（1977）就是美国第一代原创史诗奇幻小说家

---

[1] 尤其与《魔戒》的井喷现象一作对比，显得寒碜。

[2] 1973—1980年，纽卡斯尔出版公司的"纽卡斯尔被遗忘的奇幻经典丛书"（Newcastle Forgotten Fantasy Library）延续了"巴兰亭成人奇幻丛书"的理念，一共推出了二十四本，又收录了威廉·莫里斯、亨利·哈格德、邓萨尼勋爵等人的许多其他作品。

特里·布鲁克斯的《沙娜拉之剑》，此书也成为第一本出现在纽约时报畅销书排行榜上的幻想文学作品，仅发行首月就卖出十二万五千本之多。

《沙娜拉之剑》掀起了现代奇幻的高潮，书籍革命终于开始收获果实，走向最终的胜利。自《沙娜拉之剑》开始，美国原创奇幻在市场上呼风唤雨，奇幻著作几乎没下过畅销书榜单，我们今天所知的众位"大神"纷纷闪亮登场。

至于林·卡特，他在巴兰亭夫妇离开后加盟了巴兰亭书社最大的竞争对手之一——DAW书社，也就是上文提到的推出托尔金盗版书的唐纳德·A.沃尔海姆创建的公司。[①] DAW创建于1971年，由唐纳德·A.沃尔海姆单干打造，也是历史上第一家专门出版科幻与奇幻书籍的出版社。

在《沙娜拉之剑》引发的美国原创奇幻大潮中，专业的幻想文学出版社纷纷崛起，奇幻终于迎来旧史诗时代。

---

① DAW正是唐纳德·A.沃尔海姆的名字缩写。

第六章　霸业初成：旧史诗奇幻的辉煌

　　类型文学的辉煌有赖于创作模板的诞生，这是一个颠扑不破的真理。当你拿起一本经典的本格推理小说，你知道自己将要面对精心设计的谜题、漫长舒缓的场景描写和机智敏锐的侦探；当你打开一部太空歌剧，你知道自己期待着银河帝国、太空战争和宏大尺度……20世纪70年代之前，奇幻文学出现了各种纷繁复杂的作品，奠定了几个源远流长的流派，但还缺失一个最关键的东西：具有指导意义、高度模式化的创作模板。

　　换言之，人们可以说这是奇幻、那也是奇幻，但很难找到一类东西能让人异口同声、不由自主地推荐——这就是奇幻！最好的奇幻！

　　最终是史诗奇幻将奇幻推上了高峰，史诗奇幻成为了奇幻的图腾。

　　史诗本是自然时代人类想象力发挥到极致的产物。人类在大千宇宙中是渺小的，从古到今，人们都会幻想出比自身宏伟得多的事物，来为身边的一切变故作解释。由此诞生的故事被津津乐道，口耳相传，并流芳千古，从《吉尔迦美什》到《伊利亚特》再到《尼伯龙根之歌》，都是这样的产物。人类进化到了科技时代之后，虽然了解的知识和加以改造的事物越来越多，但相应的彷徨也越来越多，不少人怀念着过去的"好时光"。

　　因此史诗被从古老的梦想中挖掘出来，塑造成为"现代史诗奇幻"。

　　现代史诗奇幻的创作模板是由英国人J.R.R.托尔金及其《魔戒》总结和规范的，到今天为止，尚没有哪个作家能全面突破此模板。自20世纪50、60年代《魔戒》问世及取得商业上的巨大成功，到20世纪70年代，美国人成功运用《魔戒》的模板打造出本土原创史诗奇幻，再到20世纪90年代，以乔治·马丁的《冰与火之歌》为代表的"新史诗奇幻"对文类的继承和改造，史诗奇幻不断向更深更广的维度发展。在半个多世纪的历程中，奇幻文学乃至奇幻文化终于有了主心骨，当人们想看奇幻书时，可以明确地知道市面上一大部分的书遵循着怎样的原则和风味。

有了这样的原则和风味，商业化运作随之而起，专业出版社纷纷涌现，如流水线般制造出类型作品。与此同时，作家们也在一个统一框架下改造、改进和完善奇幻，将之变得越来越精致，而不是漫无目的地做写作实验。

《魔戒》到底带来了怎样的创作模板呢？事实上，其精髓可归纳为以下三点[①]：

其一，史诗奇幻必须具备宏伟又细腻的"第二世界"，以及随之而来的神灵、魔法等体系。（以《美国众神》为代表的现代都市奇幻并非史诗奇幻。）

其二，史诗奇幻以英雄人物为中心，其贯穿始终，并非随手抓来运用的道具。（以刻画现代神话为核心的"克苏鲁神话"流派并非史诗奇幻。）

其三，史诗奇幻的核心线索是世界的安危，而不单是个人命运、局部纷争或其他琐事。（以个人历险为主的"剑与魔法"流派并非史诗奇幻。）

简单地说，就是"世界""英雄"和"命运"三大元素。从《魔戒》到《冰与火之歌》再到《玛拉兹英灵录》，莫不如是。而考察一部史诗奇幻写作水平的高低，除开作者的语言水平，以上三大元素可作为打分的基本点。

奇幻小说的文学价值和商业价值在此框架下找到了平衡点，进而支撑起"作家—出版社—读者"的循环链条。史诗奇幻的样貌是宏大乃至包罗万象的，它试图再现人类过往的生活，唤醒每个人当生命还是一张

[①] 更表层的元素和写作笔法，从前曾被大量模仿，目前已被"新史诗奇幻"所扬弃。

白纸时的向往。它利用人类的历史生活材料去创造性地构建世界，并让人们目睹那个世界的命运，在动荡中体会人与人、人与环境的变迁。总之，它把幻想文学的口号"来自想象，高于想象"发扬光大。

从20世纪80年代到21世纪的第二个十年，史诗奇幻作为支柱产业，基本保持着稳步发展，带来了辉煌的奇幻盛景。据粗略统计，2010年前后，美国一年大约要上市三百本纯奇幻小说（不含再版和带幻想色彩的其他文学作品），纯奇幻小说作为整体在美国文化市场上能占到超百分之十的份额，而纯奇幻小说种类里有一半是史诗奇幻。

当然，也是在这个框架下，"砖头书"和长系列大行其道。一方面，商业史诗需要篇幅去彰显三大元素，去铺陈和发挥宏伟的构想；另一方面，其中也不乏作者、出版机构趁机注水牟利的行为，久而久之不免造成审美疲劳。

史诗奇幻当然不可能一成不变，如果一个文类不能不断吸收新鲜养料，只是老戏新唱，那么一二十年，最多二三十年后就会成为一潭死水，所有可挖掘的题材都会被优秀作品演绎完毕，注定走向式微……在这条不归路上，经典的本格推理小说也好，科幻"黄金时代"的太空歌剧也罢，都是前车之鉴。幸而史诗奇幻领域在"旧史诗奇幻"统治近二十年之后，于20世纪90年代中期自我革新，从中诞生出"新史诗奇幻"。该流派继承了史诗奇幻原有的精髓，并将其可能性大大充实，从而吸引了大批新鲜血液加入，使得21世纪的头十年里涌现出一大批新秀作家，令史诗奇幻历久弥新，继续盘踞奇幻的王座。

噢！还是让我们从开天辟地的《魔戒》说起吧……

第一节　至尊魔戒御众戒

J.R.R.托尔金或许是奇幻史上最重要的人物，全名约翰·罗纳德·鲁埃尔·托尔金（John Ronald Reuel Tolkien, 1892—1973），鲜为人知的是，他出生于南非的布隆方丹。托尔金家族原籍为德国的萨克森公国，于18世纪移民英国，曾因制造钢琴而繁荣一时，但19世纪时已趋衰落。托尔金之父亚瑟·托尔金放弃了家族事业，转行当上了银行经理，远走南非企图闯出一番新局面。正是在南非，老托尔金结婚生子，J.R.R.托尔金呱呱坠地。

天有不测风云，小托尔金三岁时，母亲带他回国省亲，一行人不及返回南非，老托尔金就因热病去世。由于财务紧张，全家只好留在英国乡村，在乡间长大的托尔金对自然风土怀有深厚的感情，这也成为其作品的灵感来源之一——将来《霍比特人》和《魔戒》里着重描绘的霍比屯就是托尔金儿时居住环境的再现，他十分痛恨长大后故地重游时目睹的工业社会对家乡造成的毁坏。

托尔金十二岁那年，母亲也因糖尿病去世，临死前将他托付给天主教会的神甫监护。少年托尔金在此期间遇见了一生挚爱伊迪丝，两人都是孤儿，两人都喜欢"一起站在阳台上，朝路人的帽子扔糖块"，两人也很快相爱了。不过这段恋情仅仅维持了两个月，便遭到神甫的强烈反对，神甫宣称：托尔金只有到二十一岁以后才有权再与伊迪丝会面。结果他竟然真的维持了这段柏拉图式的精神恋爱数年时间，到二十一岁生日当晚立即写信告白。当时伊迪丝已经订婚，但出于对托尔金的感情，竟也退还订婚戒指，事情峰回路转了！两人最终在1916年托尔金上战场前正式结婚，[①]而这场婚姻维持了半个多世纪，一直到死不离不弃。

如前所述，托尔金同C.S.刘易斯一样上了一战战场，经历过许多危险。初上阵，他便以少尉信号官的身份参与了惨烈的索姆河战役，这是历史上英国人在一天之内损失最惨重的战役，战斗第一天伤亡竟高达六万多人！在这场战役里，托尔金交往的大学密友们纷纷阵亡，他自己则因感染战壕热于年底被送回英国。惨烈的战场给他留下了永生难忘的印象，多年以后，当《魔戒》在二战后出版，当人们将其当成黑暗与光明的战斗寓言，将萨拉曼或索伦当成希特勒，将"至尊魔戒"视为原子弹

---

① 普遍认为这是《魔戒》中人类国王阿拉贡与女精灵阿尔雯之间爱情的写作原型。

时，托尔金大不以为然，他认为人们忽略了一战，忽视了他对工业毁灭性力量的控诉。事实上，未来《精灵宝钻》和《失落的故事》中那些精灵与魔军血战的场面早已在一战的战壕中牢牢生根，许多早期稿件都是托尔金在战地医院里写成的。由于青年时代所有的朋友都死于一战，托尔金便以虔诚的心去追问上帝，追问在这个善恶难辨的世界中普通人应该拥有什么信念。某位密友曾在战场上给他写信道："我强烈地感到，如果我今晚死去，我们中……至少还保存着一颗种子，他能代替我们继续呼喊那些我们曾经热爱和赞同的声音……愿上帝保佑你，亲爱的约翰·罗纳德，愿你能够发表那些我们曾试图发表的文字，因我不再有这个机会了。"——这封信被认为是支撑托尔金进行创作的一大精神支柱。

为弥补缺失，托尔金结交了"吉光片羽"读书会的这帮死党。

一战结束后，托尔金先成为语言学家，随即才成为作家，他的学术成就和文学创作都与突出的语言天赋密不可分。托尔金的母亲就擅长英语、拉丁语、希腊语和法语四种语言，还是这四种语言的书法家，家庭影响如此之大，以至于到十岁那年，小托尔金已经开始创造语言了，并且此种兴趣一发不可收拾。中学时代，托尔金因一口流利的希腊语成为学校辩论队的顶梁柱，还操着地道的希腊口音表演古希腊戏剧。自1918年起，托尔金投入《牛津英语辞典》的编写工作中，因为德国血缘被分配到一系列以"W"开头的日耳曼词汇，就在工作期间，他广泛接触了英国及北欧各地流传的神话和民间传说。1920年，托尔金担任利兹大学的英语高级讲师，四年后成为利兹大学教授，1925年返回牛津大学继续担任教授——作为牛津大学历史上最年轻的教授，他当时年仅三十二岁。

托尔金在学习过程中深入研究并掌握了古英语、芬兰语、冰岛语、中古威尔士语等冷门语种，他所著的《中古英语词汇》和他翻译的《加文爵士与绿骑士》等书都是语言学上的不朽经典。同时，他并不局限于学习语言，还设法运用语言学知识去创造新语言。在托尔金心目中，语言具有至高无上的地位，围绕命名、词汇和文法，方才形成人类的活动和故事，即所谓的"语言和神话不可分割"。时至今日，虽然托尔金的小说被无数作家追捧和模仿，但这份语言天赋和几十年的语言学苦功却是学不到的，只能望而却步。换句话说，托尔金创造的"中土世界"乃是从名词和文法出发，以语言为骨架搭建而成，而非先有故事，再装饰一些神叨叨的"古语"，这个出发点和后来的作家（哪怕是大师级作家）形成了鲜明对比。或许个别作家会叶公好龙地学一学托尔金，但从未达到相似的高度；也有的作家像"美国托尔金"乔治·马丁一样诚实，当记者问及马丁是如何创造书中的瓦雷利亚语时，马丁回答他只知道六个瓦雷利亚词汇，什么时候需要第七个了，再编出来就是……

可以说，从语言学出发的《魔戒》，不仅是历史上最成功的史诗奇幻，也是最纯正的史诗奇幻，真正无愧于史诗之名！

托尔金在《魔戒》中总共创造了十五种语言，尤其是精灵所用的昆雅语和辛达林语十分完备，拥有严格的词汇表、发音、语法等等，完全是可独立运用的成熟语言——想想看，光是"我爱你"在昆雅语中就有三十四种不同的表达方式！一位"原教旨主义"魔戒迷想要精通《魔戒》，则必须成为语言专家，就跟它的作者一样。

1937年，托尔金出版了自己的第一部主要小说作品《霍比特人》。关于该作的诞生，托尔金后来在信件中做过有趣的描述：20世纪30年代初，他在批改学生答卷时百无聊赖，恰好有位学生交了白卷，兴之所至，他便在白纸上随手涂鸦"在地底洞穴里，住着一名霍比特人"——怎料这一时兴起，竟最终开启了史诗奇幻的大门！1932年，《霍比特人》写作完成，最初仅是托尔金读给自家孩子的故事书，以类童话风格讲述霍比特人比尔博和一群矮人外出冒险，最终战胜恶龙、满载而归的事迹。与《魔戒》相比，《霍比特人》的语言轻快得多，故事也轻松得多，但也是从《霍比特人》开始，搭建庞大的"中土世界"迈出了实质性的一步。在"吉光片羽"读书会朗读过几年后，《霍比特人》面向公众出版，获得了相当大的商业成功，至今被公认为极其优秀的青少年奇幻作品。

受此鼓励，出版商 Allen & Unwin 说服托尔金写作续集，他这一写便收不住笔，带来了《魔戒》。

《霍比特人》仅是托尔金自娱自乐的童话，但从语言出发、构建神话的愿望在他心中由来已久，此前已写过许多零散稿子。在内心深处，托尔金渴望为缺乏远古历史记载的盎格鲁—撒克逊民族创造创世神话，经过战争洗礼的他认定"真理存在于神话中……美好、真实、荣誉……这些超越凡人的真理，人们看不见……但这并不影响它们的真实性……透过口耳相传的神话故事，我们才能对来自上帝的生命产生期望"。就这样，撰写和阅读神话逐渐成为托尔金心目中对生命最重要的反思。写作《魔戒》及《精灵宝钻》时，托尔金相信自己是在挖掘真理，重塑神话，"尽力把它们找出来"——"中土世界"由此诞生并不断完善。

　　可当托尔金把自己写的那些神话稿交付出版社时，出版社却拒绝出版，因为他们要的是"正宗的《霍比特人》续作"。托尔金警告对方自己的写作速度相当缓慢，出版社得有非常的耐心，然而连他自己也没想到，所谓"新霍比特人"竟发展成为一部长达一千多页的长篇史诗奇幻大作，前后耗费十二年光阴，编辑出版又花去六年……直至1955年，读者们才见到《魔戒》的全貌。

　　《魔戒》是托尔金最重要的著作，故事发生于《霍比特人》的六十年之后，讲述霍比特人、人类、精灵、矮人等在"第三纪元"末尾携手反抗黑魔王索伦。该书开头的确是照着"《霍比特人》续作"的路子写的，风格同样类似童话，但紧接着便严肃起来，故事也愈加宏伟紧凑。在文学史上，此前从未有哪部作品创造过如此栩栩如生、真实详尽的"第二世界"。

　　按照托尔金的本意，《魔戒》是一部前后连贯的完整的书，[①]但当年为迎合出版商的需求，他不情不愿地将其拆分为《魔戒同盟》《双塔奇谋》和《王者归来》[②]三卷。《魔戒》在销售上取得了爆炸性成就，尤其自20世纪60年代起，美国巴兰亭书社将其正版平装本引入美国，结合当时的嬉皮士运动，竟成为一大文化反叛现象。到21世纪，该书销量已高达数

---

① 目前的新版本也多有将其重新合为一卷的。
② 托尔金觉得《王者归来》的标题尤其不好，简直是剧透。

亿册，是奇幻图书中名副其实的第一名。

完成《魔戒》后，托尔金于1959年从学校退休，当时他的名望如日中天，读者们的来信来电源源不断，一开始他还饶有兴味地细心解答，很快便不胜其烦，只得把自己的电话号码从公开电话簿中去掉，并举家搬迁到英国南海岸的博恩茅斯，过起了半隐居生活。令托尔金啼笑皆非的是，美国嬉皮士运动的兴起和对越战征兵的反抗，与《魔戒》产生了化学反应，青年学生不约而同地将《魔戒》作为反叛精神的旗帜符号。[1] 托尔金承认自己陶醉于被广泛崇拜的感觉，但也表示美国小伙子看待这个故事的角度和他完全不同。

此种不正常的崇拜亦导致《魔戒》在美国遭到主流文学界的疯狂批评，一度不登大雅之堂。直到20世纪70年代，随着反叛精神的退潮及《沙娜拉之剑》等一大批美国原创史诗奇幻精品的涌现，身为先驱者的《魔戒》才得以正名。

晚年的托尔金一边在海边陪伴妻子伊迪丝，一边继续梳理和写作稿件。这期间他还出版了诗歌集《汤姆·庞巴迪历险记》（1962），讲述《霍比特人》和《魔戒》中的法师汤姆·庞巴迪的故事，共十六篇。1971年11月，伊迪丝因病去世，托尔金在她的墓碑上写上了"露西恩"[2]的名字。托尔金说："当我孤独的时候，这样的景象始终徘徊在脑海中——我俩永远手牵手相会在丛林里，四处躲避着自分别以后不断袭来的死亡阴影……"安葬妻子后，1972年托尔金回到牛津，并于该年三月得到女王伊丽莎白二世的接见，荣获CBE[3]爵士爵位。

1973年9月2日，托尔金自己也因病去世。他与伊迪丝合葬在牛津北郊的一个公墓，子女们在他的墓碑上加上了"贝伦"的名字。

托尔金一生留下无数精品，从学术研究到"中土世界"，再到其他幻

---

[1] 也有许多学生被《魔戒》的奇幻风格感染而踏上奇幻之路，例如《龙与地下城》的创造者加里·吉盖克斯。
[2] 露西恩是"中土世界"著名的女精灵，她为与人类英雄贝伦结婚，放弃了精灵的长生不老，详情可见托尔金的遗著《贝伦与露西恩》。
[3] 大英帝国司令勋章。

想小说、交流信件、演讲论文等等，不一而足。其中有的在他生前得以出版，更多的是未完成的手稿，由他的儿子克里斯托弗·托尔金等人在他死后几十年内陆续整理发表，这些都是后人欣赏和研究托尔金所倚仗的基本材料。

在托尔金的"中土世界"遗著当中，最重要的便是《精灵宝钻》。作为托尔金再造神话的心血结晶，《精灵宝钻》叙述了从诸神造世一直到《魔戒》的第三纪元之间数千年的历史和传说，它是无数故事的交织结合，不同于普通的设定集或年表。托尔金自一战开始描绘这幅大型幻想历史画卷，《魔戒》完工后一度倾注了全部精力反复修订，到逝世都没有彻底完成。托尔金去世四年后（1977），克里斯托弗·托尔金在后来的著名奇幻作家盖伊·加夫里尔·凯的协助下，将《精灵宝钻》整理出版。[1] 由于托尔金的稿件内容繁杂且未彻底完工，往往还互相抵触，因此克里斯托弗·托尔金对部分内容做了加工处理。

在《精灵宝钻》之后，"中土世界"系列陆续整理推出的还有：

《未完成的故事》，由克里斯托弗·托尔金整理出版于1980年。本书同样包含大量托尔金未完成或未出版的"中土世界"故事。与《精灵宝钻》不同的是，这回克里斯托弗·托尔金并未过多地对父亲的手稿做修改，而是基本保留原貌。《未完成的故事》中最有价值的部分，是叙述了甘道夫的来历、至尊魔戒的失落、洛汗王国的建立等其他地方没有明确说明的事件。

"中土历史"系列（*The History of Middle-Earth*），共分十二卷，由克里斯托弗·托尔金在1983年至1996年间整理出版，这是托尔金手稿的大汇总，堪称《魔戒》和《精灵宝钻》的"导演剪辑版"及"幕后花絮"，是"中土世界"爱好者不可或缺的官方宝典。值得注意的是，"中土历史"系列虽极其详尽，但并未呈现托尔金所有关于"中土世界"的构想，

---

[1] 凯当时还是个孩子，因与托尔金家族的关系密切而从加拿大受邀，全程参与遗稿整理工程。

他还有若干原始稿件保留在牛津图书馆或精灵语协会这样的地方，因此21世纪后又展开了进一步整理活动。

"中土历史"系列十二卷可分为如下七部分：

第一、二卷为《失落的故事》（*The Book of Lost Tales*），主要包含《精灵宝钻》的原稿。该部分内容与《精灵宝钻》重叠，但叙述更详尽，故事的版本也不尽相同——如上所述，《精灵宝钻》经历过克里斯托弗·托尔金的综合加工。

第三卷为《贝尔兰歌谣》（*The Lays of Beleriand*），主要包括托尔金为"中土世界"创造的一系列叙事长诗。

第四卷为《塑造中土世界》（*The Shaping of Middle-Earth*），讲述《精灵宝钻》的成型过程，包含若干地图、地理信息、托尔金拟订的时间线等等。

第五卷为《失落的道路及其他作品》（*The Lost Road and Other Writings*），包含许多托尔金没能完工的"中土世界"故事。在一些故事里，托尔金把"中土世界"和现代英国直接联系了起来。①

第六至第九卷为《阴影归来》（*The Return of the Shadow*）、《伊森加德的背叛》（*The Treason of Isengard*）、《魔戒之战》（*The War of the Ring*）和《索伦战败》（*Sauron Defeated*），此部分与《魔戒》重叠，主要包含托尔金写作时对《魔戒》的各种构想，其中很多桥段比《魔戒》小说更详尽，另有很多桥段与《魔戒》中的处理不同。

第十、十一卷为《莫高斯的戒指》（*Morgoth's Ring*）和《珠宝之战》（*The War of the Jewels*），这两卷回头整理和介绍了"中土世界"第一纪元和远古时期的历史与传说。

第十二卷为《中土世界的人们》（*The Peoples of Middle-Earth*），如题名所示，该卷主要介绍了"中土世界"的各大种族，包括《魔戒》附录的形成等等。有趣的是，该卷还包含托尔金为《魔戒》所写续集的开篇部分，约有三十页，是阿拉冈之子统治时期的故事。

---

① 他本来就是在为英国人创造创世神话。

《霍比特人历史》（*The History of The Hobbit*），共分两卷，由约翰·拉特利夫（John D. Rateliff）整理出版于2007年。这套书是为补充"中土历史"系列而写的，主要依据托尔金写作《霍比特人》的原稿，描绘霍比特人这一种族的形成及由来。

《胡林之子》，"三大传说"之一，由克里斯托弗·托尔金整理出版于2007年。本书的原始材料托尔金在一战时即开始创作，讲述在《魔戒》发生之前约六千五百年、"中土世界"第一纪元中人类反抗大魔王莫高斯的悲剧故事。克里斯托弗·托尔金在经过大量整理、加工和连缀工作后，将《胡林之子》塑造成一部独立、完整的小说。

《贝伦与露西恩》，"三大传说"之一，由克里斯托弗·托尔金整理出版于2017年。克里斯托弗·托尔金利用父亲托尔金在不同创作阶段写出的文稿，对人物与情节的发展脉络进行梳理和对比，展示贝伦与露西恩的故事在数十年的光阴中所经历的演变全貌，与此前的《胡林之子》有所不同，本书并未在原稿基础上做什么调整，因此本书并不是一部独立、完整的小说。

《刚多林的陷落》，"三大传说"之一，由克里斯托弗·托尔金整理出版于2018年，也是克里斯托弗·托尔金编辑整理的最后一部托尔金作品，同样只是原稿的呈现。

《中土世界的本质》，出版于2021年，整理了托尔金关于"中土世界"的哲学观点和世界设定，可视为"中土历史"系列的第十三卷。

《努曼诺尔的沦陷》，出版于2022年，是对托尔金关于努曼诺尔的故事的再整理，亦为应和电视剧《魔戒：力量之戒》的上线。

此外，"中土世界"系列还包括托尔金零星发表的一些相关诗歌和短篇。

从上述书籍出版的时间线可以看出，托尔金是奇幻作家中绝无仅有的去世多年还年年有"新作"问世的人，事实上，除开奇幻作品，其他类别他也"新作"频出，蔚为大观。

在文化层面上，托尔金以一己之力改变了世界，公众被他的作品激发，头一回开始热烈、严肃地讨论奇幻，这些讨论最终得以辐射社会的各个层面，与华人世界的"金庸潮"颇有异曲同工之妙。自20世纪60年代起，关于托尔金的同人志和同人团体便如雨后春笋般纷纷兴起，1965年召开了第一届托尔金美国社团会，英国的托尔金官方社团则建立于1969年，并保有两本出版物。至于在托尔金汲取"中土世界"养料的北欧国家，社团活动就更为热烈、深入了。

随着克里斯托弗·托尔金不断将父亲创作的原始材料整理出版，爱好者们更有了无穷的灵感，相关的传记和研究著作不断涌现。托尔金的作品被改编为各种游戏，其著作年年加印，从未出现脱销情况，各种有趣乃至极端的托尔金活动亦随之诞生。例如，曾有团体去地球各地旅行，寻找"中土世界"的遗迹；① 有地理学家将今天的欧亚大陆地图与托尔金小说中的地图对比，以大陆漂移说的观点，来研究地质变动如何导致如此之大的地理差异，乃至有人把真实世界的地名还原为"中土世界"的古地名！

21世纪伊始，2001、2002、2003三年间新线电影公司连续推出由彼得·杰克逊改编的"魔戒"三部曲电影，揽获超过三十亿美元票房，并获得"奥斯卡金像奖"的肯定。电影的火热，除了对《魔戒》原著有极大推动作用，至少还产生了两个重大影响：第一，它使很多从未看过原著的人成为魔戒迷；第二，它使魔戒迷分成了"原教旨主义派"和"改编派"两队人马，为着电影对书籍的改编正确与否，迄今争论不休。

2012年至2014年间，由"魔戒"三部曲电影原班人马打造的"霍比特人"三部曲电影依次播出，同样揽获超过三十亿美元的票房，但口碑有所下降。

除开这两个著名的电影三部曲，2022年亚马逊公司还推出了号称"史上最贵电视剧"、成本超过五亿美元的《魔戒：力量之戒》电视剧，华纳公司此前也推出过多部脍炙人口、投资巨大的《魔戒》改编游戏。

---

① 托尔金曾说"中土世界"就是若干年前的上古地球，《魔戒》发生在第三纪元末尾，而我们如今生活在第七纪元。

在世纪之交，英国的水石书店和美国的亚马逊书店这两家最有影响力的跨国书店先后举办了"最能代表20世纪的书籍"的读者票选活动。一举揽获两项桂冠的，不是这一百年中任何一部"诺贝尔文学奖"作品，也不是其他任何畅销书籍，而是奇幻小说的"圣经"——《魔戒》。

某种意义上讲，《魔戒》把20世纪定格为了"现代奇幻世纪"。

第二节 以山寨之名

托尔金产生了轰动效应。

巴兰亭书社不仅推出托尔金的书，还再版了无数古早的奇幻经典，然而路子始终没有被完全打开。

路是存在的，成百上千万的托尔金读者他们确实存在。

怎么办呢？要不要抽取托尔金成功的要素，将之发挥利用，去占有这个成熟的市场？

季斯特·德尔·雷伊（Lester Del Rey）是一位老到的杂志编辑和作者，如前所述，当时他正在巴兰亭书社旗下任职，并首先从特里·布鲁克斯的《沙娜拉之剑》中找到了答案——德尔·雷伊利用业已成熟的平装书形式，将籍籍无名的布鲁克斯的托尔金仿作包装推出，迎合市面上对托尔金式史诗奇幻的需求，结果大获成功！

经由这个成功，德尔·雷伊夫妇顺利开办了巴兰亭旗下的德尔·雷伊书社，专营幻想类图书，又发掘出斯蒂芬·唐纳森等一批原创史诗奇幻名家。德尔·雷伊为该社选书定下这样的标准：必须是原创小说，必须包含一个含有魔法的虚拟世界，必须有一名男性主角以其与生俱来的美德和能力战胜邪恶，必须有导师或守护神之类的角色指引该男性主角——看看，这俨然成了对"旧史诗奇幻"创作范式的归纳。

1977年，模仿《魔戒》而成的《沙娜拉之剑》，作为历史上第一本冲上《纽约时报》畅销书排行榜的奇幻书籍，引起过相当大的争议，甚至被指控为"赤裸裸的剽窃"。它究竟是什么样的呢？

《沙娜拉之剑》的作者特里·布鲁克斯（Terry Brooks, 1944—）生于美国伊利诺伊州，自幼酷爱写作，青年时代写过包括科幻、奇幻、西部小说乃至非虚构在内的各种作品。他获得了英语文学专业学位，后来又得到法学硕士学位，成为全职作家前干了很久的律师。《沙娜拉之剑》的灵感是布鲁克斯刚进大学那会儿拜读《魔戒》时获得的，初稿写于他进修法学硕士时期，写作加上修改总共花去七年，最终换得在《纽约时报》畅销书排行榜上连挂五个月的佳绩。

《沙娜拉之剑》发生在被称为"四陆"的世界。"四陆"是中世纪风格的奇幻世界，但未摆脱流行的科幻小说的影响，设定中提到核战摧毁了地球，该世界里除有变异种族和从神话中走来的生物以外，还有许多人类统治期遗留下来的机械生物。

核战一千年后，保有旧世界知识的伟人们成立"德鲁伊议会"，以此维持新世界的和平。天有不测风云，他们中出现了一位名叫博纳的人物，此人一心钻研黑魔法，企图统治天下，被人们敬畏地称为"男巫王"，追随他的"德鲁伊"则成了"骷髅使者"。接下来的数百年中，博纳接连挑起两次大战，虽然在神器沙娜拉之剑的打击下失败，但他没有死去，只是潜伏起来，德鲁伊议会反被他破坏殆尽。《沙娜拉之剑》讲述的就是博纳的第三次回归阴谋……

让我们翻开《魔戒》……不，《沙娜拉之剑》的书页。五百年和平时光后，一位年轻的半精灵谢伊快乐地生活在穴地谷。某天，神秘的亚拉侬来到谷地，自称为最后的德鲁伊，警告谢伊男巫王已经回归，正准备征服天下，很快就要来抓他。亚拉侬解释说，谢伊乃精灵王族沙娜拉家族最后的传人，也是唯一一位可以运用沙娜拉之剑打败男巫王的人。

数周后，骷髅使者果然来到穴地谷搜捕谢伊，谢伊被迫逃亡，路上与亚拉侬会合，并招收队友，包括人类王子、精灵、矮人等等。亚拉侬召开会议后决定，派出一支八人队伍赶到当初德鲁伊议会的所在地，搜寻沙娜拉之剑。然而，等人们千里迢迢赶去，却发现沙娜拉之剑早已被盗，男巫王的军队则已向南陆——精灵的家园——进发。

人们不得不兵分几路，一路营救精灵国王，一路跟随人类王子夺回自己的国家。邪恶的敌军业已兵临城下，在大决战中，人类的命运悬而未决……

与大部队分散的谢伊流浪到北陆，他抓住一位被对沙娜拉之剑的贪欲折磨得疯狂的侏儒，得知沙娜拉之剑已被带到男巫王的头骨王国。于是谢伊潜入男巫王的要塞，不仅夺回了沙娜拉之剑，而且明白了这把剑的真正力量——它能拷问任何接触到它的人内心的真实。男巫王博纳之所以还活着，完全是因为他坚信自己的不朽，而当他接触到沙娜拉之剑，意识到身为凡人的局限，便随之灰飞烟灭了。

于是和平重新降临"四陆"，人类王子登上王位，谢伊交还沙娜拉之剑后，回穴地谷归隐田园……

这便是《沙娜拉之剑》的情节，可以很明显地发现它与《魔戒》的形似乃至神似之处，这在为《沙娜拉之剑》打开市场的同时，也为之带来了无尽的麻烦。1978年，即《沙娜拉之剑》问世第二年，著名奇幻编辑林·卡特对该书作了最强烈的抨击，这位一手打造出"巴兰亭成人奇幻丛书"的文坛大鳄公开声称此书"简直就是犯罪"，是"他毕生所见最为冷血、最为无耻的剽窃"。林·卡特还说："特里·布鲁克斯根本没有开动脑筋学习托尔金的风格，他只是原封不动地盗用《魔戒》的故事乃至全部人物，而这种盗用是如此笨拙和马虎，乃至你不得不捏着鼻子看完这本书！"这下可好，有林·卡特带头，眼红布鲁克斯一炮走红的各路评论家、作家便一哄而上，各种指责铺天盖地。

在反对派看来，《沙娜拉之剑》最不能让他们接受的，就是人物和情节可几近直白地与《魔戒》对应，譬如在人物设置上，谢伊等于佛罗多、男巫王等于索伦、亚拉依等于甘道夫、骷髅使者等于戒灵等等；在情节安排上，《魔戒》中的护戒团的成立、佩兰诺原野的大战等等，也在《沙娜拉之剑》中重复出现。

布鲁克斯本人并不避讳《魔戒》的影响。他说："我的人物和佛罗多、比尔博确实是从同一块布料上裁剪下来的。托尔金设立了标准，那就是史诗奇幻的主角不应该是神，也不应该是超级英雄，他/她应该是一个为了做正确的事情而奋斗的普通人……这个标准从根本上奠定了史诗奇幻的写作模式，于是我几乎不假思索地把这个标准应用到自身的写作当中。"在承认托尔金的影响之余，布鲁克斯也声明神话学、考古学等方面的著作对他的创作有同样重要的影响，不能无视。

事实上，简单地把《沙娜拉之剑》树成千夫所指的靶子，许多幻想文坛的名家也不以为然。《沙丘》的作者弗兰克·赫伯特就在为《纽约时报》撰写的书评中力挺布鲁克斯："不要苛责布鲁克斯踏进了托尔金为他打开的大门，我们每位作家于前人都有同样的亏欠。对奇幻作家来说，承认托尔金的伟绩，这不是一件羞耻的事。而事实上，托尔金小说中表现的经典神话框架，本身就根植于西方社会的精神之中。

"布鲁克斯在《沙娜拉之剑》中展示的其实是一个简单道理，即点子不等于故事。一般人总以为有了一个好点子，小说就成功了百分之九十九。他们总问：你是怎么想到这个点子的呢？布鲁克斯则告诉大家：在哪里得到点子并不重要，关键是如何讲述一个好故事……"

就这样你来我往，这场著名的争执持续了几十年……但有一点，无论批评者还是支持者都欣然承认：《魔戒》打开美国市场之后，《沙娜拉之剑》证明这并非偶然的成功，奇幻文学的确拥有这样大的潜力。《沙娜拉之剑》是应运而生的，不管歪打正着也好，徒有虚名也罢，反正它正好填补了空缺。

布鲁克斯在创作《沙娜拉之剑》之初，并未像托尔金那样构思出一个纵横万年，从语言到地理到神话浑然一体的世界，但他很快进行了弥补。《沙娜拉之精灵石》是《沙娜拉之剑》的续作，布鲁克斯在《沙娜拉之剑》尚未上市的1975年开始创作，到1977年已完成四分之三，然而由于写不出结尾，在编辑德尔·雷伊的鼓励下，布鲁克斯毅然推翻重写。这回他不再沿用《沙娜拉之剑》的人物和剧情，而是大胆抒写新时代的冒险，经过多番波折，1982年《沙娜拉之精灵石》终于出版。该作的主人公是谢伊的孙子威尔，故事围绕精灵族展开，讲述威尔拯救精灵圣树，并帮助精灵抵抗魔鬼大军的故事。这本书成功走出了《魔戒》故事的影子和桎梏，一般认为是布鲁克斯最出色的作品，也是新人踏入奇幻之门最好的钥匙之一。三年后，布鲁克斯推出《沙娜拉之精灵石》的续作《沙娜拉之许愿歌》。《沙娜拉之剑》《沙娜拉之精灵石》和《沙娜拉之许愿歌》合称"沙娜拉原始三部曲"，乃布鲁克斯的代表作。

与许多当代奇幻小说相比，这个三部曲的确显得"土味"重了一点，但布鲁克斯"以景御意"的功夫却练得愈发出神入化，成为留给史诗奇幻流派的一份遗产。对此，布鲁克斯解释说："在我的故事中，环境一直是独立的角色，时刻影响着故事发展。我一直觉得，面对幻想世界和诸多幻想人物，作家有义务让读者贴近故事——这要求我们把设定当成'人'一样去'写活'，而不是大喇喇地作一些死板的说明……"

完成"原始三部曲"后，布鲁克斯搬到西雅图，成为职业作家，但他最先写出的却非"沙娜拉"系列，而是以轻松活泼的笔调开始了"蓝道佛王国"系列（Magic Kingdom of Landover）的旅程。该系列共有六本，围绕芝加哥律师本·霍利德展开。律师在丧妻之后悲痛不已，意外地在邮购目录上发现价值百万、可以逃避现实的魔法王国待售。他将之买下，去到那个王国，才察觉到广告隐瞒了真相，魔法王国里危机重重，他不得不打起精神、面对挑战……

20世纪90年代，布鲁克斯终于回到赖以成名的"沙娜拉"系列，于1990年至1993年间接连推出"沙娜拉的后代"四部曲，包括《沙娜拉的子孙》《沙娜拉的德鲁伊》《沙娜拉的精灵女王》和《沙娜拉的宝物》。这四部曲组成了一个完整的故事——史诗奇幻的创作模式在这些年已有所进化，单本小说让位于长系列大部头了。1996年，布鲁克斯出版了"沙娜拉"系列的前传《沙娜拉的初代王》。写完上述五本"沙娜拉"系列小说之后，布鲁克斯第二次离开"沙娜拉"系列，挑战当时刚刚抬头的都市奇幻。他以儿时在伊利诺伊州的生活经历为蓝本，创作了黑暗都市奇幻"真言和魔界"三部曲,该三部曲从1997年的美国独立日讲到2012年的圣诞节,以代表光明的"真言"和恶魔居住的"魔界"之间的永恒斗争为背景。后来布鲁克斯还决定,干脆把"真言和魔界"三部曲与"沙娜拉"系列相连接,作为"前传的前传",放在新近创作的"沙娜拉起源"三部曲之前,将核战和世界重塑的原因归咎于魔鬼!

事实上,无限扩张主打系列的做法,在欧美奇幻作家中十分常见,这通常也意味着他们由创作的扩张期进入了守成期。20世纪90年代中期以后,布鲁克斯开始了量产,每年按时推出一本新小说,也是从那时开始,他退出了引领奇幻潮流的一线作家行列。虽然他的书每本至少有数十万册销量,但其笔法、故事结构,乃至故事内容,都逐渐被人们认为过时了。

迄今为止,布鲁克斯又写出了"沙娜拉"系列的多个子系列,分别是"乔尔·沙娜拉的飞行"三部曲、"沙娜拉的高等德鲁伊"三部曲、"沙娜拉起源"三部曲、"沙娜拉的传奇"两部曲、"沙娜拉的圣骑士"三部曲、"沙娜拉的黑暗遗产"三部曲、"沙娜拉的守护者"三部曲、"沙娜拉的陨落"四部曲,直至"沙娜拉的陨落"四部曲的最后一本《最后的德鲁伊》出版,终于结束了整个"沙娜拉"系列的故事。这样洋洋洒洒三十多部长篇小说,加上一些零散的中短篇,再加上布鲁克斯创作和协助创作的世界设定书《沙娜拉指南》《沙娜拉的世界》,以及冒险解谜游戏《沙娜拉》、漫画书《沙娜拉的黑暗怒火》等共同组成了庞大的"沙娜拉"家族,小说总销量突破两千万册,在21世纪的第二个十年还改编了两季电视剧。毫不夸张地说,经过布鲁克斯四十多年的辛勤耕耘,"沙娜拉"系列和"四陆"世界业已拥有纵横数千年的宏伟历史背景,成为美国史诗奇幻界的一大品牌。

如果说布鲁克斯相对于托尔金的特色是与科幻结合,同时代另一原创史诗奇幻名家大卫·艾丁斯的绝招就是让情节更轻松。

这位走"轻松"路线的大卫·艾丁斯(David Eddings, 1931—2009)出生于美国华盛顿特区,大学时主修演讲、戏剧和英文,展现出戏剧和文学方面的天赋，不仅赢得过全国辩论赛冠军，且自导自演了许多舞台剧。

然而，尽管艾丁斯从20世纪40年代后期就开始从事文学创作，真正成名却等待了整整三十年，年满五十之后其大名才为人们所熟知，真可谓大器晚成。这期间他当过英语老师，参过军，干过波音公司的底层采购员，甚至去食品杂货店做了多年收银员，但同时始终坚持写作。1973年，中年艾丁斯终于出版了长篇小说处女作《高地猎捕》，这是一部带自传性质的惊险小说，但在市场上石沉大海，没引起任何波澜。艾丁斯还创作了其他一些长篇小说，由于多走青春成长探险的路子，无甚出奇之处，竟连出版的目标都不曾达到——看起来，他似乎难逃仲永[①]的下场，只能老老实实当个普通人……

直到他发现了冒险传奇的新载体：史诗奇幻。他那些略显幼稚的青春故事，一旦巧妙地披上奇幻的外衣，放到特定的舞台上，摇身一变就不得了！

艾丁斯与奇幻最初的结缘，来自中年时代某天胡乱涂鸦的地图，这幅地图后来成为他自创的"爱隆"世界的雏形。20世纪70年代，失意的艾丁斯在街上闲逛时，偶然看到书店橱窗里放着托尔金的《魔戒》，不由得感叹：这玩意儿还在卖啊？心念所至，他进门顺手抄起一本，发现手中已是《魔戒》第七十八次再版！艾丁斯意识到被自己忽视的奇幻体裁的无穷魅力，回家赶紧取出以前画的草图来仔细研究，为小说创作做前期准备。整个1978年和1979年，他几乎都泡在图书馆中，广泛阅读神学、历史学、社会学、地理学等各方面资料，架构世界观，最终于1980年完成"圣石传说"五部曲的第一部。时值特里·布鲁克斯的《沙娜拉之剑》轰开美国的原创奇幻市场，正好是八仙过海各显神通的乱世。"圣石传说"五部曲于1982年至1984年三年间陆续重磅推出，全部登上《纽约时报》畅销书排行榜——艾丁斯终于爆发了！

[①] 仲永是北宋文学家王安石的散文《伤仲永》中的主人公方仲永。方仲永本为神童，因后天父亲不让其学习，又被父亲当作造钱工具，最终沦落为普通人。

"圣石传说"五部曲分别是《预言傀儡》《魔法皇后》《孤注一掷》《巫术城堡》和《预言终局》，均有中译本。艾丁斯自1987年到1991年间又推出了具有"圣石传说"后传性质的"玛洛里亚人"五部曲，包括《西方守护》《莫高之王》《恶魔领主》《达萨术士》和《克尔先知》五本，外加1995年出版的《大法师贝佳瑞斯》、1997年出版的《女法师宝佳娜》①及1998年出版的《历瓦宝典》②，共同组成"圣石传说"大系。

　　与《魔戒》和《沙娜拉之剑》类似，"圣石传说"大系亦从偏远的小农庄开始。在这里，天真无邪的厨房小厮嘉瑞安只希望过平静的乡村生活，却不料自己竟是圣石血脉的最后传人，而被封印七千年之久的索烈魔正要苏醒，其祭司团已偷走圣石，正四出狩猎预言中唯一能操纵圣石、毁灭邪魔的人。在大法师贝佳瑞斯和女法师宝佳娜的保护下，嘉瑞安走出乡村，游历各国，结识同伴，其间他的力量逐渐觉醒。他意识到自己的使命，由是迎娶了皇家公主瑟芮娜，并最终夺回圣石，加冕为西方共主。此后，他的未婚妻瑟芮娜带领西方联军，为他牵制住索烈魔的大军，而他将实现圣石预言，与索烈魔——一位天神——做殊死搏斗，成为弑神之人从而拯救天下苍生！在后传"玛洛里亚人"五部曲中，嘉瑞安已当了八年国王，原以为风平浪静，圣石却警告他预言并未完全实现。由于自己的新生儿忽遭劫持，快及而立之年的嘉瑞安不得不再次上路，集结"圣石传说"五部曲中追随他的英雄豪杰，一起去东方的玛洛里亚大陆冒险。

　　从上述内容简介可知，"圣石传说"五部曲及其续作亦是沿袭"农夫之子其实拥有高贵血脉，老巫师带他出门结识伙伴，最后打败黑魔王"，完全套着《魔戒》的模板。针对《沙娜拉之剑》的一切批评，换到"圣石传说"上也同样适用。

　　然而艾丁斯为何能从诸多托尔金"接班人"之中脱颖而出呢？自是由于他把自己的长处也发挥到了极致。很多读者觉得《魔戒》枯燥、古

---

① 《大法师贝佳瑞斯》和《女法师宝佳娜》可视为"圣石传说"前传。
② 《历瓦宝典》是大卫·艾丁斯与妻子蕾格·艾丁斯合著的设定书。

板，"圣石传说"则不然。它轻松刺激、高潮迭起，融入了艾丁斯独有的幽默。艾丁斯笔下的人物比《魔戒》的人物更为青春、更为生活化，当然，反过来也欠缺思想性。艾丁斯没有或无力去挖掘更深处的人性，他本人对此有着清醒认识。艾丁斯曾言道："我的书只是跳板，希望能吸引更多人去阅读奇幻。当他们进门以后，完全可以离开我，选择那些更为严肃优秀的作品。"瞧瞧，这是何等坦诚！

"圣石传说"大系之外，20世纪80年代末到90年代初中期，艾丁斯还写了题材和风格类似、名气稍逊的"艾尼姆"三部曲（*The Elenium*）及续作"塔姆利"三部曲（*The Tamuli*）。之后，艾丁斯自觉无法在"轻"史诗奇幻领域再取得突破，便把精力放在都市奇幻乃至非奇幻类作品上，但后期创作并不怎么成功。

不仅如此，晚年的艾丁斯似乎还有疯癫之虞。2007年，他在家玩火，结果不仅烧掉车子和房子，大部分小说手稿也付之一炬。同年，艾丁斯的妻子去世，2009年，艾丁斯自己也得病去世。据说他去世前在创作一类新型奇幻小说，不同于此前的任何作品，究竟是什么已然不得而知……

对笔者个人而言，"圣石传说"五部曲曾留下美好的回忆。厨房小弟嘉瑞安的成长是如此亲切，好比自己和自己身边许多怀有梦想之人的人生。大卫·艾丁斯就好似一位慈祥的老者，曾牵着我的手，带领我进入奇幻文学的大花园。

相较前两位，美国原创奇幻爆发期的另一名家——斯蒂芬·唐纳森的特质更明显，可以说他率先改变了托尔金塑造的英雄形象。唐纳森的作品以一个麻风病人为主角和英雄，此人穿越到面临严重危机的奇幻世界，该世界的居民把他当救世主，他却根本不相信该世界的存在，认为都是自己白日做梦！这个故事从根本上说仍是"传奇英雄寻回自身，然后战胜黑暗"的模式，可在外面套上一层"英雄其实很丑，战斗就是救赎，拯救世界就等于拯救自己"的外壳之后，思想性得到了显著升华。

斯蒂芬·唐纳森全名斯蒂芬·里德·唐纳森（**Stephen Reeder Don-**

aldson, 1947—），生于美国俄亥俄州克利夫兰市，以独特的写作角度与深邃的语言风格著称。作为跨奇幻、科幻、侦探悬疑等多界的大师，他到处都留下了美名，但最出色的作品是史诗奇幻"不信者托马斯"系列。

唐纳森三岁时便随父亲去了印度，成年后才返回，其间他父亲一直在印度某家麻风病院工作，从小接触麻风病人的经历，对唐纳森的创作有莫大影响……回国后，唐纳森先后获得文学学士学位和英语硕士学位，还当过大学教师，但写作理想矢志不变，甚至声明学习本科和研究生的课程，不为别的，纯粹只为学会写小说！

唐纳森从20世纪60年代中后期便开始着手"不信者托马斯"系列，其间经历多次修改，但他的运气没有特里·布鲁克斯好，没有赶早遇上伯乐，据说该系列小说曾连续被四十七家出版商拒绝，直至1977年德尔·雷伊书社才终于将其出版——两年时间里，德尔·雷伊书社陆续推出了《福尔魔的大敌》《地石之战》和《永恒之力》三本书，合称"不信者托马斯第一编年史"。该系列几乎紧跟《沙娜拉之剑》面世，维持了美国原创史诗奇幻市场的热度。由于商业上成功的鼓励，1980年至1983年间唐纳森又趁热打铁，紧跟着推出续作三部曲，包括《伤痕大地》《唯一圣树》和《白金魔戒》，合称"不信者托马斯第二编年史"。"第二编年史"几乎与"圣石传说"五部曲同期上市，各擅胜场。前后两套编年史在后来的四分之一个世纪里总计卖出一千多万册。2004年，停更二十年的"不信者托马斯"系列奇迹般地再度启动，好比史泰龙时隔二十年忽然要拍《第一滴血4》一样，唐纳森也宣布要推出篇幅更长、野心更大的"不信者托马斯第三编年史"，并最终完成了这个四部曲，分为《大地符文》《命者归来》《对抗绝境》和《最后黑暗》四本，于2013年为"不信者托马斯"全系列画上圆满句号。

"不信者托马斯"究竟何许人也？事实上，托马斯是一个没有信仰、对世界抱有严重怀疑态度的前作家，是唐纳森把自身作家经历、心路历程和幼年对麻风病人的观察相结合的产物。托马斯全名托马斯·考南（Thomas Covenant），原本家庭事业双丰收，可叹天有不测风云，突然身染麻风病，遭到家庭和社会的双重唾弃，妻子跟他离婚，所有人都躲着他。这个残酷的事实剥夺了托马斯做人的尊严，使他失去了对人性的信念，变得自怜自艾、愤世嫉俗，绝望成为人生基调——"不信者"由此而来。

某日，托马斯出了车祸，醒来后发现自己穿越来到"大地国"（The Land），一个托尔金式的"第二世界"。该世界正面临"天谴者"福尔魔的威胁。托马斯的麻风病在这里被神奇地治愈了，不仅如此，他更因身上的两个标志——一是右手因麻风病而被切除的两根手指；二是手上所戴的白金婚戒——而被人们视为救世英雄转生。

面对令人哑然的崇高待遇，托马斯断然拒绝相信，认定一切都是一场梦。内心灰暗的他甚至恩将仇报，强奸了救他的女子。然而，这个世界却是如此真实，他始终没自"梦"中醒来。

在"不信者托马斯第一编年史"中，大地国与魔军多次交战，伤亡惨重，每每依靠托马斯从白金婚戒中召唤的异能才得以化险为夷。在此过程中，托马斯那"不信者"的信念逐渐产生动摇，对待生活的态度也发生转变，心灵开始解冻。最终在福尔魔的领地里，他爆发出潜力，击败福尔魔拯救了人民。

大地国的创世者让托马斯做出选择：他可以健康地留在大地国，也可以回到现实世界。托马斯权衡再三，最终选择坦然回去。他又恢复了作家身份，并在十年中出版了七部小说。虽然麻风病症无法根除，但他至少获得了内心的平和。

显而易见，"不信者托马斯"系列小说的着力点在于托马斯的精神转变。在小说里，托马斯所有的努力可被分为两个层面：首先，他否定大地国的存在，这是逃避与面对之间的挣扎，托马斯拒绝相信这个被作者唐纳森设定得详尽备至、一丝不苟的奇幻世界，但他所有的努力都是无效的。唐纳森是想对读者表达，在心理层面上，任何人都无法回避自己内心的真实；其次，托马斯的行动是在对抗自我，天谴者福尔魔可视为托马斯在现实世界中生活地位的具象映射。不管托马斯主观愿意与否，大地国的命运都操于他手，无论生存还是毁灭，托马斯都必须做出选择，正如他在现实世界中也不能永远自我封闭下去。

不信者托马斯与普通史诗奇幻中具有高贵血脉的农夫之子们最大的不同，就在于他不仅一开始能力低微，而且直到最后也是个贴近生活的普通人。当然，这点也给一些单纯寻求打怪升级、冒险刺激的读者造成了阅读困难，他们无法把自己代入一个自暴自弃、时常伤害他人的英雄，只能回头去追捧"圣石传奇"之类的故事。

在"不信者托马斯第二编年史"中，托马斯再度回到大地国，怎料洞中方七日，世上已千年，现实世界才过去短短十年，大地国里却已是四千年后。这回托马斯的冒险中加入了一位来自现实世界的女医生，两人从自我封闭和互相争执中逐渐产生了感情，彼此温暖。这回的冒险也比"第一编年史"更加凶险，最终托马斯面对福尔魔时，发现福尔魔就是自己的化身，于是勇敢地交出了白金戒指，引诱福尔魔召唤戒指中的异能来攻击他，结果在托马斯死去的同时，福尔魔也被吸尽了功力。

故事到此似已画上完美句号，不曾想晚年的唐纳森竟兴致勃勃地推出"不信者托马斯第三编年史"，讲述了托马斯对大地国第三次，也是最终的拯救。除以上十本长篇小说，"不信者托马斯"系列还包括一个中篇《白金火》（"不信者托马斯第二编年史"的前传）、一本名为《大地国地理志》的设定集，乃至由于唐纳森在人物塑造上的鲜明特色，还有一些相关研究著作诞生，如《斯蒂芬·R.唐纳森的托马斯·考南编年史：奇幻传统的变迁》等等。这些书共同组成了史诗奇幻家园中的一个经典系列。

在"不信者托马斯"系列之外，唐纳森最著名的奇幻作品是"莫登特的需求"两卷——《梦中镜》和《力之人》，灵感来源于罗杰·泽拉兹尼的"安珀志"系列。

史诗奇幻不仅可从人物出发，亦有一些早期作者结合当时大搞奇幻设定的风潮，以塑造世界为爆发点。此类作者中的佼佼者雷蒙·E.费斯特是最早被介绍进中国的西方奇幻作家之一，他把自己定义为"世界创造者",实至名归。

雷蒙·埃利亚斯·费斯特（Raymond Elias Feist, 1945— ）生于美国洛杉矶，1977年自圣迭戈大学传播艺术专业毕业后从事文学创作，后成为职业作家，迄今已发表三十多部长篇小说（部分为合著）和若干短中篇小说，并曾撰写自己小说的游戏改编剧本。

20世纪70年代初，费斯特在圣迭戈大学读本科时，结识了一帮志同道合的伙伴，并利用业余时间共同创造了"美凯米亚"世界（Midkemia World）。时值《龙与地下城》的大发展期，桌上奇幻角色扮演游戏呈蒸蒸日上之势，然而对费斯特一党来说，《龙与地下城》的世界显得过于普通、泛用了，他们希望拥有适合自己的、独特的游戏世界，于是美凯米亚世界应运而生，可谓诸多"山寨"《龙与地下城》游戏世界的缩影与代表。费斯特及其伙伴们为此世界创造出历史名人、国家风俗、全套政治体系、独特的魔法系统和神灵体系。据费斯特回忆，他们每周三晚上定时在学生公寓聚会，沉浸在美凯米亚世界中探险游历，后来游戏时间又增加了星期五晚上。到20世纪70年代末，意犹未尽的一众伙伴建议费斯特将"大乘魔法"如何来到美凯米亚世界的故事动笔写出来，于是便有《魔法师学徒》和《魔法师大师》这"时空裂隙之战"四部曲第一本和第二本的诞生。

费斯特并非职业写手，写作之路并不顺当，小说搞了好几年才完工，结果不出所料被出版商拒绝。原因相当简单，这本名叫《魔法师》的书太长！原稿长度接近四十万英语单词，当时没人敢尝试如此厚重的"砖头"！好说歹说，辗转几回，经过大幅删减，该书方才于1982年问世，而1986年再版时，由于拗不过出版商，不得不把书拆分为《魔法师学徒》和《魔法师大师》。

小说讲述孤儿帕格历经磨难，穿梭于两个世界，最终由一介城堡小厮成长为一代魔法宗师，故事里既有青年人的成长游历，也有成熟的感情体验、大气的战争场面和丰富的政治人文描绘。帕格原本身份卑微，却得公主垂青，不料巨变陡然降临，身不由己卷入历史洪流。他被带到一个类似日本的世界，沦为奴隶。一晃十年过去，沧海桑田，物是人非，帕格经历了异世界的考验，终于走向成熟，并获得了异世界的魔法力量，成为拯救者归来。

《魔法师学徒》和《魔法师大师》的背景大气磅礴，情节曲折，是许多欧美读者少年时代阅读的无上经典，对之往往怀有特殊感情。虽然该书仍有无数借鉴《魔戒》的桥段，譬如似曾相识的地底惊魂与英雄的牺牲，老巫师的教诲与小厮的成长等等，但它抛弃了光明与黑暗的简单对抗，将主题放在两种不同文化的冲突上，尤其满足了美国人对东方文化（尤其是日本文化）的好奇，也成为了"山寨"游戏世界到小说创作的典型案例。

费斯特的另一独特之处，在于他设想的故事异常宏大。史诗奇幻作家习惯在一个世界里创作，但多采取"续集再续集"的模式，一开始并没有统筹安排，只是到头来不肯放弃自己挖出的第一桶金，守在原地不离开，第一册主角是谁谁谁，后几册的主角便是谁谁谁的儿女，再后几册主角是谁谁谁的儿女的儿女，子子孙孙无穷匮也……某种意义上讲颇有骗钱嫌疑，特里·布鲁克斯的"沙娜拉"系列即可算其中典型。而费斯特很早便提出以"五次裂隙之战"为根骨的总体写作计划，坚持努力三十年，直至2013年大功告成，可谓高屋建瓴。有了远景规划，总体构思才有光彩。

费斯特的"美凯米亚"系列可分为如下几部分：

"时空裂隙之战"四部曲（*The Riftwar Saga*），包括《魔法师学徒》《魔法师大师》《银刺》与《塞瑞农的黑暗》四本，亦是费斯特商业上最成功的作品，主要讲述第一次时空裂隙之战及其引发的黑暗精灵大军抢夺生命石的战争。

"时空裂隙"是费斯特的系列小说的核心概念，其设计的宇宙是时髦的多元宇宙，故事主舞台在美凯米亚世界，但宇宙中同时并存着其他若干世界，它们之间可通过魔法制造的时空裂隙连接。在宇宙中存在一位被束缚的混乱之神，此神灵蛊惑多个种族，诱惑它们攻打不同的世界，达到释放自己的目的，于是时空裂隙成了危险的战争通道，而整个宇宙将通过五次时空裂隙之战，最终实现平衡。

"帝国"三部曲（*The Empire Trilogy*），此三部曲为费斯特与女作家、"光与影之战"系列的作者简妮·华兹合著，故事与第一次时空裂隙之战大致平行，讲述在时空裂隙另一头的日本化世界里，一位武则天式的女性如何爬上权力高位。

"克朗多的子孙"系列（*Krondo's Sons*），总计两本，讲述第一次时空裂隙之战的英雄们的儿女的故事。

"蛇人之战"四部曲（*The Serpent War Saga*），该系列另起炉灶描绘第二次时空裂隙之战，内容高潮迭起，战争场面尤为壮观，历来被认为是费斯特写作上最成功的作品。

"裂隙之战遗产"系列（*The Rift War Legacy*），总计三本长篇和一个中篇，该系列说白了是利用第一代英雄炒冷饭，其中两本由电脑游戏的剧本改编而成（游戏剧本由费斯特亲自操刀）。

"裂隙之战传奇"系列（*Legends of the Riftwar*），总计三本，乃是费斯特提携三位后进作家，让他们在美凯米亚世界中写作，然后亲自加以修订的产物，跟量产的"龙与地下城"系列授权小说没本质差别。

"阴影会"三部曲（*Conclave of Shadows*），费斯特在21世纪之初着力打造的系列，第三次时空裂隙之战就此拉开序幕，新一批原创人物登上舞台。

"暗黑战争"三部曲（*Darkwar Saga*），第三次时空裂隙之战终于到来，两个世界必须联手抵抗魔军入侵。

"恶魔战争"两卷（*Demonwar Saga*），该系列是费斯特写得最短的系列，设定在前系列结束大致十年之后，讲述第四次时空裂隙之战。

"混乱战争"三部曲（*Chaoswar Saga*），美凯米亚世界观下最后的三部曲，讲述第五次时空裂隙之战，以最终一部《魔法师终曲》和最初的《魔法师学徒》相对应，为全系列画上句号。

《美凯米亚：帕格编年史》，费斯特于2013年伴随全系列完结与他人合著的设定集。

谈及写作态度，费斯特跟大卫·艾丁斯殊途同归，都是一副自得其乐的派头："从根本上说，我写作不是为追求所谓的'艺术'，只是为了抒发情怀，将我的读者带去一个奇妙的幻想世界。和许多人一样，我打小便喜欢刺激的冒险和黑暗中的鬼故事，喜欢英雄救美的传说。我的书就是一场轰轰烈烈的冒险，好让读者体验迥然不同于现实的氛围，体验那些真实生活中很难发生的情节。我的目标是带来惊奇和愉悦——对这个目标而言，没有什么比奇幻更好的了。"

第三节 "这阵风本非开始……但这确实是一个开始"

德尔·雷伊书社的成功是如此显著，各大出版社纷纷起而效仿，一时间，史诗奇幻乃至其他各类奇幻作品爬满了美国各地书店的书架。从20世纪80年代前期开始，奇幻市场日趋成型，规模越来越大，从前出版商的步子不敢迈得太大，作者也只能小打小闹，现在情况倒过来了，出版社主动要求作者写多部曲、修改结局，越能"拖"越好，以便最大限度地榨取油水。此时期诞生的奇幻出版商代表是TOR书社，由汤姆·多赫蒂（Tom Doherty）创办于1980年。此人原在ACE书社旗下任职，后跳出单干，1987年TOR书社被圣马丁出版社收购，从此开始了跨越性大发展。1988年至2022年，该社连续三十三年获得"轨迹奖"的"最佳出版单位奖"，截至2018年，该社已出版六百九十本获奖或获奖提名书籍，在业界遥遥领先。

TOR书社最伟大的成功，便是发掘出将"旧史诗奇幻"的技法发挥到顶点的罗伯特·乔丹。正如托尔金奠定了巴兰亭书社的成功，罗伯特·乔丹也为TOR书社作出了同样的贡献。

罗伯特·乔丹本名小詹姆斯·奥利弗·瑞格尼（**James Oliver Rigney,**

Jr., 1948—2007），生于美国南卡罗莱纳州，五岁时已能欣赏凡尔纳、马克·吐温等人的作品。1968年至1970年间，乔丹两赴越南参战，担任直升机上的机炮手，获得了许多勋章，回国后又进入军事学院深造，并在海军中担任核能工程师。丰富的人生经历为其小说创作打好了基础，而在20世纪70年代末的一次意外事故，使他不得不长期住院治疗，又给了他大量阅读各类文学作品的机会，最终萌发了创作的念头。

1977年，乔丹开始提笔写作，起初出版的是几本历史浪漫小说，后又模仿罗伯特·霍华德写了七本"科南"系列小说，甚至写出了"科南"电影《毁天灭地》的剧本。然而让他真正成名的是1990年1月由TOR书社出版的"时光之轮"系列第一部《世界之眼》。

> 时光之轮转动如常，岁月来去如风，残留的记忆变为传说，传说又慢慢成为神话，而当其诞生的纪元再度循环降临时，连神话也早已被遗忘。在某个被叫做第三纪元的时代，新的纪元尚未到来，旧的纪元早已逝去。一阵风在末日山脉刮起。这阵风本非开始，时光之轮的旋转既无开始，也无结束，但这确实是一个开始……

"时光之轮"系列里的"暗帝"企图征服世界，而在每个纪元[①]，"真龙"[②]都将会重生，带领人们战胜黑暗，同时又带来世界的毁灭。"时光之轮"系列描写的是发生在"第三纪元"末尾的事件，在前一纪元的战争中，暗帝被封印前用邪术玷污了所有男性的"真源"[③]，男性只要使用魔法就会发疯，所以几千年来只有女性"两仪师"[④]。

然而真龙的转生终究到来了，他降生于血火沙场，被一位剑客带到乡下抚养……在他二十岁那年，暗黑魔军忽然来袭，他不得不与三位乡

---

① 纪元是以光明与黑暗的战争为开头和结尾的一段漫长历史时期。
② 真龙是拥有强大魔力者的称号。
③ 真源即魔力的源头。
④ 两仪师就是其他小说中的魔法师和超能力者。

间好友在两仪师及其护法的保护下仓皇逃离。真龙一开始并不相信自己的命运，认为都是编造的谎言，然而随着他一次次完成非凡的功业，拿到传说中的号角、拔出"非剑之剑"、统一沙漠部落，他终于承认了身份。与此同时，他的好友们也纷纷成长、成熟，成为他不可缺少的助力，分头推进光明的事业。暗帝的封印越来越弱，最后的战争正在到来，暗帝放出爪牙，即传说中的十三名"弃光魔使"与真龙对抗。真龙在与暗帝交锋期间，为不被真源污染、走向疯狂，进而毁灭世界，他还要与自我抗争……

从20世纪50年代《魔戒》的出现到90年代"时光之轮"系列的爆发，"旧史诗奇幻"最终完成了演进，成为了"完全体"。在"时光之轮"系列里，乔丹几乎把托尔金的特点和优势发挥到极致。该系列第一部《世界之眼》的情节是对《魔戒》的重写，夏尔与双河，千里逃亡的冒险经历都如此相似，而到了第二部《大猎捕》，乔丹大胆走上自己的道路，充分展示了自己的人生观，即小说就是要让人明白对错美丑。乔丹曾说，主流文学的写实性使得作品的人物和事件往往无善恶之分，但奇幻文学无须屈从于这样的清规戒律，可以无挂牵地挖掘和发挥对错、真伪、荣誉和责任的价值，体现人们对真善美和俭朴生活的向往之情。此种价值评判埋藏在乔丹作品的根骨中，挥洒出旧史诗风格的巅峰风采，与后来的"新史诗奇幻"完全不同。

乔丹在很多方面完美地继承了托尔金，诸如巨细无遗的世界塑造[①]、舒缓优雅的场景描写等等，但他也有不少创新，"时光之轮"系列如太极图般男女对应的魔法系统就是很好的例子，再如世界架构上汲取大批中东和远东元素，并将之与西方背景有机融合于一体。更重要的是，"时光之轮"系列虽然开篇与《魔戒》极其相似，但此种山寨风格在引领读者进入故事之后（这是乔丹有意为之），很快就被抛弃，其中后期的故事大气磅礴，多线发展，令人印象深刻。

可惜由于身患罕见的心脏淀粉样变性病，乔丹未能完成"时光之轮"

---

① 乔丹塑造的"兰德大陆"被认为是历史上设定最详细的幻想世界之一。

系列，便不幸于2007年去世。他生前写出了"时光之轮"系列的正传十一卷、外传一卷、设定集《罗伯特·乔丹的时光之轮的世界》和短篇《乌鸦》，而按原计划，除完成正传外还要写作外传三部曲和前传两卷（跟已出版的一卷合为三部曲）。乔丹去世后，其遗孀经过数月斟酌，终止了外传和前传计划，并将续完"时光之轮"系列的使命交给当时红得发紫的史诗奇幻新秀布兰登·桑德森，以三卷篇幅补全正传，最终此任务在2013年顺利完成。[1] "时光之轮"系列小说算是大功告成，2015年，《时光之轮设定集：人物、地点和历史》得以出版；2022年，《时光之轮的源头》出版，此前一年，"时光之轮"系列的改编电视剧也得以上映。

"时光之轮"系列真的是太长太长了，一度号称有史以来最宏伟的长篇故事。据统计，其正传十四卷共计四百四十一万多英语单词，如果把有声书从头放到尾，要足足播放十九天零五个半小时！要知道，这可是在连载同一个故事啊！正是在"时光之轮"系列超长篇的成功带动下，[2] 史诗奇幻开始向怪兽般的厚度发展。三部曲不算长，五部曲、七部曲，甚至十部曲也不罕见——作者想写一本书？对不起，大型设定、长系列创作才是香饽饽，才能让出版社持续从读者身上赚钱。这一度造成奇幻出版社用大批平庸的作者来敷衍读者，将仅有细微差别的作品照单全收后，每年机械式地出版并打上原创标签，逐渐败坏了流派的名声。而在这样的环境下，作者们也都被"惯坏了"，他们开始觉得没有几页风景描写，就不能进入某个城市，没有几百页情感铺垫，就无法实现重大转折。书籍因之越来越厚，到最后读者都受不了了，自发抨击起"话痨病"来。

"话痨病"作为当代史诗奇幻的一大突出问题，又以"时光之轮"系列最为突出，所以又被称为"乔丹症"。乔丹的"时光之轮"系列前五卷的进度和节奏控制得很好，但从第六卷开始，由于野心太大，逐渐陷入泥潭之中，情节如蜗牛般推进，读者年复一年地等待，等来的却是除了无穷的描写、故事本身无甚进展的新作，自然是怨声载道……更有甚者，

---

[1] 由于续写得太长，桑德森甚至把其中两大段删节情节单独作为中篇刊登出来。
[2] 截至2018年，"时光之轮"全系列销量已超九千万册。

史诗奇幻作家们还表示，自己流派打下江山以后，已经写不来短故事了！特里·布鲁克斯曾坦承："我发现自己写短篇故事比写长篇故事困难得多。我十分恐惧被压缩的空间和被规定的结构——长篇故事和短篇故事对文法纪律的要求完全不同，而我不喜欢后者的纪律。就我写过的中篇小说《不屈不挠》而言，这故事我不得不彻底改写四五遍方才满足要求，每一遍的结果均不相同，花费同样的时间，我都能完成一部五百页的长篇小说了。"

在20世纪90年代这段史诗奇幻的喧嚣与停滞期里，最著名的模仿作是"真理之剑"系列。如果说《沙娜拉之剑》大力借鉴过《魔戒》，"真理之剑"就大力借鉴了"时光之轮"。该系列作者特里·古德坎（Terry Goodkind, 1948—2020）出生于美国内布拉斯加州，从小患有难语症，在读书和写作方面有常人难以想象的困难，招致过许多嘲笑和羞辱，但也正因如此，他小时候偷偷跑去图书馆，培养出独立阅读的习惯。古德坎并未上完大学，便改行当木匠和小提琴制造师，修复过许多珍贵的艺术品，且一直保持着对绘画的强烈爱好。在成为作家之前，古德坎以描绘野生动物出名。

1993年，古德坎与妻子搬到缅因州居住，并买下四公顷林地建造房屋，在亲手劳动的过程中，在大自然的怀抱里，他得到了灵感，于是动手落笔，一年后名为《魔法师第一定律》的小说得以面市。作为"真理之剑"系列开篇作的《魔法师第一定律》是一本情节与"时光之轮"系列类似，但格调更轻、故事更简单、读者也更好进入的作品。故事发生在一个被魔力屏障分割为几部分的世界，其中一部分完全没有魔法，另外部分则由魔法主宰。在没有魔法的西陆，护林人理查德某日拯救了从魔法屏障对面逃过来的女人卡兰，卡兰告诉他，他是"真理探索者"的传人，只有他能挥舞真理之剑，战胜黑魔王拉哈。于是在卡兰和老法师泽德的帮助下，年轻的理查德穿过屏障，开始了救世之旅……整个故事委实是非常老套的"旧史诗奇幻"，虽有一些漂亮转折（例如黑魔王拉哈其实是主人公的父亲），但掩盖不了模仿痕迹。然而由于古德坎写作态度真诚，仍然打动了出版社，甚至为之付出超额版税。

一炮打响，古德坎便如量产般每年推出"真理之剑"系列续作，质量却参差不齐。他的书原本就缺乏新意，后期更成了狗尾续貂，拖着男女主人公进行一场又一场似乎永无完结的战斗，这被某些评论家认为是对自"时光之轮"系列以来成熟的"旧史诗奇幻"写作模式的KUSO式[1]模仿，外加该系列后续作品中出现了大量不必要的性虐待、无厘头的女主男奴式描写，令老牌奇幻读者非常愤慨，各大网站经常亮出二三分的超低分。古德坎本人倒不以为意，他持续推出"真理之剑"系列，逝世时该系列已扩展到二十一部长篇和六部中篇——竟比被KUSO的"时光之轮"系列还要长！而且累计销量突破了二千五百万册，系列作品几乎全部登上《纽约时报》畅销书排行榜，并被翻译为二十多种语言。2008年，ABC电视台还把"真理之剑"系列搬上银幕，改编为电视剧《探索者传说》，虽说仅仅播出两季便在恶评之下草草收场，但已是奇幻作品中的至高待遇了。此种"有眼无珠"，看着什么最俗就拿什么来改编的态度，当然惹起了骨灰级幻迷们更大的怒火，一时间各大幻迷聚集地对古德坎的声讨和讽刺汹涌澎湃，与国内网民当年拿"凤姐""芙蓉姐姐"开涮颇有异曲同工之妙。

除《魔法师第一定律》之外，在多如牛毛的"旧史诗奇幻"长篇系列中，具有较突出阅读价值的还包括盖伊·加夫里尔·凯的"费奥纳瓦织锦"三部曲（*The Fionavar Tapestry*, 1984—1986）、伊丽莎白·波耶的"精灵"系列（*World of the Alfar*, 1980—1995，共十一本）、梅赛德斯·拉基设定在瓦德玛世界（Valdemar）下的所有作品[2]、P.C.霍德格尔的"神游者编年史"系列[3]（*Chronicles of the Kencyrath*）、梅妮恩·罗宛的"龙王子"三部曲和"龙星"三部曲（*Dragon Prince Trilogy & Dragon Star Trilogy*,

---

[1] KUSO在日文中作"可恶"之意，也是日语"粪"的发音，逐渐在网络上演化为"恶搞"之意。
[2] 1987年至今，已有三十九部长篇小说和若干中短篇合集，乃是与"沙娜拉"系列、"时空裂隙"系列等不相上下的超长系列。
[3] 20世纪80年代推出三本，21世纪又写了两本续作，还包括一些短篇。

1988—1994)、米歇尔·维斯特的"太阳神剑"系列及其外传[①]、简妮·华兹的"光与影之战"系列[②](*Wars of Light and Shadow*)、萨拉·道格拉斯的"旅人救赎"三部曲及其前传三部曲(*The Wayfarer Redemption*, 1995—1999)、R. A. 萨尔瓦多的"恶魔战争"七部曲(*The Demon Wars Saga*, 1997—2003)、凯特·埃里奥特的"群星之冠"七部曲(*Crown of Stars*, 1997—2006)、C. J. 切瑞的"要塞"系列(*The Fortress Series*, 1996—2006, 共六本)、大卫·达克的"群屿之王"系列(*Lord of the Isles*, 1997—2008, 共九本)、克里斯·庞区的"预言王"三部曲(*The Seer King Trilogy*, 1997—1999)、大卫·法兰的"符印王"系列(*Runelords*, 1998—2009, 共九本)、劳拉·雷斯尼克的"斯卡拉编年史"三部曲(*The Chronicles of Sirkara*, 1998—2003)、马克·安东尼的"最后的符咒"系列(*The Last Rune*, 1998—2004, 共六本)、麦克尔·斯塔克保尔的"龙冠战争"系列(*Dragon Crown War*, 2000—2003, 共四本)、朱利亚·格雷的"守护者"系列(*The Guardian Cycle*, 2001—2003, 共五本)、肖恩·罗素的"天鹅战争"三部曲(*Swans' War*, 2001—2005)、茱莉叶·梅克恩的多个系列[③]。

看到长长的书单,是否有些头晕目眩呢?老牌作家大卫·艾丁斯在《历瓦宝典》中为同类作品总结出如下写作范式:

(一)"第二世界"及其神学体系(多神/一神/其他);

(二)一个任务;

(三)占据重要地位的魔法宝物(魔戒、圣杯等);

(四)英雄;

(五)老巫师;

(六)女英雄;

(七)黑魔王和他的邪恶手下;

[①] 1991年至今,本传十二卷,外传已达八卷,预计还将有一个子系列。
[②] 1993年动笔,至2023年终于完成,总计十一卷。
[③] 1999年动笔至今已有二十本。

（八）伙伴（通常由不同种族不同文化的人混合而成，保护英雄完成任务，打败魔王）；

（九）英雄与女英雄或英雄与伙伴之间会发生爱情，伙伴要有各自的性格与弱点；

（十）各色国王、女王、皇帝、将军、廷臣、诸侯等等，让世界运转起来。

无论史诗奇幻作家的笔法多么华丽，骨子上都符合这个套路。"话痨病"和母题重复，似已成为史诗奇幻的顽疾，桎梏了它的发展，随之而来的便是销量下滑。读者觉得作者玩不出新把戏，对新书的书评也变成"这本书怎么觉得已经读过？"或"啊！这段情节我似乎读了十多遍了！""旧史诗奇幻"流派在20世纪90年代中后期走到了顶点和尽头，迫切需要改弦易辙，补充新鲜血液。

头一个决心全面超越托尔金的作家是泰德·威廉姆斯。

泰德·威廉姆斯（**Tad Williams, 1957—**）生于美国加利福尼亚州，自小家境贫穷，大学没上完就辍学打工以维持生计，其间卖过鞋、砌过瓦，也组过乐队、主持过脱口秀。在颠簸流离的生活中，威廉姆斯逐渐对写作产生了兴趣。1985年，DAW书社出版了他的第一本小说《逐尾者之歌》（*Tailchaser's Song*）——一本以猫为主角的作品。受此鼓励，威廉姆斯正式走上了作家之路。

尽管威廉姆斯是托尔金的书迷，但他打一开始就不满足于《魔戒》的表达方式，对之提出过许多委婉批评。在他看来，《魔戒》那种过于鲜明的善恶斗争、以外貌来区分阵营[1]，以及直截了当的扬善罚恶等，都脱离了人们的实际生活，且严重限制了史诗奇幻作家的发挥空间。凭什么精灵不能是"邪恶"的？为什么必须存在一个不可理喻、纯粹只想征服世界的黑魔王呢？由此出发，威廉姆斯企图撰写一部新型史诗奇幻小说，以重新定义流派，他从一开始就定下了超越托尔金的目标。

---

[1] 比如精灵就是美貌高雅，兽人就是猥琐丑陋。

名为"回忆，悲伤与荆棘"的三部曲就这样诞生了，它分为《龙骨椅》《诀别石》和《天使塔》三本及前传中篇《焰心人》。从1985年到1993年，威廉姆斯几乎将全部精力倾注其中，制造出一个接近三千页、多于一百万英文单词的超长篇故事，最后一部《天使塔》的平装本长度创记录地接近一千五百页，出版社表示根本无法装订，强迫作者拆分为两本。"回忆，悲伤与荆棘"三部曲同其他后魔戒时代作品一样，架构上仍是少年成长故事，讲述厨房小弟西蒙成为英雄的过程，但故事中的反派改为被人类歧视和压迫的希瑟族（即威廉姆斯笔下的精灵）。希瑟族过去的领袖，原本高贵优雅的风暴王在族人被人类屠灭后，出于怨恨施下诅咒，五百年后终于能借人类内战的机会返回人间。这个三部曲中不但有种族之间的爱恨纠葛，还有国家之间的政治纷争，处于其中的人物被尽可能塑造得圆润，而不单强调光与暗的对抗。标题中的"回忆""悲伤"与"荆棘"乃是三柄神剑，它们既拥有奇幻的神力，也代表真实的感情，英雄追寻它们的过程，亦是英雄自我成熟或自我毁灭的过程。

写作本系列的过程中，威廉姆斯经历了情变，由分居、重聚、再分居到最后离婚，终于他离开故国，选择去英格兰定居。《天使塔》在这样的折腾中花费了三年半工夫写成，威廉姆斯将满腔情绪投射进小说里，使得西蒙的成熟过程尤为深刻和令人痛心，成为本系列的一大招牌。自然，威廉姆斯也不是没有缺陷，其最大的毛病仍是"话痨"，他是史诗奇幻名家里数一数二的节奏缓慢者，尤以本系列第一部《龙骨椅》为最。由于《魔戒》的影响，此书竟有两百页左右的城堡生活场景描写，是历来新读者的最大难关。（当然，这些描写中其实含有若干伏笔，视乎读者有没有耐心坚持。）

威廉姆斯在"回忆，悲伤与荆棘"系列之后，又写了赛博朋克小说"异域"系列（*Otherland*）、奇幻小说《花之战争》（*War of Flowers*）、史诗奇幻"雾影"四部曲[①]等，都取得了很大成功。

---

① 分为《雾影边境》《雾影游戏》《雾影升腾》《雾影之心》，有中译本。

更让读者兴奋的是，2015年前后，威廉姆斯宣布重返"回忆，悲伤与荆棘"系列的"奥斯坦·亚德"世界，推出后传"最后的国王"四部曲，以及具有前传及外传性质的多本单独长篇，再度掀起轩然大波。

威廉姆斯的创作给了乔治·马丁无限的启发。乔治·马丁承认，正因读了威廉姆斯的书，他才顿悟奇幻文学"竟有这么多可能性"，随即将创作重心转移到史诗奇幻上。

颠覆性的文类改造，随着"新史诗奇幻"的诞生和"冰与火之歌"系列的出现到来了。

第七章　继承王位：新史诗奇幻的发展

20世纪90年代中后期"冰与火之歌"系列的问世，改变了奇幻文学的版图，短短数年间，"旧史诗奇幻"相对陈腐的写法就进了故纸堆，取而代之的是对奇幻文学更深更广维度的探索。由此带来的新风潮，让人一度对西方奇幻文学的冲劲抱有幻想。

就让我们好好看看名声最隆的"美国托尔金"和他带来时代变革的名著"冰与火之歌"系列吧！该系列曾长期在互联网图书排名榜上名列第一，乃至对我国的网络文学创作也形成了较大影响。

第一节　吴下阿蒙变身记

乔治·雷蒙德·理查德·马丁（George Raymond Richard Martin, 1948— ）出生在美国新泽西州的贝约恩市，于20世纪60年代末70年代初登上文坛，作为科幻"新浪潮时代"的弄潮儿，又在21世纪愈加灿烂、更上一层楼，成为幻想文坛的首席作家，一度名列《时代周刊》世界上最具影响力的百人之一，马丁应属绝无仅有的几人之一。到2022年，马丁共因小说获得十九次"雨果奖"提名，四度折桂，因电视剧改编写作获得两次"雨果奖"；共因小说获得十二次"星云奖"提名，两度折桂，因游戏创作获得一次"星云奖"；共因小说获得六十三次"轨迹奖"提名，十六次获奖。此外，他还夺得过两次"世界奇幻奖"、一次"布洛姆·史铎克奖"、一次"世界游戏大奖"及其他各国的若干奖项，还不包括因改编电视剧《权力的游戏》而获得的无数奖项。这份成绩单无疑是沉甸甸的，更关键的是，前辈们大多成了历史，马丁的未来还无法估量。

马丁在幻想文学的几个主要分支上均获得了极大成就，乃至写出精彩的历史小说、音乐小说和剧本等等，但他最著名的是"冰与火之歌"系列。在半个世纪里，马丁被年龄、层次、口味各不相同的读者接受，首先要归功于他的写作天赋，那种运用文字得心应手、驾驭人性信手拈来的不可模仿的能力；其次则由于他在新闻写作中（这是他大学的主修方向）、在勤奋的阅读中、在好莱坞的十年打磨中练就出一种"马丁式"白描风格，行文类似于报道，但又不吝于运用技巧，下笔掺和了情绪。他的书始终浑然一体，用悬疑与深度牢牢牵动着读者的心。

马丁的写作天赋显露得很早，幼年时即开始撰写怪兽故事，以一美元一页的价格卖给邻居小孩阅读。进入中学后，他爱上美式漫画，至今对之情有独钟，当时他的一些关于漫画的小说和文章开始发表在名不见经传的杂志上。大学时代，马丁主修新闻写作，并于1971年荣获新闻专业硕士学位，他也是在此时正式开始了创作生涯。

大师地位绝非唾手可得，马丁早期的小说也曾被连续三十七次退稿，多年以后经过修改还被退稿五次才得以发表——马丁宣称这是自己不急于打破的宝贵记录。刚从大学毕业之时，志气昂扬的马丁竟没找到工作，只能利用空窗期一边打工一边疯狂写小说，结果他一个假期写出七个中篇，几乎全部投稿成功，有的还进入了"雨果奖"和"星云奖"的决选环节，坚定了马丁投身写作事业的信心。

20世纪70年代，马丁一边从事各种工作，一边坚持写作，成为科幻界一颗冉冉升起的新星。从1971年发表在《银河》杂志上的处女作《英雄》开始，到70年代末荣获"雨果奖"和"星云奖"双奖的《沙王》，包括《莱安娜之歌》《十字架与龙》等一系列作品，均设定在所谓"一千个世界"的大宇宙背景下，这些作品大多风格瑰丽感伤，充满诗意的描写。积累足够的写作经验之后，马丁又从短篇小说过渡到长篇小说，推出了

《光逝》《风港》《图夫航行记》等作品。

20世纪80年代初,马丁业已声名鹊起。当时,斯蒂芬·金等人同时崛起,恐怖主义似乎是幻想文学的新增长点之一,马丁便把创作重心转向恐怖奇幻。他的《热夜之梦》设定于美国内战时期,是发生在密西西比河上的吸血鬼故事,以不逊于马克·吐温的文笔轰动一时,名列《轨迹》杂志"年度最佳小说"第三名,并入围"世界奇幻奖",还被选入"奇幻大师杰作丛书"。1983年,马丁又顺势推出《末日狂歌》,该书是带恐怖成分的幻想惊悚小说,描写处于创作瓶颈期的小说家受雇调查早已解散的传奇乐团"戒灵"的前经理被害案以及该乐园重聚事件。小说立足于美国20世纪60年代的流行音乐文化,写出了60年代与80年代两代人的对比,写出了时代的困惑与懵懂、追悔和感伤,获得了评论家们的无数好评,被推进若干大奖的决选,然而销售数字惨不忍睹,[①]直接导致马丁的下一部小说,以开膛手杰克为原型的历史奇幻《一片黑白红》居然没有出版社愿意接手,几乎毁掉作家生涯。[②]

此处不留人,自有留人处。小说出版遇阻,好莱坞却看上了马丁的本领。1985年,马丁被聘为当红剧集《新阴阳魔界》的编剧,在这个剧组里,他从无到有,从几乎不懂得如何写剧本的小说家,到成为小有名气的电视人。在有限的预算和工作时间内,马丁必须完成紧凑的剧本,这让他积累了更多写作经验,磨炼出更精彩的对白演绎和更强劲的戏剧张力。1987年,马丁进入《侠胆雄狮》[③]剧组,并由普通制片一路上升到总监,到1990年该剧第三季完成并停播时,他已是羽翼丰满,准备靠自己的力量在好莱坞大干一场了。

此一时期,马丁的小说创作锐减,却不乏精品问世,如荣获1987年第一届"布洛姆·史铎克奖"的《梨形男》,荣获1989年"世界奇幻奖"

---

① 马丁后来抱怨《末日狂歌》"对恐怖小说迷来说不够恐怖,对推理小说迷来说不够推理,摇滚乐迷则根本不看书"。
② 多年以后,名满天下的马丁倔强地把《一片黑白红》的残稿结集出版,以显示自己的写作功底。
③ 该剧当年曾被国内的"正大剧场"栏目引进。

的《人皮交易》等等，而最著名的是由他编辑和参与创作的超级英雄马赛克式小说——"百变王牌"系列。所谓"马赛克式小说"，指每位作家创作一段故事，然后拼接起来，形成完整的大故事。作为狂热的美漫迷，马丁一直渴望创造美式超级英雄世界，20世纪80年代初，他被拉进作家们的"跑团"圈子[①]，起初马丁担心游戏只是一味的战斗砍杀，但他很快发现作家们的角色扮演可变为精彩绝伦的戏剧表演，令人沉醉。尝到甜头的他在跑团众的鼓励下，从无到有创造了一个世界，并邀请其他作家加入进来写作独特的超级英雄人物，"百变王牌"系列由此诞生。该系列以写实态度探讨漫画中的超人，写出了正派和反派英雄在现实生活中遭遇的困境，隐含了各种社会批判，当年一炮走红，并延续至今。截至2022年，该系列以单行本形式推出作品二十九本，还有短篇作品若干及与之配套的漫画与桌面游戏，可以说，在失败的《末日狂歌》之后，"百变王牌"系列挽回了马丁在幻想文坛的声誉。

从事影视行当固然让马丁赚得盆满钵满，[②]然而在剧本写作中汲取足够的经验后，他又开始蠢蠢欲动了。制作公司总嫌他的稿子过于庞杂难以拍摄，反复要求他简化情节、削减场景，到最后反而促使他憋足一股劲，一心要杀回小说领域，争取自由发挥的天地。1991年，马丁脑海里忽然浮现出一个男人在雪地里被斩首，旁边有一个小孩观看的情景，[③]于是立刻动笔写了出来。他写了一百多页，也不清楚这究竟是个短篇故事，还是一部小说……正在此时，他接到好莱坞朋友的电话，原来哥伦比亚电影公司给了筹拍电视剧的他一个机会，于是他暂且搁置小说，在接下来的两年里踏遍全球、奔波飞行，从选角到拍摄忙得个不可开交。然而最终，这部已拍摄成片的科幻剧集《门》却被无情地砍掉了，痛心不已的马丁遂决意离开好莱坞。

1993年，马丁开始将两年前那一百多页的稿件拓展为史诗奇幻"冰

---

① 桌上角色扮演游戏圈。
② 马丁自己承认，在好莱坞写一周剧本相当于当初一年的小说版税收入。
③ 这就是《冰与火之歌》第一卷《权力的游戏》第一章《布兰》。

与火之歌"系列。时隔十年，他在小说界重磅回归，当时便引起各大出版社的广泛关注和争夺，其英国版本代理权甚至被卖到六十万英镑之多。

写作"冰与火之歌"系列，马丁从泰德·威廉姆斯的"回忆，悲伤与荆棘"三部曲中汲取了许多灵感。马丁小时候是《魔戒》的大粉丝，作品中亦多有向托尔金致敬的桥段，但自"旧史诗奇幻"大行其道以来，马丁已很少看奇幻书了，因为他觉得这些书"没意思"，很多是单调的重复，直至"回忆，悲伤与荆棘"三部曲让他大呼过瘾，给了他勇气去改变自托尔金以降的种种定规，另立新章，把关注点转移到小说中的人物上去，以"真实"的人在世界上的处境与抗争为作品的核心动力。

"冰与火之歌"系列发生在虚构的中世纪大陆"维斯特洛"。在这里，政治斗争暗潮汹涌，内战处于爆发边缘，前朝遗孤在海外计划复辟，而北方的绝境长城之外，超自然的邪恶力量开始萌动，龙与魔法也正要回归……如此风云诡谲的复杂斗争之中，"冰与火之歌"系列实现了如下三点划时代的革新：

第一，彻底颠覆黑暗与光明对决的模式，将重心放在人性的描绘上，将人性放在"大历史"背景下拷问，烘托得尤为真切。对于善恶，"冰与火之歌"系列没给出简单的价值判断，书中不仅有无数扣人心弦的幻想情节，更阐述的是真实而无可回避的人类处境。对习惯主角落地百尺毫发无伤或危机时刻总能化险为夷的读者来说，"冰与火之歌"系列令人惊愕。[①] 在马丁笔下，每个角色仿若均以真实的人生轨迹走向成功或失败，面对痛苦乃至死亡，"冰与火之歌"系列如此牵动着读者的情绪。

第二，以现实主义手法描绘世界，把关注点更多放在政治人文方面，减少魔法元素。"新史诗奇幻"架构世界的思路又被称为"严肃黑暗主义"（grimdark），世界的整体风格可能偏向灰暗，却不能像童话一般，它必须具备和现实世界相同的运转逻辑。"冰与火之歌"系列的世界格局庞大立体，繁复的历史、人物、宗教和神话交织在一起，尤其在政治斗争

---

① 马丁曾表示自己对托尔金最不满的地方是其不仅让巫师甘道夫在落下断桥深渊后复活，甚至还顺道转职升级。

上着墨其多。马丁说："我喜欢历史小说，但历史小说最大的局限是结局已经注定，不论作者付出多大巧思，都失去了最大的悬念和高潮，"而幻想小说正好能弥补这点。对于奇幻文学必不可少的元素"魔法"的处理上，马丁的态度非常谨慎，着意保留神秘感，他说："魔法好比调料，不用则无以凸现奇幻氛围，滥用则会串味。"在这一思想的指导下，相对火球满天飞的普通奇幻作品，"冰与火之歌"系列的魔法显得精细和巧妙。

第三，以视点人物为中心的写作手法，简称POV写作（point of view），保持多线剧情推进，并保证全文张弛有度、节奏感强，吸引连续阅读。这是为了克服"旧史诗奇幻"节奏缓慢、情节可预测性强而采取的手段。通俗地说，"冰与火之歌"系列好比一部电影大片，导演马丁将摄影机装在不同人物身上不断切换，整个故事由甲人物以自身立场讲述一段后，换为乙人物讲述，以此类推，周而复始。"冰与火之歌"系列甚至做到每一章的章节名皆为人物名，以提示该章的视点人物——从这个意义上讲，它也是将POV运用得最彻底的作品之一。如此不仅大大增强了代入感，更限制了读者获取信息的角度，为书中错综复杂的线索设置提供了必要的帷幕。在文坛上，马丁远非头一个尝试POV写作的作家，但他的巧思在于，相对于采取这一写法的文学作品常出现时间线紊乱、叙事节奏搅成一团等弊端，"冰与火之歌"系列经过精心梳理后，每个章节的时间互不交叉，呈现精巧的上下承接关系，视点人物固然不同，故事却不断稳步推进。从该书的每个章节，读者都可以体验到起始、进行和高潮，每一卷书也自成起始、进行和高潮，乃至整个"冰与火之歌"系列也呈现这样优雅的结构，互相串联的线索中包含无数情节兴奋点。这是马丁写作才华的集中体现。

这三点被后来的史诗奇幻作家们吸收借鉴，逐渐成为"新史诗奇幻"的创作模式。

马丁很小就开始收集骑士和城堡——他除了是漫画迷，还是个中世纪迷——此一兴趣爱好一直延续下来。在他早期未出版的小说中，"冰与火之歌"系列许多人物的原型业已现身，他写到拉格的王子拉赫洛与其强悍的同伴"骄傲的"亚尔吉拉的冒险,写到他们与多斯拉克帝国的"血刃"联合,杀掉有翼恶魔"无畏的"巴利斯坦。在《赖伦铎尔哀歌》中,七神首度出场;在《莱安娜之歌》中,罗柏与莱安娜联袂登台;在《冰龙》中,有冰与火的鲜明对照……凡此种种,不胜枚举,若干人物、地点与设定统统被马丁"回收"进"冰与火之歌"系列,可以说,"冰与火之歌"系列是马丁数十年创作经验的集大成者。

"冰与火之歌"系列原本预计为三部曲,但早在1996年初,第一卷《权力的游戏》就膨胀成一千两百页手稿的超长篇——马丁想以"红色婚礼"为第一卷作结,但那时从开篇算起,连婚礼前一半的剧情都没写到![1] 于是他不得不将《权力的游戏》切成两本,第二卷被命名为《列王的纷争》,这时"冰与火之歌"系列相应地变成了四部曲……然而等他写作《列王的纷争》时,发现这卷书也写不完,还得拆成两本,"冰与火之歌"系列又成了六部曲。1998年和2000年,"冰与火之歌"第二卷《列王的纷争》和第三卷《冰雨的风暴》分别出版,彻底奠定了马丁的文坛地位,其中后者进入2001年"雨果奖"的"最佳长篇小说"决选,惜败于《哈利·波特与火焰杯》。

马丁撰写"冰与火之歌"第四卷的工作开始于2000年底,此时他已意识到"冰与火之歌"系列的几个主人公年龄过小,因此试图在第三卷和第四卷之间设置五年间隔,好让故事快速推进,顺便让"小人物"们成长。然而半年多写作之后,马丁厌倦了不断倒叙,宣布把稿子删除从头开始,增写一本连接性质的《群鸦的盛宴》,取消五年间隔!——也就是从这时起,埋下了"冰与火之歌"系列在当代史诗奇幻小说中享有最会拖稿的"坑王"之名的祸根。《群鸦的盛宴》一拖就是三年半,不仅越写越长,而且"冰与火之歌"系列引以为傲的视点人物也越增越多,终于在2005年初,马丁在与好友丹尼尔·亚伯拉罕讨论后,宣布将《群鸦的盛宴》按视点人物分割开来,将一半的视点人物放进下一卷《魔龙的狂舞》,该年年底,《群鸦的盛宴》才得以出版。《群鸦的盛宴》虽在文学

---

[1] 这个场景最终出现在《冰与火之歌》第三卷《冰雨的风暴》之中。

水平和结构整合上相比"冰与火之歌"系列的前三卷稍有逊色，但由于马丁当代史诗奇幻第一宗师的声望，出版后仍迅速占据《纽约时报》畅销书排行榜第一的位置，短时间内就卖出五十万套精装本。它还入围了"雨果奖"和"英伦奇幻奖"决选，获得"金鹅毛写作奖"，《时代周刊》因此给予马丁"美国托尔金"的赞誉。

读者们本以为《群鸦的盛宴》等得够久了，没想到接下来《魔龙的狂舞》更为夸张。马丁原计划用一年时间完成《魔龙的狂舞》（当时被分割的《群鸦的盛宴》留下了许多稿件），结果先是应出版商的强烈要求，在世界范围内做了六个月的图书签售巡回，2006年回家后，马丁对分割下来的稿子表示不满，他提出更野心勃勃的写作计划，代价是以前的稿子几乎全部作废。（马丁曾开玩笑说，废掉的稿子早就可以单独成书了。）正是从这时开始，完美主义的写作倾向使得马丁仿佛陷入了彷徨，他若干次报告自己即将完成《魔龙的狂舞》，又若干次推翻重写，各大网站和消息灵通的"舅舅党"也无数次预报错误的出版时间，导致读者怨声载道，"冰与火之歌"系列逐渐与当年暴雪公司的游戏一样，成为"跳票"的代名词。马丁还利用自己的声望，连续编辑了多本有较大影响力的跨流派幻想小说选，包括《濒死地球之歌》《战士》《爱与死之歌》《奇异的街道》等等，与丹尼尔·亚伯拉罕和加德纳·多佐伊斯合写了科幻小说《猎人行》，领导复兴了"百变王牌"系列——凡此种种，都被粉丝们指认为"不务正业"的铁证。

读者们本以为《魔龙的狂舞》等得够久了，没想到第六卷《凛冬的寒风》更是遥遥无期。2010年初，马丁终于理顺了思路，《魔龙的狂舞》进度有了显著提升，到该年底，该卷长度已超全系列最长的《冰雨的风暴》，不得不再次进行分割，将部分情节放置到下一卷《凛冬的寒风》。2011年3月4日，马丁在个人网站上宣布，将于2011年7月推出《魔龙的狂舞》，图书推出后的确轰动一时，加上同年推出的电视剧，《时代周刊》这回将马丁定为"全世界最有影响力的百人"之一，马丁也对此后的创作表示乐观……然而悲催的是，从那之后直到今天（2022），整整十二年里，"冰与火之歌"系列除外传《七王国的骑士》（未完待续）、前传《血与火：坦格利安王朝史》第一卷（未完待续），以及具有设定集性质的《冰与火之歌的世界》《龙王家族的崛起》和《冰与火之歌官方地图集》，竟再无正传推出，令数以千万计的读者陷入噩梦般的等待之中。这期间的小道消息反反复复，时而柳暗花明，时而被证明不过是空欢喜一场，在此不再赘述，总而言之，截至2022年底，马丁表示第六卷实际完成度只有75%，此外或许还有大量废稿和残篇。

值得庆幸的是，2007年，美国最负盛名的电视台HBO买下"冰与火之歌"系列全套IP的电视改编权，并于2011年至2019年间接连上映了改编电视剧《权力的游戏》。马丁早就想过要将"冰与火之歌"系列搬上银幕，但他认为自己的小说太复杂，如果按《魔戒》的改编方式，光是前三卷就得拍成九部电影，根本不现实！所以当HBO提出合作时，双方一拍即合，商定将"冰与火之歌"系列原著小说的每卷改编为一季电视剧，HBO为此投入了大量资源和巨额资金，选定苏格兰、北爱尔兰、马耳他、摩洛哥、克罗地亚、西班牙等地为拍摄地，几乎横跨整个欧洲，甚至为电视剧创造了一套完整的"多斯拉克语"。2009年，《权力的游戏》试播集拍摄完成，2010年初正式上马，最终于2011年4月17日开始播出。这是大型奇幻正剧隆重登上公共电视网的里程碑事件，也获得了举世瞩目、人所共知的惊人成就。《权力的游戏》是历史上获得"艾美奖"次数最多的电视剧，一共获得五十九次"艾美奖"，并连续四次获得"年度最佳剧情片"的殊荣，在各大媒体的评选中，稳居21世纪十大电视剧之列，也捧红了两位制作人大卫·贝尼奥夫和D.B.维斯（俗称2DB）。当然，由于马丁并未完成原著，电视剧从第五、六季开始越来越"走偏"，乃至第七、八两季几乎为纯原创发挥，最后的结尾令绝大多数观众感到不满，留下了遗憾。

目前，《权力的游戏》堪称HBO旗下第一大IP，对其的各种开发计划层出不穷。2022年，HBO正式推出《权力的游戏》的前传、根据马丁原著《血与火：坦格利安王朝史》改编的电视剧《龙之家族》，同样大获成功，预计将播出三到四季，其他多部电视剧或动画片也正在筹备之中。（最新消息是《七王国的骑士》即将正式投入制作。）

"冰与火之歌"系列的关联和改编作品除 HBO 的电视剧及相关周边外，还包括正传的漫画改编系列、桌面角色扮演游戏、桌面版图游戏、桌面战棋游戏、成长式卡牌游戏、电脑游戏、移动游戏、艺术画册、名人语录等等。总之，此系列已成长为新史诗流派乃至整个奇幻界的旗帜，并仍处于向上拓展期，其未来的发展和成就让我们拭目以待。

第二节　革命！我们要革命！

"新史诗奇幻"是一场飓风，从 20 世纪 90 年代末开始席卷文坛，汹涌澎湃，洗涤了史诗奇幻乃至整个奇幻界的陈腐气息。它以"冰与火之歌"系列为代表，但不止于"冰与火之歌"系列，许多作家从不同角度出发，对史诗奇幻作了再阐释。其中，与乔治·马丁"冰与火之歌"系列几乎同期的杰出创作者包括"仿历史奇幻小说"的宗师盖伊·加夫里尔·凯、"人物中心主义"的宗师罗苹·荷布和将史诗奇幻的深度与广度发挥到极致的葛兰·库克与斯蒂芬·埃里克森。

盖伊·加夫里尔·凯（Guy Gavriel Kay, 1954— ）是加拿大犹太人，前已述及，他青年时代得贵人提携，因家族关系受邀前往英国整理托尔金的遗稿，当时主持整理的克里斯托弗·托尔金已年过五十，与凯有三十岁的年龄差距。在艰苦的编辑、校对和整理工作中，凯对托尔金佩服得五体投地，立志也要在奇幻领域里闯出一番事业来。他说："如果你想在奇幻领域取得成就，必须以托尔金为标尺——学习他的长处，回避其弱点。"具体地讲，他学到的第一点是，所有伟大的文学作品在成形之前都会犯下很多错误，伟大的作家并非高不可攀，只要能沉下心来反复锤炼作品，就必有所得；第二点是，写作小说不仅要敢于修改，而且必须始终保持耐心，不能单为金钱而写作。在商业社会里，消费需求催促着年轻作者不停地赶书上市、收取回报，但作品的内涵和诚意必须放在第一位——这是托尔金教给凯的道理，也正是这些东西激励了凯在日后的奇幻创作中突破创新，开天辟地。

1976年回国之后，凯在多伦多大学完成法律学业，并将重心转移到奇幻小说创作上。1984至1986年，他接连出版了自己的奇幻长篇处女作"费奥纳瓦织锦"三部曲，包括《夏日之树》《流浪的火》与《最黑暗的道路》。这是一套以托尔金为榜样的正统"旧史诗奇幻"，讲述五位多伦多大学学子因缘际会，穿越到原初世界"费奥纳瓦"。原初世界乃所有世界之源头，如果这里遭殃，其他世界包括地球在内也将受到影响。此时，大魔王已在这个原初世界里现身，五位大学生不仅必须面对各自的情感纠葛，还得努力承担起英雄的责任。

"费奥纳瓦织锦"三部曲的一大特点是把几乎所有北欧神话、传奇的内容全部融入，显得颇为芜杂。它语言优美，有时甚至到矫情的地步，虽然很大程度上仅是致敬托尔金之作，却仍赢得了加拿大幻想文学的最高荣誉——"极光奖"。

凯下一部赢得"极光奖"的作品《提嘉娜》（1990）却是货真价实的突破之作。该小说发生在仿文艺复兴时期意大利的"掌屿半岛"，描写北方的巫师君主因为提嘉娜省的反抗而失去了宝贝儿子，于是下达恐怖的诅咒，让整个提嘉娜省的人民除极个别例外，都忘记了自己家乡的名字，这些极个别的"例外"从此踏上了漫漫复仇之路。在复仇过程中，复仇者察觉了复仇行为的局限，而被复仇的暴君也体会到当初为儿子报仇的偏颇，情感冲击和政治斗争同时达到高潮……很长时间里，《提嘉娜》都被认为是凯的代表作，凯的史诗奇幻的两大特征到此明确彰显出来：（一）选用历史上具有代表性、具有优雅文化的时代为背景，虽将真实历史中的人名地名替换为虚构的人名地名，但所说的故事仍是真实生活中发生的故事，是经典的、具有普世性的故事，这大大拉近了作者与目标读者群之间的距离；（二）感情充沛，以强烈的感情来驾驭、驱动故事，以古典悲喜剧的手法渲染情绪来增强史诗感，甚至让人一度认为凯是女作家的笔名。写作《提嘉娜》时，凯立志用自己的笔闯出一条新路，拓展奇幻文学在作家和读者们心中的界限。《提嘉娜》实际上是关于殖民地的历史，关于被征服、被殖民和被奴役的人民的故事，魔法是书中的象征和隐喻，征服者运用残酷的魔法，抹消了当地人民对自己文明的身份认同……后来凯做巡回旅行，尤其是到东欧国家时，总有人认为《提嘉娜》是在写他们自己，因为在那些国家，作者想要抒发对自己国家的评论，曾往往必须采用奇幻文体，以奇幻为壳，才能顺利地表达观点。《提嘉娜》与这帮人产生了强烈共鸣，进而受到广泛推崇。

《提嘉娜》之后，凯一发不可收拾，在"仿历史奇幻小说"的大路上越走越远。他随后写了《亚波娜之歌》（以中世纪的普罗旺斯和阿比西尼安十字军事件为原型，1992）、《阿拉桑雄狮》（以中世纪伊比利亚半岛"收复失地运动"和熙德传说为原型，1995）、"赛伦庭镶嵌画"两卷（分为《航向赛伦庭》和《万王之王》，以东罗马帝国查士丁尼时代的蓝党绿党暴乱和复兴大罗马帝国的征服战争为背景，1998年至2000年出版）、《日之终光》（以阿尔弗雷德大帝时期维京人入侵英格兰与威尔士为背景，2004）、《伊莎贝尔》（这是凯唯一一本设定在当代的小说，但与"费奥纳瓦织锦"三部曲直接相连，2007）、《天下》（以唐朝和安史之乱为背景，2010）、《星河》（以北宋和靖康之变为背景，2013）、《大地与天空之子》（设定在类似15世纪的地中海世界）、《荣光早逝》（同样设定在地中海世界）、《世间汪洋》（同样设定在地中海世界）等等。

这些"仿历史奇幻小说"几乎都选取历史上高度戏剧性的桥段，将之抽离出来，做大胆的艺术改造和加工，营造一种"似曾相识"又"情感突出"的氛围。在市面上，论及这类史诗小说，凯是写得最棒的，其中的历史醍醐味令其在"新史诗奇幻"小说家中独树一帜，不仅于奇幻界，且于整个文学界都有很大影响。

作为一个大才子，凯处处以歌颂文化为己任，始终站在正面角度去赞扬业已消逝的灿烂文化。无论《提嘉娜》里文艺复兴的意大利，《亚波娜之歌》中的普罗旺斯风情，还是《天下》选取的安史之乱前的长安，书中描绘的画面场景都是光辉灿烂而脆弱的，尤其在面对人间强权之时，人类往往不懂得珍惜和保护文化，只有逝去之后才追悔莫及。

凯试图通过小说这种形式，与千年前的古人遥相应和，他的作品始终以感情为引线，试图撩拨读者微妙的心底琴弦。他对人性具有敏锐的嗅觉，处处都想"催泪"，仿佛"语不落泪死不休"。

既然作品以感情为引线，以歌颂文化为重点，那么"旧史诗奇幻"热衷的善恶决战也就自然而然地让路了。在凯迄今为止创作的十余部长篇小说中，除出道时的"费奥纳瓦织锦"三部曲之外，其余全没有"黑魔王"形象。用凯自己的话来说，"用奇幻文学来写历史，可以让人类彼此产生认同感，因为奇幻小说能追溯到远古时代人们围坐在篝火边讲的那些故事，那样的故事也是关于我们自身的"。换句话说，奇幻小说的力量在他看来便是唤回传统，联系古今。

加拿大评论家曾这样描述凯的作品：它们既逃离又回归，它们既能让读者从现实中逃离出去，同时又带读者回家。

再来看看下一位作家。"新史诗奇幻"以人物的真实性为写作重心，把焦点放在"人性"的描绘上，那有没有可能将"人物"作为绝对核心，以致小说的其他方面，如世界、环境、斗争等全部退居二线，围绕一个中心人物旋转呢？这种"人物中心主义"的写作很快就有人去尝试，代表就是罗苹·荷布。

罗苹·荷布本名玛格丽特·阿斯特里德·林德霍姆·奥格登（Margaret Astrid Lindholm Ogden, 1952— ），生于美国加利福尼亚州，却在阿拉斯加长大。在阿拉斯加悠闲自在的童年生活，让荷布从小萌生了写作念头。十七岁时荷布从阿拉斯加当地的高中毕业去丹佛上大学，然而她只在大学待了一年，就跟交往了一年的渔民结婚，并搬到阿拉斯加外海的岛屿上居住。此时的她手头有了大把时间，便开始尝试写故事。她十八岁时卖出了第一个故事，之后逐渐在儿童杂志上站稳脚跟。接下来，荷布夫妇搬过几次家，有了三个孩子，她也尝试过好些工作，譬如管理商店、餐厅打工，甚至充当临时记者和摄影师等等，尽管孩子和工作都占用了不少时间，可她仍然坚持写故事，最终发现写幻想故事是一个很好的突破口。

从1983年起，她以梅甘·林德霍姆（Megan Lindholm）的笔名发表长篇小说，正式踏上幻想文坛。这些小说包括《鹰身女妖的逃遁》《风中歌者》《林布莱斯之门》《白鸽巫师》《驯鹿人》《幸运的轮子》《魔鬼之蹄》《外星土地》和《吉普赛人》，多是带灵异色彩的奇幻小说，甚至包括一本科幻小说。这些小说虽然零零星星得了些奖，但影响不大，直到1995年，她以罗苹·荷布（Robin Hobb）的笔名发表史诗奇幻小说"刺客正传"三部曲的第一部《刺客学徒》，方才以颠覆性的姿态轰动文坛。

《刺客学徒》讲述了王室私生子斐兹·骏骑的故事。斐兹从小丧母，在六大公国的王城被王室收养，过着被他人视为耻辱的生活。王室家族视他为边缘人，但狡猾的黠谋国王秘密派人（王室的另一私生子）教他刺客的技艺，把他训练为御用工具，因为斐兹不仅血液里流动着相当于魔法的"精技"，他还具备被排斥的孩子所具备的阴暗知识。这时，整个"古灵"世界①正受到红船劫匪的重大威胁，长大成人的斐兹被利用起来处理王室的困难，同时他也将面对令他心神俱裂的考验。从《刺客学徒》之中，读者能清楚地看到罗苹·荷布的创作野心比梅甘·林德霍姆时代大得多，她从普通奇幻作家一跃踏入史诗奇幻名家的行列，不仅行文更加从容、设定更加庞杂，感情表达也远比以前更加细腻、丰富。

作为荷布赖以成名的"古灵"世界的开篇之作，《刺客学徒》掀开了以人物为中心描画新史诗的浪潮。以往的史诗奇幻固然看重人物，但视点人物多变，也多以第三人称叙述，犹如镜头转换频繁的电影，第一用心在于表现史诗的宏伟；荷布则习惯锁定一位核心人物，采取复古的第一人称叙述，完全进入这名主角心中，写出他的一切悲欢、犹豫、彷徨与挣扎，极大地增强了代入感，这便是"新史诗奇幻"流派中独树一帜的"人物中心主义"写作手法，后来的名篇《风之名》《绅士盗贼拉莫瑞》等无不深受其影响。荷布说："身为作家，在动笔写作之前，无论如

---

① 《刺客学徒》的世界以生活其中的传奇生物而被称为"古灵"世界。

何必须先'投入'角色,站在角色的角度来思考,努力了解他或她的内心,才能写出令人信服的故事。"她喜欢笔下所有的角色,一视同仁,不分男女贵贱,有人曾问荷布如何能同时描写出色的男性和女性,她回答说性别只是人物特征的一个方面,且并非决定性的方面,如何理解人物的内心才更要紧。

荷布喜欢把角色放入极其艰辛、深受折磨的环境中去,让他们在这样的环境中天人交战,暴露出脆弱的本性。如此的苦情戏,让荷布的作品增色不少,但也令有的读者,尤其是那些快餐文化读者深感不快。许多人看书只是为寻求消遣,期待书中人物替自己完成诸多自己不能完成的事业,结果荷布笔下的主人公却呈现出心理超级纠结、缺乏主见的特征。在命运面前,他们常常随波逐流,没有勇气去把握——这固然非常真实,却让很多人看了之后摇头泄气。荷布本人的辩护是这是第一人称叙述的固有特征,如果《魔戒》换成以抢夺魔戒的博罗米尔为第一人称来讲述,也是同样的效果,但人们的抱怨声依然无法平息……总之,如果读者想欣赏荷布的作品,可能得把姿态和期望调低一些。

《刺客学徒》之后,荷布紧接着推出"刺客正传"三部曲的后两部《王家刺客》(1996)与《刺客任务》(1997)。这两部小说中,从任务中侥幸生还的斐兹心怀怨恨,一开始发誓摒弃对国王立下的誓约,遁隐山中。但爱情和红船劫匪带来的一连串危机,又迫使他回到首都公鹿堡的宫廷服役,并卷入王室的背叛阴谋。黠谋国王死在亲儿子帝尊手中,斐兹也同时被害死——朋友和敌人都对此深信不疑——最后通过野兽魔法的帮助,他得以死而复生,身心却遭受严重创伤。帝尊篡位后将公鹿堡劫掠一空,迁居内陆,法定王位继承人惟真却迷失在寻龙的疯狂任务中,生死未卜,六大公国濒临灭亡。斐兹踏上向帝尊复仇的旅程,这段旅途将使他坠入精技狂潮和原智魔法的深渊。在这后两部小说里,荷布将自己的"虐主式"写作发挥到了一个新高度,斐兹不仅失去了亲人和朋友,甚至与自己的孩子也无法相认。

在个人层面上,荷布最佩服、推崇的便是"新史诗奇幻"的领军人物乔治·马丁，两位大师虽然写作路数有些不同，公开场合却是频频互相赞誉，颇有惺惺相惜之感。与马丁相似，她也在20世纪90年代中期开始进入创作高峰期，连续推出近二十部史诗奇幻大部头。1998年至2000年间，荷布出版了"魔法活船"三部曲，包括《魔法之船》《疯狂之船》和《命运之船》，该系列仍设定在"古灵"世界，但舞台转移到南方的缤城和雨野原，那里盛产以巫木和一般木材混合制成的魔法活船，活船有其意志，能与人交谈，并能预测海上的危机，但活船上须有船主的血亲在场，且不得在船上杀戮或产生负面情绪，否则就会影响活船的运转。此三部曲便围绕继承活船的世家子孙展开。"魔法活船"三部曲之后，2002年至2003年间，荷布续写了"刺客后传"三部曲，包括《弄臣任务》《黄金弄臣》和《弄臣命运》，这三本继续以斐兹为主角，写他十五年后再度被王室召唤，重返公鹿堡担任刺客和精技师傅，并拯救好友黄金弄臣的故事。写完"刺客后传"三部曲后，荷布暂时离开"古灵"世界，开辟了一个新世界，以美国开拓西部时与印第安人的斗争为灵感，写出新作"士兵之子"三部曲，包括《萨满桥》《森林魔法师》和《变节者的魔法》。值得一提的是，此三部曲的主人公悲催到荷布所有小说的顶点，不仅家破人亡，还被所有同胞厌弃，真正做到了"天将降大任于是人也，必先苦其心志，劳其筋骨，饿其体肤，空乏其身，行拂乱其所为……"

在"士兵之子"三部曲之后，荷布回归熟悉的设定，写了"雨野原编年史"四部曲（2009—2013），紧接着是具有"古灵"世界大结局性质的"斐兹与弄臣"三部曲（2014—2017），加上此前出版的小说集《遗产》（*The Inheritance*），为全系列画上完美的句号。

值得庆幸的是，荷布的作品大多已被译介引进国内，但不幸的是，截至目前（2022）"古灵"世界并未引进大结局性质的"斐兹与弄臣"三部曲，"士兵之子"三部曲则只有前两部……希望日后能有出版社弥补这份遗憾。

"伪历史"和"人物中心主义"在写法上横向拓展了"新史诗奇幻"

的纬度，在纵向深度上也有作家做出努力，且获得了极大成就。"新史诗奇幻"流派不是号称更真实、更黑暗、更复杂吗？很好，就把这推向极致，把历史元素深度解剖给读者看，用最火辣最残忍的描述来装点小说。截至目前，此方面最成功的作品是加拿大作家斯蒂芬·埃里克森的"玛拉兹英灵录"系列，而他又是从前辈——美国作家葛兰·库克的"黑色佣兵团"系列中汲取的灵感。

葛兰·库克（Glen Cook, 1944— ）生于美国纽约，七年级时即开始写作奇幻与科幻小说，高中时在校报上屡有文章发表。然而高中毕业后，库克加入了美国海军陆战队的侦察部队，[①]复员后更为了糊口，几乎把写作兴趣给抛下。直到某日，他拿起一本林·卡特所著的英雄奇幻，读着读着不禁咒骂起来，乃至气愤地把书扔了出去：这写得也太烂了吧！同样的主题，看我来发挥！说干就干，库克马上就征用公司的打字机写了起来。

库克在一干名家里很是特别，他一直在大众摩托车的自动组装线上工作，整整干了三十三年，从公司退休前一直不是职业作家！对此，库克形容道："我的工作是很难做，但一旦入了门，就完全是机械运动，不必消耗脑力。"剩余的时间被他投入了创作当中，如果不找点事干，"就有发疯的危险！"

库克的小说处女作《交换学院》出版于1970年，整个70年代，他在各种幻想文学杂志上发表过很多中短篇幻想小说，但不大受欢迎，让他时来运转的是"黑色佣兵团"系列。"黑色佣兵团"系列取材于欧洲文艺复兴时期盛极一时的德意志和意大利佣兵团队，在书中是那个奇幻世界仅存的几家自由佣兵团之一，以信守雇约、手段严厉著称，原由黑人组成，故得名"黑色佣兵团"。库克出于前海军陆战队员的身份，试图描写一群真实的士兵，还原真正的中世纪雇佣军生活。

这样的一群士兵，他们不好也不坏，崇尚自由，追求无政府主义。

[①] 他是个六英尺半的壮汉，和曾为夜总会保镖的英雄奇幻作家大卫·盖梅尔一样，外表都不像作家。

他们中有钩心斗角的一干法师，有暗怀秘密的"渡鸦"，有一天到晚做白日梦的医官兼史官"碎嘴"，还有起初作为雇主、后来又当对手、最后成为佣兵团领袖的"夫人"。他们各有外号，各有加入团队的动机，乃至各有不同的报应。他们很难让人感觉亲切，但同时也很难让人忘怀。

压抑的故事背景搭配上放荡不羁、东征西伐的佣兵组织，还有大批邪恶畸形的生物，"黑色佣兵团"系列是最早将黑暗风与史诗奇幻相结合的系列作品。当时风靡的"旧史诗奇幻"遵循农夫之子偶得奇遇，进而闯荡大千世界的经典套路；"黑色佣兵团"系列则反其道而行之，以悲观笔调来叙事，好人不像好人，坏蛋各有心机，而凡人自以为神机妙算，却浑不知身在瓮中，加上情节波澜壮阔、天马行空，既有与"帝王"的决战，又有同"影子魔君"的连番恶斗，还有血染德佳格城的壮烈①。

正因此种真实与黑暗，让"黑色佣兵团"系列最初的出版遭遇到很大阻力。"黑色佣兵团"系列第一部《黑色佣兵团》原被拆分为七个中篇故事，其中第三篇发表在1982年的《奇幻与科幻杂志》上，逐渐有了名声。根据库克本人的说法，这批小说后来结集成文传到了TOR出版社的一位女性编辑手中，该编辑看完后回信给库克：这是个好故事，但我不能出版，因为我无法喜欢上书中任何一名角色！到头来，库克付出了非常的努力，才勉强使得该书被开了"绿灯"，最终于1984年面世。

截至目前（2022），"黑色佣兵团"系列有十一部长篇小说和多个中篇问世，另有一本预告已久的续作长期未有消息。该系列按时间顺序可细分为"北境"三部曲（《黑色佣兵团》《暗影徘徊》和《白玫瑰》），而后是外传性质的《阴影港》和《银钉劫》，随后是"南境"两卷（《暗影游戏》与《钢铁残梦》），再然后是"辉石"四部曲（《荒芜岁月》《黑暗夫人》《恶水沉睡》和《老兵不死》），计划推出但始终没有着落的是《无情雨》（*A Pitiless Rain*）。

"黑色佣兵团"系列以黑色佣兵团为主角，叙述了团员们大约四十年间的精彩经历。"北境"三部曲中，整个团队北上助魔，最后被卷入"白

---

① 该部分摹写自越战。

玫瑰"与"帝王"之间的决战;"南境"两卷中,一度只剩七人的黑色佣兵团南下故土寻根,却遭遇不断扩张的"影子魔君",乃至闹到再度全军覆没,改由从前的雇主"夫人"来领导,苦心孤诣,终于复仇;"辉石"四部曲中,佣兵团继续在南境奋战,一次又一次地在黑白正邪之间走钢丝,一次又一次地遭遇重创,读者熟悉的角色一个接一个地死去,但整个团队顽强地在残酷的世界里存活了下来。

库克是一个相对低调的作家,他常年在车间工作,曝光率极低,很少在各种大会上露面。"黑色佣兵团"系列在坊间评价极高,商业上却不曾获得爆炸性成功,网络书籍评选中,该系列曾被评为"当代被埋没的奇幻经典第一名",而当红作家斯蒂芬·埃里克森宣称,要是没有"黑色佣兵团"系列,就不可能有他的"玛拉兹英灵录"系列。

"黑色佣兵团"系列之外,库克最有名的奇幻作品是"恐怖帝国"系列,该系列一共出了八部长篇小说和若干短篇,讲述一个沙漠宗教帝国的崛起和人们的反抗,书中充斥黑暗的神灵和残酷的军旅战火,可谓是"黑色佣兵团"系列精神上的前奏,但笔力稍逊。库克的另一著名系列"盖瑞探案"(*Garrett P.I.*)则是设定在奇幻世界的推理故事,此系列从1987年至今已出版十四本,库克在此系列中把钱德勒式的硬汉侦探故事搬进兽人、鼠人、精灵、侏儒和人类共存的幻想世界,主人公盖瑞作为一名战后转业的老兵,需要运用智慧和武力来解决不同的案件。

库克最新的奇幻系列为"夜之代理"四部曲(*Instrumentalities of the Night*),仍走"黑色佣兵团"系列的路子,以奴隶战士为主角,融合古埃及法老和十字军东征的元素。在故事里,冰墙正缓缓地南下推进,带来寒夜和远古异神的回归,人类的两大宗教势力却还在围绕圣地展开殊死拼杀。

继承葛兰·库克根骨的加拿大作家斯蒂芬·埃里克森(**Steven Erikson, 1959—**),在成为作家之前是考古学家和人类学家,真名斯蒂夫·如尼·伦丁(Steve Rune Lundin)。他从20世纪90年代初开始文学创作,其间进入过作家写作工坊学习,并零星出版了几部普通小说,但成为著名奇幻作家是20世纪90年代末期的事。

身为考古学家,埃里克森壮年时参加过二十多个考古项目,从北美到蒙古,哪儿都去过。他特别喜欢外勤工作,每逢夏季就在野外四处挖掘,睡帐篷,被蚊子咬,被熊追赶,此种浪迹天涯的生活为他增添了宝贵的人生阅历,使得他后来的史诗奇幻小说也显得气象万千、变化多端,最后连他的儿子也被他感染,爱上了考古。

埃里克森赖以成名的"玛拉兹"世界和雷蒙·费斯特笔下的"美凯米亚"世界有异曲同工之妙,均是从大学时代效仿《龙与地下城》的游戏世界走向文学创作的。1982年,埃里克森和密友伊恩·卡梅隆·艾斯蒙特(Ian Cameron Esslemont)设定了"玛拉兹"世界作为他们的桌面角色扮演游戏的背景世界。数年后,他们在这个世界设定下写出了名为《月之花园》的电影剧本,但1991年投稿时被拒。埃里克森没有放弃,他反复改写剧本,将其变为小说《月之花园》,最终于1999年得以出版。该小说打进了"世界奇幻奖"长篇决选,成为史诗奇幻领域的一枚重磅炸弹,埃里克森很快又签下了九本书的合同,以完成长达十本的"玛拉兹英灵录"系列。

如果说"冰与火之歌"系列是典型的"低魔"设定,那么"玛拉兹英灵录"系列就跟《龙与地下城》中"被遗忘国度"战役设定一样是个高魔世界。"冰与火之歌"系列为人们展示了"新史诗奇幻"的可能性,接下来"玛拉兹英灵录"把"史诗"二字演绎到极致,形成对奇幻迷的又一次思维大冲击。所谓"玛拉兹",乃是一个由岛国快速扩张而成的帝国,此帝国企图征服全世界,而在世界另一端,强大的勒斯尔帝国也在扩张,两大帝国不可避免地会发生冲突,无数上古种族、神灵正在这场冲突的棋局背后虎视眈眈,明争暗斗,发挥影响,企图达到自己的目的。玛拉兹世界的历史贯穿三十万年,留下无数的恩恩怨怨,无数禁忌的魔法和宝物都在等待释放,等待在当下的血战中做个了断。

在结构上,"玛拉兹英灵录"与"冰与火之歌"两个系列有根本性差异,堪称是最前卫、最复杂的史诗。"冰与火之歌"系列的视点人物选择或出乎意料，且会同时跟踪多个视点，但无论如何，作者是要运用几个或十几个视点人物来从头到尾梳理剧情；而在"玛拉兹英灵录"系列里，视点人物只是消耗品，无数人物不断登台又匆匆落幕，前面的角色还没下场，后面的角色便挤了上来。这些人物都是埃里克斯和艾斯蒙特当年在游戏中创造的，全系列的视点之多、头绪之多，画面如此庞杂，以至作者不可能把每个线索都跟踪下去，而读者沉浸在这幅宏大的画卷中，往往也无暇操心单个人物的发展。

"玛拉兹英灵录"系列不仅人物众多，三十万年间的历史事件也彼此贯穿，在总计十本的正传系列里，前五本几乎都可独立成章，拥有自身的开始、高潮与结尾，只有后五本呈现较明显的递进承接关系。第一本《月之花园》、第二本《死院之门》和第五本《午夜潮》分别从三个相距万里的地方开始——换句话说，从哪儿读都行！

毫不夸张地说，如果《魔戒》展现了宏伟的传奇故事，"冰与火之歌"系列展现了奇幻领域的人性挣扎，那么"玛拉兹英灵录"系列用繁复的多卷本展现给读者的便是高魔世界的历史片段。它不像"时光之轮"或"冰与火之歌"那样用多卷本篇幅来连载一个长篇故事，它是用多卷本讲述几十个连接在一起的故事！没人弄得清楚那个世界所有的底细，甚至作者也不能。站在考古学家的立场上，埃里克森曾说，他故意把玛拉兹世界里的人和事弄得"模糊、神秘……这样才有沧桑感"，而正如现实生活一样，"世界是不会揭示出它的所有秘密、放下它的神秘面纱的"。

从严格意义上说，"玛拉兹英灵录"系列已于2011年出齐，但设定在玛拉兹世界里的作品远远不止这十本正传。短短十年完成长达三百三十多万英语单词的正传系列，对埃里克森的精力是巨大的消耗，他曾多次表示，"一年写一本厚书的速度让我十分吃不消"，但他仍然继续"开坑"，在玛拉兹世界里耕耘，签下了相当于"玛拉兹英灵录"前传和后传的两个三部曲，前者目前已完成两部，后者已完成一部，他还与艾斯蒙特合写了一个中篇系列，目前已有七个系列故事。

与埃里克森共享玛拉兹世界版权的艾斯蒙特也进入此世界中打拼，

"玛拉兹英灵录"系列最终成了两人的共同作品,很多在埃里克森的小说中没能解决的问题、没法收拾的线索和没来得及交代的人物,都成为艾斯蒙特笔下的主题。艾斯蒙特先写了六本"玛拉兹"小说,穿插在正传系列之间,[1] 目前正在创作具有前传性质的"登神"系列,[2] 业已出版四本。可以想见,未来我们还将迎来更多"玛拉兹"小说。

说到埃里克森的弱项,恐怕要数他学究派的创作身份背景,受此影响,他的小说语言相对较为生涩,这尤其集中体现在他花去多年光阴创作的《月之花园》上——要命的是,《月之花园》是整个"玛拉兹英灵录"系列的第一本!直接导致很多读者"三过埃里克森之门而不入"。因此,许多评论家建议可从"玛拉兹英灵录"系列第二本甚至第五本(参考前述的全系列结构)入手开始阅读,等适应了埃里克森的文风再回过头来看第一本。

这在著名的奇幻系列书中,只怕也算得上是一桩绝无仅有的奇闻了。

第三节 血与火的帝国、欲与魔的王位

2000年尤其是2005年以来,"新史诗奇幻"运动进入长达十余年的高潮,直到2015年以后才因社会政治等各种因素而渐趋平缓。

艾丁斯、乔丹等著名作家谢幕或退居幕后并未让史诗奇幻走入低谷,反而有一大批20世纪60年代末至70年代出生、正值盛年的新锐作家迅速窜起,争相发表优秀作品,使得这个流派蓬勃兴旺。他们有的直接走马丁的路子,以低魔、政治斗争和深刻的人物描写为卖点;有的走荷布的路子,以中心人物带动全局;更有的实验出自己的新路。一时间王位之争鏖战正酣,谁也难以雄霸天下。

---

[1] 因此也可将此六本和埃里克森的十本正传视为一体,总计十六本正传。
[2] 艾斯蒙特的系列是"玛拉兹英灵录"正传的直接前传,而埃里克森的前传是数万年前的往事。

布兰登·桑德森（Brandon Sanderson, 1975— ）无疑是鏖战中最亮眼的星星。他生于美国内布拉斯加州，十五岁时迷上芭芭拉·汉柏莉的奇幻小说《龙魇》，又借此迷上大卫·艾丁斯和罗伯特·乔丹等人的作品。大学时代桑德森勤工俭学，白天上课，晚上在教堂工作，同时写短篇练笔，二十五岁时他开始创作长篇小说，并在学校的幻想文学杂志上担任编辑。他写过喜剧、科幻等各种小说，但最喜爱的是史诗奇幻。

2003年，桑德森被TOR出版社盯上并重点打造，一举成为新一代奇幻作家中的翘楚，堪称TOR出版社自罗伯特·乔丹之后挖掘的最大宝藏。桑德森创作有两大突出特点：其一是架构奇幻世界魔法系统的能力惊人，几乎每本小说都能创造独特的魔法系统；其二是文笔流畅，节奏感强。桑德森的脑子里总是充斥着无数的写作计划，每个都是那样独特，他还可以同时进行三个甚至五个写作计划。2005年至2010年间，桑德森竟出版了八部长篇小说，甚至还在网上依次解释各小说每个章节的增删理由，令人叹为观止，体现了他充沛的活力与高度的敬业精神。

2005年，桑德森在硕士毕业的翌年出版了长篇小说处女作——史诗奇幻《诸神之城：伊岚翠》，这实际上是他当时完成的第六本长篇小说，该小说获《浪漫时代》"奇幻史诗大奖"，并连续入选2006、2007年度的"约翰·坎贝尔纪念奖"。随后，桑德森于2006年至2008年间出版了史诗奇幻系列"迷雾之子"三部曲，轰动一时，此时他完成的长篇小说已达十三本之多！2007年12月，TOR出版社高调宣布，罗伯特·乔丹的遗孀将续完"时光之轮"系列的任务交给了桑德森这位超新星，后者也一跃成为乔丹的正牌接班人。[1]同年，出版"哈利·波特"系列的美国出版社Scholastic又高价买下桑德森的青少年奇幻"阿尔卡特拉兹"系列，到2016年已出五本。TOR出版社当然不肯落后，又于2009年推出桑德森新的史诗奇幻《破战者》，再创佳绩。2011年，桑德森更野心勃勃地隆重推出酝酿已久的超长篇史诗奇幻"飓光志"系列，其第一卷《王者之路》便突破了TOR出版社的销售记录，此后的每一卷都是当年史诗奇幻领域

---

[1] 2013年，桑德森正式续完三大本"时光之轮"小说。

的头牌作品。

桑德森的确是一台速度飞快的"写作机器",瞧瞧他这些年间写了多少,出版了多少,怎能不称其为"神"?他几乎不间断地创作着,一天干十四小时,一周干六天,就这样往往持续大半年才休息一下。[①]桑德森在博客上公布的写作计划让人咂舌,疫情期间,一众作家"惶惶不可终日",他在家里除正常写作外,还"秘密"写出五本无人知晓的长篇小说,为之进行的出版众筹在短短二十四小时内筹到一千五百万美元,三天突破两千万美元,是众筹历史上最成功的项目。

截至目前,桑德森创作的小说令人眼花缭乱,仅已出版的就有数十种之多,除前文提到的以外,还有"审判者传奇"系列,"阵学师"系列等等,但居核心地位的是"三界宙"大系。此大系作品处于同一宇宙观下,彼此关联,互相交汇。三界宙由实界域(代表现实)、知界域(代表认知)和灵界域(代表灵魂)三个层面组成,其中的唯一主神阿多拿西被粉碎后形成了十六块碎片,拥有碎片之一便拥有相应的神力,故事便围绕这些碎片展开。众所周知,桑德森续写过"时光之轮"系列,"三界宙"系列则是由他原创、试图超越"时光之轮"系列的尝试。全系列预计至少有三十五部长篇,三大核心系列是前传性质的"龙钢"系列[②]、高潮部分的"飓光志"系列[③]和全系列结尾性质的"迷雾"系列[④],除核心系列外还有"伊岚翠"系列、"破战者"系列、"白沙"系列、《无界秘典》以及其他中篇,疫情时代的五部"秘密"小说里也有三部设定在"三界宙"之中。其气魄手笔之宏大,令人不能不击节称叹。

---

① 此记录虽然惊人,却没有后文讲到的那位斯科特·巴克"恐怖"——巴克在完成第一本长篇时,居然做到一年多时间里只休息了一天,那一天还是为了去观看"魔戒"电影系列的第三部《王者归来》。
② 未出版。
③ 预计十卷,截至2022年已出版前四卷《王者之路》《光辉真言》《渡誓》《纷争之韵》。
④ 可细分为四个时代:时代一的三部曲设定在中古时代,分为《最后帝国》《升华之井》《永世英雄》;时代二的四部曲设定在工业革命时代,分为《执法熔金》《旧影森森》《悲悼护腕》《失落金属》;时代三的三部曲设定在约等于地球20世纪80年代技术水平的时代,未出版;时代四的三部曲设定在太空时代,未出版。

桑德森如此耀眼，他也不乏模仿者和追随者。布伦特·维克斯（Brent Weeks, 1977—）生于美国蒙大拿州，2008年以"夜天使"系列出道，2010年至2019年间写出了代表作"携光者"系列，此系列原计划为三部曲，但最终经由长达十年的创作写成了五部曲，包括《光明王》《夺光刃》《碎瞳者》《猩红镜》和《白炽焰》，每本均登上纽约时报畅销书排行榜，并为维克斯赢得"大卫·盖梅尔英雄奖"的荣誉。维克斯同样以别具一格的魔法系统和干净利落的动作描写闻名，其以"光与色"为能量的法术体系，仿佛就出自布兰登·桑德森之笔。

布莱恩·麦克莱伦（Brian McClellan, 1986—）可称为布兰登·桑德森的嫡传弟子，他同样是年纪轻轻就迷上了"时光之轮"系列，十五岁创办相关网站，大学时代在创作班上受了桑德森亲自指导，出道后的写作特点与桑德森极为相似，注重塑造独特的魔法系统和刺激的情节，并且不走"黑深残"的重口味路线。

2013年，麦克莱伦发表了处女作，即"火药魔法师"三部曲的第一卷《血之承诺》，并一举成名，此书罕见地将史诗奇幻的背景世界设定在类拿破仑时代，仿写法国大革命，后来乔·阿克罗比的"疯狂时代"三部曲对此有所参考。在"火药魔法师"三部曲之后，麦克莱伦又写了续集"血与火药之神"三部曲以及大量相关中短篇，还有同一体系的桌面角色扮演游戏问世。

跟随此等"燧石火枪流"路线的较著名者，还有迪杰哥·魏克勒尔（Django Wexler）的"阴影战役"系列（The Shadow Campaigns）。

R.斯科特·巴克（R. Scott Bakker, 1967—）是加拿大人，在安大略西部大学获得文学学士学位和理论与批评硕士学位，在范德比尔特大学获得哲学博士学位，由其创作的"第二次灭世"（The Second Apocalypse）大系是20世纪90年代末至今的"新史诗奇幻"作品中，除"玛拉兹英灵录"系列之外野心最大的作品。全系列构想从20世纪80年代巴克上大学时开始，于2000年左右投入实际写作，预计由首尾链接的三个子系列组成，目前（2022）已出版第一个子系列"乌有王子"三部曲（包括《前度的黑暗》《战士先知》《千回之念》)、第二个子系列"神皇帝"系列四部曲以及其他四个相关中篇。

在"第二次灭世"大系中,巴克从真实历史的十字军东征汲取灵感和材料,用来详细备至地建构具有惊人的历史厚度的"艾瓦"大陆。在这片大陆上,两千多年前"非神"带来了第一次灭世,差点使人类灭亡,预言所载,非神亦将带来第二次灭世,而人类当中的"非神会"一直在暗中为非神的回归努力。故事开始时,非神会已有几百年不见踪影,人类帝国正以圣战的名义集结军队,准备出征讨伐异教徒。此时,北方荒原里走出了一位神秘人物凯胡斯,他从小受上古僧侣训练,不受人类感情支配,反而能用绝对冷酷的逻辑操纵任何人。实际上,他就是两千年前与非神决战的国王最后的血脉,当他运用冷血的手段攫取了圣战大军的指挥权,直至当上"神皇帝"时,他发现非神会早已开始行动,第二次灭世正在到来……

作为哲学博士,巴克在书中对哲学的讨论较多,他甚至认为"奇幻小说最大的意义就是可以在作品中讨论宗教这些问题",这也导致"第二次灭世"大系的行文干涩了一些,虽然文笔优秀,但不太符合快餐类读者的需求。

更可惜的是,尽管巴克在21世纪初算得上网络的活跃人物,频频出没于各大论坛、博客,但在2019年以后几乎绝迹于江湖,据说忙于抚养女儿和照顾家庭,而"第二次灭世"大系的走向也因之成谜。一说巴克将按原计划写出第三个子系列"非神"三部曲,另一说是"第二次灭世"大系就此终结,留下巨大的想象空间。巴克的年纪不大,笔者衷心希望将来他能重返文坛,再次执笔。

乔·阿克罗比(Joe Abercrombie, 1974—) 生于英国兰开夏,在曼彻斯特大学攻读心理学学位成功后进入影视行业淘金,担任纪录片和音乐片剪辑,大半时间是个自由职业者。闲暇时,阿克罗比爱玩奇幻电子游戏,打多了便决定投身创作,他想写一套既有悬疑小说的悬念和神秘色彩,又具备现实主义和幽默感的史诗奇幻,"第一律法"三部曲由此诞生。该系列把人物和故事作为核心,将世界创造放在较为次要的位置,世界随着人物和故事展开,并不过多落笔。①

阿克罗比善于抒写具有幽默感的灰色角色,他说:"我更喜欢博罗米尔和萨拉曼,讨厌阿拉冈和甘道夫。"在此种思想指导下,"第一律法"三部曲(包括《无鞘之剑》《世界边缘》和《最后手段》)以一个愤世嫉俗的审讯官、一个精神分裂的野蛮人、一个被复仇怒火吞噬的女战士和一个极度自私自我的青年贵族为视点展开,这是普通奇幻小说难以想象的组合;另一方面,该三部曲虽以人物为中心,却不同于罗苹·荷布的"刺客"系列,"第一律法"三部曲更多师法"冰与火之歌"系列,显得颇为前卫,同时追随多个人物展开剧情,并不局限于单一主角的直播。

"第一律法"三部曲出版于2006年至2008年间,是21世纪初最火爆的英国奇幻之一,阿克罗比借此进入"约翰·坎贝尔纪念奖"决选,成为一线作家。2009年至2012年,他又在英国格兰兹出版社接连推出三本设定在"第一律法"世界中的单本奇幻——《冷宴》《英雄》和《红原》。2014年至2015年间,阿克罗比暂时离开"第一律法"世界,写下获得大奖的青少年奇幻"破碎之海"系列。2019年至2021年,他重返"第一律法"世界,写了设定在工业革命时代的"疯狂时代"三部曲,将自己的声誉推向顶峰。截至目前,他笔下与"第一律法"世界相关的还有近二十个中篇,最终结集为两部中篇集单独出版。

阿克罗比目前正如日中天,他宣布自己的新系列将再度离开"第一律法"世界,让我们拭目以待。

斯科特·林奇(Scott Lynch, 1978—)生于美国威斯康星州,其代表作"绅士盗贼拉莫瑞"系列极具动感,开创了史诗奇幻中的"动作流",一度造成很大影响。

林奇在成名前干过各种工作,包括洗碗工、侍者、网页设计师、自由撰稿人、经理等等,还参与设计过几款奇幻桌面角色扮演游戏。他真正的转机来源于在博客上发表的小说,即《绅士盗贼拉莫瑞》的雏形。

---

① 阿克罗比认为世界创造的重要性次于对话、动作等,书中甚至一度连地图都没画。

说来神奇，网络时代以来，国外许多大社的编辑日日夜夜在网络博客中"打捞"，希望能发掘出优秀作品，然而这项工作宛若大海捞针，要想有所成果，非得机缘巧合不可，这个机缘偏叫猎户座（Orion）出版社的西蒙·斯班坦给撞上了。2004年中，他偶然逛到林奇的博客，发现后者的博文后惊为天人，经过短暂协商，当即拍出六位数天价买下来重点打造。

"绅士盗贼拉莫瑞"系列的第一部《绅士盗贼拉莫瑞》发生在有如水城威尼斯的卡莫尔城邦，那里的文化光怪陆离，是一个壮丽与堕落并存的奇幻城市。主角拉莫瑞的战斗能力不强，但极其聪明狡猾，干着以高明骗术骗取贵族钱财的勾当，拉扯起"绅士盗贼帮"。故事发生时，一位杀人如麻的狠角色"灰王"前来城邦中挑战黑道大佬，并向全城贵族复仇，卡莫尔城邦遂被搅得天翻地覆，希望最终竟寄托在拉莫瑞身上……

2007年，林奇成为职业作家后，推出了《绅士盗贼拉莫瑞》的续集《红天红海》，该书讲述拉莫瑞和他的搭档——强大的战士金被迫逃离卡莫尔城邦，在海上漂流当了海盗，故事抓住了欧美人解不开的海盗冒险情结，依旧获得很高评价。总体来说，林奇的作品线索铺陈独出心裁，节奏始终紧张刺激，但可叹的是，"绅士盗贼拉莫瑞"系列预计是七部曲的长篇故事，许多悬念从第一部就开始"挖坑"，截至目前没有半点解决迹象！其写作计划虽然宏大，但明显有些超出林奇的能力，再加上坊间传说他有严重的"心理问题"和"感情问题"，具体情况当然不得而知……经过六年苦等，"绅士盗贼拉莫瑞"系列的第三部《盗贼共和国》终于在2013年上市，但后续的四部在随后十年间宛若空中楼阁，无人得见。

迈克尔·J.苏利文（Michael J. Sullivan, 1961— ）等于是斯科特·林奇的"通俗版"。他以自出版作品闻名于世，其系列作品也以盗贼和佣兵的一对搭档为主人公，由单纯的冒险陷入政治斗争和世界命运，但其世界设定没有林奇那么前卫和离奇，剧情节奏更加传统，文字也更为白烂，不过幽默感更强，故事也远比林奇的作品完整得多。

苏利文的奇幻作品都发生在"伊兰"世界（World of Elan），分为

"瑞亚启示录"六部曲（*The Riyria Revelations*）、前传"瑞亚编年史"系列（*The Riyria Chronicles*）①、具有大前传性质的"第一帝国传奇"六部曲（*Legends of the First Empire*）②和具有上下连接性质的"兴衰"三部曲，此外还有十来个单独推出的中短篇。

回到斯科特·林奇，仟谁也以为林奇最能拖了是不是？错，相比帕特里克·罗斯福斯（**Patrick Rothfuss, 1973—**），林奇还算好的了。罗斯福斯生于美国威斯康星州，据说小时候因为当地天气恶劣又没有有线电视转播，因而喜爱上了阅读。上大学后，他是个不安分的主，一会儿学化学，一会儿学心理学，甚至拿电脑病毒大搞恶作剧，最后他决定随心所欲，想干什么就干什么，大学足足念了九年……也正是在这时，他开始了小说创作，并用业余时间完成了被命名为《焰与雷之歌》、长达一千多页的小说处女作。

1999年大学毕业后，罗斯福斯四处混迹了一段时间，最后还是回到学校任教，其间他一直想把小说推销出去，却遭到无数冷遇，连他自己也开始怀疑起自己的水平来。2002年，他将小说的一部分抽取出来参加"未来作家写作比赛"，结果竟获大奖，受此鼓励，他再次将书稿投给DAW书社。这回DAW书社的编辑仔细审读后认为，他的书稿可以出版，但首先故事太长，不能是一本书，必须切成三本，其次名字不能叫《焰与雷之歌》，因为人们会将其与"冰与火之歌"系列混为一谈。DAW书社将本系列重新定名为"弑君者编年史"（*The Kingkiller Chronicle*），将第一卷定名为《风之名》。

《风之名》从写法上极类似罗苹·荷布的"刺客"系列，它围绕传奇的巫师、音乐家和杀手科沃斯的经历而展开。故事开始，科沃斯已是隐居于世的传奇英雄，一位史学家在他经营的旅馆里堵住了他，要他讲述一生的经历，科沃斯最终开始了自述。整个故事从他出生讲起，以过去和现在两条线索并行叙述，一面叙述他如何成长，一面描绘他的事迹为

---

① 已出六部，发生在第一个系列的十年前。
② 发生在前两个系列的三千年前。

世界带来的改变。此系列计划分为三本，每一本都由现实世界的科沃斯讲一天故事，并在叙述过程中逐渐勾勒出那个奇幻世界。

由于创新的写作角度和刺激的故事情节，《风之名》被《出版人周刊》评选为2007年科幻奇幻和恐怖类小说中的最佳作品，它在无数排行榜上名列第一，获得巨大的商业成功，轻松达到百万册级别的销量。"弑君者编年史"系列的第二卷《智者之惧》本该紧跟《风之名》上市，但罗斯福斯重读稿件后认为自己当年的稚嫩文笔不能满足广大读者的高标准严要求，决定推翻重写，三年后再造完成，于2011年3月出版。

回想当初，《智者之惧》在整个史诗奇幻流派中的期待值仅次于"冰与火之歌"系列第五卷《魔龙的狂舞》和"时光之轮"系列最终卷《光明的记忆》，出版后也顺利冲上《纽约时报》畅销书排行榜第一名的位置！这对名下仅有两部小说的作家而言真可谓无上荣誉，但莫名其妙的是，罗斯福斯未能借势而上，自此以后，他仅仅在"弑君者"世界里推出了三个中篇，其余时间忙碌于从慈善事业到电子游戏的各种"杂活儿"，他的编辑甚至于2020年在忍无可忍之后上网吐槽"自2014年以来就没见到罗斯福斯交稿一个字！"

时至今日（2022），罗斯福斯"弑君者编年史"三部曲预计的第三部《石之门》也没有半点确切消息，成为业界最著名的"雾件"，这对于一套原本已有完整构架和初稿的小说系列来说，真只有"莫可名状"四字可以形容了。

罗斯福斯虽令人气馁，但其拓宽的单人英雄式写法却有后起之秀，英国作家安东尼·瑞恩（Anthony Ryan, 1970— ）便是个中翘楚，其处女作"渡鸦之影"三部曲的第一卷《血歌》是"新史诗奇幻"流派在21世纪第二个十年里最具爆炸性的处女作，当初亚马逊网站评论短短时日内便迅速飙升到一万多条，令人瞠目结舌！

"渡鸦之影"三部曲以传奇英雄维林的成长和挣扎为主线，作者瑞恩比帕特里克·罗斯福斯有"节操"得多，他不但迅速完成了"渡鸦之影"三部曲《血歌》《北塔之主》《火焰女王》，还写了后传"渡鸦之刃"两卷以及数个中篇，补全了维林的全部故事。

丹尼尔·亚伯拉罕（Daniel Abraham, 1969—），20世纪90年代中期开始从事幻想文学创作，早期写过许多中短篇，同时干了十年的电脑技术支持人员。如果说布兰登·桑德森是罗伯特·乔丹的接班人，那么后辈奇幻作家中，亚伯拉罕就可称为乔治·马丁的接班人。亚伯拉罕曾在写作工坊中拜在马丁门下学习，两人结成亦师亦友的关系，并和加德纳·多佐伊斯一起，共同完成了科幻小说《猎人行》。

也是在马丁的大力鼓励之下，亚伯拉罕走上长篇创作之路。2006年至2009年间，他的长篇小说处女作、史诗奇幻"四季城邦"四部曲顺利出版，分为《夏日阴霾》《冬日背叛》《秋日战火》和《春日代价》。该四部曲显得文雅和内敛，虽然语言驾驭本领和写作技巧高超，但销售成绩逊于前面介绍的《绅士盗贼拉莫瑞》和《风之名》。"四季城邦"四部曲试图融合东西方文化，讲述在夏日城邦和蛮族帝国之间围绕着魔法之源展开的一系列博弈，四本书每本相隔十五年左右，而四段故事组合又形成一个大故事。小说以诗人、学徒、将军等各色人物为视点不停转换镜头，不拘泥于个别中心人物，且用笔极其工整，每本都刚好只有四百页篇幅，在当时的"砖头书"风潮中颇为少见，称得上是一股清流。

写完"漫长的代价"之后，亚伯拉罕转向新系列，因他觉得"在'漫长的代价'的世界里已无话可说了"。他的新系列为"龙族遗产"五部曲，同样以诗歌般的语言著称，架构也同样有点"小家子气"，尽管得到评论家好评，销售上还是有点叫好不叫座的味道……真正让亚伯拉罕走进千家万户的，反倒是他以笔名詹姆斯·S.A.科里与乔治·马丁的助手泰·弗兰克合著的长篇科幻太空歌剧"苍穹浩瀚"系列，该系列被改编为炙手可热的电视剧，堪称21世纪第二个十年里的科幻电视剧（尤其是太空歌剧类）之首。

目前，亚伯拉罕在完成"苍穹浩瀚"系列之后，正在酝酿一个全新的奇幻系列，让我们拭目以待。

皮特·V.贝雷特（Peter V. Brett, 1973— ）生于美国纽约，自小是大部头史诗奇幻和《龙与地下城》的忠实粉丝，为著名幻想文学经理约书亚·毕姆斯（Joshua Blimes）自布兰登·桑德森之后挖掘的又一新星，他的"魔印人"系列的第一卷《魔印人》曾被认为是《风之名》以来最强的奇幻作家出道作，尚未上市就卖出十国版权，获得数十万美元收益。最独特的是，该书竟是贝雷特在地铁上用惠普手机写成的，据说由于写作耗电很快，一天要充三次电，最后只能买来一个辅助用的大电池，使得本就较厚的机身又增厚了一倍。成为职业作家后，贝雷特开始用电脑写作，但他自承写得最顺手、启发灵感最好的还是手机，因为使用手机时可以不受外物打扰。

"魔印人"系列是"9·11事件"在奇幻文化中的反映，其设定在一个恶魔肆虐的险恶世界里，恶魔就是现实生活中"恐怖分子"的对应物。在那个世界，每当夜晚到来，各种恶魔就会到处游荡，人们只能躲进画有魔印的房子苟延性命，几位主人公不甘于被动躲藏的命运，主动在黑夜中出击，学习成为魔印师……整个"魔印人"系列，就是讲述他们的流浪和挣扎，讲述他们如何激发人类起来反抗，与黑夜中的恶魔作斗争，并最终取胜的故事。

时也运也，"魔印人"系列因美国人对"9·11事件"的共同记忆而崛起，也因美国对外矛盾的转化而微妙地归于沉寂。该系列共有五部长篇，分别是《魔印人》《沙漠之矛》《白昼战争》《骷髅王座》和《地心魔域》，此外还包括《信使的遗产》等多个中篇，[1] 于2008年至2017年间全部出齐，销售数字和坊间影响力颇有些高开低走的意味。2018年，贝雷特宣布将推出"魔印人"系列的续作"夜降传奇"三部曲（*Nightfall Saga*），设定在前作的十五年后，目前已出一部。

大卫·安东尼·杜拉姆（David Anthony Durham, 1969— ）是生于美国纽约的加勒比裔美国人，娶了一个苏格兰妻子，曾在苏格兰生活多年。1996年自马里兰大学获得艺术硕士后，杜拉姆留校任助理教授，2000年起进入文学创作领域，在将创作重心转向奇幻小说以前，杜拉姆写过三

---

[1] 贝雷特的个人网站上还有早期为了精简篇幅，被编辑删掉的若干情节。

本历史小说《加布里埃尔的故事》《穿越黑暗》和《迦太基的骄傲》，三本均获得主流文学和历史文学方面的奖项。2007年，杜拉姆出版了史诗奇幻"阿卡亚帝国"系列（*Acacia*）的第一本《门族入侵》（*Acacia: The War with the Mein*），并借此获得"约翰·坎贝尔纪念奖"。

"阿卡亚帝国"系列承"冰与火之歌"系列之余绪，又总结了杜拉姆写作历史小说和主流小说积累的经验，可能是市面上所有"新史诗奇幻"小说中最神似"冰与火之歌"系列的，其中的政治斗争、残酷环境、写实氛围等与后者几无二致。"阿卡亚帝国"系列讲述人类帝国阿卡亚遭门族入侵，老国王被害，留下四个性格各异的孩子，他们流落四方，若干年后（小说中有大幅时间跳跃）这些孩子从各自不同的命途出发，为复国而战，但在复国途中，他们意识到儿时的故国并非外表看上去那么光鲜，而是建立在背叛和奴役之上，这些青年必须与残酷的现实做斗争。

该系列第二部《异土》（*The Other Lands*）和第三部《圣约》（*The Sacred Bond*）出版后，随着社会风潮转变，杜拉姆并未继续创作奇幻小说，于2016年重返历史小说领域，写了新小说《斯巴达克斯的崛起》。

与"阿卡亚帝国"系列相似的有布莱恩·斯塔维利（Brian Staveley，年岁不详）的作品"粗糙王座编年史"三部曲（*The Chronicles of the Unhewn Throne*），同样承"冰与火之歌"系列之余绪，讲述老皇帝遇刺后，三个孩子流浪、复仇及彼此钩心斗角的故事，除正传三部曲外，外传"粗糙王座的灰烬"系列已出一本，还推出过一本单独的小说《头骨刺客》（*Skullsworn*）。

另一位相似的作者是英国女作家J. V.琼斯（J. V. Jones, 1963— ）的"阴影之剑"系列（*Sword of Shadows*），此系列相当于把故事放在了"冰与火之歌"系列的北境和塞外，同样是多视角POV写作，笔法极尽华丽，缺陷也很明显——与乔治·马丁本人和帕特里克·罗斯福斯等不遑多让的"拖稿症"。全系列预计五卷，第一卷《黑冰洞窟》出版于1999年，1999年至2010年间推出了前四卷，而迄今（2022）第五卷仍下落不明。

K. J.帕克（K. J. Park, 1961— ），实际为英国作家托马斯·查尔斯·

路易斯·霍尔特的笔名。霍尔特出生于伦敦，曾做过律师，喜欢各种手工劳作，①并对中世纪城市、军事、钱币等诸多方面有深入研究。霍尔特于1987年开始发表小说，非常高产，几乎每年都有长篇新作和大量短篇问世，他起初写的是幽默奇幻和历史小说，以帕克的笔名初次出场在1998年，而直到2015年都没有公开身份。出版社替他严守秘密，他也没以帕克之名参加过任何活动，以至于当年很多人猜测"帕克"实际上是个不肯抛头露面的羞涩女性！2015年真相揭秘时，包括笔者在内的很多人都以为是个恶毒的网络玩笑，没想到最后竟然成真。

帕克的所有小说都设定在一个模仿近代早期欧洲的世界里，他深谙英伦的冷幽默，作品风格独树一帜，能细时写得极细，风趣与讽刺无处不在，转折发展每每出人意料。帕克的创意决不逊于国内的马伯庸之流，但文笔又在其上，有人说他就像现代的欧·亨利。

截至目前（2022），归于帕克笔名下的奇幻小说已有四个长篇三部曲②和六部单独的长篇小说③，此外还有大批中短篇④，想必未来他还将不断创作出人们喜闻乐见的作品。

值得注意的是，帕克近年来被大规模译介引入国内，许多作品可供读者欣赏。在最近十年表现出彩的奇幻作家中，笔者素来认为帕克是最值得欣赏的三位之一，对其能得到认同颇感欣慰和愉快。

由历史爱好者、作家进而到奇幻作家，迈尔斯·卡麦伦（Miles Cameron, 1962— ）与K. J. 帕克的历程有异曲同工之妙，在对中世纪历史氛围的精准书写上，其"叛子"五部曲（*Traitor Son Cycle*）也是公认的一绝。

马克·劳伦斯（**Mark Lawrence, 1977—** ），出生于美国，但幼年时期就举家搬迁到英国，他在史诗奇幻中闯出了一条"末日流"的路子，专

---

① 霍尔特在小说中对手工的描写称得上是细致入微。
② "法庭斗剑"三部曲，包括《钢之色》《弓之力》《甲胄之伤》；"拾荒者"三部曲；"工程师"三部曲；"围城"三部曲，包括《城防十六计》《治国宝典与跑路指南》《征服世界的可行性方针》。
③ 《团队》《折刀》《开刃》《锤子》《双剑》《蛮族》。
④ 多收录入两个集子：《炼金术实验》《谎言之父》。

门抒写已经毁灭或即将毁灭的世界里发生的英雄传奇，又以高度灰色的人物为主人公，曾惹起不小争议。

劳伦斯的处女作"破碎帝国"三部曲发生在核战毁灭后的地球，那时文明退化成中世纪水平，业已恢复宗教统治和君主封建政体，主人公乔歌是一位愤世嫉俗、年少出奔的王子，幼年时掉在荆棘丛中，眼看母亲和弟弟活生生被人害死给他留下了严重的心理创伤，该三部曲讲述了他从复仇到最终一统破碎帝国、并为之献身的故事。系列第一卷《荆棘王子》是2011年的年度最佳奇幻出道作，第二部《荆棘国王》入围2012年的最佳奇幻长篇决选，第三部《荆棘帝国》于2014年赢得了"大卫·盖梅尔英雄奖"，可谓步步高升。劳伦斯的第二个三部曲"红女王的战争"同样设定在破碎帝国的世界，并第二次赢得"大卫·盖梅尔英雄奖"。

此后，劳伦斯离开破碎帝国世界，写了"祖先"三部曲和"寒冰"三部曲这两个设定在另一世界的系列奇幻小说，同样发生在绝望的末世之中，也同样是灰色英雄挑大梁（不过这回变成了女性）。

鲜为人知的是，劳伦斯在2021年曾因对法律改革的贡献而入围"诺贝尔和平奖"决选。

出于篇幅原因，笔者在此不再详细介绍的优秀"新史诗奇幻"作家和作品还包括：保罗·肯纳里的"神授君王"系列（*The Monarchies of God*, 1995—2002）、约翰·马克的"暴君与国王"三部曲（*The Tyrants and Kings*, 1999—2001）、格里格·凯斯的"荆棘与白骨的王国"四部曲（有简体中文译本）、大卫·科尔的"富兰大陆"系列（*Winds of the Foreland*, 2002—2007，共五本）、汤姆·劳埃德的"曙光国度"系列（*The Twilight Reign*, 2006—2013，五部长篇和一个中篇集）、布莱恩·拉克利的"无神世界"三部曲（*The Godless World*, 2006—2009）、C. S. 弗里德曼的"精魂法师"三部曲（*Magister Trilogy*, 2007—2011）、杰米·布彻的"阿雷亚法典"系列（*Codex Alera*, 2004—2009，共六本）、詹姆斯·巴克利的"乌鸦"系列（*Chronicles of the Raven*）等等。

在流派演进中，史诗奇幻还出现一个新趋势，即不再只把大背景放在欧洲中世纪和中近东的环境下，而是大胆借用美洲土著文化、东方文化乃至印度文化作为小说世界的蓝图框架。虽然西方作家对其他文化的理解整体来讲都不够深入，显得有些隔靴搔痒，但这样的写作尝试，毕竟令流派风格更加丰富。这部分的优秀之作包括李·锡安的"凤凰传说"系列，以日本战国时代为背景；莎拉·亚希的"亚提蒙之泪"系列，以俄罗斯文化为背景；娜奥米·诺维克的"龙船长"系列，以拿破仑战争时期为背景；阿西科·班克的"罗摩衍那"系列，以印度神话为背景；科特·本杰明的"七兄弟"系列，以中国为背景；刘宇昆的"蒲公英王朝"系列，以中国楚汉战争为背景等等。

以上这些作品便是21世纪以来"新史诗奇幻"小说中执牛耳者。"新史诗奇幻"起初曾受到都市奇幻的挑战，都市奇幻作为更贴近人们日常生活的奇幻流派，借"旧史诗奇幻"衰落、人类走向后现代生活的机会迅速蹿起，在畅销书排行榜的入榜次数统计中压倒了史诗奇幻；在21世纪第二个十年的后期，大部头史诗奇幻又受到电子阅读和社会思潮动荡的巨大冲击，自2016年以来便日渐式微，逐渐走下神坛。

奇幻仍在演进当中，当21世纪第三个十年开启之时，它将往何处去？我们仍不得而知。

第八章 载体的变幻之三：多元化时代

20世纪70年代，当书籍革命成功后，奇幻小说顺利走进了千家万户。随着奇幻文化的深入演进，伴随着第三次工业革命的进程，奇幻的载体也在向更深更广发展。现代奇幻很快不再停留在"纸张"这一古老媒介之上，它成为了人们可以扮演的游戏、可以玩耍的玩具，乃至成为电子产品，最终融入与每个人息息相关的日常生活。

本章所要介绍的，就是奇幻自20世纪70年代起逐步走向多元化的发展状况。

第一节 巨龙阴影下

不是每个人都愿意读书，即便是文化大国美国，据统计其公民也只能年均读完一本书。

但每个人都想"玩"，贪玩是人类的天性。

有一类游戏，它几乎不需要特定道具，或可随时就地取材，虽然是这般"简陋"，却允许游戏者在一个幻想世界中成为原本不可能成为的角色，并获得丰富体验。这是人类独有的乐趣，每个人幼年玩"过家家""躲猫猫"时已暴露无遗，充分彰显了"讲故事""表达自我"的天性，此类游戏便是角色扮演游戏。

角色扮演游戏既像在看电影，又像在聊天，还像在写小说——根据一个精心挑选的背景设定，接受主持人的引导，以自己喜欢的方式自由自在地思考和反应，与同伴好友一道完成以其他方式均无法实现的伟大冒险，是不是令人激动不已呢？尤其在托尔金创造出伟大魔戒传奇之后，人们不仅渴望通过阅读来反复回味弗罗多们的经历，更渴望自己也能进入传奇、成为传奇的一部分，角色扮演的时代就此到来，而时代的灯塔便是《龙与地下城》。

让我们把时钟暂且拨回20世纪60年代，那个《魔戒》重拳出击、在美国闯出一片宽阔天地的火热年华。当时在游戏市场上，桌面游戏巨子阿瓦隆山公司（Avalon Hill）正如日中天，在"不插电"的时代，它主宰了游戏业前进的方向。《魔戒》的出现使得玩家们的需求出现深化和分化，他们开始不满足于相对僵化的传统桌面游戏和传统战棋、兵棋类游戏，渴望享受更具奇幻特色的新颖娱乐。时势造英雄，加里·吉盖克斯（Gary Gygax, 1938—2008）随之登上了历史舞台。

吉盖克斯出生于美国芝加哥，从小喜欢游戏和幻想小说，十岁时就邀约朋友进行过"真人角色扮演"，十五岁时开始玩模型战棋。他不仅玩游戏，还收集了大量模型，并设计出游戏规则书。20世纪50年代末，阿瓦隆山公司以大批优秀的历史策略游戏为拳头产品，强势崛起，目睹阿瓦隆山的成功，吉盖克斯燃起了创业的雄心，而由他创立的、后来的游戏巨子TSR公司，最终成为埋葬阿瓦隆山的"元凶"之一。

自八岁起，吉盖克斯搬到威斯康星州的日内瓦湖居住，在此地，1967年吉盖克斯于自家地下室中创立了"Gen Con"——当今著名的游戏者聚会。第一届Gen Con十分寒酸，仅有二十人参加，但它一直延续了下来，规模不断扩大，最终成为全世界最有影响力的游戏大会之一，每年各路桌面游戏、卡牌游戏和电子游戏公司齐集一堂，大显神通，也有三万名左右的铁杆粉丝不远千里前来捧场。

1969年，就在第二届Gen Con游戏大会中，吉盖克斯与《龙与地下城》的又一位"生父"大卫·阿纳森（Dave Arneson, 1947—2009）相遇了。

阿纳森比吉盖克斯小将近十岁,但经历相似,也是十多岁迷上了玩游戏和设计游戏。在设计活动中,阿纳森逐渐不满足于那些设定了"战斗目标"的游戏,渴求自由度更高的表达。传统战棋游戏是有些"闷"的,能不能更灵活一些?能不能让玩家对游戏角色拥有更多自主权?能不能增加玩家与玩家之间的交流?——阿纳森与吉盖克斯在 Gen Con 上可谓一拍即合,当时已小有名气的吉盖克斯和还是个在校大学生的阿纳森,他们拥有同样的热情,拥有对中世纪设定和对游戏的痴迷,还有突破现状的渴望,这些因素促使他们走到了一起,并且——至少在当时——成为同舟共济的好友。

桌面角色扮演游戏能发展到后来精细完备的地步,自然不可能一蹴而就,更不可能是两个巨人脑门一拍就想出来的,他们最初依据的仍是流行的传统战棋。自1968年起,吉盖克斯与另一位朋友杰夫·派林(Jeff Perren)一道打造了一套中世纪战棋游戏《链甲》。《链甲》本身虽属于传统战棋游戏范畴,但破天荒地引入了龙、巨人、魔法咒语等奇幻规则,出版后的销售成绩相当不错,一个月能卖出一百本之多;[①] 同一时期,阿纳森以其卓越的创造力构建了一个叫"黑沼"的奇幻世界,并在此世界套用上了《链甲》的规则。为创造"自由的冒险",他剔除了《链甲》内诸多模棱两可的规则,引入"生命值""人物成长"等重要概念——这样一去一来,"黑沼"也就在事实上成为《龙与地下城》的第一个战役背景设定。

1972年,阿纳森在吉盖克斯面前完整地运用被他魔改的《链甲》规则来运行"黑沼",展示一群享有高度自主权的玩家如何在城堡迷宫中探险。玩家与游戏角色亲密结合的体验是那样无与伦比,吉盖克斯当即敏锐地发现了其中蕴含的潜力。很显然,新游戏给予了玩家无穷的想象空间,足以满足他们对《魔戒》之类史诗冒险的想象需求,另一方面,它并未脱离大众熟悉的战棋规则,游戏鼓励玩家有目的性地提升能力属性,掠夺财宝和升级装备——"经验值"的概念就此诞生——自由自在地养

---

① 这里的"不错",当然是相对同类手工作坊产品而言的。

成自己的人物。新的角色扮演游戏在战斗方面跟传统战棋游戏一样，通过骰子来表达随机性。初代《龙与地下城》就这样诞生了，吉盖克斯与阿纳森因之成为"龙与地下城之父"。

为专心投入游戏事业，吉盖克斯在1973年把所有工作都辞了。他从打小看过的一切幻想书籍中汲取养料，对最终定型的《龙与地下城》的框架与风格影响最大的是J. R. R.托尔金、弗里茨·莱伯、罗伯特·霍华德和杰克·万斯的作品，《龙与地下城》中的魔法、物品和怪物等还大量借鉴了亚伯拉罕·梅里特、H. P.洛夫克拉夫特、罗杰·泽拉兹尼、迈克尔·摩考克乃至科幻作家A. E.范·沃格特等一大批顶尖作家的成果，可以说集幻想文坛的名家精粹之大成。最终定型的规则氛围介于"剑与魔法"和史诗奇幻两大流派之间，兼而拥有两者的优点。不过，当吉盖克斯兴致勃勃拿着游戏去找业界老大阿瓦隆山公司谈论出版事宜时，这全新又古怪的玩意儿却被老迈的业界巨人拒绝了。

吉盖克斯没有气馁，别人不来劲，何不自己干？1973年，吉盖克斯创办了TSR公司，由于创始资金仅区区两千四百美元，出版游戏仍不可为，只能在1974年拉来又一位票友布莱恩·布卢姆（Brian Blume）助阵。1974年，《龙与地下城》原始版得以出版，一套共有三本，但并非我们现在熟知的《玩家手册》《城主手册》和《怪物手册》"三宝书"，而是《人和魔法》《怪物和财宝》《地下和野外》，副标题是"以纸、笔和模型进行的奇幻中世纪战争游戏"，并推荐玩家搭配购买《链甲》规则和阿瓦隆山公司的《野外生存》桌面游戏来增进体验。

《龙与地下城》原始版一次印刷了一千套——这一千套游戏全是在吉盖克斯的地下室里组装的——但花了将近一年才贩卖出去。好在酒香不怕巷子深，起步虽慢，金子终究要放光。这颗黑暗中的宝石经过游戏者口耳相传，慢慢深入人心。一年后，《龙与地下城》的年销量达到了两千多套，到20世纪70年代末，仅月销量就能达到七千套之多！

在最初的三本书之外，《龙与地下城》原始版很快补充了五本扩展书，包括两本战役设定集《灰鹰》《黑沼》和三本补充规则《上古巫术》

《神、半神和英雄》及《剑与法术》。《黑沼》是阿纳森的战役设定，《灰鹰》则出于吉盖克斯的原创，两个设定后来经历了不同的命运：前者始终处于边缘地位，后者直到《龙与地下城》三版时代仍是核心战役设定之一。《上古巫术》引入了恶魔、神器和心灵能力等概念，《神、半神和英雄》从世界各国的神话传说和奇幻小说的设定中抽取元素，教导玩家如何搭建自己的神系；《剑与法术》则细化了战斗规则。就这样，架子整个搭起来了，庞大的"龙与地下城"家族有了第一代子孙。

事业红红火火，矛盾也开始露头。吉盖克斯成为TSR公司的总裁，出资人布卢姆成为TSR最大的股东，合作者阿纳森则因理念不合，于1976年被匆匆赶开。吉盖克斯和阿纳森两人的孩子——迅速壮大的"龙与地下城"家族——从此成为他俩矛盾的根源，以致最终翻脸成仇。事态恶化的导火线是1977年TSR公司出台的一项长期策略，将《龙与地下城》切分为两部分，一部分是《高级龙与地下城》，适用于核心玩家，另一部分是《龙与地下城普通版》，用于吸引新手。《高级龙与地下城》（*Advanced Dungeons & Dragons*，简称AD&D）由吉盖克斯亲自操刀，规则越来越细化、越来越严谨，《龙与地下城普通版》则作为入门简化版存在，乃至由于设计理念不同，渐渐与《高级龙与地下城》不兼容了。[①]当初阿纳森离开TSR公司时，TSR公司曾郑重承诺要继续支付《龙与地下城》的版税，可当《高级龙与地下城》出现后，吉盖克斯认定这是自己的独创，不愿付钱。阿纳森哪吃得了这个亏？于是一连发起五场诉讼，将吉盖克斯和TSR公司告上法院，最终吉盖克斯被迫答应在《龙与地下城普通版》产品上标明"加里·吉盖克斯与大卫·阿纳森合著"，公案才告一段落，但纠葛则始终未断。很多人认为，TSR之所以继续开发《龙与地下城普通版》，一个重要原因便是要搪塞阿纳森，将他的著作权挡在《高级龙与地下城》产品线之外。二十年后，当威世智公司决定去掉"高

[①] 此后二十年间，"高级版"和"普通版"各自经历了令人眼花缭乱的版本修订，直到威世智公司买下整个《龙与地下城》的IP版权后才一刀斩断恩怨，将两者合并，统一为《龙与地下城》第三版。

级"的名号、用回"龙与地下城"时，还支付了阿纳森一笔巨款，使其放弃所有《龙与地下城》的相关权利。

吉盖克斯干掉合作者后，大刀阔斧地拓展起TSR的业务来。《巨龙志》在这个时期创立了，两条并行的《龙与地下城》生产线也出来了。1976年，TSR公司终于搬出吉盖克斯的住宅，拥有了独立的办公场所。1977年，由吉盖克斯亲手制作的《高级龙与地下城》大量吸收了广泛存在的各种非官方规则，整合了游戏体系，成为"龙与地下城"家族的第一个经典版本。20世纪70年代末80年代初，尽管经历了社会上疯狂的反角色扮演游戏浪潮[1]，TSR公司的发展势头仍然不减。1982年，仅《龙与地下城》相关产品的年销量就创纪录地达到一千六百万美元，销售拓展到二十二个国家，到1985年，此销售数字又翻了一倍多，此时由于"龙枪"系列小说重磅推出，TSR还一度成为全美第一的奇幻科幻书籍出版实体！它的雇员达到三百人，不仅名列当时美国"一百家发展最迅速的私人企业"之中，《纽约时报》更盛赞《龙与地下城》是"80年代的标志性游戏"，好比《强手棋》是大萧条时代的标志性游戏一样。截至80年代末，《玩家手册》总销售突破两百万册，"三宝书"的另外两本也分别突破一百五十万册和一百万册，至此，《龙与地下城》可以说达到了一个顶峰，它爆炸性的崛起和美国原创史诗奇幻的崛起一道，让奇幻文化席卷人心。

一片大好前景下，TSR着手将《龙与地下城》的IP拓展到各个领域，从CD、月历到画册，甚至将商标许可给予毛巾、拼图等小商品，但公司核心团队现代管理经验缺乏的弱点逐渐显现，很多公司成员是吉盖克斯从自家地下室的游戏聚会或游戏大会中挑出来的玩家，并不具备商业开发的远见。1983年，吉盖克斯将TSR公司的业务托付给投资人布卢姆及其兄弟，自己去好莱坞制作《龙与地下城》动画片和电影（后者未能成功），他次年返回时惊讶地发现，公司在布卢姆兄弟的经营下竟已负债累

---

[1] 某些青少年沉迷游戏，间接导致多起自杀事件，美国奥论顿时将角色扮演游戏视为替罪羊和精神鸦片。

累,且由于大开后门,内部竟安插了九十位布卢姆家族成员!吉盖克斯怒不可遏,当即胁迫董事会将布卢姆兄弟驱赶出去,同时解雇了75%的雇员。吉盖克斯在好莱坞期间结识了国家报业联合的总裁约翰·F.迪尔,后者趁机推荐自己的孙女罗琳·威廉姆斯(Lorraine Williams)来帮助吉盖克斯整顿公司。殊不知这正是引狼入室!罗琳是个控制欲很强的女人,而为了报复吉盖克斯,布卢姆故意把股票卖给了罗琳,使得吉盖克斯失去控股权。等吉盖克斯反应过来,想以自己的妻子来取代罗琳时,已不可得矣!这回任他动用十八般武艺,乃至又闹上法庭,罗琳的控股权都不可动摇。1985年10月,TSR董事会解除了吉盖克斯董事长和总经理的职务,万般无奈之下,吉盖克斯索性将股票一并卖给罗琳,于次年告别了由自己一手拉扯大的TSR公司。从此,TSR公司和《龙与地下城》进入"罗琳时代"。

　　罗琳掌控下的TSR几乎成为"版权城管队",他们四面出击,只要发现其他公司的任何产品使用了《龙与地下城》的怪物或相关设定,就告上法庭,这导致TSR公司行业龙头的形象异常糟糕!人们给它取了个外号叫"TSR=They Sue Regularly",即"他们成天控告"。不仅如此,"罗琳时代"的TSR在其他方面也少了很多人情味,传说她甚至禁止职工上班时摸鱼"玩游戏",导致公司的大量游戏产品只能偷偷测试,最终出现了大量BUG。当然,公平地说,TSR也由于罗琳精明的商业头脑而获得发展,罗琳的主要策略是将游戏中不合时代潮流的东西统统抛弃,并大做周边、大搞拓展,以求榨干玩家口袋里的每一分钱。TSR公司从20世纪80年代末开始,倾力投入小说、杂志(《地城志》)、漫画、桌游、其他角色扮演游戏(单单一个《龙与地下城》怎么够?),授权电脑游戏,并大量衍生《龙与地下城》的战役设定,最后还做集换卡牌、集换骰子游戏……乃至于要研究那些年间TSR公司推出的产品成了收藏家的一门学问。

　　1987年,TSR打造了"被遗忘国度",这是迄今为止"龙与地下城"家族最成功、影响力最深远的战役设定;1989年的Gen Con大会上,TSR

推出《高级龙与地下城》第二版，这是迄今为止在核心玩家中口碑最好、延续时间也最久的一套《龙与地下城》规则体系，享誉盛名的"金盒子"系列电脑游戏也好，后来的《博德之门》《冰风谷》《异域镇魂曲》也罢，统统建立在这套规则上。① 也是在 80 年代末，由 TSR 组织的 RPG（角色扮演游戏）爱好者协会 RPGA 辐射到全世界。进入 90 年代，TSR 公司更以每年推出一个大型战役设定的规模疯狂拓展《龙与地下城》，由 R. A. 萨尔瓦多撰写的"黑暗精灵"系列小说爬到了纽约时报畅销书排行榜的榜首位置。同期，公司雇佣的全职员工已超四百人，还不算大量志愿者和兼职打工人士。

然而月盈则亏，游戏市场上又一轮优胜劣汰开始了。依靠 1993 年推出的《万智牌》，威世智公司迅速崛起。为回应挑战，TSR 盲目出版了大批集换类游戏，销售却极差，产品在仓库里堆积成山。在传统桌面角色扮演游戏市场上，以白狼公司的《吸血鬼》、斯蒂芬·杰克森公司的 GURPS（泛用无界角色扮演系统）等为代表的新一代游戏纷纷兴起，进一步瓜分了市场，被过度开发的《龙与地下城》却同时守着十一个战役设定全面出击，分散了既有玩家的购买力，等于把品牌价值活活稀释掉了！1996 年，在残酷的竞争中，TSR 公司的债务创记录地达到三千万美元，收到的退书高达一百万本，这个行业巨人终于坚持不住了，只能靠疯狂滥发游戏授权来苟延残喘。② 次年，罗琳被迫把股票卖给竞争对手威世智公司，威世智顺势合并了 TSR，一举囊括世界上最大的角色扮演游戏和最大的集换卡牌游戏，达到了其他游戏公司奋斗几辈子都不可想象的巅峰——因此，它自身也于两年后（1999）以 3.25 亿美元的天价被玩具界巨子孩之宝收购，成为孩之宝公司的一部分，直到今天仍旧如此（但保持了经营独立性）。

关于 TSR 的毁灭，威世智的副总裁如此评价："这是……长期忽视玩

---

① 《高级龙与地下城》第二版远比后来的《龙与地下城》第三版、第四版、第五版完备复杂，仅核心规则及相关扩展书就有洋洋洒洒数十本之多！
② 我们熟知的《博德之门》《冰风谷》等电子游戏的改编权就是这一时期释放出去的。

家需求的结果……听不到玩家的声音，所做的决定无一从玩家的角度出发。"

《龙与地下城》的创始人吉盖克斯和阿纳森，后来都以德高望重的独立游戏制作人身份继续活跃在游戏界，但均没有掀起太大风浪，而他俩接连于2008年和2009年去世，在游戏圈引发了一波汹涌的怀旧浪潮。如今，由他俩打造的《龙与地下城》刚好度过五十周岁生日，而两人身后的评价也颇值得玩味：吉盖克斯被公认为"角色扮演之父"，是"五十位幻想界先行者"之一，在"影响游戏界的三十人"中与托尔金一起并列第十八；反观阿纳森，由于他放弃了《龙与地下城》的权利，虽然入选名人堂，但几乎被大众所遗忘。

并购TSR公司后，威世智公司对《龙与地下城》进行了三年卧薪尝胆般的改造，并于2000年隆重推出《龙与地下城》第三版，其设计原则是重新整合《龙与地下城》的产品链，团结所有能团结的玩家，开创新时代！在威世智公司治下，《龙与地下城》的官方产品数量大大减少，不相容的游戏系统被相继取消，只留下几个核心战役设定用于示范游戏。威世智还从《龙与地下城》规则中提炼出D20（20面骰子）作为核心理念并予以注册，简化系统的同时，通过追加进阶职业来给予玩家更高自由度。在此基础上，威世智提供"开放式游戏授权"（OGL），任何实体只需在产品上注明D20就可使用D20系统，从而与《龙与地下城》游戏兼容——这一点使得在世纪之交，大批游戏制作者（甚至包括白狼公司这样的竞争对手）统一拿起D20的工具。于是在经历过史上最大的一次改造之后，《龙与地下城》又一次一统江山。

时代在演进，网络和电子设备对桌面角色扮演游戏愈来愈形成强大冲击，"古老"的桌面角色扮演游戏也不得不走向电子化、虚拟化，不得不加快游戏节奏和"爽"度。2003年，威世智对《龙与地下城》第三版做了一次大修订，史称"龙与地下城3.5版"。2005年，威世智根据新兴的娱乐形势着手开发《龙与地下城》第四版，并在三年后的2008年6月出版了《龙与地下城》第四版的"三宝书"，终结了三版时代。这一版是为应对网络时代而诞生的，完全改变了《龙与地下城》旧有的魔法释放体系、技能体系和医疗恢复体系，使得低等级玩家也可以掌握大量有趣的威能，凸现了角色扮演游戏的娱乐特质。

不过也许是步子迈得太大，全力向网游风、快餐化靠拢的《龙与地下城》第四版得罪了诸多老玩家，并未获得以前诸版本获得的成功。2012年，威世智公司正式宣布《龙与地下城》第五版的存在，并于2014年打造推出。第五版的"回归"和"怀旧"倾向相当明显，口碑有所好转，也带动了《龙与地下城》游戏人数的复兴，威世智更借此打造了网络平台。

除此之外，威世智手中的《高级龙与地下城》和"龙与地下城3.5"的知识产权并未随新版本的诞生而放弃，它们仍有各自的发展路线。在《龙与地下城》第三版诞生后，《高级龙与地下城》于2001年被威世智给予了与其有亲密合作关系的 Kenzer & Company 公司，由后者在《高级龙与地下城》第二版的基础上研发《砍杀大师》(*Hackmaster*，相当于《高级龙与地下城》第三版)，直到2007年收回版权；长期负责出版《龙与地下城》两本杂志《巨龙志》和《地城志》的 Paizo Publishing，则在威世智官方推出《龙与地下城》第四版后得到根据"龙与地下城3.5"制作《探索者》游戏（*Pathfinder Roleplaying Game*）的权利，由于玩家们对于第三版的怀念和追捧，《探索者》游戏受到不同寻常的追捧，乃至一度压过本家的《龙与地下城》第四版，目前它已被改编为多款电子游戏，也被戏称为《龙与地下城》第三版的终极进化形态。

《龙与地下城》在近半个世纪的漫长生涯中，走过了无数风风雨雨，经历了许多坎坷波折。它是集设定、小说、漫画、动画、电影、模型等于一体的庞大文化体系，在当代奇幻文化中，从日本的《最终幻想》到美国的《魔兽世界》，随处都能见到它的身影。作为历史上第一个、也是最成功的角色扮演游戏，它为奇幻文化的传播做出了杰出贡献，而它包含的若干战役背景设定，在奇幻史上打下了深深的烙印，其中具有较大影响的包括：

"灰鹰"（Greyhawk）

1975年诞生的元老，出自"龙与地下城之父"吉盖克斯的手笔，经历了整个《龙与地下城》的兴衰。灰鹰世界最初是随《龙与地下城》原始版推出的辅助书，其后得到持续开发。威世智公司推出《龙与地下城》第三版时，特地把灰鹰世界扶为正统，定位为《龙与地下城》的标准世界。自艾伯伦世界开发后，威世智放弃了对灰鹰世界的官方支持，将它下放给玩家组织RPGA使用。

灰鹰世界由于开发较早，属于经典而传统的奇幻世界，与后来的许多世界设定相比显得有点字正腔圆。它主要描绘一个叫奥斯的星球，星球上分为四块大陆，其中得到详细描写的是中世纪化的法兰尼斯大陆。灰鹰世界的很多神灵，也是整个《龙与地下城》规则体系的模板神灵。

"龙枪"（Dragonlance）

20世纪80年代初，TSR公司正处于大扩展期，急需一个好的故事背景来支撑《高级龙与地下城》，并且故事里"需要更多的龙而不只是地下城"。于是TSR聘请了两位作家崔西·西克曼与玛格丽特·魏丝，由他俩借助跑团经历携手打造小说作品及相应的背景世界。由此诞生的"龙枪编年史"三部曲获得空前成功，小说与世界设定互相推动，在当时极大地拓展了角色扮演游戏的影响。

龙枪世界顾名思义，乃是一个巨龙活跃的世界，屠龙武器便是骑龙者所用的长枪。其他如对应不同魔法神灵的三个月亮、神奇的盗贼种族坎德人等也是龙枪世界的招牌。该世界由于诞生之初便和小说相互依存，所以向来并不严格遵循规则。

作为"龙与地下城"大系中唯一一个主要由小说支撑的设定，龙枪世界的官方小说目前已出版近两百本，核心内容大多出自西克曼与魏丝的手笔，分为如下几部分：

经典故事："龙枪编年史"三部曲、"龙枪传奇"三部曲、《龙枪传承》、"雷斯林编年史"两卷、"失落的编年史"三部曲、《夏焰之巨龙》

及他俩编辑的多个小说集。

第五纪元:"新时代的巨龙"三部曲、"达蒙传奇"三部曲（*The Dhamon Saga Trilogy*）及续集《死亡之湖》（*The Lake of Death*），上述七本为简·拉比（Jean Rabe）所著；"灵魂之战"三部曲、"龙人"两卷、"黑暗信徒"三部曲，这几套仍为西克曼与魏丝所著。

除此之外，克里斯·皮尔森（Chris Pierson）、理查德·奈克（Richard A. Knaak）和道格拉斯·尼尔斯（Douglas Niles）的作品也较为优秀。

在国内许多老资格奇幻迷心目中，"龙枪"系列小说是他们的"白月光"，作为最早介绍到中国的"龙与地下城"系列，它们成为了众多粉丝的奇幻启蒙书。

威世智官方对龙枪世界的支持本已在2007年前后告终，但在第五版时代兴起的怀旧风潮中，2022年威世智又重新推出龙枪的战役设定集，将其再次复兴。

"被遗忘国度"（Forgotten Realms）

1967年，一位八岁的加拿大小学生写下了这么一段话："在车水马龙的深水城和光耀的坠星海之间，没有人比他们——坚韧的剑士杜曼、好动的老盗贼马特和全知全能的巫师伊尔明斯特更受人敬畏了。"由是开启了"被遗忘国度"的传奇，这个小学生就是被誉为"被遗忘国度之父"的埃德·格林伍德（**Ed Greenwood, 1959—**）。

20世纪80年代中期，被遗忘国度的冒险模组在TSR公司的官方杂志《巨龙志》上出现，迅速得到了读者的拥护，于是TSR在1987年制作了完整的被遗忘国度战役设定集，同年，基于被遗忘国度的小说生产线也立刻上马，并在第二年挖掘出属于它的明星：R. A. 萨尔瓦多及其笔下的黑暗精灵崔斯特·杜垩登。这一年也是传奇的"金盒子"系列电脑游戏上市的年头，其运用的背景正是被遗忘国度。

在小说、漫画、游戏等多方推动下，被遗忘国度在《高级龙与地下城》第二版时期一枝独秀，几乎支撑着TSR公司的生存。到20世纪90年代后期和21世纪初，《博德之门》《冰风谷》和《无冬之夜》更让被遗忘国度名声大噪。威世智公司同样把它当成王牌，更新《龙与地下城》版本时每每最先照顾被遗忘国度，进行桌游和电子游戏改编时也优先选择被遗忘国度，哪怕制作电影，最先拿出手的还是被遗忘国度。

如果说龙枪是小说最多的世界，那么被遗忘国度就是设定最庞杂、繁复的世界，关于它的官方出版物林林总总有好几百种，小到一个村落大到一个帝国，风景人文都有仔细刻画。当然，被遗忘国度的小说也不少，虽然质量大多比不上龙枪，但由萨尔瓦多亲自操刀的"黑暗精灵"大系却相当精良，此系列从"冰风谷"三部曲和"黑暗精灵"三部曲开始算起，到如今（2022）竟已长达三十九本长篇及若干短篇故事，且还未完待续，恐怕将伴随被遗忘国度的兴衰始终。

国内玩家和读者接触被遗忘国度多是从那些著名游戏入手，那些游戏的确也忠实反映了被遗忘国度的基本风貌：妖魔鬼怪多，遍地都是神。被遗忘国度乃最典型的奇幻高魔世界，其他很多设定中看来不可思议的事，在此不过尔耳。某种意义上讲，这也正好说明它广受欢迎的原因，即包容并蓄、无限拓展。

在发展过程中，被遗忘国度还吸纳了好几个当初TSR独立开发的世界，包括阿拉伯风情的Al-Qadim、日化东亚风情的Kara-Tur、东南亚风情的Malatra和美洲印第安风情的Maztica，堪称最完善的战役背景设定。

"浩劫残阳"（Dark Sun）

TSR公司1990年推出的又一著名战役设定，《高级龙与地下城》第二版时期的主流之一，脱胎自名著《沙丘》。浩劫残阳在《龙与地下城》第三版时代曾被放弃，威世智到《龙与地下城》第四版时代又短暂复活了这一设定。

浩劫残阳设定在沙漠星球阿拉斯，该星球因滥用"亵渎"魔法而彻底破坏了生态平衡。神灵们抛弃了这片荒漠，现在世界的掌权者是一些强横的巫王。这里没有木头，水源匮乏，奴隶制盛行，各种生物在严苛的环境中被迫锻炼出强大的心灵对抗能力。

"异域"（Planescape）

异域设定最初源于"高级龙与地下城"系列的《位面手册》，1994年成为独立设定，并迭获大奖。威世智公司接手后，并未继续专门的异域生产线，且多次修改《位面手册》，使其与最初的设定产生了许多差异。不过，其他公司开发的一些D20产品，仍然忠实于最初的异域设定。

异域设定规划了"龙与地下城"大系的整个宇宙观，此宇宙为多元宇宙，拥有若干位面，并形成大轮回，我们人类生活的位面只是主物质位面，在宇宙的其他纬度，既有元素位面，也有地狱位面和天堂位面。异域设定描绘了这些位面的独特风景，从总体上打通了"龙与地下城"大系的所有相关内容，而且其中充斥着独特的哲学与艺术思考，堪称最具艺术性的《龙与地下城》产品，著名游戏《异域镇魂曲》即发生在异域设定之下。

艾伯伦（Eberron）

2002年，威世智公司举办了一场"世界设定"大赛，宣布优胜者将为"龙与地下城"大系创造一个全新的世界，结果基思·巴克尔的艾伯伦世界从一万一千个竞争对手中脱颖而出，赢得合同。2004年，艾伯伦世界正式推出，同时成为《龙与地下城》网络游戏的背景世界。在《龙与地下城》第四版时代和《龙与地下城》第五版时代，威世智公司都没有忘记艾伯伦世界，分别为之推出了设定集。

艾伯伦世界与传统的"剑与魔法"世界不同，其中加入了很多蒸汽朋克成分，如魔法火车、机器人等，也加入了大批原创种族，甚至修改了基础的D20判定规则，混合了"行动点"设计。在艾伯伦世界上存在着十三种龙纹，拥有龙纹的人就拥有特殊能力，这也是艾伯伦世界的独特之处。

风格较独特的《龙与地下城》战役设定还包括：中世纪封建体系下的"天赋神权"（Birthright）、太空歌剧风的"魔法船"（Spelljammer）、凸显吸血鬼和不死生物元素的"魔域传奇"（Ravenloft），具有东欧风情的"艾克斯德拉"（Exandria）等等。

而在《龙与地下城》之外，著名的奇幻桌面角色扮演游戏还包括：《克苏鲁的召唤》（Call of Cthulhu）、描绘多个超自然种族的《黑暗世界角色扮演》（Darkness World）、《泛用无界角色扮演》（GURPS）、《中土世界角色扮演》（MERP）、《重回地面》（Earthdawn）、《大魔法师》（Ars Magica）、《暗影狂奔》（Shadow Run）、《七海传奇》（7th Sea）、《战锤奇幻角色扮演》（Warhammer Fantasy Roleplay）、《安柏无骰游戏》（Amber Diceless Roleplaying Game）、《符文任务》（Rune Quest），乃至日本的《剑世界》（Sword World RPG）等等。

在奇幻桌面角色扮演游戏之外，更直接的奇幻桌面游戏也诞生过许多名作，诸如《幽港迷城》（Gloomhaven）、《圣符国度》（Talisman）、《魔戒大战》（War of the Ring）等等。

第二节　上得了台面的重口味

《龙与地下城》声名赫赫，但它最初仍是从战棋游戏中脱胎，主动增加了角色扮演成分，逐步搭建而成，时至今日也没有脱离战棋游戏的早期影响。另一方面，并非每个人都喜欢角色扮演成分，许多人希望能反其道而行之，强化和升华奇幻中的"打斗"元素，弱化乃至取消扮演，以"战、战、战"为主。由这条路而生的桌面模型奇幻战棋游戏，其王者毫无疑问是英国公司Games Workshop（可译为"游戏工坊"，简称GW）的"战锤"系列，大约可分为"中古战锤"和目前更火热的"战锤40K"两个大系。

所谓的桌面模型战棋，是指玩家在一定大小的桌面[①]上用2—5厘米不等的微缩模型棋子[②]进行战斗厮杀，游戏的核心是模型棋子和相应的战斗规则。战斗规则一般表现为游戏公司出版的系列图书，其中规定了各棋子代表的军队能力、技能和移动方式等。值得注意的是，模型战棋游戏和桌面版图游戏、普通兵棋游戏等有所不同，它标榜开放战场和自由移动，一般以标尺工具在桌面上计算实际距离，[③]并在桌面上布置地形模型代表实际地形，[④]而非使用预先设定好的、抽象化的棋盘。

　　模型战棋游戏开始前，每位玩家要在若干不同能力的棋子中进行选择和优化组合，组成有特色的、适合自己发挥的军队，然后参加比赛。双人战棋游戏往往比较短暂，1—3小时就能完成，而6—8人参加的多人比赛有时能持续一个星期之久！为保持平衡性，每个棋子都通过能力换算标定出分数，不同比赛玩家拥有的总分数不等，而最终组合参赛的军队不能超过总分数。一应模型入手之后，可由玩家自行喷漆及做一些简单更改，这使得模型战棋游戏加入了"动手"的成分，也具备很高的集换和收藏价值。

　　《龙与地下城》诞生在美国，《战锤》则由英国公司GW一手打造。该公司成立于1975年，起初仅是个生产木制棋盘的厂商，后来成为《龙与地下城》的英国代理商，并因此发了大财，乃至创办起著名的奇幻游戏杂志《白矮人》（*White Dwarf*，从1977年延续至今），但直到"战锤"大系推出之前，该公司都没有自己的核心产品。1983年，该公司推出了一套名为《战锤幻想战役》（*Warhammer Fantasy Battle*）的模型战棋，结果一炮走红——这就是后来被称为"中古战锤"的游戏系列。1986年，根据此模型战棋的背景设定，又发展出"中古战锤"的桌面角色扮演游戏第一版，GW从此有了与TSR分庭抗礼的资本。1987年，在"中古战锤"的基础上，经与科幻及哥特风格的融合，GW又成功地推出"战锤40000"

[①] 标准模型战棋游戏用桌为六英尺长、四英尺宽。
[②] 现代的桌面战棋也有超大型棋子。
[③] 也有少数特例，如《梦之刃》（*Dreamblade*）就是在方格棋盘中进行游戏的。
[④] 模型可以非常华丽，也可采用可乐瓶盖之类的简易替代物。

（简称《战锤40K》）。"战锤40K"是到目前为止世界上最成功的模型战棋系列。

20世纪90年代，GW在两大系列的推动下极速成长，只是后来随着更廉价的《万智牌》等卡牌集换式游戏的出现以及网络的冲击，其前进步伐才放缓下来。为改变经营受阻的状况，GW也开始制作自己的卡牌游戏，大力出版背景小说，并与电脑游戏厂商合作推出许多授权电脑游戏，自2000年起还在经典的两大系列之外增加了第三条产品线——《魔戒策略战棋游戏》(*The Lord of the Rings Strategy Battle Game*)，此套游戏规则更精简，适宜于吸引新人掉进模型战棋的"大坑"。

"中古战锤"系列是"战锤"两大系列中资格较老的，它的背景设定类似于将文艺复兴时期的德国与托尔金的"中土世界"结合，结果是该世界既存在无数的奇幻种族、魔法等等，又具备现实中世纪社会的凝重感和真实感，比"龙与地下城"的风格更为写实。"中古战锤"系列的模型战棋分为若干军团，每个军团代表战锤世界中的一个种族或势力，从《中古战锤》第四版开始，每个军团都有了自己的设定书籍，从1983年到21世纪的第二个十年，"中古战锤"系列最终发展到第八版，官方比赛支持包括木精灵、矮人、黑暗精灵在内的超过十五个军团。

2015年，GW决定重启产品线，用"灭世"毁灭了中古战锤世界，从中诞生了规模更小、更简单、更容易上手的《西格玛时代》作为继承产品。然而许多粉丝并不接受《西格玛时代》，他们认为过于类似"战锤40K"的《西格玛时代》没有继承《中古战锤》的精髓，反而宁愿用天价购买《中古战锤》的停产模型进行游戏。直到2021年《西格玛时代》第三版推出后，才算完成全部种族的更新，勉强站稳脚跟。

从"中古战锤"中又衍生出一些单独的模型战棋游戏，譬如著名的《血碗橄榄球》(*Blood Bowl*)。该游戏参考美式橄榄球的规则，参加的队员却是战锤世界里的奇幻种族，比之现实生活中仅有人类参加的橄榄球比赛，精彩而又多元，各个种族八仙过海，发挥各种技能和"龌龊手段"去争取胜利。《血碗橄榄球》早在80年代就成为桌面模型战棋中的独特成员，后又延伸到电脑游戏界，长盛不衰。

除此之外，奇幻背景下较出色的《战锤》游戏衍生作还有《战吼》（Warcry，采用近年来流行的小队作战）、《冥土世界》（Warhammer Underworlds）、《战锤任务》（Warhammer Quest）、《诅咒之城莫德海姆》（Mordheim: City of the Damned）、《大海战》（Man O'War）、《混沌旧世》（Chaos in the Old World）、《死亡舰队》（Dreadfleet）等等。

《战锤奇幻角色扮演》（Warhammer Fantasy Roleplay）是"中古战锤"衍生出的桌面角色扮演游戏，也是除《龙与地下城》之外影响力最大的几个奇幻桌面角色扮演游戏之一，在欧洲地区尤其流行。该系列自1986年诞生以来推出了四个版本，最出色的是2009年由美国公司FFG改编的第三版，FFG不仅接手过"中古战锤"系列的角色扮演游戏改编，还为"战锤40K"系列推出了几套角色扮演游戏。

"战锤40K"是在"中古战锤"的基础上发展而成的，是设定于未来的模型战棋游戏，后来它扩展衍生出极其精细的背景设定，并大举进军电脑游戏界。"战锤40K"乃是典型的科奇幻，试图展示一种宏大苍凉之感，它融合了各种重口味的科幻及奇幻名作，例如"克苏鲁神话"、《星舰伞兵》、"异形"系列、"终结者"系列等等，加上硬汉风格的机体设计、盔甲设计、形象设计，以及从"中古战锤"中萃取的神灵、魔法等体系，最终成为又硬又专、名副其实的世界第一模型战棋，可谓"上得了台面的重口味"。在《战锤40K》游戏中，玩家多使用28毫米微缩模型代表的士兵进行战斗，可选择包括泰伦虫族、人类帝国、黑暗灵族、钛星人等在内的许多势力和种族，自1987年问世以来，截至目前（2022），"战锤40K"模型战棋游戏已进化到第十版！从中还衍生出《荷鲁斯叛乱》这一大生产线。

至于根据《战锤40K》改编的桌面版图游戏、卡牌游戏、角色扮演游戏、漫画、杂志、音乐、画册、小说以及电子游戏等等，更是数不胜数，尤其是电脑游戏"战争黎明"系列，一度成为即时战略游戏领域的霸主。

经过近四十年耕耘和积累，"战锤"的几大系列都拥有丰富的背景小说，与《龙与地下城》相比不仅毫不逊色，有时还犹有过之。[①] 到目前为止，仅"中古战锤"和"战锤40K"两个系列便各有数十个小说系列及无数单独的小说和选集，还不算独立的"荷鲁斯叛乱"系列和"西格玛时代"系列。"中古战锤"系列小说中最著名的角色包括矮人屠杀者葛泰克、小说作家兼吟游诗人菲利克斯和被恶魔附身的黑暗精灵马鲁斯·黑刃，"战锤40K"系列小说里最著名的英雄包括人类帝国的政委希法斯·凯恩等。这些角色在小说中演绎了一首首可歌可泣、乃至掺杂了英式幽默成分的战争史诗。

遥想20世纪90年代"战锤"如日中天，小兄弟暴雪公司做游戏找上GW，企图沿用对方的设定，却吃了一个大大的闭门羹。痛定思痛之下，暴雪自力更生，锻造出"星际争霸"和"魔兽争霸"，这两个系列由于风格脱胎于"战锤"，至今仍能看出"战锤"的诸多影子，而GW若能想到暴雪公司将来有大好前途，恐怕早就把版权给合作出去了。世间事就是这样阴错阳差，2008年，《战锤Online：决战世纪》由EA（美国艺电公司，ELECTRONIC ARTS）收购的神话娱乐公司隆重改编推出，该游戏把"战锤"系列中"战"的概念发扬到极致，以新一代对战系统为核心，曾创下网络角色扮演游戏的销售纪录，但由于后续维护不善，[②] 结果虎头蛇尾，到2013年便停服收官。

风水轮流转，近年来，基于"中古战锤"的两套电子游戏却大获成功，那就是"战锤：全面战争"系列和"战锤：末世鼠疫"系列。[③] 这两个系列，尤其是前者的大红大紫，甚至让GW考虑重启"中古战锤"，或许在不久的将来，就能重新看到它凤凰涅槃。

模型战棋游戏及其文化已发展成奇幻大家庭中的重要成员，但在任何读者有兴趣"入坑"之前，必须提醒的是，这是个极其烧钱和小众的兴趣爱好，请千万斟酌仔细。以最成功的"战锤40K"模型战棋为例，有

---

① GW专门成立了子公司黑图书馆（Black Library）来出版"战锤"系列小说。
② 部分原因是EA将精力大部投入了《星球大战：旧共和国》。
③ 除此之外还有Chaosbane、Storm Ground等多款新游戏改编。

个经典笑话是说该游戏之所以叫40000,是因你得在它上面花费40000英镑!一般而言,"战锤"系列一个普通模型价格在5—30美元不等,而你单为了组建一支可上场的军队,一两千元人民币是必需的支出。若想深入游戏,那么付出几千乃至几万美元绝非危言耸听!

在GW的"战锤"系列之外,近年来流行的模型战棋还包括《冰与火之歌战棋游戏》《战争机器战棋游戏》(*Warmachine*)、《战争之王战棋游戏》(*Kings of War*)等等。

第三节　无孔不入的小卡片

奇幻文化发展到20世纪90年代,在传统的桌面角色扮演、模型战棋之外,又诞生了一大家族,此家族的产品节奏更紧凑、更符合现代人的消费习惯,因之也更能"掏钱"——在"掏钱"这个问题上,它回避了桌面角色扮演游戏利润点不多的缺点,[①] 也回避了模型战棋游戏对场地道具的需求,于是乎迅即风靡全球,形成奇幻文化的新热点。这便是集换式对战游戏,其核心是集换式卡牌对战游戏(collectible card game,简称CCG),而最早也最成功的集换式卡牌对战游戏便是《万智牌》(*Magic: The Gathering*)。

何谓集换式游戏?其实读者并不陌生,尤其是相关概念已被大规模应用到移动游戏上。普通的卡牌游戏及桌面版图游戏的配件是固定的,以扑克牌为例,一共五十四张牌的牌库,玩法可以多种多样,但牌库本身不变,游戏的牌手可以相对轻松地记背卡牌,从中总结规律,研究到一定程度、穷尽了变化,趣味性必然大大下降。集换式游戏突破了这点限制,它的配件并非固定,而是可以无限扩充、自由组合,因此至少从理论上讲,拥有无限的战术可能性(当然玩久了也会被总结出各种套路)。

---

① 桌面角色扮演游戏一人购买可供一个团队玩耍。

当然，有利就有弊，正因可以无限扩充，集换式游戏的规则反复无常，以后出的集换配件必然盖过以前出的集换配件，俗称"换环境"，重复、矛盾等情形也时有发生，而厂家被利欲驱使，赶鸭子上架地推出扩展，往往导致产品失衡。这是集换式游戏的通病，也是很多集换式游戏由盛转衰的直接原因。

　　要谈集换式游戏，就不能绕开《万智牌》，而要谈《万智牌》，就不能不提及其设计者理查德·加菲（Richard Garfield, 1963— ）和其母公司、前文已多次"出镜"的威世智①。加菲生于美国费城，乃是一位数学鬼才，曾获得宾夕法尼亚大学的组合数学学位，业余爱好一直是设计游戏和谜语，十三岁时便设计了第一款游戏。20世纪80年代末，加菲在研究生时代研究出集换式游戏的玩法，并集合大学里的朋友来进行开发测试，但他缺乏资金将之商业化。一个偶然的机会，他遇到了威世智公司的老板彼得·阿克森，当时的威世智跟后来被它吞并的TSR草创期时一样，只是个地下室里的小公司，但阿克森看中了加菲，并要后者把游戏设计得更便携、更容易上手……于是又经过两年的试玩测试，《万智牌》于1993年夏被威世智打造上市，从此造就了一段延续至今的神话。

　　威世智公司的步子一开始就迈得很大，打算印刷一千万张卡牌——事实上，公司当时的生产能力只能印刷二百五十万张，预计要在六个月之内筹到足够的钱去印完剩余的牌。然而玩家们对这种新式玩法的狂热远远超过了威世智的估计，短短六个星期之内，二百五十万张卡牌就销售一空，需求仍在不断上涨，甚至远远超出一千万张，彻底打乱了威世智公司的后续卡牌推出计划，暂时只需加印基本版就可以，真是幸福的烦恼啊，玩家实在是太热情了！

　　《万智牌》是以双人对战为出发点的奇幻卡牌游戏，模拟穿梭于位面之间的魔法师②的对决，玩家需要利用自然资源，召唤生物和施放法术，

---

① 　威世智的直译为海岸巫师。
② 　被称为鹏洛客（planeswalker），又译旅法师。

从而打败对手。参加游戏的双方必须拥有一套独立的组合牌组[①]，一般不得少于六十张，游戏中玩家必须想方设法将对手的"忠诚点"（相当于生命值）降到零或更低，或迫使对方用完自己的套牌，以此来获胜。

《万智牌》迄今为止已发展出上百个系列，基本可分为两类：一类是核心系列（Core Sets），核心系列通常包含三百多张不同卡牌，大多数是对以前卡牌的重印和修订，决定了当前"环境"下玩家对决需要的最基本的卡牌，核心系列自第十版推出之后拓展方式有所改变，改为以"魔法2010"（M10）、"魔法2011"（M11）这样的年号编排，并开始包含新卡牌；第二类是核心系列之下的延伸系列（Expansion Sets），也就是扩充包，按惯例从1996年的冰雪时代（Ice Age）以来，便以三个延伸系列组成一个"环境"，三个系列中有一个是主系列，另两个为辅助系列，各有101—350张卡牌不等。处于同一环境的三个系列共享一个故事背景，"阿拉伯之夜"是《万智牌》的第一个延伸系列，而目前（2022），《万智牌》又回到了最经典的多明纳里亚世界。值得注意的是，2018年后，威世智干脆取消了延伸系列中的辅助系列，只剩下主系列，每一季度发售一个系列，以加快更新节奏，也更灵活地掏空玩家的钱包。[②]

玩家需要从当前环境的卡牌中研究出最佳组合，并与核心系列相结合，而《万智牌》的正式比赛一般会规定多少时限的延伸系列能够使用。在贩卖卡牌的方式上，威世智下足了工夫，卡牌一般分为普通、非普通、稀有、秘稀乃至特卡，通常每个卡牌包有十五张卡牌，包括一张稀有牌或秘稀牌、三张非普通牌、十张普通牌和一张基本地，完全随机放置，诱使沉迷于此的玩家不断投资，花费掉大量金钱。此商业模式由威世智公司首开先例，其他集换式游戏的公司也有样学样，越搞越成熟。

威世智公司还组建了缩写为DCI的赛事组织（Duelists' Convocation International，直译为鹏洛客国际交流会），并提供高达几百万美元的奖金

[①] 称为套牌，跟扑克牌不一样，参加游戏的玩家各自拥有这些牌，并非公有。
[②] 除核心系列和延伸系列，《万智牌》还推出过盒装系列、机飞系列、介绍系列和编年史系列等。

来鼓励世界各地的选手参加正式比赛。据统计，《万智牌》极盛期拥有六百万积极玩家，目前玩家数量虽有所消减，但每年的比赛仍办得极其火热，在世界范围内形成了包括"万智牌世界杯""万智牌个人冠军赛"等在内的多级别完备赛事。值得一提的是，2009年11月22日，中国国家队在意大利罗马赢得过"万智牌世界杯"的前身——"万智牌世界冠军赛"的团队冠军，创造了黑马传奇。

《万智牌》发展最初并没有独立背景，只是泛泛设定在奇幻世界，但自发布于1994年的第二个延伸系列"古文明之战"开始，设计人员开始编写IP故事和世界设定，于是多明纳里亚世界，以及克撒与米斯拉这对兄弟就此登上历史舞台。多明纳里亚世界是若干魔法位面交错的焦点，约有地球的2.5倍大，1994年之后随着不断推出的"万智牌"系列小说，该世界变得越来越丰富，迄今已成为奇幻圈里又一享有盛名的世界设定。截至目前，"万智牌"系列小说已有林林总总数十本，改编漫画也有好几十本，还出版了单独的设定集，威世智公司近来的策略是将《万智牌》的世界放进《龙与地下城》的战役背景设定，实现两大游戏的有机融合。

《万智牌》不仅自身蓬勃发展，其玩法还辐射到其他领域，后来的诸多卡牌游戏、电脑游戏乃至网络游戏莫不努力模仿和复制它的成功模式，让魔法对战的奇幻精神进一步发扬光大。在《万智牌》的后继者中，暴雪公司基于"魔兽"系列背景开发的《炉石传说》独树一帜，在电子游戏界独领风骚，由波兰公司CD Projekt开发的《巫师之昆特牌》也曾风靡一时。

理查德·加菲本人在完成《万智牌》的开发工作后，并未停滞不前。他后来还开发了若干款脍炙人口的集换式卡牌游戏，包括《机甲战士集换卡牌》（BattleTech CCG）、《吸血鬼：千年战争》（Vampire: The Eternal Struggle）、《矩阵潜入》（Netrunner）、《星球大战集换卡牌》（Star Wars Trading Card Game）等等，尤其是他近年来花费大量心血，与电子游戏界的大鳄合作，做出了《制品》（Artifact）卡牌游戏，很是出了把风头。①

---

① 尽管此游戏在市场上最终被《炉石传说》所压倒。

在《万智牌》的激发与催生作用下，近二十年来较有影响力的奇幻集换式卡牌游戏还包括《五环传说》（Legend of the Five Rings）、《灾祸镇》（Doomtown）、《炎沙传奇》（Legend of the Burning Sands）、《狼人狂怒》（Rage）、《克苏鲁神话》（Mythos）、《魔戒之王集换卡牌》（The Lord of the Kings Trading Card Game）、《影拳》（Shadowfist）、《魔兽世界集换卡牌》（World of Warcraft Trading Card Game）、《战争之主》（Warlord: Saga of the Storm）等等。

和史诗奇幻无限拓展的后遗症类似，集换式卡牌游戏的无限繁殖最终也给幻迷们带来了困扰。随机封装的延伸系列要求玩家无谓地购买许多不需要的卡牌，而商家为压榨剩余价值，更是野心勃勃地在短时间内推出过多的扩展，不仅让玩家疲于奔命，而且最终破坏了游戏平衡。为克服这些问题，多年来厂商们挖空心思，其一是严格执行"退环境"，哪怕会得罪部分老玩家；另一种方式则是从传统集换式卡牌游戏当中进化出成长式卡牌游戏（Living Card Game，简称LCG），该模式下每个卡牌包中的卡牌固定，没有运气成分，这样既保留了传统集换式卡牌游戏的动态构筑和不断进化的乐趣，又避免了引起玩家不满的盲目购买。

成长式卡牌游戏由美国著名桌面游戏厂商FFG公司发明和推广，它旗下著名的LCG游戏有《冰与火之歌：权力的游戏》《阿卡姆》《战锤：入侵》《魔戒之王》等等。[1]

顺带一提，在集换式卡牌游戏之外，集换类游戏的大家族还包括集换式骰子游戏、集换式飞碟游戏、集换式拼图游戏等等，它们都试图模仿《万智牌》的成功，但收效甚微，没有赢得市场的足够认可。

第四节　网络与电脑的奇迹

20世纪70年代末以降，几乎与美国原创奇幻大爆发同时，世界进入

---

[1]　其中有些LCG游戏目前版权已到期。

了第三次工业大革命，个人电脑、网络和电子技术成为时代的标签。在这个时代，奇幻文化不仅由书籍迅速延伸到其他平面载体，也迅速进入了虚拟世界，并因之成倍地增辐了自身影响力。

从叙事的角度上讲，桌面角色扮演游戏（TRPG）直接脱胎于经典奇幻文学作品，电脑角色扮演游戏（CRPG）直接脱胎于桌面角色扮演游戏，再往后，网络角色扮演游戏（MMORPG）又直接脱胎于电脑角色扮演游戏。由小说到游戏再到网络游戏，呈现层层递进的关系。在虚拟世界的奇幻作品中，毫无疑问以角色扮演游戏及策略游戏的影响力最大，这是由其来源决定的。自电子游戏诞生之初欧美便有"老三大"之称的"创世纪"系列、"魔法门"系列和"巫术"系列打出宽敞天地，传到东方又出现了经过日本改造后的"勇者斗恶龙"系列和"最终幻想"系列①。20世纪90年代中后期到21世纪初，随着电脑技术的成熟，奇幻风格的电脑角色扮演游戏走向巅峰，出现了精确运用《龙与地下城》规则创作的"博德之门"系列、"冰风谷"系列和"无冬之夜"系列等，再到后来"上古卷轴"系列、"龙腾世纪"系列和"猎魔人"系列的大红大紫，它们培育和影响了一两代或许看书不多、但狂热地崇拜奇幻文化的粉丝，对奇幻文化的发展居功至伟。

目前（2022），较为出彩的奇幻电子游戏大致包括：

美国BIOWARE公司着力打造的"龙腾世纪"系列，这是正统奇幻角色扮演游戏的代表和"博德之门"系列的精神继承者，拥有史诗般的主线剧情、丰富的分支剧情和极有深度的小队战斗模式，目前已有《龙腾世纪：起源》《龙腾世纪2》《龙腾世纪：审判骑士》以及相关电影、动画、设定集等推出，传闻中的第四代游戏正在开发之中。与之共同承接"博德之门"系列余绪的还有"永恒之柱"系列、《暴君》以及此前提到的"探索者"改编游戏系列等。

美国Bethesda公司的"上古卷轴"系列是奇幻自由探索类游戏的代表，拥有最庞大的开放式世界构架、丰富的环境互动和极高的游戏自由

---

① 两者被称为JRPG，即日式角色扮演的代表。

度，目前已推出《上古卷轴：竞技场》《上古卷轴2：匕首雨》《上古卷轴3：晨风》《上古卷轴4：湮没》《上古卷轴5：天际》和《上古卷轴Online》，此外还有包括卡牌游戏、冒险游戏、移动游戏等在内的诸多衍生品。

美国暴雪公司的"暗黑破坏神"系列是奇幻砍杀类游戏的代表。此类游戏融合了Rogue类游戏变化无穷的特色，加上暴雪公司独创的装备系统，令人极其上瘾。作品包括《暗黑破坏神1》《暗黑破坏神2》《暗黑破坏神3》《暗黑破坏神移动版》[①]以及2023年上市的《暗黑破坏神4》。

美国圣莫妮卡工作室的"战神"系列是奇幻冒险类游戏的代表，"战神"系列作为索尼公司的看家王牌，也是世界上投资最大的一线AAA级电子游戏之一，目前包含希腊神话背景下的六部主要作品和北欧神话背景下的两部主要作品。

比利时拉瑞安公司（Larian）的"神界：原罪"系列是奇幻战棋类游戏的代表，此公司在奇幻游戏中融入大量幽默元素和环境互动元素，最新作品是2023年推出的《博德之门3》。

德国水虎鱼公司（Piranha Bytes）的"哥特"系列、"崛起"系列等是奇幻探索类游戏的代表，以自由探索和逼真的氛围著称，考虑到此公司仅有三十余人的体量，堪称是业界奇迹。

日本FromSoftware公司及其天才制作人宫崎英高推出的"魂类"游戏是奇幻动作类游戏的代表，迄今已有《恶魔之魂》《黑暗之魂1》《黑暗之魂2》《黑暗之魂3》《血源》《只狼》和《艾尔登法环》七部风格相似的佳作，其中《艾尔登法环》由乔治·马丁负责世界构架，乃是目前此类作品的巅峰。

日本卡普空公司的"怪物猎人"系列是奇幻狩猎类游戏的代表，迄今已有七部正传和多部资料片问世。

波兰CD Projekt公司的"猎魔人"（即"巫师"）系列游戏是奇幻小说改编类游戏的代表，具有辨识度极高的主人公、独特的东欧风情和超

---

① 与中国网易公司共同开发。

大的开放性世界（特指《巫师3》），目前已有《巫师1》《巫师2：国王刺客》《巫师3：狂猎》《巫师之昆特牌》等多部作品，后续还在持续开放中。

美国超巨人公司（Supergiant）和日本香草社（Vanillaware）各自拥有超高美术辨识度的奇幻游戏系列。

除上述游戏外，较出色的奇幻游戏还有"最深的地牢"系列（Darkest Dungeon）、《杀戮尖塔》（Slay the Spire）、《战斗兄弟》（Battle Brothers）、"魔岩山传奇"系列（Legend of Grimrock）、"圣杯骑士"系列（Knights of the Chalice）、"旗帜传说"系列（The Banner Saga）、"神域"系列（Dominions）、《龙之信条》（Dragon's Dogma）、《龙隘之王》（King of Dragon Pass）、《六大纪元》（Six Ages）等等。

上述均为单机或以单机为主的电子游戏，而在世纪之交，随着网络技术走向成熟，人类正式进入网络社会。网络拉近了人与人之间的距离，奇幻游戏也由单机跨越到网络，网络奇幻角色扮演游戏中的明星毫无疑问就是《魔兽世界》。

《魔兽世界》由美国暴雪公司周密策划开发，于2003年正式公布，并于2004年年中开放测试，同年11月在欧美地区上线运行。它刚一上市就取得爆炸性成功，在全球范围内很快成为最火热的网游。《魔兽世界》直接沿用了暴雪公司著名的奇幻即时战略游戏"魔兽争霸"系列的世界观和人物设定，但它之所以大红大紫，与当时暴雪公司锐意进取和精益求精的精神密不可分。为打造一款具有统治地位的奇幻游戏，暴雪公司以惯有的精雕细琢的干劲打造"艾泽拉斯大陆"，并在总结同类游戏成功经验的基础上提出了独特的游戏架构，并最终使得此架构成为网络游戏的"工业标准"，成为同行与后来者竞相模仿的对象。

具体来说，《魔兽世界》规范了这样一些（奇幻）网络角色扮演游戏的基本玩法：

1. 完整的、史诗化的世界观，并通过长期积累和不断补充，使得网络游戏的世界充实和生活化起来，故事与游戏版本进展环环相扣、引人入胜；

2. 种族与职业形成网状交叉的合理搭配，将种类繁多但运用简便的技能和法术加入游戏，使得玩家能创作出适合自己个性的人物角色；

3. 鼓励玩家之间的竞争与合作，通过高级副本、战场等机制，使得玩家彼此自然地形成配合（所谓战牧法的"铁三角"），让网络游戏社群生机勃勃；

4. 不厌其烦地完善各种辅助系统，包括特殊活动、声望、邮件、聊天、公会、战队等等，增强代入感并留存玩家，让他们沉溺在游戏的虚拟世界之中。

《魔兽世界》可以说是在中国内地传播西方奇幻文化的排头兵，它将许多欧美人根深蒂固的奇幻概念带入国内，培养了数不清的受众。

《魔兽世界》最先由第九城市网络公司引入中国内地，于2005年3月开始测试，同年6月正式收费运营，甚至早于港台等地五个月。然而树大招风，等到2007年1月《魔兽世界》的第一个资料片《燃烧的远征》问世时，有关部门已对《魔兽世界》的内容和游戏沉迷度引起高度重视，要求其修改大量血腥裸露的场面，导致该资料片直到当年9月才面世，这回不仅反倒晚了港澳台地区五个月，而且成为了全球最晚更新的区域。玩家本以为这已是严重拖延，没料到《魔兽世界》第二个资料片《巫妖王之怒》大大突破了此记录，该资料片于2008年11月在世界范围发售，但直到快两年后的2010年8月31日，中国内地才最终开放《巫妖王之怒》，且到2011年1月才更新完毕，当时《魔兽世界》的第三个资料片《大灾变》已于2010年12月在全球上市了！这中间经历了第九城市网络公司与网易公司关于《魔兽世界》代理权归属的争端，前者最终在2009年关闭了所有服务器，并将代理权拱手让与后者，种种纠葛可算是苦了中国内地的"魔兽"玩家——这个中国最大的西式奇幻团体，他们日思夜想，很多人就此投奔"台服"和其他游戏，对"国服"蜗牛般的更新速度不再抱有幻想。好在2011年网易接手以后，《魔兽世界》乃至暴雪公司的所有游戏与中国玩家迎来了长达十年的"蜜月期"，直到2022年底猝不及防的崩盘……由于续约上的利益分歧,暴雪公司与网易公司彻底决裂,2022年11月17日,网易公告宣布在中国内地运营的《魔兽世界》于2023年1月24日0时终止运营,并在随后发表的公开信中称"暴雪过分的自信中并未考虑这种予取予求、骑驴找马、离婚不离身的行为,将玩家和网易置于了何地"。

俱往矣,不管怎么说,《魔兽世界》作为网络角色扮演游戏的代表,不仅在中国是西方奇幻文化乃至整个奇幻文化的推手,在全球市场上也可谓独领风骚。据统计,2008年极盛时期的《魔兽世界》拥有超过一千一百万活跃玩家,在全球网络游戏市场上占有率达到62%,2010年1月,其月付费用户一举突破一千两百万,创造了吉尼斯世界纪录。可以说,如果《龙与地下城》是桌面角色扮演游戏的王者,《万智牌》是卡牌游戏的君主,那么《魔兽世界》就是网络游戏界当之无愧的排头兵,与前几位的地位不遑多让。

《魔兽世界》在网络世界里取得了如此大的成就,其创造的艾泽拉斯大陆当然也会反馈到其他载体,由是《魔兽世界》有许多改编小说、漫画、桌面角色扮演游戏、桌面版图游戏乃至华纳公司出品的大电影,其中最出色的无过于暴雪公司亲自运营的电子集换式卡牌游戏《炉石传说》。

除《魔兽世界》外,近二十年来在网络游戏市场上,具有较大影响力的奇幻产品还包括"激战"系列、"无尽的任务"系列、《魔戒OnLine》《网络创世纪》《阿瑟龙的召唤》(Asheron's Call)、《卡美洛的黑暗时代》(The Dark Age of Camelot)等等。

长江后浪推前浪,网络角色扮演游戏虽然厉害,但并非游戏进化的终点,随着移动时代的到来,其系统笨重、占用时间多、消耗精力大、刺激点分散的弱点逐渐暴露,玩家们开始呼唤可玩性和对抗性更强的游戏。在21世纪的第二个十年里,一种偏向对战的新式网络游戏异军突起,将网络角色扮演游戏挤下王位,连带促成了电子竞技的大发展,乃至带动了下游直播产业的兴旺——这种游戏就是多人在线战术竞技游戏

（Multiplayer Online Battle Arena，简称MOBA），其中最著名的产品《DOTA2》和《英雄联盟》都是典型的奇幻游戏。

说来MOBA游戏的始祖《DOTA》的诞生还要感谢暴雪公司，暴雪公司的即时战略游戏经典《魔兽争霸3》可创作自定义地图，《DOTA》从中诞生，使用了《魔兽争霸》的模型和贴图，直到2013的《DOTA2》才算彻底独立出来。而暴雪公司由于起初的短视，未能将《DOTA》商业化，乃至让Valve社捡了个落地桃子，后虽奋起直追，开发出《风暴英雄》，但为时已晚。

"DOTA"系列发展成熟后，也变得越来越复杂，对局时间越来越长，由是又出现了在此基础上的改进版MOBA，节奏更快，更注重体验和刺激点，这便是Riot公司的《英雄联盟》。《英雄联盟》最早于2009年推出，2010年获得"年度策略游戏奖"，2011年进入中国，它很快取代《魔兽世界》，成为在线人数和月活玩家最多的游戏，将网络游戏带到一个前所未有的高度。

进入21世纪的第三个十年，《英雄联盟》宣布了雄心勃勃的拓展计划，被腾讯公司全额收购的Riot公司有充足的资本来开发"英雄联盟"IP，如同当初暴雪公司开发"魔兽"的IP一样。Riot将向多个领域同时进军，目前已有衍生玩法"自走棋"游戏《金铲铲之战》、手游版《英雄联盟》、策略卡牌游戏《符文之地传说》、经营游戏《英雄联盟电竞经理》、战棋游戏《破败之王》和动画片《英雄联盟：双城之战》等，未来还将推出平台动作游戏、格斗游戏、网络角色扮演游戏等。

第五节　电纸书时代的到来及对奇幻出版的影响

　　三十年河东，三十年河西，在此前的回顾中，我们已目睹奇幻载体的几次大变革，起初是杂志，后来是书籍，再然后到多元化发展。在第三次大变革中，电纸书的出现无疑具有重要意义，因其与奇幻文化赖以滋生的根基——小说出版——息息相关。

　　电纸书与网上流传的电子书（或网络小说）只有一字之差，但区别很大，前者是一种专业的电子阅读设备，后者是数字化文字内容。关于后者，笔者将在谈"中式奇幻"时深入探究，作为世上唯一建成"自给自足"的网络小说市场的国家，网络小说对传统出版物的影响、是否成为阅读的主要手段在国内外有天壤之别。总体上国外更看重文字阅读的舒适度，版权授权方面也有重重顾虑，而国内的情况正好相反，"量大管饱更新快"才是主流。

　　回到专业的电子阅读器，也就是电纸书上。电纸书是电子书的新式展示平台，此种数码小电器采用电子纸和支持电子墨水的显示屏幕，辐射小、耗电低、不伤眼、携带方便，而且显示效果逼真，与纸质书相似度高。当电纸书进入批量生产和商业化阶段，立刻对传统书籍的产业链形成强烈冲击，此种冲击在20世纪第二个十年的前半段最为猛烈，也在此时，专供电纸书阅读的电子书销售超越了传统的精装书销售。

　　充当时代排头兵的是亚马逊公司的Kindle阅读器、苹果公司的iPad和ePub电子书标准以及加拿大Kobo公司的阅读器。Kindle于2007年问世，早期型号模样质朴、价格不菲，但在亚马逊公司的"饥饿疗法"持续推广下，销售量逐渐攀升，2008年全年已达五十万台。作为全球最大的网络书店，亚马逊力图追求在未来垄断阅读市场的方式，推出Kindle乃是多年策划的结果。为了让人们更好地从传统书刊阅读过渡到电子阅读，Kindle 坚持功能简单和界面单一，与其他时尚数码产品划清界限，它甚至只有黑白两色，且一度没有背景光，因为"对习惯阅读的人来说，这已经足够了"。[1] 亚马逊企图通过这样的终端，把读书看报重新推到流行前沿。2009 年 2 月，Kindle 的新一代产品 Kindle 2 面市，该产品提供免费 3G 网络接入，随时随地可浏览、订阅和购买阅读电子书，将作为终端的 Kindle 与亚马逊书店紧密捆绑在一起，也是从这时开始，亚马逊书店开始大量出现 Kindle 电子书，乃至有的作品不再推出纸质版。那年 Kindle 的总销量达到两百四十万台。进入 2010 年，Kindle 的热度持续上升，该年年中，亚马逊宣布 Kindle 电子书的销量超过了网站的精装本图书销量，这对包括奇幻书在内的小说出版行业是一次大震荡，亚马逊又顺势发布了更灵巧、更易观看、翻页速度更快、续航时间更长的 Kindle 3，并将价格降低到一百八十九美元，结果到年底，Kindle 的年销售量突破了八百万台！

2011 年 1 月，又一里程碑时刻到来，亚马逊表示，继去年年中精装书销售被超越后，亚马逊 Kindle 电子书销量又首次超过该网站的平装书销量，两者的销售比例达到 115∶100！以奇幻小说为例，2011 年 1 月连续三个星期的前五位销售榜显示，入榜的十五本书[2]仅一本为精装书，其余全为 Kindle 电子书。

截至 2022 年，亚马逊 Kindle 已推出到第十一代产品，Kindle Paperwhite 推出到第五代，还推出了精心打造、可供书写的 Kindle Scribe，书店内有数百万种电子图书在线销售，亚马逊公司也借助包括 Kindle 在内的几大创新成为业界龙头，让公司总裁贝索斯跃居世界首富。但与之相对，此前某些激进主义者预言的实体出版精装+大平装+平装本三层结构的彻底崩溃并未出现，所谓的"电纸书革命"并未进行到底。虽然实体书——尤其是精装书——比过去承担了更多的礼物功能，许多读者的阅读倾向已向下载容易、更新和查找便捷的电子书发生转移，但后者目前

---

[1] 亚马逊在 2012 年推出 Kindle Paperwhite 才改变了这点。
[2] 有的书多次上榜。

看来并不能取代前者。电纸书设备的销售巅峰在21世纪第二个十年的前半期，此后智能手机限制了其发展，而电子书的销售额在西方也停留在市场的百分之五十左右，未能进一步蚕食传统出版业的市场。

Kindle只是风起云涌的电纸书产业的佼佼者，如前所述，苹果公司的iPad、中国的汉王等也曾风云一时，尤其是在大规模应用了彩色墨水屏技术之后。传统的图书从业者一度对它们的挑战感到手足无措，尤其是大型书店在最近十来年间纷纷解体、倒闭，从窘迫走向瓦解、崩盘，就连连锁书店之王——水石书店（Waterstone's）——也一度走到了生死关头。更多小型出版社涌现出来，占据了电子书和实体书之间的"灰色地带"，电纸书的出现无形中提高了实体出版的门槛，却相应降低了电子出版的门槛，这样变相有利于各种小型出版企业。部分实体作品的印量变得非常之小，价格也水涨船高，另一些人则完全放弃实体，纯粹只依赖电子书销售，譬如大多数游戏杂志和爱好者杂志。

现在而今眼目下，小说作品的影音延伸开发如火如荼，重磅图书都会制作相应的视频短片，问答采访问题等等，尤其是制作有声书，作者的电子版权授权因之成为头等大事，变成出版合同中最重要的部分之一。

当然，无论世界怎么变化，对幻迷而言，最要紧的还是作品传达的奇幻精神！这才是我们最看重的价值观。

第九章　盗梦空间：百花齐放的21世纪

借助各种载体，奇幻文学在深度和广度上不断拓展，呈现一派百花齐放、竞相追逐的景象。都市奇幻、青少年奇幻在世纪之交迎头赶上，新怪谈文学更赢得了文学声誉和主流文坛的认可。本章我们将对此作一简述。

第一节　都市奇幻与"超种族爱情"小说

在奇幻文学市场里，除了主流的史诗奇幻，卖得最多、影响力最大的无过于都市奇幻。都市奇幻是被地点定义的奇幻小说，一般而言设定在当代，包含超自然成分，也有些作品设定在古代或近代，[1]它们有一个共同点——必须发生在城市里。

此类小说以流派规模兴起是20世纪80年代末至90年代初的事，以艾玛·布尔（Emma Bull）出版于1987年、设定在明尼波利斯市的《橡树之战》（*War for the Oaks*）为标志。都市奇幻类小说中的超自然成分可以是外星来客，可以是古代的神灵或神话种族，但被演绎得最多的毫无疑问是能易形为人的非人生物，描绘他们如何与人类在都市环境中共同生存繁衍，以及彼此之间的爱恨纠葛。此种创作很快辐射蔓延到影视界，诞生了诸如"刀锋战士"系列、"真爱如血"系列、"暮光之城"系列等有

---

[1]　如维多利亚时代的伦敦、早期美国的新英格兰等等。

影响力的影视作品。

总体来看，都市奇幻与"新史诗奇幻"的发展几乎平行，它轻松易读，贴近生活，能满足现代人的多种欲望，当然也有一些明显的缺陷，如有的作品以色情内容诱惑读者，人物往往过于简单、扁平。[①]在奇幻文学市场上，畅销榜单中的都市奇幻甚至已超过史诗奇幻，声势浩大，但整体水平相对也更加参差不齐。

都市奇幻中最大的分支是"超种族爱情"流派（paranormal romance），此分支以人与非人种族的夸张爱情为主线，借此释放现代都市人群难以释放的激情。此流派的写作对象既包括最常见的人类与吸血鬼的爱情，也有人类与狼人、人类与鬼魂幽灵、人类与其他超自然生物/异世界物种的情愫。"超种族爱情"这个流派尤其迎合女性，因此流派作家也多为女性，很大程度上甚至可以说是女性找刺激的流派。想想看，某个英俊的男人已活了六百年之久，体验过各种荣华富贵，可突然间，他遇见了你这个或许不是最美丽、但对他具有特殊意义的女人，由于爱情火焰的燃烧，他企图在生命中寻找新的意义，一段"霸道总裁爱上我"的故事就这样诞生了。这种屡试不爽的套路应该说是一部分现代都市女性自然的消遣与幻想，而她们的消费力是超强的。据统计，2004年，"超种族爱情流派"在美国出版的新书达到顶峰，一年有一百七十种之多！而其中的佼佼者，如克里斯蒂安·芬汉恩（Christine Feehan）等人的书，每本销量都能突破五十万册！

当然，代表都市奇幻最高水平的还是一些经典作家：尼尔·盖曼、安妮·赖斯、乔纳森·卡罗尔等。曾身为科幻世界杂志社荣誉主编的英国作家尼尔·盖曼（Neil Gaiman, 1960— ）是中国读者最熟悉的几位国外名家之一，主要作品均被翻译进国内，包括《美国众神》《北欧众神》《乌有乡》《鬼妈妈》《蜘蛛男孩》《烟与镜》《易碎品》《好兆头》《星尘》《坟场之书》《穿梭异界》《高能预警》《天堂谋杀案》《遗忘之海》《M代表魔法》等等。盖曼生于英国汉普郡，二十岁开始从事文学创作，起初

[①] 冲动热情的女子、外恶心善的俊男等等。

历经艰苦，但七年后以"睡魔"系列漫画走红。该系列以掌管世人梦境的摩尔甫斯神为主角，引出一个个引人入胜的小故事。漫画走红后，盖曼又顺利踏上小说和剧本的创作道路，直至被《文学传记辞典》列为十大后现代作家之一。盖曼的文字功底算不上特别突出，但想象力异常丰富，简直就是一个点子的活宝库。在小说之外，他还是优秀的影视编剧乃至出色的记者、词人和导演，他不仅创作了漫画"睡魔"系列（Sandman），还担任过电影《星尘》《贝奥武夫》以及电视剧《好兆头》等的主力编剧，甚至与中国导演张纪中合作过奇幻电影《美猴王》。

《美国众神》是盖曼的都市奇幻代表作，该小说设想历史上无数殖民者来到美国，他们所信仰的神灵也因之定居在了这里，而目前现代人崇拜的新神正在挤压旧神的生存空间，旧神们决定起来一搏。这部小说把美国土地上的各种传奇、美国的发展经历和公路小说的形式结合起来，写出了不同价值观之间的冲突，被戏称为"神话黑暗都市奇幻哥特恐怖浪漫幽默公路小说"的跨类型之作，文学价值极高，几乎获得了出版当年（2002）的所有幻想文学奖项。

美国作家安妮·赖斯（Anne Rice, 1941—2021）出生在美国新奥尔良，成名前做过多种工作，包括招待、厨师、引座员等等，经历十分丰富，后来成为吸血鬼和超种族恋爱小说的代表作家，以长达十九卷的"吸血鬼编年史"系列（The Vampire Chronicles）及相关作品名动江湖，累积销售突破一亿册，几乎定义了这一类型。在这些小说中，安妮·赖斯以18世纪末的新奥尔良为叙事原点，纵横上下几千年，从古埃及王朝的酷丽全景，到罗马帝国的狂欢飨宴，再到中世纪的阴沉动荡和法国大革命的秩序混乱，一直写到现代美国，充分展现出超自然国度的奢靡、绝望与狂欢。赖斯笔下的吸血鬼都是一些"失落的灵魂"，是一些与社会格格不入的个体，他们渴望美好生活，却只能永远在群体之外游荡，他们纵然力量强大，却难免孤独一生，犹如行尸走肉。实际上，赖斯虽在写吸血鬼，反映的却是人类自身的困惑以及人与社会的矛盾，此种对现代社会的灵性反思是其小说独步天下的根本原因。写成于1973年、出版于

1976年的《夜访吸血鬼》是赖斯的第一部吸血鬼小说,也是最著名的一部,[①] 书中前所未有地展现了迷人的吸血鬼世界,不仅吸引了大批读者,亦成为后来的作家争相模仿的对象。此书讲述年轻的法裔美国青年路易在自责和绝望中唯求一死,不料却被老吸血鬼莱斯特转变为吸血鬼,但吸血鬼的杀戮人生无法掩盖他的人性,他最终只能孤独地生存下去。此书不但是奇幻名著,也是20世纪70年代美国文坛的代表作之一,影响颇为深远,而"吸血鬼编年史"系列的其他十几本作品均是其续作,有中译本的包括《吸血鬼莱斯特》《吸血鬼女王》《肉体窃贼》《血颂》《布莱克伍德庄园》等,全系列除小说作品外,还被改编为电影、电视剧、漫画、舞台剧和音乐。

鲜为人知的是,赖斯曾在21世纪初宣布封笔,此后"只为基督写作",2010年却又宣布信仰破灭,"不再当基督徒了",重新投入创作,直至不幸逝世。

美国作家乔纳森·卡罗尔(Jonathan Carroll, 1949—)生于美国纽约一个电影世家,小时候是个问题青年,1980年依靠《欢笑幻境》一举成名,此后三十年间一直在都市奇幻领域耕耘。卡罗尔总是选取现代生活中最常见的场景加以想象,但不延伸得太过离奇,只通过不厌其烦的细节描写来增添小说的奇幻色彩。他以精巧的设计和文笔感动读者,所谓"打开一扇窗",让人用别样的方式去观察世界,就此有评论家甚至评论说:"如果卡罗尔取个由三部分名字组成的拉美作家式的笔名,他的小说一定会被定义为'魔幻现实主义小说'。"《欢笑幻境》讲述了一位年轻人梦想为儿时崇拜的儿童文学作家写传记,他找到作家的女儿,两人一同前往作家居住的小镇,紧接着怪事接连发生,他发现此小镇竟是作家的创造物,而他已然无法脱身……作为都市奇幻的早期名著,《欢笑幻境》被选入"奇幻大师杰作丛书",卡罗尔的其他小说也基本走这个路子,迄今(2022)已出版十七本长篇小说和许多短中篇小说。

21世纪以来的都市奇幻名家里,首推美国作家劳拉·汉密尔顿

---

① 同名电影由著名影星布拉德·皮特和汤姆·克鲁斯主演,也大获成功。

（Laurell K. Hamilton, 1963— ）的"艾妮塔·布雷克"系列（*Anita Blake*），此系列最初于20世纪90年代初推出，设定在超自然生物横行的圣路易斯市，主人公艾妮塔·布雷克是个吸血鬼猎人，专门猎杀伤害人类的吸血鬼，并调查超自然案件，后来她在查案过程中爱上了狼人理查德。由于广受推崇，"艾妮塔·布雷克"系列成为了都市奇幻中最长的系列小说之一，截至2022年已有二十九部长篇和多个中短篇，此外还有漫画系列；美国作家帕翠西亚·布里吉斯（Patricia Briggs, 1965— ）写出了两个笔法成熟、广受欢迎的都市奇幻系列："阿尔法和欧米茄"系列（*Alpha and Omega*）和"美茜·汤姆森"系列（*Mercy Thompson*），两个系列均是关于狼人和其他动物易形者，设定在同一世界观下，截至2022年，前者有六部长篇，后者长达十三部！"美茜·汤姆森"系列的主人公美茜是一介机械修理工，但她由狼人抚养长大，与超自然生物们存在千丝万缕的联系，与之相对在"阿尔法和欧米茄"系列里，主人公安娜不幸成为狼人的一员，在底层生活多年之后，发现自己竟是狼人中最罕见的欧米茄狼人，而她必须肩负起保护狼人族群的责任；克里斯蒂安·芬汉恩（Christine Feehan，生年不详）是十五次杀到纽约时报畅销书排行榜第一的作家，她的"黑暗"系列截至2022年已出三十六部长篇，芬汉恩在该系列里设想出一个拥有诸多异能的远古种族，他们可以异形，可以延长寿命，但"卖艺不卖身"……啊不，是吸血但不杀人。但这个"善良"的种族已有五百年没有女性诞生了，所以男性也逐渐失去了感情，成为冷血动物，每当进行杀戮时，便堕落为吸血鬼。这个系列对吸血鬼的诞生给出了全新解释，讲述了当代存活的少量异族挣扎求生的历程；加拿大作家塔尼亚·霍夫（Tanya Huff, 1957— ）的"血族"系列（*Blood Series*，包括五本长篇和一本短篇）讲述了女侦探、男警察和身为历史浪漫小说家的吸血鬼[1]之间的欢喜纠葛和感情关系，而在"守护者编年史"三部曲（*Keeper's Chronicles*）中，主人公是个女性守护者，经营着一家地下室直通地狱的旅馆，怀有保护人类的重责大任，爱人却是个凡人，她还

---

[1] 此人还是英王亨利八世的私生子。

有一只会说话的大猫；美国作家金·哈里森（Kim Harrison, 1966— ）的"蕾切尔·莫根"系列（*Rachel Morgan*）设定在一个异世界里，瘟疫造成番茄变种，杀死了地球上大部分人类，而超自然生物，包括吸血鬼、狼人和女巫等纷纷浮出水面。该系列讲述一名女巫、一只小妖精和一个吸血鬼组成的团队冒险，描写他们如何躲避追杀，竭力求存，其文笔渐入佳境，影响力不断飙升，到2022年已写到第十六部；美国作家P. C. 卡斯特（P. C. Cast, 1960— ）和她的女儿克里斯丁·卡斯特（Kristin Cast）合著的"夜之屋"系列（*House of Night*）讲述一位刚成为吸血鬼幼体的十六岁女孩在夜之屋寄宿学校的生活，她和她的同伴在那里要学习如何成为吸血鬼，并掌握吸血鬼社会的规范。此系列到2022年已推出十六部长篇小说、三本辅助书和多个中篇，曾创下在纽约时报畅销书排行榜上高挂六十三星期的成绩，并被翻译为几十种语言，总计销量近两千万册。

英国人布赖恩·拉姆利（Brian Lumley, 1937— ）是一位特别畅销的吸血鬼小说作家和"克苏鲁神话"作家，推出过近四十部长篇小说和一百多个中短篇小说，他主要从"克苏鲁神话"中汲取灵感，故事则多选取冷战背景，情节十分紧张刺激，多个长篇有中译本；美国作家凯利·格雷（Kelly Gay，生年不详）的"查莉·莫狄根"系列（*Charlie Madigan*）共有五本，以单身母亲、警察查莉·莫狄根为主角，书写未来地球发现了通向其他位面的通道以及随后发生的惊险故事；美国作家凯特·理查森（Kat Richardson, 1964— ）的"灰行者"系列（*Greywalker*），到2014年出到第九本，写一位西雅图的女侦探死而复生获得了辨别超自然生物的能力，从此成为"灰行者"；美国作家蕾切尔·凯恩（Rachel Caine, 1962—2020，真名罗西妮·郎斯垂·康拉德，Roxanne Longstreet Conrad），写了操控气候的"气象魔法使"系列（*Weather Warden*），总计长达十部。

美国作家雯·斯宾塞（Wen Spencer, 1963— ）曾荣获2003年的"约翰·坎贝尔纪念奖"，她的"乌卡·奥勒冈"系列（*Ukiah Oregon*）共四本，写被狼养大的异星后代在地球上的冒险——与此套路相仿，还有曾被改编为电影大片的《关键第四号》,讲述逃到地球的九个外星人以及前来追杀他们的异星敌人的故事,该书作者美国作家皮特库斯·劳尔(Pittacus Lore)系詹姆斯·弗雷与乔比·休斯的合用笔名,全系列共有六本。

综上所述,都市奇幻流派多为女性作家把持,但男性也非全然缺席。俄罗斯的"守夜人"系列曾被改编为多部大片,号召力很大,小说原著由俄罗斯著名作家谢尔盖·卢基扬年科(Sergey Lukianenko, 1968—)所著,共分六本,讲述在莫斯科一群混迹于普通人之中、在人类世界与黄昏界之间战斗的他者,书中模糊了光明与黑暗的定义,刻画了一个光怪陆离的东欧社会;美国作家S. A. 斯万(S. A. Swann, 1966—)的"狼人"系列把时间线拉回到中世纪;此外,此前介绍的"新史诗奇幻"名家丹尼尔·亚伯拉罕也以M. L. N. 汉诺威(M. L. N. Hanover)的笔名写了有一定号召力的"黑日之女"四部曲(The Black Sun's Daughter)。

浪漫情节是上述小说的一部分,但未到泛滥成灾,真正"滥情"、以致跨越了"情色"界限的作品还是要到"超种族爱情"小说中去寻找,一马当先的是美国作家斯蒂芬妮·摩根·梅尔(Stephanie Morgan Meyer, 1973—)的"暮光之城"系列和美国作家莎莲·哈里斯(Charlaine Harris, 1951—)的"南方吸血鬼"系列。前者被改编为系列电影,后者被HBO搬上大银幕,改编为电视剧《真爱如血》,两者都曾广受关注。"南方吸血鬼"系列之前已是畅销书,改编为电视剧后销量居然又膨胀了二十倍!而电影对"暮光之城"系列也有同样巨大的推动作用。这两个系列在写作上几乎是异曲同工,"暮光之城"系列讲述女主人公贝拉厌倦了都市生活,搬到小镇福克斯,却爱上迷人的吸血鬼爱德华,故事里融合了吸血鬼传说、校园生活和喜剧冒险;"南方吸血鬼"系列讲述了美国南方小镇上一位拥有读心术的酒吧女侍苏淇爱上来到小镇的冷酷吸血鬼比尔的故事,背景是美国南方的小镇风情。前者一共写了四本长篇,外加一个中篇和设定图集,虽然不算长,但销量极其惊人,2008年至2009年短短两年间竟然售出了五千多万册!后者的篇幅要长得多,共有十余部长篇。2005年至2009年间，莎莲·哈里斯又转战新的"坟墓"系列（*Grave Series*），故事里的主人公走到他人坟前就能知道其死因，于是她和她的养兄出发四处解决神秘事件，此系列被认为文笔比"南方吸血鬼"系列更好。

美国作家卡蕾尔·沃根（Carrie Vaughn, 1973— ）是一位相当具有娱乐性的作家，也以超种族爱情故事见长，情色成分较少，她的狼人系列"凯特·诺维尔"（*Kitty Norville*）共有十四部长篇和近二十个中篇，但她最好的作品却是单本小说《不和的苹果》（*Discords Apple*），讲述一个从特洛伊逃出来的人穿越到现代，很受女性欢迎；美国作家奥德丽·尼芬格（Audrey Niffenegger, 1963— ）依靠《时间旅行者的妻子》一炮走红，此书并非狼人吸血鬼小说，而是讲述一位患有慢性时间错位症的图书馆员和他的艺术家妻子的爱情故事，创造了奇迹般的销售业绩；美国作家玛丽简丝·戴维森（Maryjanice Davidson, 1969— ）的"不死族"系列（*Undead*）共有十六部长篇和多个短篇，讲述大龄女青年被卡车撞死后苏醒过来，吸血鬼社群竟宣布她为他们的女王，但单身的她关心的只是自己还有新鞋没买；加拿大作家米雪尔·罗宛（Michelle Rowen, 1971— ）的"通向永恒之咬痕"系列（*Immortality Bites*）包含五部长篇小说，乃是最典型的超种族爱情故事，讲述女主角遇到一位六百岁高龄的性感吸血鬼，吸血鬼答应让女人进入他的世界，女人则必须向吸血鬼证明其生活是有意义的——这个女人很快就成了吸血鬼猎人新的围剿对象；爱诺拉·安德鲁斯（Ilona Andrews）实际上是一对夫妻档——爱诺拉·戈登和安德鲁·戈登合用的笔名，他俩合著的"凯特·丹尼尔斯"系列（*Kate Daniels*）共有十部长篇小说和多个中短篇，故事发生在亚特兰大，亦以吸血鬼、各种动物易形人和巫术为卖点，对话描写十分精彩，其中的爱情故事经过长期合理的发展，而非单调的情色暴露；美国作家詹妮佛·罗德林（Jennifer Rardin, 1965—2010）的"贾兹·帕克斯"系列（*Jaz Parks*）讲述CIA探员和她的吸血鬼上司一起面对威胁国家的超自然威胁，共有八部长篇和三个中篇；美国作家简妮尔·费雷斯特（Jeaniene Frost, 1974— ）的"暗夜女猎人"系列（*Night Huntress*）讲述女半吸血鬼和男吸血鬼猎人成为一对恋人，一起对抗邪恶势力；美国作家亚茜米·格伦霍恩（Yasmine Galenorn，生年不详）的"中国茶店"系列（*Chintz'n China*）共有六本，讲述一位女巫开了一家中国茶店，进口的东西引发了许多巫术问题，但到最后她也借此找到了真爱；美国作家安妮塔·布莱尔（Annette Blair，生年不详）写了多个系列的女巫魔法奇幻，尤以"魔法女装店"系列（*Vintage Magic Mystery*）的六本书为最佳，该系列讲述女人与魔法裙结合后就能看见鬼魂以及由之引发的故事。她的文字比较"轻"，但情色成分较多；美国作家马德琳·阿尔特（Madelyn Alt，生年不详）的"成为女巫"系列（*Bewitching Mystery*）共有八本，讲述一位小女孩到女巫的店铺里工作，逐渐也学会了巫术，并经历了各种神秘和浪漫事件；加拿大作家凯莉·阿姆斯特朗（Kelley Armstrong, 1968— ）的"异界女人"系列（*The Women of the Otherworld*）到2022年已出十三部长篇和若干中篇，该系列也设定在超自然生物泛滥的北美，讲述狼人与女巫的故事；美国作家爱琳·维尔克斯（Eileen Wilks, 1952— ）是一位狼人奇幻情色作家，1996年以获奖作家的身份强势杀入奇幻文坛，她的"月孩"系列（*Moon Children*）[1]是狼人与魔法交织的现代都市奇幻，总计有十四部长篇，维尔克斯的网站上还发表有若干相关的中篇。

美国作家凯伦·梅尔·莫林（Karen Marie Moning, 1964— ）是21世纪以来一颗冉冉升起的超新星，她的"狂热"系列（*Fever*）是极为动人的吸血鬼浪漫故事，自2006年问世以来，几乎每本书都冲上《纽约时报》畅销书榜单的前五名，一度垄断了罗曼文学方面的大奖。除她以外，美国作家茜妮恩·麦克古雷（Seanan McGuire）、美国作家莉莉丝·桑特克罗（Lilith Saintcrow），[2]美国作家萨拉·艾迪丝·阿伦（Sarah Addison Allen）、英国作家玛蕊·菲利普斯（Marie Phillips）等也是21世纪以来的都

---

[1] 又名"狼人世界"系列（*World of the Lupi*）。
[2] 又名安娜·贝根（Anna Beguin），S.C.埃梅特（S.C. Emmett）。

市奇幻新星。

第二节 如果有一天——历史奇幻

谈及"新史诗奇幻"时，笔者提到了加拿大作家盖伊·加夫里尔·凯的"仿历史奇幻小说"，即将历史时空中的场景和故事提取出来，更换名字，加以奇幻化改编后，成为小说的主体情节——那可不可以不这么"遮遮掩掩"，可不可以直接运用真实的历史背景，把历史呈现在奇幻小说当中呢？这样的小说就是历史奇幻。

目前，历史奇幻小说主要走两条路，一条叫"秘史奇幻"，另一条是"改变历史"或"另类历史"。前者是重新解释历史上某些关键点或关键人物，历史仍旧按照现实发生的那样发生，但在历史的表面之下或帷幕之后有更多的超自然因子作祟——我们熟悉的穿越小说多属于这一类；后者则往往设定历史在某个地方出了岔子，然后走向一条完全不同的道路，发展出一个合情合理、但与我们的现实大相径庭的时空（近似多元宇宙），又或者设定出一个背景近似现实时空，但人物、种族等完全迥异的世界。值得一提的是，不少历史奇幻小说与科幻小说界限不清。

"秘史奇幻"的第一号人物是美国人提姆·鲍尔斯（Tim Powers，1952— ）。鲍尔斯生于美国纽约，成长于加州，是科幻名家菲利普·K.迪克的密友，[①] 20世纪70年代后期开始投身文学创作。鲍尔斯起先写了两本不太成功的科幻冒险小说，后于1979年出版第一部秘史小说《黑云压城饮琼浆》，以1529年土耳其苏莱曼苏丹围攻维也纳为故事背景，但让他轰动文坛的是1983年的第二部秘史小说《阿努比斯之门》，此书按今天的话来讲就是穿越小说，又仿佛电影《木乃伊》的情节再现。它描写文学教授布兰登·道尔受雇于一位罹患癌症的亿万富翁，为满足其愿望，穿越回到1810年的伦敦去倾听浪漫主义时期的诗人柯勒律治演讲，却不料遭

[①] 迪克的名著《仿生人会梦见电子羊吗？》便是献给鲍尔斯夫妇的。

吉普赛人绑架而留在过去，随后又被各路人马追杀。此时，梦想恢复古埃及荣光的不死术士正企图召唤神明，伦敦的狼人、由怪小丑领军的地下犯罪组织也纷纷现身，道尔教授陷入了一首光怪陆离的历史狂想曲之中……该小说荣获1983年的"菲利普·K.迪克奖"，真正奠定了鲍尔斯秘史奇幻的宗师地位，其写作风格得到了充分展现，即选择历史书上没有提及的"死角地带"，巧妙地加入设想的新奇元素，营造出意料之外和情理之中的惊喜，乃至让读者有豁然开朗、拍案叫绝之感。在创作过程中，鲍尔斯力求每个细节都翔实可信，每条线索都经过严谨考证，从吸血鬼、亚瑟王到巫毒教、希腊神话、西藏历险……务使各元素合情合理地出现在书中，证据确凿到叫人不信也难。这是鲍尔斯独步文坛的利器，他为此阅览了无数专著，下了同行所不能及的苦功，以至于抱怨没有时间来看幻想书籍，跟不上时代步伐了。

鲍尔斯的下一部小说是设定在未来世界的吸血鬼故事《魔宫晚餐》，此书又获得1985年的"菲利普·K.迪克奖"。他的再下一部秘史奇幻作品则是1987年的《惊涛怪浪》（*On Strange Tides*），设定在18世纪的加勒比海，加上巫术、僵尸等作料，讲述年轻的木偶戏流浪艺人约翰在丧父后偶然得知自己有个远在加勒比的叔叔，私吞了本属于他父亲的遗产，于是约翰远渡重洋想找叔叔讨还公道，不料却撞上大海盗"黑胡子"……著名电影《加勒比海盗》深受此书启发，2011年5月20日上映的《加勒比海盗4》甚至直接买下此书作为电影剧本，也可算是"叶落归根"了。

1989年，鲍尔斯推出了《女妖的凝视》（*The Stress of Her Regard*），以19世纪的英国和水城威尼斯为背景，书写雪莱、拜伦等浪漫主义诗人和吸血鬼的故事；1992年至1997年，鲍尔斯推出"错误系谱"系列（*Fault Lines Series*），包括《牌局尽头》《保存期限》和《地震天气》三本，这三本书舞台在现代加州，大胆设想美国由渔王统治，每隔十年会在赌城拉斯维加斯决出新王，全美的大小神灵将纷纷现身。该系列共获得两次"轨迹奖"和一次"世界奇幻奖"，并进入"星云奖"决选；2001年的《宣言行动》（*Declare*）看似冷战间谍小说，却又把诺亚方舟的真相和阿拉伯的劳伦斯之死联系在一起,该书获得2001年的"世界奇幻奖";2006年的《三日而亡》是一篇涉及卓别林和爱因斯坦的时间旅行小说,讲述在三天之内围绕时间旅行机器的争夺,此书也被翻译引进到国内。最近十年间,鲍尔斯还有《藏于墓场》(Hide Me Among the Graves)、《美杜莎之网》(Medusa's Web)等多部佳作。

秘史奇幻流派的其他作家还包括鲍尔斯的密友、美国作家詹姆斯·布雷洛克(James Blaylock)。天才作家丹·西蒙斯也写过许多优秀的秘史小说,譬如近年来引进国内的、以北极航海为背景的《极地恶灵》。

"改变历史"(另类历史)小说流派的幻想空间更大、限制更少,因此投身的作家也更多。这类作品除了奇幻作品,还包含很多科幻小说,奇幻与科幻之间的界限并不分明,往往是以小说有没有魔法元素来加以区分。另外,西方作家熟悉的历史往往和中国人熟悉的历史不搭界,他们选取的背景多为北美殖民时代、南北战争、英国中世纪的国王争端、维多利亚时代的风情等等,个中韵味我们中国人难以体会。所以此类小说固然气势汹汹,但引进的甚少,远不及设定在"第二世界"的传统奇幻。

改变历史小说流派公认的世界级宗师是美国作家哈利·图多夫(Harry Turtledove, 1949—),从拜占庭帝国到二战,他什么历史都写,几乎所有作品都是改变历史类,类型从科幻、奇幻乃至主流小说都有。图多夫生于美国洛杉矶,攻读历史专业,1977年获得拜占庭历史博士学位,旋即投身文学创作,1979年开始出版小说,到1991年成为职业作家,截至目前单独写作或合著的长篇小说已近一百一十本,平均年出产量一度接近三部长篇,堪称当代的又一超快写手!在图多夫的诸多改变历史著作中,奇幻方面的有如下一些:"维多萨帝国"系列(Videssos)共计十二本,以奇幻化的拜占庭帝国为背景;"黑暗"系列(The Darkness Series)共六本,讲述奇幻化的第二次世界大战;《两河之间》(Between the Rivers)讲述美索不达米亚平原的远古故事;《法术污染物》(The Case of the Toxic Spell Dump)讲述在变异的现代社会里,侦探和造成污染的工业巫术作斗争；《我是国王》（Every Inch a King）虚构的巴尔干战争时期一位只在位五天的阿尔巴尼亚国王的喜剧故事。

美国幻想文学名家奥森·斯科特·卡德（Orson Scott Card, 1951—2022）的"创造者阿尔文"系列（The Tales of Alvin Maker）以19世纪前期美国的大开拓为背景，把北美的土著传说和神话故事融会贯通。在卡德的设定里，每个美国人都具有一些特殊的超能力，每个种族如白人、黑人等拥有的能力还不一样。阿尔文身为第七子的第七子，其能力尤其强大（所以他外号"创造者"）——这种能力为他带来了厄运，一方面他不知该怎么好好运用，另一方面别人想置他于死地。阿尔文在冒险过程中经历了许多真实的历史事件，并改变了其中许多事件，塑造了一个新的北美大陆。该系列出版了六部长篇小说、三个短篇小说和漫画系列，计划中的第七部长篇未能完成。

英国作家苏珊娜·克拉克（Susanna Clark, 1959— ）著有《大魔法师》及其相关的多部短篇小说，该系列花费了克拉克十多年心血，她广泛收集英伦各地的传奇故事，虚构出古老的魔法仍然存在于英格兰大地的种种事迹。在拿破仑战争的战火硝烟中，权威派魔法师诺莱尔和天才魔法师斯特兰奇本是一对师徒，但他们在追求魔法复兴大业、携手对抗外敌的过程中，经历了一系列的恩恩怨怨和曲折斗争，终于捐弃前嫌，走到一起，保佑了英国国运。克拉克生于英国诺丁汉，从事过教师和图书编辑工作，《大魔法师》于2004年出版，不仅获得当年《时代周刊》的"年度最佳小说奖"以及2005年的"雨果奖""世界奇幻奖""轨迹奖"和"创神奖"，还获得了"英国图书奖最佳新人奖"。此书在销售上也大放异彩，两度被译介引进国内，同样获得不菲赞誉。2020年，克拉克又出版了迭获大奖的新小说《皮拉内西》，事实上，她追求精益求精，总计也只写了这两部长篇小说和若干中短篇小说。

美国作家托马斯·哈南（Thomas Harlan, 1964— ）的"帝国的誓言"四部曲以史诗般的战争场面（乃至随书附有许多虚构的、仿罗马史式的战役地图）和强大宏伟的魔法著称，分为《亚拉腊山的阴影》《火神之门》《天堂风暴》和《黑暗魔君》。该系列虚构公元六百年时，罗马并未沦陷，西罗马帝国援助东罗马帝国对抗威胁君士坦丁堡的波斯帝国。在三个帝国的混战中，阿拉伯的穆罕默德兴起并统一了沙漠部落，黑魔法师也借助这场战争以求达到自己统治天下的目的……这套小说充斥了各种战斗，也难怪，因为作者托马斯·哈南同时是战棋游戏设计师。他生于美国亚利桑那州，与前面介绍的苏珊娜·克拉克相似，其文学作品产量并不算高，总计也就六七部而已。

美国作家约翰·M.福特（John M. Ford, 1957—2006）著有《巨龙等待》（*The Dragon Waiting*）。这部小说设定在爱德华四世时期的英国，在那个改变的时空里，由吸血鬼元帅统御的拜占庭军队大举进攻意大利名城佛罗伦萨，而拜占庭帝国流浪的继承人、一位女哲学家和一位威尔士巫师不仅必须携手面对这一威胁，还要努力扶持理查德三世登上英国王位。该小说荣获了1984年的"世界奇幻长篇小说奖"，并入选"奇幻大师杰作丛书"。

英国作家玛丽·简特（Marry Gentle, 1956— ）的"亚茜：秘史之书"系列（*Ash: A Secret History*）原本共四本，目前也合为一部出版。亚茜是书中的女主角，一位女战士，生活在15世纪中叶的勃艮弟公国，后独立领导了一支强大的佣兵团。在书中，非洲人的邪恶魔法将公元前的迦太基军团带到了西欧，勃艮弟公国和亚茜成为拯救世界的希望所在，该系列与上述的"帝国的誓言"系列同样以战争场面著称。简特从二十多岁起就开始出版长篇小说，她的其他小说也多走秘史奇幻的路子，只是都没有"亚茜：秘史之书"系列出名。

美国作家格雷格·基斯（Gregory Keyes, 1963— ）的"非理性时代"四部曲把时间拉回到启蒙时代，重新解释历史，以牛顿、富兰克林、伏尔泰等真实的历史人物为主角，想象了一个科学与魔法交融的世界。由于作者知识量丰富，读者读来有惊艳而不惊诧之感。遗憾的是，该系列在我国台湾地区有全译本，引进内地时只出了前两本，后两本的出版计划因前两本销售情况不佳而被取消。

英国作家伊恩·麦克伦德（Ian MacLeod, 1956— ）的《光明时代》(The Light Ages) 讲述英国发现了一种魔法物质，工业时代为之改变。有钱人经营公司像贵族一般生活，没钱的人只能"挖矿"为生。主人公爱上一位因"挖矿"（过多地与魔法物质接触）而变异的女孩，他将要着手改变这个不公平的社会。

除上述作家之外，改变历史奇幻方面的优秀作家还包括美国作家罗兰德·安东尼·克洛斯（Ronald Anthony Cross）、美国作家阿拉姆·大卫森（Avram Davidson）等等。加拿大奇幻大师西恩·罗素的《月潮与魔法》(Rise of Moontide and Magic) 重新解构了维多利亚和达尔文时代，也是改变历史流派的精品。

第三节　走下神坛的斗士——新英雄奇幻

无论新旧史诗奇幻，这些托尔金徒子徒孙们的作品，都有一个让人又爱又恨的突出特质——书中设定的"第二世界"十分庞杂，故事长之又长，需要读者理解融会的东西比较多。虽然最终进入那些奇幻世界的朋友会觉得天地开阔、精彩纷呈，但对门外汉而言，门槛着实有些高。

于是从20世纪80年代开始，市面上出现了一批放下身段的奇幻作家，他们重新从罗伯特·霍华德、林·卡特等人的英雄奇幻中汲取养料，书写短小精悍的作品，仅仅描写单个主人公的游历冒险，但又在书中加入更多人性变化，争取把老旧的科南式冒险变得更为现代、更合乎当代人民群众的口味。相对于大部头史诗奇幻，这些书矛盾更激烈、高潮来得更早、人物成长更快，读者能够轻易见识到拯救世界的大英雄和天地善恶的大决战，却不用花费太多时间和精力——这一个子系，就是"新英雄奇幻"。

"新英雄奇幻"的领头人是英国作家大卫·盖梅尔（David Gemmell, 1948—2006），他的小说把此流派的特质表达得最为明显：没有错综复杂的人物关系，也不刻意描写背景历史，故事貌似只是老掉牙的英雄传奇，着眼点全在于写活中心人物，写出人们儿时听奶奶讲故事时被感动过的英雄情怀。盖梅尔的笔力在于他能把英雄传奇中打动人心的要素准确抽离出来满足读者，由于其行文清爽简洁，情感澎湃汹涌，可以毫不夸张地说，盖梅尔的小说一度是笔者在所有英文小说中读得最爽、最快、最过瘾的！

盖梅尔生于英国伦敦，从小无父，由母亲独立养大，也因此受尽欺负。不堪忍受欺凌的他躲进书堆中，逐渐养成了阅读的习惯。六岁那年，母亲改嫁给一位二战功勋老兵，老兵教导小盖梅尔拳击之道，要他勇于以牙还牙、证明自己。因此继父不仅成为盖梅尔童年的避风港，更成为他日后小说中的英雄原型。

虽有继父关心，但成长之路并不平坦，盖梅尔十六岁时因组织赌博协会而被学校开除，甚至被精神病医生鉴定为精神有问题。失学后，盖梅尔白天当搬运苦力，晚上则在夜总会做保镖，努力挣取生活费。此时的他已成长为身高一米九三、体重二百三十磅、面相凶神恶煞的壮汉，没有谁的外表比他更不像作家的了——当他去应聘地方报纸的记者职位时，所有人也都这么想。在一百位应聘者中，只有他对新闻写作一窍不通，且竟敢对面试人出言不逊。然而无巧不成书，对方错把此种傲慢看作自信，阴错阳差地将他录取。

金子终究会发光，本书已屡屡证明了这点。凭借丰富的生活阅历和潜藏的写作天赋，盖梅尔在记者职位上如鱼得水，后来竟成为五家地方报纸的主编，并为《每日镜报》《每日新闻报》等全国大报写稿，十几年的记者经历还奠定了他动感极强的写作风格。

盖梅尔的文学生涯开始于20世纪70年代，起初并不成功。1976年，盖梅尔被误诊为癌症，且被医生告知只剩几个月生命。盖梅尔没有灰心，决定临死前要写出一部长篇小说，通过仅仅两周的疯狂工作，长篇小说《围攻德罗斯·德尔诺齐要塞》便诞生了。小说里的德罗斯·德尔诺齐要塞便是与病魔抗争的盖梅尔自己的象征，占绝对优势的敌人则代表癌症，小说结尾刻意留白,盖梅尔决意以自己的生死来决定要塞的命运——这部小说就是日后盖梅尔的成名作《传奇》的原型,而癌症诊断后来被证明是一个错误。

1980年,盖梅尔在朋友的鼓励下,将《围攻德罗斯·德尔诺齐要塞》修改后投稿,于1984年出版问世,改名《传奇》。该书讲述北方游牧民族头领乌勒里奇率大军南下征服南方国度德若莱,而德若莱人唯一可凭借的就是边境要塞德罗斯·德尔诺齐。此要塞共有六道城墙,每道墙厚达三尺,在敌我人数对比悬殊、民族生死存亡的关头,以七十岁老英雄卓斯为代表的各色德若莱人在此会合,誓言共同抗敌。守卫要塞的每一位战士,都把这场苦斗视为人生的一大转折:或为追寻自我,或为弥补罪孽,在粗犷豪迈的拼杀中,他们共同演绎了一段可歌可泣的传奇。

《传奇》中的人物是一个个残缺而需要修补的个体,围城之战明里是一场惊天地泣鬼神的血海厮杀,暗地里各方人马聚集到此,却又是各自的救赎之旅。这个生动的故事,将人们带回到茹毛饮血、山呼海啸的冷兵器时代,真正大快人心也!

《传奇》奠定了盖梅尔的江湖地位,他于1986年正式成为职业作家,作品也随之喷涌而出,基本上维持着一年一到两部长篇的产量,且本本进入《伦敦时报》《泰晤士时报》等大报的畅销书排行榜。具体来说,盖梅尔的书可分为以下几部分:首先是最有名的"德若莱人"系列,该系列从《传奇》开始一共有十一本,包括《传奇》《塞外之王》《韦兰德》《寻找最后英雄》《狼之国度》《卓斯传奇》《死行者传说》《冬战士》《阴影下的英雄》《白狼》和《日夜神剑》。这十一本又可分为几个子系列,分别讲述《传奇》中的巨斧战士卓斯、刺客韦兰德和被诅咒的剑客斯凯钢。另一个与"德若莱人"系列写法相似、规模稍逊的书系是"里加特人"系列,该系列从苏格兰的古老传说和苏格兰历史中汲取养料,透过几个片段,栩栩如生地描绘了苏格兰人(里加特人)近千年的历史,堪称《勇敢的心》的奇幻姐妹篇。此系列一共出版了四本,包括《暴风雨之剑》《午夜鹰》《鸦之心》和《风暴骑》。第三个书系是"石之力"系列，该系列从亚瑟王传奇中汲取养料，连同外传共有五本，包括《幽灵王》《最后的伟力剑》《阴影中的狼》《最后的守护者》和《血石》，前两本设定在古代，后三本写到了世界毁灭之后的未来。还有一个较小的书系是"猎鹰女王"系列，包括《铁手之女》和《猎鹰永恒》两本，讲述一位女英雄如何复国以及复国后如何掌权统治的传奇经历。

除开系列书籍，盖梅尔的单本长篇英雄奇幻小说还有《黑暗骑士》《流星锤》《黑月》和《颂歌回响》。这些单本小说的风格与上面的系列小说大致相似，只是没有进一步扩展延伸。值得注意的是，盖梅尔的作品重复性很强，有人甚至尖刻地评论说，盖梅尔就是在不断重复同一个故事！当然，站在为作家辩护的角度，正如战争和爱情是小说永恒的主题，英雄母题本身就是重复，端端只看作家如何撩拨人们对英雄的信念。

盖梅尔的晚期写作中做过一次重要转型——由纯虚构的英雄奇幻小说，转而去写历史演义，投身历史奇幻流派。早在1990年，盖梅尔已写过以亚历山大大帝为中心人物的两部曲——《马其顿雄狮》与《黑暗王子》，可惜没引起什么关注。但他去世前出版的"特洛伊"三部曲，却在市面上引起相当反响。为写作这个三部曲，盖梅尔抛弃了自己习以为常的凯尔特式古风背景，细心研究起古希腊风情[①]，并加以大胆合理的想象。在这个崭新的三部曲中，海伦与帕里斯退居二线，故事主人公改成日后罗马人的先祖埃涅阿斯、赫克托耳的妻子安德洛玛克和迈锡尼战士阿果里欧斯三人，讲述西方诸王的盟主，野心勃勃、穷兵黩武的迈锡尼国王阿伽门农，为称霸世界企图征服东方的"黄金之城"特洛伊。三位主人公因不同的理由流落到特洛伊城，身不由己地卷入了伟大的围攻战中。

2006年，盖梅尔在五十八岁生日前夕不幸患病。或许是预感时日不多——他曾自嘲说自己"烟抽得凶，酒喝得多，又喜欢巧克力和各种富含动物脂肪的食物，从健康的角度就是一场随时可能爆发的火山"——他主动要求出院，坚持笔耕不辍。然而仅仅三周后，盖梅尔的妻子早上

---

① 据说该系列灵感来自于一面描绘赫克托耳与阿喀琉斯决斗的盾牌。

起床时，却发现盖梅尔在书房桌上的电脑面前永远地睡着了……和笔下的英雄一样，盖梅尔"战死"在了案台上。

值得庆幸的是，"特洛伊"三部曲并未因之成为"断尾巴蜻蜓"。盖梅尔的妻子多年来与盖梅尔一同研读资料、讨论剧情，早已成为"特洛伊专家"。她是记者出身，具有编辑经验，为完成丈夫的梦想，毅然与出版社取得联络，接过续写的担子。2007年，"特洛伊"三部曲第三卷《诸王陨落》以夫妻二人共同署名的方式在英国出版，成为一段佳话。

盖梅尔死后，英国科幻协会专门设置"大卫·盖梅尔纪念奖"，以缅怀这位英伦奇幻大师。2008年该奖正式创立，作为史上第一个完全由网友票选的奇幻文学奖，风格独树一帜。2009年，该奖被颁给如今我们耳熟能详的波兰作家安杰伊·萨普科夫斯基。但遗憾的是，该奖在2019年因故停办，从一个侧面反映了西方奇幻低谷的到来……

在盖梅尔之外，最近二三十年间优秀的英雄奇幻作家还包括：

美国作家佛瑞德·萨伯海根（Fred Saberhagen, 1930—2007）的"神剑"三部曲及其前后传是早期的"新英雄奇幻"名作。萨伯海根生于美国新墨西哥州，曾供职于美国空军，参加了朝鲜战争，后又担任电子工程师，三十岁后方才投身文学创作，最有名的作品便是创作于20世纪80年代前期的"神剑"三部曲和《吸血惊情四百年》[①]。在"神剑"三部曲中，众神为了取乐，让火神伏尔坎打造了十二把神剑，每把剑都有不同的神力，有的能夺人心志，有的能取人性命于千里之外，有的能起死回生……众神把这十二把神剑散落人间，神和凡人为这些剑展开了各种争夺，而神剑也为英雄们带了各种荣誉和悲哀。"神剑"三部曲之后还有后传"失落的神剑"八部曲，讲述那些在"神剑"三部曲中没怎么提及的神剑的故事。萨伯海根后来又把以前创作的科幻小说与"神剑"系列连接起来，形成了该系列的前传"东方帝国"四部曲，此外本系列还有一个中篇小说集。

加拿大作家戴夫·邓肯（Dave Duncan, 1933—2018）的"御剑士"

---

① 同名电影原著。

系列是"新英雄奇幻"中的另一套杰作。邓肯原籍苏格兰,二十二岁时移民加拿大,他早年是石油地质学家,投身小说创作还有赖于石油业的周期性衰退,导致平生第一次失业。邓肯创作"御剑士"系列时已年过六十,"御剑士"系列以奇幻世界中的"保镖"们为中心人物,这些保镖("御剑士")本是孤儿,从小被收养接受高强度训练,出山之前都进行过利剑穿心的魔法仪式,从此和刺出那一穿心剑的人紧密联系在一起、捆绑在一起,无论对方是好是坏,都绝不背叛。然而,理想与现实总有很大差距,御剑士们往往必须在主人的邪念与自身的意志之间挣扎,写出这些英雄内心的矛盾与荣誉的含义,便是该系列最大的魅力所在。此外,该系列每本都有激烈的武打场面,甚或索性以武打情节为主,可谓有"西方奇幻武侠"的风骨。"御剑士"系列共包括正传三部曲、后传五部曲和外传三部曲,一共十一本,其中正传三部曲《镀金锁链》《火地之王》和《剑空》有中文译本。邓肯还写过类似味道的其他英雄奇幻若干。

美国作家詹妮弗·罗伯森（Jennifer Roberson, 1953— ）的"剑舞者"系列同样走了"西方奇幻武侠"的路子。罗伯森生于美国密苏里州,大学专业是新闻和历史,1982年开始从事小说创作。她写出三十部左右的长篇小说,其中有历史小说、影视改编小说,但最有名的还是英雄奇幻"剑舞者"系列。截至目前（2022）,"剑舞者"系列共有八本,讲述一男一女两名"剑舞者"因缘相会、共同行走天下的冒险故事。男主人公是南方沙漠最有名的剑客虎,玩世不恭,但内心善良耿直；女主人公戴尔来自冰天雪地的北方,机智无双,但待人冷若冰霜。这一对绝代双骄拌嘴不断,关键时刻又相互支持,逐渐由对手成为朋友、由朋友成为情人。罗伯森在小说中贯彻了自己的女权主义思想,着力描写女性性格的成长、成熟和独立,风格近似于添加了女权主义色彩的"科南"系列。此外,"剑舞者"系列情节安排十分紧凑,尤其比武对打极为精彩,书中各剑派之间的恩怨情仇,与我国武侠小说颇有异曲同工之妙。

美国作家伊丽莎白·孟恩（Elizabeth Moon, 1945— ）的"帕森阿琳的事迹"系列（*The Deed of Paksenarrion*）。孟恩生于美国得克萨斯州,六岁就尝试写小说，后加入美国海军陆战队。三十多岁时，孟恩成为报纸的专栏作者，由于军人经历，其作品中带有强烈的军事元素，最终令她成名的"帕森阿琳的事迹"系列写于20世纪80年代末，原为三本书，后合为一本《帕森阿琳的事迹》。此书围绕着女英雄、牧羊人的女儿帕森阿琳展开，讲述她十八岁离开家乡，加入佣兵团队，南征北战，最终成为世上最伟大的圣骑士。和詹妮弗·罗伯森一样，伊丽莎白·孟恩也是位女权主义作家，她笔下的女性不但是小说主角，还是强大凶猛的战士和军队领袖。对战争场面和中世纪风貌的写实描画，亦是《帕森阿琳的事迹》的特点。后来在20世纪90年代初，孟恩又写了其前传"圣格得的遗产"系列（The Legacy of Gird），共有两部，从2010年到2014年，她创作了"圣骑士的遗产"五部曲作为后传。

匈牙利裔美国作家斯蒂芬·布鲁斯特（Steven Brust, 1955— ）的"精灵刺客"系列。20世纪末以来，欧洲作家写了很多优秀的英雄奇幻，布鲁斯特就是那批作家中的翘楚，他的"精灵刺客"系列在20世纪80年代声名鹊起。该系列故事发生在龙迦帝国（Dragaera Empire），龙迦人就等于书中的"精灵"，他们魔力强大、寿命很长，乃是一等公民，人类则被降为二等。龙迦人分成十多个家族，每个家族各以一种能代表家族特性的奇兽命名，如凤凰、战龙、龙蜥、魔蛇、泽鼠、角犬、隼鹰、玄虎、雅鹤、恐枭、翼豹、虎鲸等等。主角弗拉德·塔托希是个人类，靠买爵位混进了龙蜥家族，干着打杂小头目的工作，布鲁斯特对他的描写十分真实，塔托希没有任何堪称强大或特异的能耐，只是在夹缝中求生。由于布鲁斯特的东欧背景，小说中充斥着无处不在的黑色幽默和极具讽刺性的白描手法，令塔托希的冒险变得十分有趣。此系列预计要写十九本，每种奇兽一本，最早的《龙蜥》出版于1983年，截至2017年全系列出到了第十五本。布鲁斯特另有长达六本的奇幻系列"达阿文罗曼史"（The Khaavren Romances）和单本奇幻《破碎宫殿》（Brokedown Palace）设定在这个"精灵刺客"世界里。

波兰作家安杰伊·萨普科夫斯基（Andrzej Sapkowski, 1948— ）的

"猎魔人"系列可能是整个欧洲地区除《魔戒》外影响力最大的原创奇幻。萨普科夫斯基出生在波兰的洛兹，学过经济学，担任过销售代表。1986年，他写了短篇故事《猎魔人》，发表在波兰的《幻想》杂志上，获得高度评价，由此开始了撰写一系列猎魔人故事的写作生涯。凭借该系列，萨普科夫斯基五次摘得"波兰奇幻小说奖"，还获得过欧洲大陆的许多幻想文学奖项。"猎魔人"系列发生在一个魔物横行的世界，那里有一种职业"猎魔人"专门猎杀各种魔物。在那个高度现实主义的世界里，人们离不开他们，却又畏惧他们的力量，把他们驱逐在社群之外，猎魔人只能成为低等佣兵似的存在，拿钱办事，完事走人，浪迹天涯……小说系列的主人公"白狼"杰洛特正是过着此等人生。杰洛特的种种奇幻遭遇大抵是从欧洲尤其是东欧民间传说中汲取养料、塑造而成，具有传奇性和现实性交融的特点，在英雄奇幻小说中可谓独树一帜。

"猎魔人"系列总共八卷，包括《白狼崛起》《命运之剑》《精灵之血》《轻蔑时代》《火之洗礼》《雨燕之塔》《湖中女士》和《风暴季节》，曾被改编为电影、电视剧、桌面角色扮演游戏、漫画等等，尤其是2007年后，波兰本土游戏公司CD Projekt RED将之改编为著名电脑角色扮演游戏《巫师1》《巫师2：国王刺客》《巫师3：狂猎》《巫师之昆特牌》，所有游戏的情节大抵等于小说的后传。尤其是《巫师3：狂猎》，横扫了当年（2015）的各类游戏大奖，是整个电脑角色扮演游戏界乃至整个电子游戏界最出色的作品之一。2019年，Netflix又出品了同名电视剧，由名演员"大超"亨利·卡威尔主演，不负众望地突破了收视记录。

目前，CD Projekt RED明确表示还将开发多个猎魔人项目，其IP未来不可限量。

第四节 "我勒个去"——幽默恶搞类奇幻

所谓恶搞类或幽默类奇幻，写作目标就是营造欢乐氛围，它们虽常设定在"第二世界",但那个"第二世界"往往是在戏仿其他规矩严谨的奇幻作品或神话传说的基础上诞生的——"碟形世界"系列就是典型。因此,幽默奇幻一般被归为"低等奇幻","低等"不是形容其写作等级低或写作质量低,而是与大部头史诗奇幻、英雄奇幻等"高等奇幻"相比,在严肃程度上做出的区分。

现代奇幻早期的喜剧元素潜藏在维多利亚时代最著名的童话作品中,如安徒生、狄更斯的作品以及卡罗尔的《爱丽丝漫游仙境》等等。第一位被公认为在奇幻喜剧方面做出突出贡献的是英国作家F.安斯蒂(F. Anstey, 1856—1934),托马斯·安斯蒂·格思里(Thomas Anstey Guthrie)的笔名。在安斯蒂的代表作《交换身体》中,儿子不愿去寄宿学校上学,当老爸的就哄骗儿子说去寄宿学校上学是男孩一生中最有趣的经历,结果祸从口出,戏言成真,儿子和老爸交换了身体,该上班的去上学,该上学的去上班,闹出许多乐事……同时代,英国还诞生了一位追随安斯蒂脚步的儿童喜剧作家艾迪丝·内斯比特(E. Nesbit, 1858—1924),此人的很多作品已在国内出版,如《骑士降龙记》《铁路边的孩子们》《魔堡》《闯祸的快乐少年》等等。

索恩·史密斯(Thorne Smith, 1892—1934)是20世纪早期的美国喜剧奇幻大师,以将超自然元素、喜剧元素乃至情色元素相结合而见长。史密斯最著名的小说是"透伯"系列(Topper),讲述银行家卡西莫·透伯被一对幽灵夫妇捉弄的故事,当时在美国的销量以百万计。受其影响,幻想文学杂志上[①]跟风涌现了一批喜剧恶搞类奇幻作品,存在于1939年至1943年间的奇幻杂志《未知》就是喜剧类奇幻的一大阵地。在该杂志上,前文提到的名家弗莱彻·普拉特和斯普拉格·德·坎普协力打造了"熟练巫学家"系列(Compleat Enchanter),在这个系列里,研究巫术的科学家运用数理和逻辑学运算打开了前往其他时代的大门,结果发现现代逻辑思维在那些时代[②]并不适用。

---

① 20世纪30、40年代正是幻想文学杂志的黄金期。

② 挪威神话时代、《神曲》时代等。

虽然幽默奇幻源远流长，但真正发展成派，还是要到20世纪中叶以后，乃至迟至20世纪80年代，拜英国幽默奇幻大师特里·普拉切特（Terry Pratchett, 1948—2016）超新星级的爆发表现所赐。为中国读者熟悉的普拉切特毋庸置疑是当代幽默奇幻第一名家，甚至已成为此类奇幻的代名词，光环盖过所有同行，以逝世时长达四十一部长篇和若干中短篇的"碟形世界"系列名满天下。该系列设定在巨龟大阿图因背上的奇妙世界，那是一个生机勃勃又疯狂怪诞的地方，一切搞怪历险皆有可能，且充满了英式幽默。"碟形世界"系列从1983年《魔法的颜色》开始算起，几乎每年都会推出一两本新小说，又被改编成漫画、动画、舞台剧、电视剧、广播剧、桌面游戏和电脑游戏等等，全系列销售突破一亿册，被翻译为四十三种语言。普拉切特的作品曾占到整个英国销售书籍的百分之二，也是有史以来被阅读次数排第二的英国作家，仅凭这些数据，其超强影响力已一目了然。

但让万千粉丝遗憾的是，2007年，普拉切特承认患上阿茨海默症（即老年痴呆症），并开始思考选择"安乐死"的可能性。2011年，普拉切特在走访曾经选择过或正决定安乐死的几个对象后，拍下一部平静而压抑的纪录片——《特里·普拉切特：选择死亡》，那时他还在坚持创作，但已无法打字，速度越来越慢，直至2015年3月12日于家中悄然离世。

美国作家皮尔斯·安东尼（Piers Anthony, 1934— ）的"赞斯世界"系列（*Xanth Series*）。如果说特里·普拉切特的"碟形世界"系列是英式幽默的代表，那么皮尔斯·安东尼就是美式幽默的代言人。安东尼生于英国牛津，后来移民美国，1956年在美国佛蒙特州戈达德学院获得写作学学士学位，60年代后期开始投身创作，让他成名的是由1977年的《宾克的魔法》而始的"赞斯世界"系列，此系列生命力顽强，预计2023年将达到四十七本长篇小说的惊人长度，还有百科全书、指南书、漫画和改编游戏！"赞斯世界"系列虚构了一个魔法统治一切的神奇世界，该世界就在我们周围，但普通人无法进入，只有具有魔力的人才能进去，并且他们必须在其中寻找到属于自己的独特魔法。"赞斯世界"系列充分展现了美国人的机智和毒舌，也充斥着各种成人成分和黄色笑话，安东尼凭该系列创下过许多出版记录，包括十年内共有二十三本书登上《纽约时报》畅销书排行榜，某一年竟同时有三本书进榜，可见其受欢迎程度。

美国作家罗伯特·林恩·阿斯平（Robert Lynn Asprin, 1946—2008）的"神秘冒险"系列（*Myth Adventures*）在幽默奇幻中独树一帜。该系列讲述一位魔法学徒纠集了一支奇怪的冒险团队，从一个位面旅行到另一个位面，制造出一场又一场混乱，"萌点"在于团队里那些独特的角色[1]和若干奇特的位面[2]，此系列也发展到近二十部长篇和一些短篇。

英国作家汤姆·霍尔特（Tom Holt）的恶搞神话历史系列是特里·普拉切特大爷在本土最大的竞争对手。提到霍尔特，不知大家有没有印象？此公便是笔者在"新史诗奇幻"章节介绍的名家K.J.帕克！K.J.帕克的奇幻成就如此之高，霍尔特也不遑多让，其写作套路是恶搞历史上或神话中的人物及事件，截至目前名下有四十多本小说问世，较出名的恶搞奇幻包括：恶搞尼伯龙根戒指传说的《我以为你是高个子》；恶搞贝奥武夫传奇的《贝奥武夫？谁怕谁！》；恶搞同名原著的《飞翔的荷兰人》；恶搞宙斯之子、希腊英雄赫拉克利斯的《神仙》；恶搞亚瑟王追寻圣杯的《圣杯竞争者》；恶搞出的《浮士德》续作、介绍地狱主题公园的《浮士德的同胞》；恶搞的现代版《一千零一夜》——《灯神》；恶搞挪威神话的《瓦尔哈拉》；恶搞中国司雨龙的《蓝蓝的天》等等，不一而足，从中亦依稀可见K.J.帕克那辛辣的笔触。

除上述几位，美国作家克拉格·肖恩·加德纳（Craig Shaw Gardner）、英国作家安德鲁·哈曼（Andrew Harman）、美国作家爱丝尔·弗里斯纳（Esther Friesner）等人也都是幽默类奇幻的一把好手。

值得关注的是，世纪之交以来，随着网络的大发展，轻松幽默的奇

---

[1] 博学的巨魔、只会说一个词但极其聪明的小宠物龙、空间黑手党指派的保镖等等。
[2] 魔法与科技并行的位面、吸血鬼和狼人的位面、被电视和广告占领的位面、全是鸟类生物的位面等等。

幻小品不再仅限于纸面传播，更以网络漫画和网络视频的形式在网上迅速流传、进化，呈风起云涌之势。《南方公园》《废柴兄弟会》等都是其中典型。

第五节　扫帚、魔杖与巫师的尖头帽
——青少年奇幻及儿童奇幻

青少年奇幻和儿童奇幻，顾名思义，以其针对的人群命名。由于年龄关系，此类小说中性和暴力的成分被削减到最低程度或者根本没有，青少年主角的成长经历被提到首位，基调往往是温暖、励志，也可以动物作为描写对象乃至成为主角。

奇幻文学本不太受主流文坛待见，譬如在中国，奇思妙想的文字时而被贴上儿童读物的标签，以至于市面上一度没有专给成人读的奇幻小说分类，但青少年奇幻名正言顺地不受此种限制，至少从"纳尼亚传奇"系列的时代起就拥有很强的号召力。世纪之交，"哈利·波特"系列将其推向顶峰，这个人所共知的系列卖出了六亿册，已被翻译为八十四种语言，可能仅次于享有奇幻之王称号的《魔戒》！由此也带动了一大波青少年奇幻和儿童奇幻的创作高潮。总体来看，享有世界性声誉的青少年奇幻和儿童奇幻大致包括：

英国作家J. K.罗琳（J. K. Rowling, 1965— ）的"哈利·波特"系列。这个系列包括正传七本长篇小说和一些中短篇小说，四本相关辅助书和设定集，三部"神奇动物"系列电影的剧本以及舞台剧本《哈利波特和被诅咒的孩子》。"哈利·波特"系列小说的长度有点"头重脚轻"，前面三本篇幅不长，但后面部分成了"砖头书"，其改编电影正传分为八部，于2011年出完，迄今又有前传性质的"神奇动物"系列电影三部上映。作为原著卖得最多、改编电影票房也最高的当代奇幻小说，该系列真正做到了全球家喻户晓，现代少年哈利和他的朋友们穿越到魔法学校学习魔法，他们的成长与感情纠葛，他们与黑魔王伏地魔的斗争仿佛就发生在我们周围。罗琳二十四岁那年在前往伦敦的火车旅途中萌生了创作"哈利·波特"系列小说的念头；七年后，"哈利·波特"系列小说的第一部《哈利·波特与魔法石》问世，如今她获奖无数，是英国乃至全世界最富有的幻想小说家。

英国作家菲利普·普尔曼（Philip Pullman, 1946— ）的"黑质"系列。该系列正传三部曲《黄金罗盘》《魔法神刀》和《琥珀望远镜》早已被引进国内，且有多个版本，外传系列出了两部，第一部《洪水中的精灵》已被引进，此外还有多个中篇故事。"黑质"系列从基督教传统中汲取灵感，黑质世界里的人们不仅拥有一个以动物形式存在的随身精灵，世界之间还有无数平行世界。男孩威尔和女孩莱尔分别来自两个世界的牛津，他们必须与恶魔、鬼怪、教会乃至上帝进行殊死战斗，因为他们就是预言中的亚当和夏娃……普尔曼出生于英国诺维奇，曾任教于威斯敏斯特大学，教授维多利亚时期的文学与民间故事。他以"黑质"系列一举成名，先后斩获"卡内基儿童文学奖""《卫报》儿童小说奖"和"惠特布里德文学奖"，还被《时代周刊》评为"二战后最重要的五十位英国作家之一"，2004年更因杰出的文学成就被授予"大英帝国勋章"。除"黑质"系列外，普尔曼的重要作品还有"重述格林童话"系列，而进入21世纪，"黑质"系列先是被新线电影公司搬上大银幕，后又被HBO和BBC联合改编为电视剧。

克里斯托弗·鲍里尼（Christopher Paolini, 1983— ）的"遗产"系列。截至2023年，该系列已出到第六部长篇小说，还有一本指南书和一本上色书，系列的前三本《伊拉龙》《长老》和《帝国》曾被引进国内。"遗产"系列讲述少年伊拉龙在森林里拣到一条幼龙"蓝儿"，却遭到帝国的追捕，他必须学习成为一名合格的龙骑士，以对抗邪恶的帝国。这本小说走的是传统的英雄斗魔王的路子，作者鲍里尼没念过大学，出道时不过二十，凭创作于十五岁的《伊拉龙》蜚声文坛，在当年算得上是个新新人类。"遗产"系列全球销量目前已超四千万册，被翻译成五十多种语言，根据《伊拉龙》改编的电影《龙骑士》成本突破一亿美元，于2006年底在全球公映，但反响一般。

澳大利亚作家加思·尼克斯（Garth Nix, 1963— ）的"古国"系列。"古国"系列是相对传统的青少年奇幻小说，讲述世界被界墙分为两半，一边有亡者与魔法，另一边是现代社会。萨布莉尔本来生活在平凡的世界里，但命中注定，她必须穿越界墙去到古国，面对邪恶的挑战……尼克斯生于澳大利亚墨尔本市，"古国"系列前三本是他在1996年至2003年期间创作的，荣获了澳大利亚主要的幻想文学奖"奥瑞丽斯奖"的"最佳奇幻小说奖"和"最佳青少年小说奖"，这三本书均被引进了国内。2014年至2021年，他又为"古国"系列续写了三本书，此外还有一些相关的中短篇。

美国作家雷克·莱尔顿（Rick Riordan, 1964— ）的"波西·杰克逊"系列。全系列已出六本正传、八本外传和多部相关辅助书。这是一套结合希腊神话的百科全书式的现代冒险，希腊神话的众神就生活在现代社会里，跟凡人恋爱生子，制造出许多半人半神的混血儿。主人公波西·杰克逊就是这样的混血儿，作为海神波塞冬的儿子，他必须在这个神与半神的世界里完成许多功业，在追寻自我认同的过程中拯救人间与神界。莱尔顿早年是英文老师及小提琴演奏家，从事教职达十五年之久，非常了解青少年的心理状态和生活现实，后来因创作连续获得2008年和2009年的"马克·吐温文学奖"。

德国老作家米切尔·恩德（Michael Ende, 1929—1995）的作品。恩德最出名的作品是出版于1979年的《永远讲不完的故事》，已被译为四十三种语言，全球销量超过两千万册，获奖无数。《永远讲不完的故事》叙述小男孩巴斯蒂安·巴尔塔沙·布克斯因为发现一本叫《永远讲不完的故事》的书，而进入幻想世界冒险。在《永远讲不完的故事》之外，恩德还有多个短篇和长篇被正式译介进国内。

英国作家布里安·雅克（Brian Jacques, 1939—2011）的"红城王国"系列。"红城王国"系列共二十二本正传，还有十多本相关书籍，小说里的红城王国住着一群热爱和平的丛林小动物,然而和谐的国度却一次次受到邪恶的侵犯,温和的小动物们不得不一次又一次拿起武器保卫家园。无论敌人多么残暴,小动物们总能齐心协力、渡过难关,最终恢复平静和谐的生活。作者雅克出生于英国利物浦市,十岁时就展现出惊人的写作天赋,二十多岁时组建乐团,从事过各种职业,直到四十五岁时开始创作"红城王国"系列,目前该系列已被译为近八十种语言,累计销量超过三千万册。

美国作家凯瑟琳·拉丝基(Kathryn Lasky, 1944—)的"猫头鹰王国"系列。这套书正传共十五本,于2003年至2010年间出齐,有完整中译版,此外还有一本前传、三本外传、两本指南书和"绝境狼王""危境马王""冰雪熊王"等多个拓展系列。此系列以谷仓小猫头鹰赛林的成长为故事主线,赛林本来纯真无瑕,但在经历种种残酷可怕的事情之后,它勇敢地和小伙伴们一起找寻真理,踏上了拯救猫头鹰王国的道路,由一只弱不禁风的小雏鸟成长为王者。此系列汇聚了作者拉丝基对猫头鹰十年的研究成果,[1]曾获得"纽伯瑞儿童文学奖"银奖、"美国全国犹太图书奖"和美国图书馆协会颁发的"最佳童书奖",由于其巨大影响力,又被相继改编为游戏和电影。

英国作家理查德·亚当斯(Richard Adams, 1920—2016)的《沃特希普荒原》,出版于1972年,2005年被引进中国。这本也是动物小说,以兔子为主角,作者亚当斯创作前仔细研究过兔子的习性。在小说中,天赋异禀的兔子小多子预言兔子领地上将有一场来自人类的毁灭性灾难,于是它和朋友榛子前去晋见兔子首领,劝其带领兔群离开领地,却遭断然拒绝。灾难来临前,小多子和其他一些兔子匆匆离开,踏上艰辛的冒险之旅,在旅途中,它们经历了和人类及其他天敌几番生死攸关的周旋,终于来到沃特希普荒原。榛子就此成为领袖,开创了新的领地。由于奇妙生动的情节,这本小说获得1972年的"卡内基奖"和"《卫报》儿童

---

[1] 拉丝基的丈夫是美国《国家地理》杂志的摄影记者和纪录片制片人,因而她有条件深入动物的生存环境。

小说奖",又被美国兰登书屋评为"国民必读百大好书",后来更被改编为电影、电视剧、舞台剧、音乐剧乃至角色扮演游戏。

正如《沃特希普荒原》这样的小说所呈现的事实,青少年奇幻或儿童奇幻与成人文学之间的界限往往比较模糊。一般认为十岁到十二岁是青少年奇幻的阅读下限年龄,但也并非绝对,如果你发现有的小说同时被归到成人和青少年两类文学里,[1] 千万不要惊讶。

在以上介绍的这些著名青少年奇幻和儿童奇幻作家作品之外,该流派的优秀作家还包括英国作家黛安娜·温尼·琼斯(Diana Wynne Jones)[2]、美国作家劳埃德·亚历山大(Lloyd Alexander)、英国作家威廉·霍伍德(William Horwood)、美国作家菲利丝·爱森斯坦(Phyllis Eisenstein)、美国作家莉莎·高登斯坦(Lisa Goldstein)、美国作家罗宾·麦金利(Robin McKinley)等等。

第六节 私奔到月球——新怪谈文学

新怪谈文学兴起于20世纪90年代末,是奇幻文学诸流派中年轻的"小弟"。类似科幻文学的新浪潮运动,新怪谈文学也企图拓展奇幻文学的边界,向"大幻想"进发。它从实践上打破类型疆界,解放想象力,写现实生活而不承担道德责任。在新怪谈文学中,明确的故事线不再是第一要务,重点是故事背景和故事所反映的光怪陆离的幻想世界,它采取这样激进的文风来追求文学性。当然,对阅读受众来说,这样做有利有弊,因此和新浪潮运动相似,新怪谈来得快去得也快,并没有成为奇幻文学的主流,主要的兴盛期是在21世纪的头一个十年。尽管如此,新怪谈文学的许多作品仍在文坛上留有较大影响。

要具体定义新怪谈文学是比较困难的,目前文坛上还没有一个明确

---

[1] 例如"哈利·波特"系列的后几本。
[2] 著名动画片《哈尔的移动城堡》的原著就出自她的手笔。

的定义。大致来讲，新怪谈是指"发生在第二世界的现代都市里的奇幻小说"，在那个都市里发生的事是我们人类现代或后现代生活的映射，而不如史诗奇幻或都市奇幻那样"浪漫化"和"理想化"。换句话说，新怪谈试图把当代的复杂生活具体反映在奇幻文学之中。不过在笔者看来，这条路似乎与奇幻文学"回归自我"或"寻求逃避"的倾向有所抵触，注定难以成为主流。

新怪谈文学里往往还有较多科幻成分以及带恐怖意味的暗示和描写，此流派的两位主要旗手是杰夫·瓦德米尔和柴纳·米耶维。

杰夫·瓦德米尔（**Jeff VanderMeer, 1968—** ）出生于美国宾夕法尼亚州，从小随双亲游遍世界各地。他以诗人出道，奇幻文学的创作生涯开始于20世纪90年代末，并在2001年和2002年因连续获得"世界奇幻奖"而声名鹊起。他不仅是著名作家，还与妻子共同经营着幻想文学杂志，并担任"奇想阁"出版社（The Ministry of Whimsy Press）的出版人和编辑。

瓦德米尔最著名的作品是出版于2001年的新怪谈名著《圣徒和疯子之城》（*City of Saints and Madmen*），此书实际上是中篇小说合集，以奇幻都市"龙涎香城"为描写对象，此城原本生活着类似蘑菇的人型生物，却被人类驱赶到地底的黑暗角落。值得注意的是，这是一本附录比正文还长的奇书，从创作形式上完全突破了藩篱，把封皮文字甚至作者介绍都变成幻想世界的一部分。瓦德米尔的另一部新怪谈名著是《维尼斯地底》，出版于2004年，严格意义上讲乃是瓦德米尔的长篇小说处女作。《维尼斯地底》描写了遥远未来的大都会维尼斯，其中贫富悬殊，而在黑暗的地底充斥着超乎人们想象的恐怖事物。一位地表居民在小说中深入地下，救回了爱人。

瓦德米尔后来又写了两本设定在龙涎香城的小说《史瑞克》和《芬奇》，并与妻子安娜·瓦德米尔在2007年编辑了新怪谈文学的流派专辑《新怪谈》（*The New Weird*）。

柴纳·米耶维（**China Miéville, 1972—** ）出生于英格兰的诺里奇，他是伦敦政经学院的国际法学博士,而中国人铁定会好奇的"柴纳"(China)之名乃是他双亲从字典中挑出的"漂亮单词"。十八岁那年,米耶维去埃及和津巴布韦工作过一年,因之对阿拉伯和中东文化产生浓厚兴趣。伦敦到开罗迥异的文化品性,在米耶维的脑海中烙下深深的印记,奠定了他日后以城市文化为主题创作奇幻的根子。此外,米耶维是英国激进的社会主义联盟的代表,曾因抗议事件被捕,浓厚的政治批评色彩也是他作品的特色。

米耶维的处女作是1998年的长篇小说《鼠王》,此书是米耶维读硕士期间的业余创作,讲述在伦敦生活着一个半人半鼠的混血儿绍尔,因被怀疑谋杀生父而投进监狱,随后为"鼠王"所救,"鼠王"告诉绍尔,鼠群的希望寄托在他身上,绍尔跟随"鼠王"穿越伦敦城阴暗的角落,最终成为人类与异族大战的关键。2000年的《帕迪多街车站》是米耶维的成名作,也是新怪谈流派的第一号名著,更是在商业上取得成功的第一本新怪谈作品。故事设定在名叫新克洛布桑的奇幻城邦,在这里,人类和各种不可思议的种族(鸟人、虫人、蛙人等等)聚居在阴暗的烟囱底下,魔法与科技共存,并由秘密警察统治。某天,科学家艾萨克无意中造出一个危险的生物,很快整个城市便被那个异种带来的恐怖笼罩了,科学家只能开始异种猎杀。剧情在这部小说里并不是中心,多元文化激荡的新克洛布桑城本身才是作品的中心,米耶维别具匠心地写出这里的各种文化和形形色色的角色,塑造出一个奇幻化的另类都市,充分反映了其社会批判精神。2002年的《地疤》在设定上接续《帕迪多街车站》,它也以城市为主题,但发生在与前作完全不同的海盗之城——舰队城。此城建立在数以千计的船骸之上,终日在海面漂浮,浮城内部乃是一个乌托邦,居民中有逃亡者、科学家、改造人、前殖民者,还有许多间谍。前作主人公的女友逃到这座浮城,经历了前往"地疤"的探险。2004年的《钢铁议会》是将蒸汽朋克与西部小说结合的产物,讲述在《帕迪多街车站》的故事二十多年后,新克洛布桑周围修建铁路的故事。边民们在反抗铁路大亨的争斗中打造了"钢铁议会",沙漠中永不休止的火车就是反抗压迫的精神象征。此书宣扬革命，政治意味特别浓，被戏称为米耶维版《钢铁是怎样炼成的》，表达了作者强烈的反全球化思想。由于《帕迪多街车站》《地疤》和《钢铁议会》设定在同一个世界，它们又共同组成"巴斯—拉格"三部曲——这套书被公认为新怪谈文学的巅峰之作。

完成《钢铁议会》后，米耶维离开了"巴斯—拉格"世界，新怪谈运动本身也陷入低潮。2007年，米耶维出版了一部另类青少年奇幻《伪伦敦》，讲述伦敦的两个中学生在伪伦敦的奇妙冒险，用奇特的逻辑和颠覆传统的情节来书写伦敦城，该书获得"轨迹奖"和美国图书馆协会"最佳青少年图书奖"。2009年，米耶维推出《城与城》，这是一本融合推理成分的奇幻，讲述在两个空间重叠的城市间发生的一宗谋杀案，两个城市的居民互相能体会到对方的存在，却对彼此视而不见，而警探必须在这样的两个城市间破解谜团。2010年，米耶维推出《海怪》，由自然博物馆里乌贼标本被拜乌贼教偷取失踪，而引出地下伦敦的各种神秘异教和罪案，这部黑色喜剧也获得很高评价。2011年和2012年，米耶维又分别推出新书《大使镇》（*Embassytown*）和《铁路海》（*Railsea*），但此后再无长篇小说问世，一说是因为从事过多的政治活动，个人隐私受到威胁的结果。在长篇小说外，米耶维还有多个风格多变的短篇小说集和中篇小说单行本，其中《寻找杰克》《新巴黎的最后时光》等已被引入国内，也是新怪谈文学的必读之物。

总体来看，米耶维写作风格诡异而富于幽默感，他曾亲自为书中各种奇怪角色与特殊场景绘制插画。在21世纪的最初十年，米耶维荣获一次"雨果奖"、三次"亚瑟·克拉克纪念奖"、两次"英伦奇幻奖"、四次"轨迹奖"和一次"世界奇幻奖"，获得的提名更是数不胜数。对国内读者来说，值得高兴的是他的作品已被大规模引进，有望读到他的全部或大部分作品。

除开前述两位巨头，新怪谈文学中还涌现了其他一些优秀作家。美国作家杰弗里·福特（Jeffrey Ford, 1955— ）曾获六次"世界奇幻奖"和一次"星云奖",他在"面相师"三部曲里借助铜墙铁壁城、记忆之岛和威璐城的三段场景,写了一个男性面相师的成长经历;美国作家凯瑟琳·M.瓦伦特(Catherynne M. Valente, 1979—)的小说融合了日本文化,她的"黑眼圈"系列(*The Orphan's Tales Series*)共两本,以"一千零一夜"式的结构,虚拟了一整套文化,各种超乎寻常的幻想场景依次登台亮相,大大拓展了新怪谈的边疆;[①]澳大利亚作家K. J.毕晓普(K. J. Bishop, 1972—)的《蚀刻之城》(*The Etched City*)从沙漠中的混战写起,写到沙漠中黑帮泛滥的城镇,又以港式打斗描写闻名,对沙漠中畸形城市的刻画展现了毕晓普丰富的知识面,她也因此获得多项大奖及相关提名。

第七节　繁星点点——其他奇幻流派

现代奇幻五彩缤纷,除开前文介绍的主要流派,还进化出许许多多的子流派。碍于篇幅,笔者在此只能作一综述。这些流派及相关名作包括:

志怪传奇流派(Mythic Fiction)。该流派根据各地的神话、传奇和童话来写故事,类似于中国古代的志怪小说。它与都市奇幻最大的不同点在于故事发生地一般不在都市里,而在乡村、森林这些更为原始的背景之下;它与史诗奇幻的区别则是小说中引用的均为现实世界真实存在的传说,不若史诗奇幻那样自己创造神话传奇。很多志怪传奇流派的作品也被视为披着奇幻外衣的主流小说。

英国作家罗伯特·霍德斯通(Robert Holdstock, 1948—2009)是此流派的名家,实际上,定义此流派的正是霍德斯通出版于1984年的《妖精森林》(*Mythago Wood*)一书。《妖精森林》设定在英国一处虚构的原

[①] 后来瓦伦特还写出了"精灵国度"系列,以童话风格大获成功。

始森林罗普森林（Ryhope Wood）里，这片森林自冰河纪元起便未受外界打扰，内部自成天地。在这片森林里，生活着根据周围人类的记忆而生的妖精，这些妖精都是人们口耳相传的传说的产物，如亚瑟王、罗宾汉等等，但他们不能离开森林太远，否则便会死去，而人们只要用心回忆和改编传说，森林里的居民就会变得越来越多。罗普森林里不仅时间流逝缓慢，还支持时空穿越，《妖精森林》便讲述了森林附近的某个家族不小心发现了森林的秘密，以及紧接而来的一系列故事。整个"罗普森林"系列包括《妖精森林》在内一共有七本长篇小说。

志怪传奇流派的优秀作家还包括美国作家特里·温丁（Terri Windling）和加拿大作家查尔斯·德林特（Charles de Lint）。

凯尔特神话流派（Celtic Fantasy）和志怪传奇流派有相似之处，只是把着眼点专门放在欧洲原始的凯尔特人故事上，时代则多设定在远古。凯尔特神话主要流传于英伦三岛和冰岛，也包括法国的布列塔尼等地，它专属于西方人，尤其是英语民族，包括由其移民而生的美国人，对世界其他地方的民族来说，此类奇幻都甚为陌生。该流派最有名的是美国作家凯瑟琳·克尔（Katharine Kerr, 1944— ）。此人生于美国，家族来自英格兰。1979年，克尔爱上了桌面角色扮演游戏，由此而投入小说创作当中。从1986年开始，克尔以五个子系列的规模推出凯尔特神话小说"德瓦利"系列（Deverry），迄今仍未完结。此系列虚构了一个名叫德瓦利的凯尔特王国，以非线形结构讲述了该国在几十年间与外国的斗争及内部的各种纠葛。

在凯尔特神话世界里，其他优秀作家作品还包括保罗·海泽（Paul Hazel, 1944— ）的"芬恩世家"三部曲（Finnbranch），此前在介绍"巴兰亭成人奇幻丛书"时提及的美国作家伊万杰琳·沃顿重述威尔士神话"马比诺吉昂"的四部曲，以及新西兰作家朱丽叶·马里莱尔（Juliet Marillier, 1948— ）的各部小说，尤其是最著名的"七水"系列（The

Seven Waters）。①

推理探案类奇幻。此类奇幻和都市奇幻有很大重叠，它们发生的场地都在都市之中，不同之处在于前者的关注点仅在于破案解谜。此类奇幻小说从20世纪90年代起兴旺发达，几乎与都市奇幻同步发展，但源头扎根于通俗杂志时代，"黑色佣兵团"系列的作者葛兰·库克便写过设定在奇幻"第二世界"的长篇推理探案系列"盖瑞探案"。到21世纪，市面上最火热的两套推理探案类奇幻先后被引进过国内，分别是吉姆·布契（Jim Butcher, 1971— ）的"巫师神探"系列和赛门·格林（Simon Green, 1955— ）的"夜城"系列。②

"巫师神探"系列以侦探兼法师哈利·德累斯顿在芝加哥协助破案为主线，串联起一个个精彩的神秘案件，每个案件背后都隐藏着魔法或超自然元素。"巫师神探"系列截至2020年已出到第十七本，其中许多登上过《纽约时报》畅销书排行榜，由于极度流行，该系列还曾被改编为电视剧。"巫师神探"的作者吉姆·布契出生于美国密苏里州，从事过许多职业，更曾研习跆拳道、龙拳等武术十多年，是个熟练的马术骑士，喜好比剑、歌唱、歌曲创作及真人角色扮演游戏，这些经历带给"巫师神探"系列缤纷的色彩。

赛门·格林生于英国布拉德福德，20世纪70年代初开始从事写作，但直到80年代后期方才成名。他的"夜城"系列和"巫师神探"系列不同，并非发生在真实地点，而是在伦敦城内虚构的夜侧区。主人公约翰·泰勒是有特殊能力的私家侦探，他和他的朋友在怪物丛生的夜侧区解决各种案件。该系列充满钱德勒式的冷硬风格，总共有十二本之多，与之相关的还有设定在同一世界观下的四个系列总计数十本小说。

---

① 马里莱尔的另一套凯尔特神话奇幻"比德尔"三部曲的第一部《黑镜子》有中译本，可惜后续引进烂尾。
② 不过引进出版最终都是"烂尾工程"。

罗曼奇幻流派。此类奇幻与都市奇幻中的超种族爱情小说有所重叠，但内涵更广。以浪漫和爱情为卖点的奇幻小说多为女性的专长，小说主角也多为女性，然而罗曼奇幻流派的时代背景不一定要放在当代都市之中，也可以在古代或架空世界。美国作家杰奎琳·克雷里（Jacqueline Carey, 1964— ）的"库斯耳"系列（Kushiel）小说，是21世纪以来罗曼奇幻的精品。此系列小说设定在类似西欧的架空世界里，迄今一共包括三个三部曲、一本外传和两个短篇故事。小说设定在由大神的私生子和八名天使建立的国度，这里奉行"大爱"信条，性工作都成了神圣职业，青楼妓院繁荣昌盛。小说的第一个三部曲以一名妓女之女为主人公，讲述她拯救国家的经历和其间的浪漫遭遇，后两个三部曲则是第一代主人公的后代的故事。

美国作家伊丽莎白·海顿（Elizabeth Haydon, 1965— ）的"纪元交响曲"系列（The Symphony of Ages）一共九本，讲述一位拥有"真言"能力的女性（可通过真言来定义他物或他人）和两位同伴的浪漫冒险，这位女性最终找到了真爱；美国作家安妮·毕晓普（Anne Bishop, 1955— ）的"黑宝石"系列（The Black Jewels）至2023年已出十本长篇小说和三部中短篇小说集，该系列以一位预言中将成为黑暗女王的女巫的成长故事为主线；美国高产作家塔妮丝·李（Tanith Lee, 1947—2015）也是著名的罗曼小说家，同样写过很多罗曼奇幻故事。

赛博朋克和后毁灭流派是被第三次科技革命催生的文学类型，也是前文提到的科奇幻流派的自然延伸。美国作家马修·斯托弗（Matthew Stover, 1962— ）的《英雄之死》（Heroes Die）及其延伸出的"凯恩的事迹"系列可谓优秀的赛伯朋克奇幻。该系列设定在未来人口过度拥挤的地球，统治地球的大公司为娱乐大众，设计了一个托尔金化的奇幻"第二世界"，让玩家进去玩角色扮演游戏，自己在幕后操纵。故事主人公是现实世界里的教授，同时也是虚拟世界里的名刺客凯恩，他必须同时战胜两个世界的幕后黑手,并赢得在虚拟世界的爱情。①此系列预计要出六本,但自 2012 年起一直停留在第四部。美国作家 E.E. 奈特(E. E. Knight, 1965—)的"吸血地球"系列也设定在未来,目前已出十一部长篇。在这个系列里,外星入侵者占领了地球,奴役了人类,人类的技术大幅倒退,但少数人类反抗军与外星殖民者展开了艰苦卓绝的战争。为加强统治,外星人将各种怪物引入地球,包括在夜间活动的吸血鬼,它们拥有超人的能力,让地球成为了一个恐怖的所在。

美国作家吉恩·沃尔夫(Gene Wolfe, 1931—2019)的"新日之书"四部曲与科幻搭界,乃是后毁灭奇幻中的名著。小说以一位拷刑吏学徒在未来将要毁灭的地球上的旅行为线索,此人因救下叛军首领沃达勒斯和触犯会规而遭流放,他在旅途中结识了许多同伴,共同流浪在这个诡异的地球上。该系列除正传四本和与之相连的外传及几个短篇故事外,还有两个后续系列——"长日之书"四部曲和"短日之书"三部曲。美国作家斯蒂芬·金(Stephen King, 1947—)的"黑暗塔"系列糅合后毁灭、西部故事和奇幻等多种元素,耗费三十多年才告完工,它讲述在已经毁灭的世界里,枪侠罗兰追寻黑衣人和黑暗塔的故事。此系列原为七本(全部都有中译本),2012 年又增加了一本外传。英国作家帕特里克·蒂利(Patrick Tilley, 1928—2020)的"美铁之战"系列设定在核战之后的世界。在该系列中,地下的人类成为了变种人,他们有魔法也有冷兵器,地上的人类结成美铁联邦,拥有枪炮和机械技术。两者之外还有神秘的铁大师,这些势力展开了血腥的争夺,世界呼唤着救世主的出现……此系列一共六本,皆有中文本面世。

当代奇幻小说的流派和名家还很多,难以一一列举,至于东方文化孕育出的武侠、仙侠类作品,笔者将在下一章仔细介绍。

---

① 日本轻小说"刀剑神域"系列应该从中汲取了不少灵感。

第十章　海的另一头：中式奇幻

第一节　中式奇幻的界定

　　前文洋洋洒洒九大章，从维多利亚时代讲到眼下的后疫情时代，粗粗勾勒了奇幻大发展的盛况，笔者的任务圆满完成了吗？并没有，对一部《世界奇幻小说简史》来说，毫不夸张地讲，前文只是一部西方奇幻史。这也难怪，自16世纪的大航海时代，尤其是18世纪工业革命拉开序幕以来，西方文明走上发展的快车道，不但迅速征服全球，还塑造了全球的价值体系，多少异质文明、多少独特文化在征伐与统合中化为灰烬，沦为考古学家和人类学者的研究课题……太多的民族根本没条件发展自己的现代奇幻就夭折了，或被裹挟进入西方体系，就像地球原本多样化的生态被人类整合成单纯的畜牧业和农业一样，其可能性被扼杀于摇篮之中，其现代性被复刻和解释为西方的现代性，只需看看有多少非洲国家的官方语言是殖民者的英语或法语就知道！所幸，并非所有文明都落得如此下场，抗争者中又以中华文明的底蕴为最，堪称今日世界硕果仅存的可与西方全方位比肩的体系。

　　儒、道、释三家博大精深的哲学，历代先圣的绝学教诲，缤纷飘逸的诗词歌赋，以及数千年来一以贯之的汉字之大美，是中华文明留给每个中国人的宝贵遗产，是每个中国人的文化认同之所在，中国最初的幻想文学亦孕育其中。文化作为"一个群体的人共享的价值观系统"，今日地球当然还有别的独立存在的文化体系或因子，大到伊斯兰世界，小到丛林小岛中坚持身份认同的土著，但能形成规模庞大、自成格局的奇幻文学和文化，且有对外辐射影响之势，除中式奇幻之外少之又少，《世界奇幻小说简史》不能将之摒除在外，值得在西方奇幻体系之外再大书特书一笔，将之作为本书的第十章。①

那么，究竟什么是中式奇幻？

中式奇幻——或者说奇幻——与玄幻、魔幻之间如何区别？

提出中式奇幻这一概念认知有何意义？

如果不能直面这些问题，势必产生无穷困惑。譬如现在要颁发一个"华文奇幻文学大奖"，应该邀请哪些作者？又有哪些作品有资格参选？《诡秘之主》有资格吗？多半是有的……《长安十二时辰》呢？抑或《鬼吹灯》呢？再或可以给金庸先生颁发"华文奇幻终身成就奖"吗？可以颁给作为金庸先生最大灵感来源之一的还珠楼主先生吗？

笔者于本书引子部分业已提出，在现代幻想小说的大类别里，奇幻小说是指含有不符合科学认知的超现实元素，且此种元素发挥着主导或重要作用的小说，对应的英语名词是"Fantasy"，早年间被中国台湾媒体人朱学恒译为中文词"奇幻"。②这一名词被改革开放之后、20世纪90年代于大陆形成的第一代幻想小说爱好者所广泛接受，其与科幻小说（Science Fiction）是一组对立融合的概念，彼此组成幻想小说的两大支柱，而这在国际语境上早已是约定俗成的共识。与之相应，科幻小说是建立在真实或假定的科学认知之上的幻想小说，奇幻与科幻并非绝对排斥，很多小说可能既含有不符合科学认知的超现实元素，又建立在真实或假定的科学认知之上，一般被称为"科奇幻"或"奇科幻"。

---

① 值得一提的是，日本的奇幻固然也有较大影响，但由于日本主动嫁接和刻意迎合西方文化，模仿心态过重，很多作品可视为西方奇幻体系下一个亚种变异分支，其本土特征服从服务于西方特征。

② 另一说认为，将"Fantasy"译为"奇幻"的第一人为中国台湾作家张系国，朱学恒只是沿用，但无论如何，朱学恒对这一称谓的固化和传播具有不可磨灭的贡献，因他于20世纪90年代初在中国台湾老牌电子游戏杂志《软体世界》上开设专栏时使用了相关称谓。

由于奇幻小说或科幻小说是奇幻文化或科幻文化的真子集，而且是相关文化最核心的载体，因此我们使用"奇幻"这个名词时，一般指奇幻小说，根据实际语境亦可能泛指奇幻文化，为免繁琐后文不再一一澄清。

在国内，奇幻另有一个狭义概念特指西方奇幻小说、西方奇幻文化或模仿西方奇幻小说的原创作品，这个狭义概念的产生要归咎于21世纪初，奇幻在国内持续发展，某些影响力较大的部分走出小众圈子以后，为不属于原初爱好者的媒体乃至学者所滥用，他们实际上是把众多打破传统的新思维统统视为舶来品，这是一种基于认知角度偏差的"画地为牢"，类似于把自行车当作"洋马儿"。有鉴于此，笔者不赞同这个概念，此概念徒然导致中国的文化话语无法与世界主流对接。

说明了奇幻，玄幻和魔幻就好理解多了。玄幻之名或来源于黄易，当年在很多从未接触或不了解世界幻想文学发展状况的普通读者和专家学者眼中，他们试图使用一种含有东方"玄学"的概念来与他们心目中的西方"奇幻"文类相对应，便借用和创设了"玄幻"这一称谓。玄幻在很多语境下可能等于中式奇幻或中式奇幻中的某个类别（后文分析中式奇幻的板块时将会提到），但其诞生和使用均不严谨，本书暂不采纳此名词，亦认为此名词在重新明确定义之前不适合大众传播，因其目前无法有效区分自己与武侠、仙侠、神魔等流派的关系。

魔幻是比玄幻更似是而非的概念。它在中文语境中有如下三种可能指代：第一，魔幻等于奇幻，举凡"不切实际"的幻想作品统统归为魔幻；第二，魔幻等于西方奇幻或西方奇幻中的主流，指以魔法为基础的幻想作品；第三，魔幻指主要盛行于拉丁美洲、同时辐射全球的文学现象，一种幻觉和现实混淆的独特风格，又称魔幻小说或魔幻现实主义。由于魔幻这个词有如此混淆不清的含义，理所当然，本书亦不采纳，也不推荐读者使用。

所谓中式奇幻，笔者的定义是以中华文明为根基、同时拥抱现代性的奇幻小说及文化。首先，中式奇幻从我们这个古老的东方文明的价值观和历史文化出发，拥有自己的文脉，从文字到精神都绝非西方同类作品的翻版及衍生物,即先天具有独立之品格;[1]其次,包括中式奇幻在内的中国近现代文学是中华文明与世界碰撞交流的结果,是工业革命后的产物,拥抱现代性、扬弃旧时代的文字是其内在要求,即必然具有融合之品格。在与西方奇幻的关系上,中式奇幻保有相对独立的素材库和思考方式,中西双方幻想文学的源头曾并行存在,大体上互不相识也互不干扰,但近代以来,随着工业化与全球化的加深,中国文学一方面付出代价做出调整,另一方面大力借鉴与学习了西方奇幻的诸般优点(及毛病),将其吸收和本土化,此种过程目前仍在进行之中。一个当代中国作家,他可以创作中式奇幻,也可以创作西方奇幻或其他样式的奇幻,两者可能自由转换,且均可能受到追捧和欢迎,并不被民族立场所左右。

中式奇幻的诞生有特殊的社会历史背景。鸦片战争以来,从19世纪中后期至20世纪初,在东西方"大分流"之后的大碰撞中,近代工商业城市于中国初次兴起,随之而起的是近代市民阶级和工人阶级。中式奇幻满足了新生阶级的消费需求和审美格调,它隶属于商品经济、商业文化乃至资本主义文化,具有强烈的市民意识和人文主义内涵,不同于儒家思想主宰熏陶之下旧有的武侠、仙侠、神魔等诸般文学,但它生长的土壤和结出的硕果又从未离开传统文学的滋养。很大程度上说,中式奇幻是前述诸般文学经过调整、改良之后的延续,新派武侠之于旧武侠,《蜀山剑侠传》之于《西游记》无不如此。中华文明的文脉从未断绝,只是着力吸收了时代弄潮儿的优点,中式奇幻不是另起炉灶凭空出现,不存在与过往根本性的断裂或决裂,虽然其中可能包含前所未有的新事物,[2]但其主体、至少说主体的很大部分仍一脉相承。

很多人认为中国没有奇幻,奇幻是20世纪90年代以后模仿的成果;笔者认为中国的幻想文学传统绵延数千年,和西方的传统走的不是一条路,而现代的中式奇幻与旧文学一脉相承,变革相对温和而非激进,"继

---

[1] 有的读者可能认为此一声明近同"废话",实则不然,中式奇幻很明显继承了庞大的文化遗产,与其他兄弟文类,譬如科幻的发展轨迹有所不同。
[2] 譬如率先打出"第二世界"创作大旗的"九州"系列。

承"与"改良"之间没有主次之分。中式奇幻并非西方奇幻的副产品，却是数千年传统上一条颇具新意的延长线，西方奇幻无法统辖东方，两者具有根本的个性差异。

此结论绝非空想，请让我们试着想象这样的画面：一块大陆分裂成几大王国和若干诸侯国，大陆上有国王、领主和骑士，还有精灵、龙和魔法师，这里处于善恶两神永无休止的斗争之中，直至最后决战的到来；另一块大陆由中央天朝统治，大陆上有皇帝、儒臣与书生，还有鲲鹏、麒麟和修士，这是一个人、妖、神、魔并存的世界，众生皆受轮回之苦……画面感差别大不大？这仅仅是外表，再来观察内在。

东西方奇幻文学为增强代入感，主角起初都较弱小，通过历练而获成长。历练期间，主角会被赋予一定身份，在中式奇幻里，其身份是侠客、剑侠乃至修士；在西式奇幻里，相应的身份是冒险者。

何谓侠客？《史记》及集解里形容他们"以武犯禁""权行州里，力折公侯"，并且"其言必信，其行必果，已诺必诚，不爱其躯，赴士之厄困"。综合上述形容，侠客最初是指武力强大且享有精神自由的存在，他们藐视权贵，富于人格魅力，扶危济困而不顾自身安危。

侠客的形象延续了数千年，从司马迁时代至今，随着大一统帝国的演进和儒道释精神的演化，精神内核也在原有基础上拓展外延，从"小义"到"大义"，从"重然诺"到"为国为民"，而其触犯法律、私了恩怨的形象也变得越来越正面、越来越光辉，颇为类似今日美国文化打造的"复仇者联盟"和"正义联盟"，甚至与联盟成员相似，有资格称"侠"的人亦逐渐从社会上层过渡到社会底层，[1]最后成为民间的武术门派和秘密结社。武侠小说作为通俗文学，忠实反映了这一社会现实。

那冒险者呢？显而易见，冒险者的宗旨与侠客的"助人为乐"截然不同，"冒险"是为发财致富、出人头地，此职业显然是由中世纪流浪骑士与大航海时代的自由殖民者杂交而生。在小说和游戏里，冒险者接受

---

[1] 即便有"卿相之侠"，到头来也不得不像蝙蝠侠一样把自己伪装起来。更进一步说，想想我们为何把蝙蝠侠、钢铁侠翻译成"侠"呢？

公会或个体委托的任务来获取酬劳养活自己，有时也自行出发去探索宝藏、狩猎怪物（如猎魔人）。侠客与冒险者或许都有放荡不羁、无拘无束的一面，内核却天差地别，前者的理想状态是谢绝物质利益、"事了拂衣去"，一心为他人、门派或家国奉献，后者的理想状态是在无数势力的夹缝中攫取利益；前者舍生取"义"，后者根本不懂什么叫"义"，要么只顾自己，要么就大谈"人性"。

归根结底，侠客来自大一统的东方传统社会，是真实存在或人们想象中大一统社会的润滑剂，负责消弭社会的不公不平；冒险者来自日耳曼及东欧蛮族社会转化而成的、崇尚自由的欧洲传统散沙社会，本质上是具备一定行为规范、进而得到当局认可的雇佣兵，其行为与历史上的哥伦布、麦哲伦和科尔特斯一样，时而带有掠夺和殖民色彩。从精神内核上看，尽管侠客和冒险者可以算东西方同类小说及游戏里的对应职业，但相较于冒险者，侠客离漫画中无所不能的超级英雄反倒近得多。

侠客与冒险者如此，修士、道士与魔法师、女巫，庙堂与王国等的差别也不遑多让。由于篇幅原因，不再展开举例。

放下人物，来看看地理环境。在这个维度同样可以看到，所谓幻想小说，其实也不过是人类现实生活经验的投影罢了，就像如来佛手掌里的孙悟空，万变不离其宗。几乎所有数得上号的西方史诗奇幻和"第二世界"奇幻，无论《魔戒》《时光之轮》《猎魔人》《前度的黑暗》《回忆，悲伤与荆棘》，还是"中古战锤""被遗忘国度"此等高度复杂的游戏世界，人类都居住在一块巨型大陆的西边，面对更西边的大海，大海对岸要么存在新大陆，要么存在相关传说；大陆中部则是不毛之地和沙漠，是游牧民族乃至黑暗民族肆虐之所；大陆极东部可能有富庶的"丝绸之国"的传说——观感如何？这些"第二世界"不过是欧洲白人及其后代对居住环境的复写罢了，很难说有什么幻想成分。[①]

[①] 《冰与火之歌》在巨型大陆厄斯索斯的西边增加了一个隔海相望、近在咫尺的维斯特洛，即西方大陆，其本质没变，维斯特洛等于是巨型大陆的延伸，相当于不列颠是欧洲大陆的延伸。

相对的，在部分没有现实时空背景的武侠小说和所谓"玄幻架空"小说中，无论《琅琊榜》《雪中悍刀行》《剑来》《将夜》还是《仙葫》，哪怕"九州"系列这样的完备设定，故事舞台必然设在某个位于地图中央的王朝（中国作家还特别偏好将它起名为"大唐"），此王朝并非面朝西边的大海，而是坐落在四面环海的陆地上，再不济也是面朝东边的大海而绝不会朝西。这片大陆必然西边是黄沙西域，北边有游牧民族，西南方是苗疆虫蛊，东南方有小桥流水——换而言之，这个天圆地方的世界亦不过是"中央之国"的子民千百年来对自我地位的认知。

东西方的地理认知根深蒂固，伴随着几百年、几千年甚至更长时间的文明演进而刻在脑海里，哪怕某位作家暂时离开熟悉的环境、去着意想象对方的环境，味道也显得"不纯"，很容易出现沾沾自喜、原住民却嗤之以鼻的状况。好莱坞、迪士尼根据世界各地文化形象改编的动画片和真人影视如何？中国观众不也对《花木兰》或《尚气》耿耿于怀吗？更典型的例子是笔者曾兴趣盎然的游戏系列"十字军之王"（Crusader Kings），此系列为瑞典公司 Paradox 出品的历史模拟游戏，大受欢迎的最新一代《十字军之王 3》却让笔者觉得有些尴尬。原因在于游戏的"世界地图"从大西洋海岸一直延伸到喜马拉雅山，乃至把印度和西藏囊括其中，标榜的是全面真实地展现各大势力的互动，却单单把中华文明为代表的东方摒除在外，试问"真实性"从何谈起呢？整个亚欧大陆中部的广袤空间——按现在历史学的流行说法，就是"内亚"（内陆亚洲）地区——无数游牧帝国的动向，无论柔然、突厥、蒙古，它们主动或被动的西迁……背后最大的推手之一就是"中华帝国"，结果在瑞典人貌似"理中客"[1]的模型里，此一最大变量可视而不见。事情的本质是，他们（哪怕自诩的"核心历史爱好者"）不了解东方，所以认为自己知晓的一切可以单独存在，游牧民族只配围绕地中海世界旋转，就像我们也一度认为我们熟知的世界可以单独存在。

如果中国人设计同样的游戏，同样号称模拟真实的中古时代，"世界

---

[1] 即理性、中立、客观三者的缩略词。

地图"从日本一直延伸到叙利亚边上的地中海海岸,把整个欧洲排除在外,认为欧洲对当时世界的权力运转没有太大影响,或者干脆声明没兴趣去了解几百个弹丸小国之间的"村民械斗",这帮瑞典制作者又该如何吹胡子瞪眼呢?

所以就笔者看来,哪怕在标榜"真实还原"的游戏里,在瑞典人心目中,他们有意或下意识怀有的仍是狂妄的欧洲中心主义,仍然持续不断地用一种经典而又错误的互动模型来解释世界。与之相对,在奇幻小说和幻想世界的设定中,无论"被遗忘国度"还是"中古战锤",亦充斥着此等单方面灌输。

再看看超现实元素,尤其是作品赋予人物的特殊能力,这无疑是奇幻小说的亮点所在,作者想象力最耀眼之处往往体现于此。在东方,相关能力叫武功、内力、真气或道法;在西方,相关能力叫魔法、魔力、法术和法技。

某些人顽固地认为武功是"真"的,单凭这一点,就拒绝把武侠小说归为"幻想小说"。无论如何,尽管我们不是武学专家,但必须承认,绝大多数小说中的武功是虚构性质的创造,没有一丝还原的可能,至于神奇的内力或真气就更不用说了。小说中的武功之所以给人以真实感,是因为武学和武艺存在于现实世界,并被许多人持之以恒地实践着;反过来讲,道法、符箓、炼丹等虽也来自中国本土宗教道教实践,但由于近一个世纪以来无神论成为主流,大多数人可以心安理得地将之归为幻想。①

与之相对,西方的魔法来自中世纪及更早时期的施法实践,无论诅咒、通灵还是附身、驱魔,都被认为和上帝、地狱及撒旦有关,许多法术长期被视为可怕的禁忌,很可能引发灾祸。只有在奇幻小说和设定里(以及更早时候的怪异小说里),创作者才能根据这些元素,肆无忌惮地编排出数以万计的法术。

为什么在很多中国人眼里,魔法是奇幻,魔力值是毫无疑问的奇幻

---

① 鲜为人知的是,民国时期的武术理论书里可是包含"道术研究"的章节。

设定，而内功就不算奇幻，内力值就不是毫无疑问的奇幻设定呢？

此种认知差异实际体现了东西方对待超现实元素的不同出发点，往大了还可以说是对待宗教和信仰截然不同的视角。在从未普遍接受"一神教"的东方，尤其在中国，传统思想是非常世俗的，人从不背负原罪，相反，人遵循天道，乃是天下的一份子，人与神在某种意义上甚至可以平等转换，一个人可以通过锤炼而升华自我，乃至得道后羽化、坐化，"成仙成佛"。既然人的能力得到充分肯定，那么"现实"的边缘也就顺势向外扩张，而不至于像西方那样很快触及上帝的领域和神秘的禁忌。更进一步说，由于新中国近几十年来引领了从传统中国的农业社会向工业社会的大飞跃，社会现实普照人心，由此而生的表达倾向中总是有意无意地带有"厚积薄发""突破境界""突出重围"进而升华的意愿，这在西方作品中却不多见，进而导致了超现实元素的呈现上的不同追求。

以上仅是简单举例，东西方的个性差异远远不止这些，譬如两者对"尊师重道"的不同态度，两者对人伦关系、人情关系的价值判断，骑士规范与江湖规矩，家国与王国等等，这个名单可以无穷地列举。而往往正是这些差异，决定了各自作品的文化内涵、思维方式及叙事结构。

我们不必害怕差异，事实一再证明，最受海外读者欢迎、接受度最大的中国通俗文学——尤其在网络小说之中——恰恰是本土气息最浓烈的武侠小说和仙侠小说。2014年末，中国网文"出海"的奠基之役，便是赖静平的"武侠世界"（Wuxiaworld）网站的建立——"武侠世界"在随后几年内推出了近百部武侠小说和仙侠小说连载，赢得了许多欧美核心粉丝的支持，直至2021年被韩国Kakao公司收购，但那时中国已有太多移动端的"出海"平台了。经由李小龙、功夫熊猫等形象的影响，西方人原本对功夫（Kung Fu）、道（Dao）、真气（Qi）等中国元素有一定接触和了解，无奈文明差距实在太大，因而此种了解极为片面，往往停留在隔靴搔痒、隔岸观火的猎奇层面，远及不上中国人对西方的了解。然而酒香不怕巷子深，随着中国经济的大发展，文化输出水到渠成。笔者从事过大量英译中的小说翻译，如今欣慰地看到，英语系国家的核心粉丝也正花样百出、绞尽脑汁地将中式奇幻的核心概念进行不丢失文化内涵的本地化，拼命用西方既有的概念进行代换，从中产生了许多有趣的再创作，譬如"修行"被称为"Cultivation"，原意是"耕种"；"仙人"被称为"Immortals"，原意是"不朽者"；"金丹"被称为"Gold Core"，原意是"金色的核"；"红尘"被称为"Mortal Dust"，原意是"世间的灰尘"……此种水磨功夫，此种头痛，原本仅属于笔者这样的中国译者，多年来我们一直致力于将西方经典译介进入中国，现在西方人要想体会到中华文化的魅力，也不得不受这个"苦"！

差异带来趣味，传承与底蕴决定个性，欣赏中式奇幻需用"东方脑子"，正如阅读西式奇幻需要培养西式思维习惯。明确中式奇幻的认知，便在于把本土化的原创与西方奇幻分离，将具有"国风"思维和审美的幻想作品结集起来，用高屋建瓴的视角审视它们的过去、现在与未来，进而打破内部的门户之见，打破自我设下的牢笼，扫清发展的阻碍。

现代性萌芽以前，我国有过强势的武侠、仙侠、志怪、神魔等幻想文学，注入现代性之后，诞生的是一种维持着思维和审美纽带，且共性愈发清晰的新式幻想文学，即现当代的中式奇幻，它不断追求类型创新和类型融合，作为一整套体系足可与西方乃至其他地区的奇幻文学、文化体系分庭抗礼。

对整套体系来说，眼下的一大伤害，便是许多从业人士的主观误区，总爱用武侠、历史、仙侠、神魔、志怪、传奇、古言、魔幻、玄幻等标签去分割它，令其破碎化，或者有意地圈地自萌、画地为牢、自立山头……比如很多人坚持认为武侠不行了，但从文化生态来看，包括从前文提及的对外影响辐射来看，武侠根本没有消失。之所以产生这种错觉，是人为地把武侠限定为"金庸武侠"，无视侠元素早已融入多种文类，外延扩得很大，在历史小说、仙侠小说、言情小说之中，是不是飞檐走壁的侠客、刺客的出场机会比以往多得多了呢？此类偏见反映到具体作品上，还会产生更奇特的"原教旨主义"认知，比如坚决排斥《鹿鼎记》，认为它不是武侠——当然，更没资格称为幻想小说或奇幻小说——活像二十年前西方也有人认为把"雨果奖"颁给《哈利·波特》要天崩地裂、"幻将不幻"一样，因为《哈利·波特》开辟了新方向，不是一本传统的"科幻"书，遂无权获得荣誉。

笔者最早从事《冰与火之歌》翻译时，当时的爱好者群体（应该算国内早期最核心的奇幻群体）的一大论调也是《冰与火之歌》根本不算奇幻，没有常见的魔法，拿什么去和《龙枪》媲美呢？——今日观之这当然很可笑，《冰与火之歌》明明就传承了《魔戒》乃至更早以来的西方幻想文学传统，怎能因为没有火球或兽人就活该被开除"幻籍"呢？此类"当局者迷"的认知很像盲人摸象，硬生生将生动有机的体系划分出楚河汉界，甚至非要在同一事物上搞几套班子。① 明明各个山头的力量都不弱，山下还有几千几万条好汉，只要聚集起来、建立统一战线，就可以形成很大合力，偏要紧闭不纳，各人自扫门前雪。

很多事跟修仙小说中谈感悟、谈悟道类同，感悟得小了，自然能力就弱，门槛设得太高，发展空间就小。放开眼界，正本清源，去除心理障碍，明晰来龙去脉，才是迫在眉睫、有百利而无一害的举措。

回到此前提出的问题，笔者认为完全可以邀请爱潜水的乌贼和马伯庸同时来参加"华文奇幻文学奖"，尽管前者写的可能不是"中式奇幻"，后者更多偏向"历史幻想"这样的文类。

同理，当然可以理直气壮地给《鬼吹灯》颁奖。

也可以把"终身成就奖"颁给金庸和还珠楼主。

为什么不呢？中式奇幻最辉煌、影响力最大的两个时代代表，一是新派武侠，二是网络小说，倘若把这两者，连同与之相干相连的一切蛮横地去掉，就等于挑着一副空担子晃悠，等于西方某个奇幻协会决心将校园奇幻、吸血鬼奇幻乃至"剑与魔法"奇幻去掉，留下最"纯正"的托尔金，此种阉割实属不智。

---

① 譬如一会儿将某小说界定为仙侠小说，另一会儿界定为玄幻小说，再一会儿界定为异界小说，并为之引经据典、争吵不休。

第二节 迄今为止的3.5条路径

上节介绍了中式奇幻的概念和特点，尤其与西方奇幻的区别，下文还要试着勾勒中式奇幻的发展历程、现状与未来。进入具体作品的描述之前，很有必要捋一捋中式奇幻的文脉。换句话说，中式奇幻能分为几大板块？一直以来沿怎样的路径演化？奇幻小说包罗万象，描写一只会说话的流浪猫是奇幻，描写架空世界的宏大战争也是奇幻，其中是否有主干可循？

中式奇幻对传统有明显的延续性，不妨先回头看看通俗小说的总体走向。我国的传统小说在明清时期发展到顶峰，"四大名著"彰显了四个主要方向或路径：《水浒传》代表武侠、传奇及公案小说，在它之外有《三侠五义》《儿女英雄传》《三侠剑》《雍正剑侠图》等名作；《西游记》代表仙侠、神魔及志怪小说，在它之外有《封神演义》《搜神记》《聊斋志异》《济公全传》《女仙外史》《绿野仙踪》《仙侠五花剑》等名作；《红楼梦》代表言情、世情和讽刺小说，在它之外有《金瓶梅》《儒林外史》、"三言两拍"等名作；《三国演义》代表历史小说，在它之外有《东周列国志》《隋唐演义》《说岳全传》、"杨家将""呼家将""薛家将"等名作。

民国时期的通俗文学第一大家张恨水称"中国下层社会"感兴趣的"第一是武侠小说，第二是神怪小说，第三是历史小说"，加上他自己最擅长的言情小说，可以看到，即便经历天翻地覆的政体改易之后，通俗文学的"四大金刚"也没变。新中国成立后，我国通俗文学曾出现暂时性的传承断裂和重新洗牌，而立足于当下回头审视，放眼包括网络小说在内的通俗文坛，国内原创也只因受西方影响，多出了两个重要的子文类，即推理小说和科幻小说，它们的写作手法还被大量吸纳进传统小说的体系之中，尤其是推理与武侠、历史文类的结合堪称精妙。

除开这两个增加的子文类，我国通俗文学的主体仍在四条传统路径上沿袭、改良与衍变，万变不离其宗，可以视为民族的文学传统。漫长的历史时期里，这四种文字是与西方通俗文学各类型对应与抗衡的、集中国文化之大成的品类。

综合考虑，笔者认为中式奇幻亦有四条主要路径。其中，占通俗文学主体的武侠小说和仙侠小说可归为中式奇幻的第一条路径和第二条路径，或者说是奇幻的第一个切入点和第二个切入点，其内容亦与历史小说和世情/言情小说相互渗透结合；此外的两条路径目前与通俗文学"四大金刚"无法相提并论，乃是改革开放之后，尤其是网络时代的思潮融合、竞争的结果，其中最后一条路径因眼下的不完整甚至只能视为"半条"路径，但寄托了中式奇幻腾飞的希望。

中式奇幻的第一条路径，即秉承入世精神的传统武侠创作。

传统武侠创作，便是以上节分析的侠客为核心角色、兼顾现实与幻想的创作。作为虚构作品，武侠小说秉承着中华文明崇尚侠义精神的主流价值观，其所述诸事，尤其是达成诸事的手段极为夸张，背景多设定在民族特色浓郁的古典时期，亦可设定在近代和现代。

"侠"的形象和描写最早出现于先秦诸子及《史记》《汉书》等典籍之中，此后大致经历过魏晋六朝志怪、唐传奇与笔记、宋元话本、明清白话小说及民俗戏曲等多个发展阶段，进化过程中汲取了历史演义、世情小说和神魔小说中的若干常见元素和叙事手法，到明清时期高度发达，诞生了《水浒传》《儿女英雄传》《三侠五义》等完成度极高的作品。近代以来，因西方文明介入和与世界接轨的剧烈碰撞，此文类才在推动下继续向前。基本上，我们可以把没受到外来影响的农业社会时代林林总总的作品统称为旧武侠小说，把受到外来影响、具有一定商业资本性和世界性的作品称为新武侠小说。当然新武侠小说又可细分为过渡期的民国武侠小说、港台新派武侠小说和大陆新武侠小说等等。

传统武侠创作看似道路宽广，其实极难写好，纵观武侠小说史上的名家，他们大都较为多产，各人名下的作品有十余部、数十部乃至上百部不等，但除金庸这样的特例，哪怕梁羽生、温瑞安此等大师，也有太多作品经不住历史的考验，从后观之，可读性和耐读性兼备的不多，更不用说近人的创作，往往五年后便给人"惨不忍睹"之感。归根究底，这是因为武侠小说除了人物情节之类要写得精彩，尚有三大核心因子难以把握，或可称为三大难点，好比程咬金给人下马威的三板斧。

第一，核心价值观侠义精神。"侠义"是面对社会的基本态度，毫无疑问是一种入世精神，它在尚武的基础上嫁接了求仁、重义，也就是扶危济困、重视承诺，理之所在虽千万人吾往矣，并可能伴随儒家的忠君爱国、道家的以退为进、佛家的慈悲为怀等等。故事中的侠客秉承此种精神发扬武艺、建功立业，两三千年来一以贯之，堪称一条绵延不绝的文化线索和桥梁。然而今人与古人的社会环境毕竟不同，现代作者日常生活中接触到与中华文明传统观念南辕北辙的多元价值观，不免与侠义产生隔膜、淡化、漠视乃至否定此种精神，轻率地试图以一己之力将其取代，自我定义时代的新精神，结果往往得不到广泛认同，陷入自说自话的怪圈之中。

第二，如何搭建侠客们的公会——江湖与武林。武侠小说一般不涉及"第二世界"，依托于已存在的朝代，但它在朝代背景中为侠客们搭建了独特的公会组织及运转体系，也就是江湖和武林。作为必不可少的元素，江湖有江湖的道义，有一套凭小说家想象力发挥而成的规矩、规则、信条和权力结构，一部优秀的小说总有独特的创造，能让读者身临其境，并在破解小说家设下的迷局时感受到极大的精神乐趣，很大程度上这来自小说家的阅历，而一部拙劣的小说只是拾他人之牙慧，照本宣科，毫无创见与灵感。

第三，如何描绘侠客们行走的舞台，即时代背景。武侠要入世，即根植于深厚的历史文化传统之中。创作一部优秀的武侠小说需要很多先决条件，对作家的文化底蕴有相当要求，乃至必须具备一定专业知识，否则走两步就容易散架。故事若设定在大唐长安，起码应该知道长安的街坊布局和风貌民俗吧？进一步讲，唐朝人怎么说话？与书面语差别有多大？又有哪些基本礼节？……这样的探究可以说无穷无尽。

一个作家当然不可能面面俱到，他/她可以回避语言问题，可以回避街坊问题，可以回避衣食住行，但若所有地方都采取回避态度，其创作很难不成为空中楼阁；反过来讲，如果作家对地理沿革、诗词歌赋、特产名胜乃至流行话题等如数家珍，此种功力便极易在武侠小说中体现出来，并为之大大加分。

某种意义上讲，武侠小说就是浪漫化、社会化的历史传奇，是一种"特殊的历史政治神话"，提供了"文学的家国梦"。纵观文坛，武侠小说与很多历史小说的区别，往往仅是侠客、江湖与朝堂的成分比例不同，写江湖多些的被归为武侠，写江湖少些的被归为历史罢了。当然，武侠小说中的历史不一定要死抠论文的严格标准，历史小说同样如此，描绘的目的是提供一个精彩的舞台，以求带来艺术感染力。

中国现当代历史小说有高阳、姚雪垠、二月河、熊召政、唐浩明、凌力、刘斯奋、徐兴业等人珠玉在前，这些大师的创作往往与武侠小说拥有最贴近的历史文化图景，彼此的情趣也极为接近。

对任何作家来说，武侠小说的三板斧都是下马威，以致如今许多初出茅庐的网络小说作者根本不敢接招。但一直以来，上乘的武侠小说能通过三板斧的考验，将自己打造成为最具民族特色和民族文化气质的通俗小说类型，伴随一代又一代炎黄子孙的成长，被誉为"成年人的童话"；一直以来，文与武貌似站在天平的两端，代表社会的两大理想，却能在对待"侠"的态度以及对侠义精神的需求上达成奇妙而和谐的统一，共同宣扬浩然正气和铮铮铁骨。毫无疑问，这是中式奇幻值得骄傲与铭记的辉煌历程，彰显了中式奇幻的可能性。

然而近十年间，社会上却频频出现"武侠已死，有事烧纸"的悲观论调，笔者此前已表明态度，此论调虽说是结论先行的浮躁言论，但对某些固步自封者亦不失为振聋发聩的警钟。

武侠小说肯定不会灭亡，中式奇幻的第一条路径也并非死路，只是很多人的眼光刻舟求剑地停留在金庸时代，顽固地秉持上一节中所说的那种画地为牢的思维方式，给自己设定一个高山仰止的偶像样貌。近代以来，中国的通俗文化潮流无一不伴随现代化进程，无一不需契合时代的精神气质，其"见风转舵"幅度不可谓不大，君不见，古典的武侠小说不是男尊女卑、忠君节义的典范吗，近现代的武侠小说却纷纷宣扬男女平等、独立自由？无论金庸还是古龙，他们都擅于抓住时代脉搏，在那个时间点上，在匡扶正义、斩妖除魔的侠义精神中恰到好处地融入近代市民文化和启蒙意识。随着20世纪末至今前所未有的大发展，读者、作家包括本书的笔者在内，大家都生长在一个安定富足的平民时代，与颠沛流离、漂泊江海的上一代或上上一代相比，彼此的生活经历和面对的问题截然不同。前人须得承受兵戈战乱，时刻担心吃不饱饭，现代人要的是出人头地，比拼的是职场、追求的是享受，既然通俗小说的最终功用须令大众喜闻乐见，怎能认为引起读者共鸣的方式会一成不变、完全相同呢？又何必非要哀叹、抵制顺应时代而做出的改变呢？这等于是对金、古的背叛。

武侠不是非要兵荒马乱、风尘仆仆、大漠客栈、残阳浴血、滚滚红尘、行善除恶……只要保持核心价值观，它可以是一个幽默故事、一个探险故事、一个校园故事，或者一个职场故事，它也可以是一个言情故事、一个玛丽苏故事……网络时代的年轻读者仍是中国人，仍旧接受着中华文明的全方位浸润，他们心中的江湖、他们的武侠梦没有泯灭，只是他们希望的乌托邦更接近盛世诗篇，更渴望看到有烟火气的凡人英雄，他们所追求的图景比上一代更加自由、快意、新奇、刺激、精致和鲜艳，而观察和适应社会进程本就是作者的责任。

不能审时度势，自然会被"乘虚而入"。不妨说，自网络小说的大潮到来，尤其是2005年、2006年以来，传统武侠小说的阵地出现了大范围泛化、淡化，而中式奇幻第二条路径催生出的仙侠小说大量挤占了原本属于传统武侠小说的读者群。仙侠小说无拘无束、天马行空的特色使得传统武侠小说显得是那样的束手束脚、笨手笨脚，甚至有些陈旧迂腐和矫揉造作，更使得某些墨守成规的作者无所适从，而仙侠抛开历史、寻求出世的价值观，又令创作难度和阅读门槛大大下降，对读者和作者都更友好。于是乎除死忠迷之外，大量的泛武侠读者和新读者悄悄转移了阵地。

中式奇幻的第二条路径即含有彻底摆脱现实的能力、进而具有出世倾向的作品，或因最具代表性的"仙"元素简称为仙侠小说。

仙侠，顾名思义脱胎于"侠"，但"侠"的属性是"仙"，"仙"在这里不仅指代仙人和成仙得道，还泛指东方人想象中其他一切足以彻底摆脱现实的神秘能力。既然能摆脱现实，无须像武侠小说那样兼顾现实与幻想，那么人物和情节是否受时空约束，是否遵守人间的侠义精神也就不再是必不可少的了，规范此种能力的将是另一套由"天庭"或"修真联盟"等奇幻组织制定的行为准则，追求强大、自在、长生或逍遥就此成为可能。

"仙"作为华夏文明的特有理想，上可追溯到上古先民对长生不老、逍遥天地的向往，追溯到《山海经》《庄子》等先秦文化典籍，追溯到天人合一精神之中孕育的道家思想。自道教兴起以来，仙人的形象频频出现在汉魏之际的志怪小说和唐代的笔记传奇之中，留下《搜神记》《列仙传》《神仙传》等名篇，至于古典社会对神秘能力的尊崇与畏惧，从西汉末年至宋朝盛行的图谶之说中即可见一斑，乃至影响多个王朝的更替兴衰。与侠客相似，得道成仙者的原始形象在宋、元两代继续演化，通俗文学繁盛的明清时期出现了长篇神魔作品，如著名的《西游记》《封神演义》，而后又从武侠小说中演变出描写修道者行侠仗义的古典剑仙作品，如《绿野仙踪》《三遂平妖传》《女仙外史》等，其他门类小说（譬如各种通俗演义、《水浒传》等）也不乏一脉相承的仙人桥段。

从手法上讲，仙侠小说不妨说是在传统武侠小说的基础之上，改变或部分改变其入世性质进而衍生的流派。狭义的仙侠小说，或称古典剑仙小说，便是指剑侠如何修炼成剑仙，而后得道归隐或继续行侠仗义的故事。此类作品作为仙侠小说的重要一环，虽宣扬出世，往往也保留了入世的一面，它们是武侠小说的蜕变体，往前跨了一大步，但没走完全程。此类作品在明清时期最多，剑仙也像侠客一般有模有样地处理人间不平事，事后却神龙不见首尾，或留下"天机不可泄露"的谜语飘然而去。

而在目前市面上，仙侠小说最大类别为所谓修仙/修真小说。它们大都已经远离俗世，主人公对人间毫无兴趣，其演进中又逐步分化出"轮回言情""系统流""无限流""灵气复苏流""洪荒流"等若干子流派，发展势头迅猛，颇受读者青睐，乃至盖过第一条路径，一度跃居网络小说各门类之首。此苗头从黄易时代就已浮现，某些聪明的作者大胆求变，犹如当年还珠楼主另辟蹊径一样，不惜打破港台新派武侠的经典叙事结构，肆意添加新元素，呈现更天马行空的幻想故事。

为什么当下那些"聪明"的作者急于改变小说的入世性质呢？

如前所述，武侠对历史时空具有强烈依附性。我国是世界上唯一绵延数千年不断绝的文明，对历史的执着可能位列各大民族之首，而侠客本是历史上的真实人群乃至职业，民众的社会心理会自然而然代入具体时空去想象他们，舍此则说书人难讲故事。侠客，就意味着进入滚滚红尘之中行侠仗义，"红尘"可以是某个朝代的真实版本、某个朝代的虚构版本，乃至虚构的朝代，这点并不重要，因它始终由无数耳熟能详、约定俗成的元素构成，受到严格限制。正因武侠小说的此种依附性，它必须表现得"合情合理"，譬如侠客必须受到一定生理机制制约，虽可飞檐走壁、内外兼修及点穴制敌，但轻功再好也不能御剑飞行，内功再强也无法呼风唤雨，点穴再猛也不可摄人魂魄；再如朝廷或朝廷的化身一般压倒性地超越所有门派，皇帝和大臣的权威已然注定，武林人士武功再好，也绝对无法撼动历史大潮，顶破天只能扳倒虚构的国师、护法之流。换句话说，武侠小说无时无刻不在提醒读者"我不完全是假的"，书中的侠客鹤立鸡群，但没有升华到"不是人"的地步——他/她也要吃饭（不能"辟谷"），也会受伤（不能"重塑肉身"）——武侠故事的宿命就是在幻想的基础上努力冒充真实感，并希望读者也跟着"难得糊涂"一把。

这便是传统小说的创作方针，幻想与现实、历史交织。从《西游记》《水浒传》到《红楼梦》《金瓶梅》，无论古典名著的虚构成分占多大，行文中总在不断回归历史，提醒读者"我是真的"。正由于这点，很多中国人会质疑武侠小说是否是奇幻小说或幻想小说。

但仙侠小说可以是另一码事，它可以选择不和中国历史沾边，它开宗明义地告诉你历史时空之上、之外别有洞天。仙侠小说把具体时空称为俗世，在俗世之上，可能有视人间为无物的九天洞府、无上天宫、玄门道尊……完全不用理会、不必遵从人间的物理法则和思想约束。

传统武侠的难点在于前文说到的"三板斧"，不但要作者遵循侠义之道，还要对中华文明的方方面面有信手拈来般的了解，无论江湖切口、诗词歌赋、琴棋书画、民情风俗最好都能学得像模像样，了解得越多、越细，就越可能把侠客装进时空之中，而不显得面目模糊或夸张失真。这样的要求，对处于现代转型期、处于变革时代的年轻作者来说尤为困难，很多人根本无所适从，要想写得轻松，只能开动头脑，改弦易辙，加大超能力的比例，最好是从框架上突破，变入世（进入具体时空）为出世（离开世俗世界），避开"三板斧"。

当然，打破限制并不意味着作者可以不学无术地乱写，中华文明是中式奇幻的根基，脱离具体时空之后，如何重组元素，把东方色彩表达得淋漓尽致，仍要考究作者的功力。倘若缺乏积累和融会贯通，便只能把各种元素随意杂交，往往呈现不中不西的"四不像"状态，此类作品又被许多人称为异世界小说，在草莽时期或许可风靡一时，但尘埃落定后要出精品更为困难——顺带一提，日本的轻小说很多就是这种状态。

总而言之，仙侠小说的最大意义是"解放"武侠小说，这也是为什么中国武侠小说的幻想程度往往大不如西方奇幻（因为受到历史约束），而仙侠小说的幻想程度又大大超过西方奇幻（因为超脱世俗，近乎无拘无束）。

武侠和仙侠之间，显然存在一个相当辽阔的过渡地段和模糊地带，很多作者既想运用更多超能力，又不愿或害怕因此彻底告别历史时空。上文提及的古典剑仙小说便落在此模糊地带，翻开林林总总的文学理论和教科书，可以在不同的学者介绍"武侠小说""志怪小说"或"剑侠小说"的不同章节里，看到同一批唐传奇被反复引用，原因亦在于此。哪怕公认的、貌似铁板钉钉的武侠小说，其实也不那么"纯粹"，譬如金庸写乾坤大挪移、八荒六合惟我独尊功和六脉神剑，这些功夫完全不合逻辑，没有半点真实，恐怕许多仙侠小说里数百年功力的老妖也施展不出，试问六脉神剑和"隐形飞弹"这样的厉害魔法有什么区别呢？只能说创作的"度"非常微妙，如果作者只是偶一为之，可能会被选择性无视，作品仍归为传统武侠，但一旦越界就是条不归路，作品也会不自觉地向仙侠的方向大步靠拢。

从文笔上讲，古典时期仙侠小说的巅峰是晚清的《七剑十三侠》和《仙侠五花剑》，系统构架的巅峰则毫无疑问属于《封神演义》。《封神演义》融合道教典籍，建立了一套近乎完整的世界体系，在前人基础上极大拓展了法宝、斗法、斗阵等各类设定，令读者耳目一新，此套设定直到数百年后《蜀山剑侠传》问世才又有所突破。

近代西方的工业文明传入后，东方仙侠与之出现了严重的错位与不匹配，此种不匹配被"有识之士"迅速拔高到迷信和科学之争的层面。由于近代以来中华文明处于弱势，文化上处于严重"入超"的被影响地位，仙侠小说创作受此影响猛然跌入低谷，及至受到社会舆论的谴责与批判。试想，连打着"武术强国""自立自强"招牌的武侠小说也时而被贴上麻痹人民的标签，更不用说神怪出没、摆明了与自然科学唱"对台戏"的仙侠小说。在那个救亡图存的觉醒年代，知识分子的火力不对准此等"闲书""毒草"又该对准谁呢？亏得民国时期大师辈出，又有《蜀山剑侠传》横空出世，生生拉高了水平。有人说"蜀山"系列堪比西哲领域的康德，如同包罗万象的水池吸收了过去的精华，实现了化学反应，并为后继者铺平了道路。从很多方面讲，《蜀山剑侠传》都有点超越时代的意味，它优秀到暂时穷尽了套路，金庸、古龙等大师均心甘情愿地承认从中汲取了大量养料，借用或套用了诸般素材——这也体现了中式奇幻的共通性，无论第一条路径还是第二条路径，它们本是同根生。

某种意义上讲，乱世有利于入世型创作，生于乱世，人们总渴望改变社会，推翻压迫者；治世有利于出世型创作，生于承平日久的治世，世道清平、国泰民安，人们更多希望提升人生价值，享受生活，乃至"长生"。第一条路径和第二条路径的交替演进，或许辩证地体现了这点。

当代仙侠小说是网络时代的产物，是网络的自由创作精神与西方现代奇幻带来的想象力冲击共同作用的结果。21世纪的中国人物质生活逐渐富足，喷涌的创造力在不断的复刻尝试中寻求升华机会，既然港台新派武侠的框架限制太多，水就要流向别的地方，文化遗产如此丰富，作者们很容易迈过金、古向前追溯还珠楼主，追溯《西游记》《封神演义》——类似于游戏的"重置技能点"和"点出另一条技能树"——并在此过程以某种粗暴的方式、以大步奔跑的姿态颠覆传统武侠创作，顺带实现对"蜀山"系列水到渠成的突破。

这股浪潮之中，经由商业资本加持，更由于社会大环境影响，仙侠的概念也逐渐娱乐化和庸俗化了。如若传统武侠尚留有精神追求的余暇，始终秉承侠义精神，许多现代仙侠小说恨不得把道德完全抛弃，不要说什么侠肝义胆与两肋插刀，甚至长生逍遥和天人合一也不值得稀罕，道家观念中淳朴的斩断欲念、大道无为让位于名利爱欲、碾压对手，让位于打怪升级，重点全放在自我成就和实现欲望之上。现代中国人长期处于国家滚滚向前的高速发展环境中，他们太渴望成功了，生怕被社会抛下，于是乎无论"小白文"还是"老白文"，修道修仙者与身边的打工仔都没什么实际区别，仙凡的思想境界竟无高低之分，无不洋溢着对功成名就、权倾天地的臆想。换句话说，仙侠小说往往可被视为"快快发财、快快升职"的"YY文"。

此种扭曲、异化的仙侠作品固然是当代中国的特有现象，却也是中式奇幻第二条路径不得不思考和回答的问题。正因精神内核上的贫瘠，致使很多文笔较优秀的作品，往往空有一套繁复到令人眼花缭乱的力量体系设定，其他方面几近空白，不消说文学价值，就拿到通俗文坛也难以争雄天下，擦出短暂的花火后注定被世人遗忘。所以，我们才需要第三条路径、第四条路径，需要路径之间更多的融合，需要写出更有意义与内涵的"第二世界",而不止是一套充满爽感的力量体系。

最后,如果说武侠小说与历史小说的类型融合做得最好,以至当代的武侠元素更多要到历史小说中去寻觅,那么仙侠小说与言情小说的类型融合也不遑多让。仙侠故事的时间线往往拉得很长,亦不受王朝兴衰的约束,更能塑造"三生三世"式的缠绵悱恻。不同种族的个体之间萌生的感情素来深受民间喜爱,《白蛇传》《聂小倩》《画皮》等传说的现代改编进一步拓展了言情空间。

中式奇幻的第三条路径是移植西方现代奇幻文学的写法乃至部分文化元素、背景设定,进而诞生的西化作品及同人型作品。它们的主要出发点是照搬自托尔金《魔戒》以来西方创造幻想世界的丰富经验和现成套路,钻研"龙与地下城"成熟的构架模式以及若干经典IP的设定,依葫芦画瓢加入中国元素,试图通过模仿迅速赶上世界潮流。

从实践上看,这有点类似于奇幻界的"洋务运动"。由于西方奇幻在写法和成就上一度大幅领先,好比当年的洋枪洋炮,此条路径在一段时间内无疑算得上是立竿见影的,其最突出的成果就是2001年底最初提出,经由论坛讨论、集体创作而于2003年诞生的"九州"世界。"九州"的诞生有赖于参与者的兴趣与热情,[①]并很快吸引到大量有才华的作家和奇幻爱好者,演变成拥有多本杂志、[②]数十本单行本以及数千万网络文字的庞大世界,辐射到影视、游戏等产业,至今仍为核心粉丝津津乐道。

然而盛名之下,"九州"暴露的问题亦太多,2007年发生人所共知的恶劣争吵,进入21世纪第二个十年便已处于青黄不接、难以为继的窘境。表面上看,似是因为年龄、经验等现实原因,一度热血澎湃的参与者们在摸索前行的过程中,难以在商业考量和写作理想之间达成平衡,进而导致了无可挽回的分裂和版权归属的混乱,既伤害了读者也伤害了自己;但从内核看,"九州"发展到一定程度后,其生存和突破空间本就有限,乃至后来的参与者仅仅是挂了个"九州"的名头,就另起炉灶开辟各种

[①] 核心是"创世七天神",即最初参与整个体系构建和撰写的七位主要作者。
[②] 最初阵地是在科幻世界旗下的《飞·奇幻世界》,后来又有《九州幻想》《九州志》等专刊。

新时代。由于搭建之初受成熟的体系影响太大，西方体系一时的压倒性优势大大限制了参与者们的眼界，熟悉奇幻设定的朋友，几乎可从每部著名西方奇幻小说尤其是"龙与地下城"游戏中看出"九州"世界对应的天文、地理和种族的原型、世界观塑造的模式等等。

这使得"九州"本质上处于尴尬境地，它既是中式奇幻的开创者之一，打着国产旗号，但某种程度上"核心密码"却不在中国，提出的若干符号味道不纯，与中华文明不匹配，活像一群中国人披着凤冠霞帔表演《莎士比亚》，而由于早期架构上的局限，后期也很难像《王者荣耀》那样逐步、渐进地实现中国化的转变。先天的缺陷使得"九州"与本土新生代原创奇幻作品，与那些仅仅是受到西方奇幻随风潜入夜的隐形影响、而不是在技术上通盘借用"龙与地下城"的作者们竞争时，天然腾挪不开，按最通俗的话说就是"不接地气"。

换句话说，至少在"九州"再度革新之前，以旧有状态恐怕难以抗衡中式奇幻味更纯的网络小说，尤其是成熟期的第二代网络小说。

当然，除了"九州"这样的"黄皮白心"式移植，另有一批干脆从形式、设定包括命名都全盘向西方、日本靠拢的小说，这些作品当然也有可取之处，或能获得局部成功，但由于中华文明和西方文明调性上的差异，恐怕从长远和整体上看只能居于小众……除非，将来中国决定像日本一样头也不回地"脱亚入欧"，才有可能通过类似日本对动画、漫画的改造，[1]经由对大众长期反复耳濡目染式的轰炸而脱胎换骨地成为主流。

由于第三条路径大体符合近代以来日本人的做法，也可以把它称为"日本路径"。

中式奇幻的最后一条路径，乃是"幻想中的再造"，笔者称为"再造东方"，与某些学者定义的玄幻有近似之处。此种作品的愿景，是把历史中国与经过现代化洗礼的今日中国融为一体，站在今日的基础上去再造一个"历史中国"，重建东方时空，赋予源远流长的中式奇幻以当代普世

---

[1] 日本奇幻把东方的脸孔和西方的服饰、环境、设定相结合。

性的精神内涵。①

由幻想创造的"历史中国",其内核是新旧结合的,既符合今日大众的审美和价值观,又继承了数千年文明的余绪。更准确地说,这是伴随网络时代而生、写作野心最大的"东方第二世界原创奇幻",其手法理应是大胆设定,同时以中式思维去严格推演。它并非"九州"那样拿来主义的"第二世界",而是更有自信和原生态的"第二世界",它不是依样画瓢,套用种族、职业、善恶、星象、大陆、魔法体系等"龙与地下城"的模板进行演绎,而是以中国文化的底层逻辑生成,最大程度地契合中国人的情趣。

譬如说职业,为何东方世界要遵循战士、魔法师、牧师的三角关系呢?为什么不能是道士、和尚和锦衣卫?为什么不能是"法修"或"体修"?或者干脆只有修士?甚至,为什么非要引入职业这个角度呢?

譬如说等级,为何非要数值化呢?从古至今,我们都不是一个在数据上斤斤计较,反而是追求写意的民族。反映到作品的力量体系里,为何要一个萝卜一个坑地设置某某法术产生多大能量,某某法术克制某某法术呢?

如何讲述东方风格的奇幻故事,本是网络小说诞生之初便被不断提及且反复实践的命题。早年间在西方现代奇幻文化的刺激下,创作者们走的主要是上文总结的第三条路径,其中除"九州"这般仿照西方世界体系模板建立东方世界体系的尝试,亦不乏《紫川》《佣兵大陆》《亵渎》这等遵照西方奇幻小说榜样的再创作,虽然在大批西方名词、设定中掺杂了一些本土化内容,但总体上缺乏东方文化独特的内涵。如果长此以往地走下去,可以想见中国奇幻将与日本奇幻殊途同归,走向同一条道路,在大幅抹杀历史个性的同时创造出某种程度上附庸于西方文明的新文化。

网络时代,提供不属于现实,但让人备感舒适、亲切乃至刺激的生活,乃是小说的重要功能。中国人享受的天然祝福——某种程度上也是

---

① 与之相对,科幻文学的追求则是站在今日中国的基础上去创造一个"未来中国"。

"诅咒"——乃是中华文明像《阿凡达》里潘多拉星上的圣树一样源远流长,拥有海量的精神和物质积累,目前看来不可能脱离此种积累的影响。正因如此,蕴含东方内核的精彩故事,才在人们心目中天然具有合法性,哪怕"不成器"的国产游戏,也能拥有无数痴心不改的拥趸。

在创作层面,倘若仅仅立足于积累,就只能在传统的武侠乃至仙侠道路上行进……何妨换一种思路,放弃表面的现实,抒写高于现实但又能被中国人的文化心理认同的平行世界体系呢?去除或扬弃日漫元素、欧美游戏元素等等,着力彰显中国气派和中国风格,让人们经历一段符合其文化教养的幻想人生,给新世界打扫一片落地生根的空间。

从类比的角度看,若说第一条路径和第二条路径类似西方奇幻中的剑与魔法小说,第四条路径则类似西方奇幻中的新旧史诗。但中式奇幻不会设定在罗马时代、黑暗中世纪或维多利亚时期,也不一定非得具备正邪对抗的主题。

截至目前,在这条再造中国的路径上走得更远的,包括《剑来》《英雄志》《天行健》《雪中悍刀行》《将夜》《天之下》《庆熹纪事》等等。这些作品无疑都有开创之功,对创作经验的总结也具有极大价值,但或多或少存在较明显的缺陷:有的缺乏再造时空的自觉,历史拿来主义太浓,书中朝代、人物、组织不但能直接对应现实的朝代、人物、组织,往往连姓名都懒得替换;有的只营造了幻想世界的某一部分,对其他部分既无心也无力修饰,因而缺乏实感;有的想象力不足,幻想世界欠缺特色,只是一堆元素或几个时间段杂交的拼盘;有的拉出好大的架子,却不知如何填充并收尾……总之,当前的作者笔下的东方世界多未做到似曾相识、触手可及而截然不同,还很难画龙点睛而不违和地添加精妙的奇幻设定[1]。

鉴于这条路径迄今没有完全走通,作品普遍缺乏厚重感,不足以像《魔戒》《三体》或《射雕英雄传》那样开天辟地、震古烁今,为后世奠定基础,所以笔者目前只能将这条路径归为"半条路",但中式奇幻未来的希望毫无疑问寄托于此。

---

[1] 譬如《冰与火之歌》在"真实中世纪"中添加的龙族,《时光之轮》添加的两仪师等等。

第三节 "心中的江湖"
——近现代的传统创作

既然中式奇幻走过的历程与西方奇幻非常不同，诚如国家民族并非同步发展，两种文明体系下的通俗文学也绝非沿着平行轨迹向前。如前所述，中式奇幻创作具有鲜明的两面性，一方面受文化传统影响极深，历经政治动荡，文脉却不绝如缕；另一方面在西方文明大规模传入、近代市民阶层形成之后，为满足他们的趣味而诞生的作品确实具有前所未有的品性。因应本书体例，笔者必须"武断"地界定叙述的起始点和终结点，而非不断向前回溯，这个起始点姑且定在民国肇始（1912）。民国乃中国初次建立共和政体，无数新思潮、新意识脱颖而出，本节着力描述的是从那时起的文学发展轨迹，与之相对，终结点姑且设定在21世纪头一个十年，网络大潮于兹汹涌澎湃，中式奇幻也进入了网络的大幻想时代。

中式奇幻百年来的风云激荡伴随着国家民族的风云激荡，变化之剧烈尤胜西方。抛开网络时代催生的后两条路径，在这一时期，第一条路径（武侠小说）总体占优，往往达到十之八九的比例，第二条路径（仙侠小说）泰半为辅，直到最末期才反客为主，这或许应和了上节提到的"乱世"与"治世"对文学的影响及辩证关系。基于此种态势，本节介绍的大多是武侠小说家，只有还珠楼主等极少数人以仙侠小说闻名，但许多武侠小说家的推荐作品列表中包含仙侠小说，由于篇幅关系，文中一般不专门辨析、说明某小说究竟属于武侠还是仙侠。

遥想辛亥革命之后，国体更改，市民兴起，我国通俗文学迎来欣欣向荣的大好局面。武侠、仙侠小说不仅以民俗特征和民族化的内容贴合大众审美，尤以幻想属性颇解当时积弱积贫、备受欺凌的中国人的苦闷，甚能反映老百姓内心深处的反抗意识，也迎合了新青年对尚武精神的渴求，因而曾如雨后春笋般纷纷涌现，令人目不暇接，后世回顾时或认为当年的旧小说"十之六七属于武侠方面"——据统计，从20世纪初到新中国成立，有案可查的武侠小说家有一百七十多位，发行量动辄达到十万册之多，[①]武侠小说的正式分类也出现于此一时期。原本写言情、写历史的作者在报刊编辑和出版商的哀求之下，不得不纷纷加入武侠内容以招揽读者，据说南方所有知名报人都参与过武侠创作，连老舍、鲁迅这样的大师也有《断魂枪》《铸剑》此等作品流传后世。

不过新局面更多属于民国中后期，晚清和民国的前十年尚属过渡，市面上除谈论国术技击、倡导武术强国的作品之外，[②]多为延续前清风格、渐呈僵化的半白话公案武侠和仙侠，如河北著名评书艺人张杰鑫根据《施公案》《彭公案》改编的《三侠剑》、常杰淼的《雍正剑侠图》、唐芸州的《七剑十三侠》，以及更早些时候的《仙侠五花剑》《永庆升平全传》等等，主要内容仍是侠客辗转报效官府和明君，除暴安良、拯救苍生——所谓老成持重，甘当朝廷"鹰犬"是也。此类作品在清朝中后期达到顶峰，最具代表意义的无疑是伟大的评书艺人石玉昆根据《包公案》改编创作的《三侠五义》（后有修订版《七侠五义》）《小五义》及《续小五义》。各书的情节和精神核心如今看来过于迂腐、封建，但和特定时期的旧派武侠或新派武侠一样，符合当时社会的意识形态，为底层民众所喜闻乐见。公案武侠、仙侠又多与评书、戏剧联系紧密，以曲艺说书的形式广泛流行。

1919年，"五四运动"爆发，新文化运动和"文学革命"继而兴起，社会剧变中的中国开始大量翻译西方小说，大胆借鉴西方的创作手法和文学样式，同时广泛推广白话文。经此刺激与学习，20世纪20年代的通俗文坛上涌现了人称"南向北赵"的两大武侠小说巨子，他们率先走出过时的公案武侠模式，勇敢拥抱现代性，奠定了现代武侠小说的基础地

---

① 与之相对，按照瞿秋白的说法，新文学作品至多只有两万册销量。
② 此类较好的作品有林纾的《技击余闻》、钱基博的《武侠丛谈》等。

位。武侠小说遂与当时的世情、言情小说①并立而起，共同营造了通俗文坛大繁荣的局面。

平江不肖生（1890—1957），本名向恺然，湖南平江人。他文武双修、交流广泛且具有强烈的民族意识，对当时的江湖武林有深入接触，十四岁时因阅读陈天华的《猛回头》而被学校开除，十六岁自费去日本留学，二十二岁便有《拳经讲义》刊登于《长沙日报》。1922年开始，平江不肖生大力投入武侠创作，尝试通过小说激励国人以武健身、以武强种，其处女作《江湖奇侠传》便一炮打响，改变了文坛格局。②《江湖奇侠传》涉及人物众多，基本线索可概括为昆仑派与崆峒派两大阵营的矛盾斗争，但情节由若干人物小传和故事片断堆垒而成，不存在当代长篇小说的谋篇布局。平江不肖生在书中既写拳术、兵器，也写飞剑、法宝，明显受到《封神演义》的影响——换句话说在他那时，武侠和仙侠根本不用区别——并穿插糅合了大量湖南的乡野民俗，堪称是个湘楚风情的大杂烩，最著名章节是民国时期一连改编为十八部电影、带动中国武侠电影第一次高潮、让电影公司赚得盆满钵满的《火烧红莲寺》。

平江不肖生尤为醉心收罗奇事奇人，行文飘逸、虚实结合，③想象力和意境方面虽不如此后的《蜀山剑侠传》，文字技巧却不遑多让，可谓给了武侠、仙侠小说独立的品格，因此《江湖奇侠传》一时洛阳纸贵，数年间再版十余次之多。不过此书长达一百六十回，后半部分（约从一百零七回起）并非平江不肖生亲笔，而是他人代笔完成，今人重读时值得注意。

平江不肖生的武侠、仙侠、志怪、民俗小说除《江湖奇侠传》以外，还包括《近代侠义英雄传》《江湖大侠传》（又名《玉玦金环录》）《江湖

---

① 亦称鸳鸯蝴蝶派、新洋场小说，内容倾向媚俗，历来有张恨水、张爱玲、刘云若、予且等代大师。当然，此类小说中亦不乏侠义元素。
② 平江不肖生在创作《江湖奇侠传》前还发表过轰动一时的黑幕小说《留东外史》，大胆揭露在日本留学的中国学生的种种现状，其中业已含有诸多武侠因素，而正因此小说开罪了不少贵人，才间接促成他以写作为生。
③ 今日"鬼吹灯"系列的作者天下霸唱很大程度上就继承了平江不肖生的风格。

小侠传》《江湖异人传》《江湖怪异传》《回头是岸》《江湖异闻录》《拳术见闻录》《现代奇人传》《半夜飞头记》和《龙虎春秋》。这些作品多具一定纪实性质，记叙当时流传的侠义英雄和武术流派，它们固然奠定了现代武侠、仙侠小说的很多重要概念，如内功外功、门户之争等等，但也原原本本继承了旧小说的结构散漫、倒叙无穷的毛病，写着写着便偏离主线，从一个人物领出另一个人物，新人物登场后另起炉灶进行完整交代——此种无限"套娃"、喧宾夺主的手法又名"挖云补月"，使得小说"虽云长篇，颇同短制"。

赵焕亭（1877—1951），本名赵绂章，字焕亭，河北玉田人。据说赵焕亭生于官宦之家，家境优裕，早年曾周游大江南北，实地考察，亲身实践"读万卷书，行万里路"的古训。他注意搜集各地轶闻掌故，从前人的野史笔记中积累素材，还写得一手精彩的文言随笔，最终于1922年，也就是《江湖奇侠传》创作的同年开始连载长篇武侠小说处女作《奇侠精忠全传》[1]。该书文采斐然，继承了历史传奇和晚清公案小说的传统，内容上以清朝乾隆嘉庆年间杨遇春兄弟平苗疆和白莲教之事为主干，但不取"演义"体例，间杂以杜撰的剑客故事及白莲教的种种异术奇闻，在描写世故风俗中融入大量"土话"，表现出浓郁的人情味，不但勾勒了一个现实版的江湖，更将苗疆的强悍民风临摹得传神而富有生气，只可惜思想陈旧、立意不高，停留于劝善惩恶、宣扬忠孝节义的层面，个中还颇多犯禁的情色场面。赵焕亭自抗战爆发后基本退出文坛，专事书法，他除《奇侠精忠全传》外还有其他二十几部小说，基本取自清代历史再加以武侠化发挥，其中《英雄走国记》《双剑奇侠传》《惊人奇侠传》《北方奇侠传》《奇侠平妖录》《蓝田女侠》《江湖侠义英雄传》《大侠殷一官轶事》《殷派三雄》《山东七怪》《双鞭将》《康八太爷》《风尘侠隐记》和《南阳山剑侠》均可一观。

"南向北赵"出道之后，创作思路被解放出来，国内一度形成以报业

---

[1] "武功"这个词便首次出现于此书中，作为对结合道家罡气、神乎其神的技击技能的称呼。

繁荣的南方（主要是上海）为主导的武侠小说创作局面，涌现出数员健将：

陆士谔，代表作"雍正剑侠"系列（包括《雍正游侠传》《八大剑侠传》《七剑八侠》《七剑三奇》《新剑侠》《小剑侠》）以及《红侠·黑侠·白侠》《三剑客》《剑声花影》《八剑十六侠》《今古义侠奇观》《飞行剑侠》《江湖剑侠》。陆士谔是著名中医，也是著名作家，一生创作小说百余部，除武侠小说之外包括预言上海世博会的《新中国》，著名谴责小说《新上海》，惹来原作者抗议的续作《十尾龟》和《续孽海花》，纪实名篇《最近社会秘密史》等等。

张个侬，与陆士谔交好，以武侠小说和言情小说见长，代表作为"四大剑侠"系列（《少林剑侠》《武当剑侠》《峨眉剑侠》《龙门剑侠》）以及《现代武学大观》《石破天惊录》《九义十八侠》《南北异人传》《关东奇侠传》《南北游侠传》《一枝兰盗侠演义》《五台山打擂》《千里独行侠》《怪侠锄奸记》《侠女诛仇记》等。

姚民哀，代表作《四海群龙》《箬帽山王》《南北十大奇侠传》《江湖豪侠传》《山东响马传》《盐枭残杀记》，以讲述会党秘闻见长，首次清晰地写出了绿林会党这一民间亚文化地下社群的生存状态。

顾明道，代表作《荒江女侠》。顾明道擅长言情小说，曾化名"梅倩女史"写社会言情小说而成名，《荒江女侠》此作亦以花前月下、侠骨柔情见长，首创"侠侣"模式，民国时期被改编为十三部电影，仅次于《火烧红莲寺》。顾明道另有武侠、仙侠小说《浊世神龙》《侠骨恩仇记》《龙山王》《侠女喋血记》《阴阳剑》《胭脂盗》《草莽奇人传》《血雨琼葩》《海上英雄》《红粉金戈》和《剑气筲声》，其中多有佳品。

文公直，代表作是具有强烈爱国主义精神的历史武侠"碧血丹心"三部曲，主角是大名鼎鼎的于谦，另有《江湖异侠传》《关山游侠传》《女杰秦良玉演义》《赤胆忠心》等数部佳作，单就写史记事方面更胜大师赵焕亭，大大提升了武侠小说的格调。

后世观之，这批南方健将的成就前不如"南向北赵"，后不及"北派五大家",尤其在武术描写与想象上较为薄弱,但凭风格特色亦各擅胜场一时。

20世纪20年代中后期,我国开始轰轰烈烈的大革命,旨在除旧布新、打倒北洋军阀,最终胜利果实于1927年被新成立的南京国民政府所攫取。标榜"革命"的南京国民政府旋即于1931年查禁了以《火烧红莲寺》为首的一切神怪武侠片,[1] 要求各电影公司"尽量多拍一些宣扬爱国精神、传播科学知识和鼓励探险求索的影片",南方的武侠、仙侠小说创作随之陷入低潮。与此同时,我国现代通俗小说的创作技巧进一步走向成熟,继一干南方作家而崛起的是所谓的"北派",其中佼佼者有还珠楼主、白羽、郑证因、王度庐、朱贞木和徐春羽等人。[2] 这批作家统称北派,顾名思义都在北方活动,多人长期生活在天津——天津作为民俗文化浓郁的古城,一度又为上海之外租界最多的城市,特殊的地理位置使其成为中外政治、军事及文化交锋的前沿。尤其是南京国民政府成立之后、全面抗战爆发之前,中国的政局相对稳定,市民人口急剧增加,东西方文化在天津的碰撞与交流某种程度上比上海更尖锐,这为文艺界百花齐放、大师辈出创造了很好的条件。

北派大家中,最能体现传统文化特色、对后世影响最深、最使读者着迷但又最受评论界斥责,乃至被敌对者称为"荒诞至极"的要数还珠楼主。

还珠楼主(1902—1961),原名李善基,后改名李寿民,重庆长寿人。他是一位具有传奇色彩的天才,三岁读书习字,五岁吟诗作文,九岁因写出五千言长文而荣获长寿县衙颁发的"神童"大匾,十岁后"三上峨眉,四登青城",前前后后在山上住了十八个月之久,与名山大川结下不解之缘,优美的自然风光和瑰丽的佛道传说不但令他流连忘返,而且提供了源源不断的创作灵感。身为中国现代仙侠小说的鼻祖,他在三四十岁的壮年时期开千古未有之奇,几以一己之力打通中式奇幻的第二

---

[1] 当时市面上推出的四百部电影之中,竟有二百五十部是神怪武侠片,可见其泛滥程度。
[2] 还珠楼主、白羽、郑证因、王度庐、朱贞木又被后人誉为"北派五大家"。

条路径，创造出《西游记》和《封神演义》之外全新而宏大的东方仙魔体系，颇类似今日中国刘慈欣的《三体》对科幻文坛的影响。①

还珠楼主一生名满天下、拥趸无数，临终前却穷困潦倒，做了多次自我反省仍逃不过残酷的批判。他著述其多，不但有大量小说还有几十部剧本，最重要的便是"蜀山"系列仙侠小说，主要包括如下几个部分，其中前三个子系列为核心系列，后三个子系列多为宣扬入世精神的武侠小说，与前三个系列的联系相对稀薄，但整体或可视为"蜀山宇宙"②：

正传系列：《蜀山剑侠传》（420万字，篇幅最长，未完）、《蜀山剑侠后传》（未完）、《峨眉七矮》（全）；

前传系列：《长眉真人》（未完）、《柳湖侠隐》（全）、《北海屠龙记》（全）、《大漠英雄》（全）；

别传系列：《青城十九侠》（230万字，还珠楼主除《蜀山剑侠传》外最重要、最出色的作品，未完）、《武当异人传》（未完）、《武当七女》（未完）；

新传系列：《蜀山剑侠新传》（全）、《边塞英雄谱》（全）、《天山飞侠》（全）；

外传系列：《蛮荒侠隐》（未完）、《紫电青霜》（未完）、《云海争奇》（96万字，还珠楼主第三出色的作品，未完）、《兵书峡》（未完）、《皋兰异人传》（全）；

诛异系列：《龙山四友》（未完）、《女侠夜明珠》（未完）、《虎爪山王》（全）、《侠丐木尊者》（全）、《青门十四侠》（未完）、《万里孤侠》（未完）、《白骷髅》（未完）、《黑孩儿》（全）、《大侠狄龙子》（未完）。

上述是1932年到1949年间，即民国时期还珠楼主连载和出版的作

---

① 这一节讲的是中式奇幻，要讲与之相对的中式科幻的话，刘慈欣无疑会与还珠楼主和金庸同辉。
② 事实上，当代热炒的IP宇宙概念对民国作家来说并不是什么稀奇事。读者可以看到，很多作家早就致力于将自己的不同作品巧妙串联起来，乃至与其他作家"玩梗""联动"也不在话下。

品，①新中国成立后，文艺风向剧烈转变，还珠楼主停掉了"蜀山"系列，曾想通过摒除小说中的幻想（被斥为"荒诞"）成分、增加合理性以继续创作，努力向新社会靠拢，甚至尝试将阶级斗争观念融入作品，无奈始终为时代所不容，新文艺界对旧文人的耐心和善意也很快消耗殆尽。1949年至1951年间，还珠楼主尚能写出八部体现"斗争性"的武侠小说（《独手丐》《铁笛子》《翼人影无双》《酒侠神医》《力》《拳王》《黑蚂蚁》和《黑森林》），1951年以后，他只能彻底告别武侠、仙侠小说的创作舞台，此后几近隐退，仅仅留下五部历史剧本和历史小说（《杜甫》《岳飞》《十五贯》《剧孟》和《游侠郭解》）便撒手人寰——相传他因读到报上对《剧孟》不依不饶的批评语"满纸荒唐言，一套骗人语"而突发脑溢血，一病不起直至去世。

《蜀山剑侠传》以半文半白的语言写就，写"三英二云"等五位正派年轻剑侠拜师、学剑、斗魔、寻宝的诸般故事，其间穿插以各种大事件，其文采绚烂、想象瑰丽，超越时代地挣脱了传统武侠的束缚，设定上融武侠、修仙、神话、志怪于一体，思想体系则融会儒道释三家，②并将阴阳风水、五行八卦、琴棋书画、星相医卜等五花八门的杂学知识以修炼为核心结合起来，可谓集中国传统文化之大成。当然，《蜀山剑侠传》也因这种枝蔓丛生的结构，最后变得尾大不掉，难以收拾残局了。

从对类型文学的贡献上讲，《蜀山剑侠传》最大的价值无过于定义了一套完整的修仙系统，并创造出无数新颖的门派、功法、法宝、武器、头衔、地点等等，与《蜀山剑侠传》中变化无穷的功法和法宝相比，无论《封神演义》还是《西游记》都只能甘拜下风，而其因之成为后来者竞相模仿、效法的精神宝库。事实上，由于"蜀山"系列大步领先时代，以致在其出现后的很长时间里，竟无法产生与之般配比肩的同类作品，不但后来的民国武侠、港台新派武侠，包括梁、金、古等诸位大师从中汲取了若干养料，直到21世纪的网络时代，人们的创作也是从"蜀山"

---

① 此外还珠楼主还有一部带自传性质的小说《征轮侠影》。
② 这也成为此后优秀中式奇幻小说的"标配"。

出发的，下一节要谈到的《诛仙》《仙葫》等名作便直接脱胎于"蜀山"，"仙剑奇侠传"系列亦以蜀山派开篇，其设定和情节明显深受影响。

白羽（1899—1966），原名宫万选，后改名宫竹心，山东东阿人。白羽早年生活富足，自幼饱读诗书，父亲曾为袁世凯卫队的营长，后来家道中落，经济来源中断，被迫辍学并为谋生行走江湖、适应社会，备尝世道险恶，[①]这使得他的创作倾向于现实主义，以略带反讽的笔调写尽人情冷暖、尔虞我诈，在刻画世态人心方面格外深刻。有人就此将还珠楼主和他比喻为民国文坛的李白与杜甫，他本人亦以此自况，曾作诗曰："弹铗长歌气倍豪，淋漓大笔写荆高。炉边沉醉无名姓，万古云霄一羽毛。"

白羽早年受过鲁迅的大力鼓励和提点，[②]曾主动投身新文化运动，后因生活所迫于1927年开始发表武侠小说，不但在创作中率先提出"武林"的概念，还发明了大量武侠术语。他常想通过武侠来批判现实，写出武人们勇武可敬的同时，也写出其处境的悲哀，走的是一条反英雄化、反理想化的道路，其代表作是1938年于天津《庸报》连载的《十二金钱镖》，讲述一起失镖夺镖的精彩争斗。白羽还为此书创作了六部相关作品，包括前传《武林争雄记》《牧野雄风》、外传《血涤寒光剑》《毒砂掌》和后传《联镖记》《大泽龙蛇传》，写作此书时更因对武斗技击的陌生而邀请郑证因担任顾问——由郑证因画出打斗招式，自己再写作成文——间接促成后者踏上武侠小说创作之路。

白羽的写作天赋极高，妙笔生花，以深厚的功底化腐朽为神奇，大受时人好评，天津当地的租书铺子甚至纷纷贴出"家家读钱镖，户户谈剑平[③]"的对子，而其创作态度素来严肃认真，绝不肯马虎糊弄，乃至反复修改而不轻易发稿，其一生发表的二十七部武侠小说中佳作频出，如《偷拳》一书活灵活现且几乎全写真人真事，亦是不可多得的文学佳品，

---

① 白羽最窘迫时，变卖家财逃难江南却路遇匪兵，被抢掠得一穷二白，后来妻子生下一对双胞胎，竟因无钱活活冻死。
② 《鲁迅全集》中收录有七封鲁迅写给白羽的信。
③ 剑平是指《十二金钱镖》的主角俞剑平。

其余诸作中《子午鸳鸯钺》《青衫豪侠》《河朔七雄》《雁翅镖·青萍剑》[1]《雄娘子》《剑底惊螟》《摩云手》《太湖一雁》和《黄花劫》也颇具可读性。无奈白羽本人一直对涉足幻想文学存在心理障碍，自认为辜负了鲁迅等进步人士的期待，一再声明写小说是为糊口而不得已为之。事实上，天津在1937年底沦为敌占区后，自命有"五种谋生手段"的白羽，"却有四种本领无所施展……做机关小吏、编报采访、写杂文，就等于当汉奸……想教书，学校大都停办。只剩下一种谋生手段——写小说"，因此"只得束手就擒……这总比当汉奸强"。然而《十二金钱镖》成功后，白羽却拒绝金钱利欲，不但用稿酬创办正华学校、讲授新文学，且在生活安定后便自捆其面地减少或中止创作，怒斥自己写的都是"无聊文字"，是"华北文坛的耻辱"。他晚年离开文坛，全心致力于甲骨文和金文研究，以求实现学者梦，虽穷困潦倒仍不愿抛头露面，于1966年去世。后来在80年代，改革开放后第一代大陆武侠作家里，深深仰慕着白羽的冯育楠[2]以其经历为蓝本写成了《泪洒金钱镖：一个小说家的悲剧》。

郑证因（1900—1960），原名郑汝霈，天津人。郑证因自幼喜爱拳脚，又熟悉天津行脚帮会，身为小说家中少有的"练家子"，[3]他曾拜在北平国术馆馆长门下学习太极拳，使得九环大刀，不但公开献艺，如前所述亦担当过白羽小说创作的技击顾问。他在这段顾问经历的鼓励和白羽的大力提点、举荐之下，上路从事创作，其风格是通过对中国武术的专注而实现武学的文艺化，结束了文人打斗一贯向壁虚构的描写模式，其小说中充斥着对内外功夫、长短兵器，乃至许多匪夷所思的珍奇兵器如数家珍般的描绘，不但将数十场打斗写得险象环生、精彩纷呈，还展现了江湖绿林的诸般帮规、切口，所以又被称为"帮会刚性技击流"的开创者。1941年，充满大开大合的阳刚豪侠精神和各种精妙武技的《鹰爪王》在天津开始连载，此书基本情节并不复杂，主要的比拼甚至发生在

---

[1] 两者实为上下集关系。
[2] 冯育楠另有名作《津门大侠霍元甲》《总统与大侠》。
[3] 一应民国小说家中，只有郑证因和平江不肖生真正懂武术。

三日之内，贵在信息量大又环环相扣，一波三折且首尾衔接，遂成为郑证因的代表作，据说当年北平各家武馆的武者几乎人手一本，反复拆解演练其中的武术心得，外界据此又将此书誉为"武侠百科全书"。

以《鹰爪王》为出发点，郑证因有意识地拓展出一个"鹰爪王宇宙"，其中《鹰爪王》的直接续作有七部，按故事顺序为《天南逸叟》《黑凤凰》《淮上风云》《离魂子母圈》《女屠户》《回头崖》和《续鹰爪王》。本传至此大致结束，后续情节因解放后郑证因难以从事武侠小说创作而未能完成。

郑证因作品中有《鹰爪王》中人物出场、可视为其外传，或通过情节综合研判确属同一宇宙的作品有八个小系列（即《巴山剑客》—①《金刀访双煞》，《铁拂尘》—《铁笔峰》—《大侠铁琵琶》—《边荒异叟》—《青狼谷》，《矿山喋血》—《牧野英雄》—《龙江奇女》，《乌龙山》—《火焚少林寺》；《龙虎斗三湘》—《南荒侠剑》，《龙凤双侠》—《钱塘双剑》—《一字剑》—《万山王》—《幽魂谷》，《白山双侠》—《凤城怪客》，《太白奇女》—《秦岭风云》《小天台》—《铁指翁》—《黑妖狐》）和十一部作品单本（即《闽江风云》《七剑下辽东》《丐侠》《贞娘屠虎》《荒山侠踪》《大漠惊鸿》《边城侠侣》《五凤朝阳刀》《昆仑剑》《塞外惊鸿》《铁马庄》）。

难以确定与"鹰爪王宇宙"的联系，但可读性较高的郑证因小说作品系列还有《武林侠踪》—《铁伞先生》—《云中雁》，《终南四侠》—《峨眉双剑》，《五英双艳》—《龙虎风云》，《边塞双侠》—《天山四义》，《铁狮王》—《铁狮镖》—《铁狮旗》—《野人山》，《金梭吕云娘》—《雪山四侠》—《铁岭叟》；单本作品《绿野恩仇》《双凤歼仇》《子母金梭》《女侠燕凌云》《岷江侠女》《剑门侠女》《霜天雁影》《尼山劫》《弧形剑》《蓉城三老》《铁燕金蓑》《琅琊岛》。

据最新研究统计，郑证因一生可能发表了一百零二部"真品"武侠小说，此外还有多部疑似"伪作"，数量上虽不及张恨水之庞杂，但可位

---

① 连字符号代表被连接的作品本身是一个子系列，具有承接关系，下同。

居同时代武侠、仙侠小说家之首。

王度庐（1909—1977），原名王葆祥，后改名王葆翔，字霄羽，北京旗人出身，"度庐"是其写武侠小说时的笔名。他的前半生颠簸流离、生活困苦、尝尽艰辛，为生计于1938年在青岛开始连载武侠小说（此前已写过不少言情小说），一度写作成瘾，虽稿费微薄而不搁笔，解放后停止了创作，举家迁往东北任教，"文革"时再受冲击并被下放。王度庐的作品特点是节奏缓慢，文字质朴无华、近乎于白描——所谓"大巧若拙"是也——其笔下的江湖相当简单，不但没什么名门大派，武学设计亦乏善可陈，鲜少华丽的比拼，可贵之处在于所写皆有感而发，将自身体验的苦难融于创作中，实现了武侠向"凡人"的回归。他的书以言情和世情为主题，尤为重视女性，擅于挖掘人物的灵魂和内心世界，"侠"与"情"结合，感情起伏与江湖纷争结合，描写江湖女儿的悲欢离合、矛盾挣扎常感人至深。王度庐写出了旧社会礼教中"发乎情，止乎礼"的无奈，一改通俗小说大团圆的套路，其生死缠绵处的哀婉和无可挽回的悲伤结局令人久久不能忘怀，所以艺术水准和文学价值是极高的，也极大丰富了武侠小说的内涵。

王度庐从1938年到1944年连续写下"鹤铁"五部曲：《鹤惊昆仑》《宝剑金钗》《剑气珠光》《卧虎藏龙》和《铁骑银瓶》，这五部互有联系、首尾呼应又各自独立的小说勾勒了四代侠客的人生与情感经历——其中有三代未能"有情人终成眷属"——乃是他的代表作，由此闯出的"苦情戏"路子深深影响了日后的文坛乃至影坛，其中《卧虎藏龙》一书曾由著名导演李安改编为电影，在21世纪初斩获"奥斯卡最佳外语片"的殊荣，一时风光无两。值得一提的是，改革开放后的第一代大陆武侠作家聂云岚曾将王度庐的《卧虎藏龙》《铁骑银瓶》提炼改编为《玉娇龙》《春雪瓶》，竟也风采不凡，在20世纪80年代初获得轰动效应，尽管按如今的说法这可能叫未经授权的同人作品——聂云岚的儿子后来回忆时称父亲并不知王度庐是现代人，稀里糊涂地以为后者是清朝人。

除"鹤铁"五部曲，王度庐尚有类似风格的武侠小说，如《风雨双龙剑》《彩凤银蛇传》《纤纤剑》《洛阳豪客》《大漠双鸳谱》《紫电青霜》《紫凤镖》《绣带银镖》《雍正与年羹尧》《宝刀飞》《金刚玉宝剑》《风尘四杰》《香山侠女》《龙虎铁连环》《燕市侠伶》《冷剑凄芳》《春秋戟》等,以及其他若干社会言情长、中篇小说,总量超过六十部,其中多有佳品。

徐春羽(1905—?,卒年不详,或在20世纪50年代后期),徐春羽的生平在诸位大家中最模糊,只知其父徐思允曾入张之洞幕府,后拜师学习太极拳和武当剑法,20世纪20年代后成为溥仪的"御医",一干就是十多年,直至伪满洲国覆灭前一直是御前红人。有其父必有其子,徐春羽的旧学功底异常深厚,唱戏、义诊、书法、评书、授课无所不能,最出色的还是小说创作。20世纪40年代,报界曾将他和还珠楼主、白羽并称为"第一流武侠小说家",还说自"南向北赵"退位,"北平就仅有郑[1]、徐两位了!……打开报纸,若没有他两位的小说,真有'那个'之感"。

徐春羽大约自1935年开始创作武侠小说,抗战期间陆续有作品问世,创作高峰在抗战结束后到解放以前,解放后"反右"时被捕入狱,保外就医期间去世。他写得一手地道的京味儿文字,对老北京掌故如数家珍,其笔下或许才称得上是真正的"京味武侠",与之相比,赵焕亭、王度庐等人对老北京风物的描绘都不免相形见绌。然则徐书深受其从事的评书事业影响,叙事风格在诸大家中最"旧",不但创新少,行文有时也显啰嗦,存世作品包括《碧血鸳鸯》《风虎云龙》《琥珀连环》《宝马神枪》《草泽群龙》《逃刑传》《屠沽英雄》《铁马银旗》《燕双飞》《龙凤侠》《英雄台》和《铁观音》。

朱贞木(1895—1955),本名朱桢元,浙江绍兴人,后举家迁到天津任职。他多才多艺,篆刻、治印、诗书、作画、文章俱佳,还上过大学,论学历在当年的通俗小说家中首屈一指,且又性格孤高,不愿与世俗同流合污。他曾是还珠楼主的同事暨好友,创作方面深受后者影响,亦懂

---

[1] "郑"指郑证因。

得博采众家之长，行文布局奇诡，笔法新颖细腻、不拘传统，故事背景大多选取苗疆、塞外等新奇地点（如《龙冈豹隐记》《蛮窟风云》《苗疆风云》《罗刹夫人》《五狮一凤》），情感描写多为"众女倒追男"模式，此模式又为后来港台新派武侠小说作家群起仿效，经久不衰。朱贞木发表武侠小说早在1934年，但早期作品因种种原因多为"断头"，乃至出现将未连载完的作品当下一部书素材的状况，直到抗战结束才走上正轨。此一辉煌期亦不长，朱贞木的作家生涯止于1951年，此后郁郁不得志的他偶尔努力创作一些剧本，但"文革"中剧本与小说原稿全部付之一炬。

朱贞木较成功的作品除上文提及的几作，还有《虎啸龙吟》《塔儿冈》以及《飞天神龙》《艳魔岛》《炼魂谷》三部曲，其最得意之作《七杀碑》融合历史武侠的特点，描写明末张献忠入蜀，川南七侠联袂抵抗的壮举，已完全跳出旧式章回小说的对仗模式，只是说书味仍然较浓，过多的穿插追叙分割了阅读体验。此书于1950年出版，在那个时间点上可谓民国武侠、仙侠小说的绝笔与挽歌，①也有评论家因其地位称朱贞木为"新派武侠小说之祖"。

民国时期从事过武侠、仙侠创作的作家及相关代表作，除上述诸位外可圈可点的还有戴恩庵的《沽水旧闻》《沽上英雄谱》《沽上游侠传》、张恨水②的《剑胆琴心》《中原豪侠传》、连阔如的《江湖丛谈》③、吴虞公的《青红帮演义》④、克敏的《热血痕》、叶小凤的《古戍寒笳记》、杨尘因⑤和姜侠魂的《江湖二十四侠》、张春帆⑥的《球龙》、李涵秋⑦的《侠凤奇缘》、徐卓呆⑧的《女侠红裤子》、海上漱石生⑨的《嵩山拳叟》、冯玉

---

① 《七杀碑》没有后续，未能讲完整个故事。
② 张恨水身为民国通俗小说第一大家，成就自不待言。
③ 此书基本为纪实说明。
④ 此书纪实成分亦多。
⑤ 杨尘因另有名作《新华春梦记》。
⑥ 张春帆另有名作《九尾龟》。
⑦ 李涵秋另有名作《广陵潮》。
⑧ 徐卓呆为民国滑稽小说的代表作家。
⑨ 海上漱石生另有名作《海上繁华梦》《退醒庐著书谈》等。

奇[1]的《侠义五花图》《青霜剑》《童子剑》《血海仇》《龙湖剑侠缘》《鸳鸯玉带》《如意劫》《大破玉佛寺》《万里行云侠》《小侠万人敌》《鸳鸯剑》《剑侠女英雄》、泗水渔隐的《血海潮》《血昆仑》、望素楼主的《胜字旗》《夜劫孤鸾》等等。

"钟山风雨起苍黄,百万雄师过大江",中国大地在1949年发生了天翻地覆的变化。新中国成立后,时代原因使得旧有的文学市场机制彻底消失,内地武侠、仙侠作家们纷纷封笔。

在20世纪中,将近三分之一的时间里,华文通俗小说转而在中国台湾和香港地区创作出版,并诞生了所谓"新派"武侠小说及大家耳熟能详的"新派五大师":梁(羽生)、金(庸)、古(龙)、温(瑞安)、黄(易)。

回顾新派武侠的诞生过程,它绝非半道杀出的异类,而是民国小说的天然继承者,还珠楼主、白羽、王度庐和朱贞木等大家早已为梁羽生和金庸们铺平了道路,搭好了舞台。武侠和仙侠小说在狭小的港台地区继续进行改良与转变的过程中部分抛弃了古香古色、原汁原味的文化特色,失落了所谓考据之美,文字水准总体上与之前的民国时期出现了落差,换来的是极大的世俗化和爆发性流行。

新派武侠的阵地虽说在港、台,但台湾地区同样长期处于严酷的管控之下,尤其是20世纪50年代,武侠小说屡遭"戒严法"的查禁与封杀;与之相对,香港虽是弹丸之地,反倒因为港英政府管控较为宽松,而民国时期广东地方的作者多有移居来此,[2]加上经济发展迅速,报业发达,[3]倒可谓集天时地利人和于一身,武侠小说于兹落地生根、开花结果,最初和最著名的新派大师就此诞生。

梁羽生(1924—2009),原名陈文统,出生于广西蒙山一个世代书香门第,抗战时期得名师指导,1949年定居香港,任职于《大公报》和

---

[1] 冯玉奇为鸳鸯蝴蝶派大家,以言情小说成名,武侠小说亦好,个中颇多香艳描写。
[2] 粤港地区在民国时期已创作出"黄飞鸿"系列、"方世玉"系列、"南少林"系列等脍炙人口的地方传奇,涌现了邓羽公、我是山人、忠义乡人、朱愚斋等一批武侠作者,又称"广派武侠",由于多用粤语,因此在其他地方流传不开。
[3] 根据人口比例计算,有人认为香港的报纸"属于世界第一,而不仅是中国第一"。

《新晚报》，后被誉为"新派武侠小说的开山鼻祖"。他自幼写诗填词，博闻多见，接受了很好的传统教育，对历史、文学、经济学乃至心理学皆有研究，舞蹈、戏曲、电影、音乐无一不是兴趣所在，深厚的基本功和丰富的文史知识为创作打下了良好基础。

1954年，香港武术界的太极派和白鹤派发生争执，先在报上互相抨击，后在澳门新花园约会比武，[①] 太极派五十二岁的掌门人吴公仪和白鹤派三十五岁的掌门人陈克夫签了"各安天命"的生死状，在擂台上拳脚相争。这场正式名为"吴公仪与陈克夫国术表演暨红伶义唱筹款大会"的比武虽时间不长，以现在的眼光而言也不好看，但经港澳报刊的大肆渲染轰动全港，港人群情鼎沸、争先拥去澳门观赛，乃至到半个多世纪后的现在，仍为人们津津乐道。《新晚报》总编辑罗孚抓住时机，于比武第二天预告将刊登精彩的武侠小说以飨读者，并于次日推出署名"梁羽生"的武侠小说《龙虎斗京华》——所谓时势造英雄，《龙虎斗京华》就此成为新派武侠小说之始，梁羽生借此东风崭露头角，开先拉起新派武侠小说的大旗。

能够开山立派，梁羽生当然有几把刷子，他在创作上开宗明义地摒弃了旧武侠小说着眼于道德说教、一味突出武术技击等陈旧理念，提出注重文学内涵，"以侠胜武"，[②] 技击方面增加想象成分，贯彻执行写意大于写实的方针，并且侠的行为必须规范起来，建立在正派、正气、正义和爱民的基础上。此外，梁羽生结合自己与前人相比不遑多让的历史、地理、民俗等多方面的知识，力求反映具体历史时段的真实面貌和个人的进步历史观。随着梁羽生等人的走红和武侠热潮的兴起，香港报纸竞相拍出重金，此种高度商业化的新小说进一步迁就和满足了读者的娱乐需求，迎合了二战后的社会思潮，它们的思想内核是当下的，但审美依旧属于东方，于是迅速红遍社会各阶层，蔓延到中国台湾以及新加坡、马来西亚、越南等地及后来的中国内地，令局面为之一新。有了新派武

---

① 比赛场地不设在香港，是因为香港禁止打擂。
② "宁可无武，不可无侠"。

侠这个发挥平台，各种我们如今习以为常的"烂梗"和元素才能被迅速发掘和树立起来，比如门派争霸、X山论剑、神功秘籍、藏宝地图、魔教妖人、一统江湖、天下第一、武林盟主等等，从后观之，梁羽生不愧为破局之人。

但我们必须看到，梁羽生的"新"是一面，"旧"是另一面，他很大程度上是传统的维护者。梁羽生的古文、旧学、诗词乃至棋艺功底无疑是所有新派武侠小说家里最好的，他的小说从卷首词到章回目、从用典到成语都堪称古典风格的集大成者，行文则引经据典、信手拈来，[①]可惜书卷气太重，"名士气味甚浓"，讲故事的能力始终没有太大改进，与文字的华丽水准相去甚远。纵观梁羽生的诸般作品，无论结构、描写、人物塑造或文字运用，都留下了说书人写作的痕迹，路子过"正"，缺乏现代感，叙事时而显得平庸呆板、后继乏力，[②]缺乏波澜起伏、高潮迭起的段落，人物脸谱化问题亦明显，以至于个别质量较次的小说阅读感受宛若白开水般平淡无奇。换言之，新派武侠精巧灵活、更贴近普通市民欣赏水准的特色在梁羽生这里没能完全彰显，此后学术功底不如他的金庸把故事和文字结合得出神入化、相得益彰，因而取得了更大成功。

作为开山鼻祖，梁羽生从1954年《龙虎斗京华》出道到1983年《武当一剑》写罢封笔，近三十年间留下三十五部作品，以今日阅读价值评判，可读性较强的是《女帝奇英传》和《大唐游侠传》（"大唐"系列），《还剑奇情录》和《萍踪侠影录》（"张丹枫"系列），《江湖三女侠》《冰魄寒光剑》《冰川天女传》和《云海玉弓缘》（"金世遗"系列），此外具有较大影响力、但稍显沉闷的还有"天山"系列，尤其是核心的三部《白发魔女传》《塞外奇侠传》和《七剑下天山》，此三部正好在"金世遗"系列之前，亦可拓展阅读。

金庸（1924—2018），原名查良镛，出生于浙江海宁县著名的查氏家

[①] 他有一副对联自况曰：侠骨文心笑看云霄飘一羽，孤怀统揽曾经沧海慨平生——据说也是致敬前辈大师白羽。

[②] 譬如比武非要一招一式循规蹈矩，宛若回合制游戏……

族，1948年移居香港，后成为"香江四大才子"①之一。金庸几乎与梁羽生同时开始武侠创作，最终集百家之大成而至巅峰，其在武侠小说乃至广义的中式奇幻中的地位，约等于托尔金在西方史诗奇幻文学中的地位，并且他不但是小说大师，还是著名的报人、企业家和社会活动家，他不但将武侠小说带到了前所未有的高度，在其他各项指标上也是绝对的人生赢家！

前文提到《大公报》编辑罗孚于1954年"怂恿"梁羽生写出第一部新派武侠小说《龙虎斗京华》，由于供不应求，他很快又"怂恿"金庸写武侠小说，于是金庸的处女作《书剑恩仇录》紧接着于1955年问世，随后是《碧血剑》《雪山飞狐》《射雕英雄传》……写出轰动一时的《射雕英雄传》后，金庸离开《大公报》，匀出稿费于1959年创办《明报》，随后刻苦奋斗，使该报由默默无闻逐渐成长为华文世界最有影响力的报纸之一。从那时起，他只在《明报》上连载武侠小说，还曾承担大部分社评写作，"一手武侠，一手社评"，作家生涯于此而至巅峰。

从1955年的处女作《书剑恩仇录》到1972年《鹿鼎记》发表完毕②，金庸一共写了十四部武侠长篇小说《书剑恩仇录》《碧血剑》《射雕英雄传》《飞狐外传》《雪山飞狐》《连城诀》《天龙八部》《白马啸西风》《鹿鼎记》《笑傲江湖》《神雕侠侣》《侠客行》《倚天屠龙记》和《鸳鸯刀》，此外还有一部短篇《越女剑》③。由于小说都是报纸连载，类似现在的网络小说更新，连载强度导致文字和情节有颇多粗糙之处，结构和结尾往往有很大问题，后来金庸用1970年至1980年十年时间，以"十年磨一剑"的精神进行整理修订，不惜对小说做"大手术"，21世纪初又花去1999年至2007年八年光阴进行再次修订，此种精益求精、纤毫毕至的再创作是他的作品能流芳后世的重要前提。据金庸自述，与当初报纸上的连载相比，"几乎每个句子都曾改过"。

---

① 金庸、倪匡、黄霑、蔡澜。
② 金庸正式封笔是在1981年完成《鹿鼎记》的修订之后。
③ 此为整理改编唐传奇《三十三剑侠图》之一，后续未全部完成。

对作家和读者来说，这都是何其幸运呢！与金庸相比，因生活所迫和连载的压力，古龙只有少部分作品做了修订，至于同时代的其他作家，绝大部分从未做过任何修订润色，甚至很多人根本没时间重读自己的作品。他们就像起点中文网上的"大神"，只能放任作品处于杂草丛生的状态，又每每为此被后来的读者所诟病。

金庸的学术功底虽比梁羽生稍次，但同样有很高水准。他是研究历史的高手，更是应用史料的高手，某种意义上讲，他的所有小说均可称为历史武侠，武侠小说的历史属性在他这里发展到高峰。他将小说的人物、情节高度契合地融入真实历史之中，自然而然地伴随着真实的历史人物和历史进程，读来令人信服，普通读者几乎看不出破绽，从而实现了民国小说家想实现而未能实现的思路——后来内地作家新垣平还据此写出了两本大受欢迎的戏仿之作《剑桥倚天屠龙史》《剑桥简明金庸武侠史》。

金庸曾取自己十四部长篇小说每部的头一个字编成对联："飞雪连天射白鹿，笑书神侠倚碧鸳。"他的小说在评论界有"七上八下"的评价，意思是包括七部神作和八部普通作品，并非部部优良、字字珠玑。但无论如何，从文化意义上讲可将金庸小说及其构架的武林世界整体作为经典，从今日阅读价值评判，笔者推荐金庸的全部小说，它们共同达到了武侠小说前所未有、至今也未能再现的高度。

梁羽生是传统文化的维护者，金庸也是，作为同样深受传统文化熏陶的精英知识分子，他俩的共性远大于个性。然而金庸的写作天赋毕竟更高，格局也比梁羽生更大，其行文气象磅礴又若行云流水，令人如沐春风、如饮醇酒，他将华夏文明的意境表现得淋漓尽致的同时，又恰如其分地表达了新时代的道德观，在个人层面上追求个性解放，在国族层面不肯厚此薄彼。他的作品始终大力宣扬正义和英雄理想，认为"侠"就是要"牺牲自己的利益去帮助人家主持正义"——所谓"侠之大者，为国为民"——这与托尔金始终宣扬善良、正义并以霍比特人为代表有异曲同工之妙。由于作品的结构性、思想性和戏剧性都达到了一流水准，又海纳百川地广泛吸收近代以来各位名家的手段，金庸可被称为"全能冠军"，现代的武侠小说或往更大地说中式奇幻这种类型，到他这里才真正站住了脚，可与世界各地任何通俗文学分庭抗礼而不怯场，武侠的境界豁然开朗，金庸本人也得以"登基为王"。

金庸的胜利不是他一人的胜利，而是近代以来所有创作者共同累积的成果，但他作为最终登顶之人，理所应当、实至名归地享受了巨大的荣誉。金庸的作品风靡海内外，雅俗共赏，热闹非凡，正版和盗版图书印量早已过亿，图书馆和租书屋的借阅次数遥遥领先，真正做到了"凡有华人的地方，都知道金庸的名字"。及至后来内地学界顺风驶船，类似研究《红楼梦》的"红学"般形成了研究金庸小说的"金学"，一大帮教授和民间爱好者以专门论述、研究金庸为业，从人文到思想，从历史到寓意，各个角度进行深入透彻的剖析，蔚为奇观。而自20世纪80年代以来，海量的金庸小说改编影视剧播出，短短二三十年间竟有一百多种（最多的《笑傲江湖》有十余种），华人社会逐渐形成"罢黜百家，独尊金庸"的风气，将他一路送上"独一尊神"的位置，遗忘了其他名家，这恐怕也是金庸当年所不敢想象和奢望的结果。

同时代其他香港新派武侠作家的作品水准与金庸、梁羽生两人差距较大，如前所述，他们原本多为粤港地区"广派武侠"的地方性作家，但在两位大师的影响下纷纷转向，其中蹄风的《天池怪侠》及张梦还的《沉剑飞龙记》或可一读。

金庸和梁羽生是香港新派武侠作家的翘楚，至于台湾方面，由于国民党"政府"退居的关系，一方面承接了民国小说的余绪和历史包袱，另一方面所受政治束缚更多，生存大受限制。1959年，当局实施著名的"暴雨项目"，专门针对所谓"共匪武侠小说"，防止留在大陆的作家作品在台传播。由于大部分通俗文学作家留在了大陆，遭查禁的书目共计四百零四种，不但旧派作品遭禁，就连香港的武侠作品，包括金庸、梁羽生等人的名作在内也统统不许引进,① 这斩断了台湾与大陆的文化脐带,使得台湾地区很多时候的确像个"文化孤岛"。种种负面影响反映在武侠小说内容上,首先是"去历史化",以避免被当局指控为"影射",譬如日后古龙的小说就基本没有明确的朝代背景交代,其创作后期甚至想搭建纯架空的"大武林时代",而台湾武侠小说家根本不敢像金庸、梁羽生那般把舞台频频设在南宋,个中道理非常明显;其次,也更严重的是出现"去侠义化"倾向,因为侠义精神往往强调精忠报国、山河统一等等,容易触犯当局的"天条",只有不涉政见的夺宝争霸方可自由发挥。

此种孤立政策最终也导致台湾地区难以培养出"本土"的武侠小说家,所有名家几乎全是流亡来的外省人,长达几十年的隔离使得本地人无法触摸和想象武侠小说的舞台——大陆的山山水水——这为20世纪70年代之后人才凋零、进而导致相关文化的衰落埋下了伏笔,颇有些类似蜀汉王朝后期诸葛亮及五虎上将去世后后继无人的窘迫。

台湾早期的武侠小说家,例如郎红浣、成铁吾等人的水平有限,20世纪50年代末到60年代初兴起西化的社会浪潮,政治空气有所松动,文坛上才同时涌现出"三剑一美",令局面为之一新。"三剑一美"是指:

卧龙生,最早的台湾武侠畅销作家,代表作《玉钗盟》《飞燕惊龙》②《金剑雕翎》《岳小钗》;

司马翎,俗称"大司马",其文笔堪称台湾早期武侠作家之首,在这批作家里也较受大陆读者推崇,还深深影响了黄易的创作,其有一定阅读价值的代表作包括《纤手驭龙》《饮马黄河》《金浮图》《剑海鹰扬》《焚香论剑篇》《丹凤针》《檀车侠影》《玉钩斜》;

诸葛青云,代表作《霹雳蔷薇》《夺魂旗》;

慕容美,其有一定阅读价值的代表作包括《金笔春秋》《烛影摇红》《十八刀客》《关洛少年游》《七星剑》,亦以文笔见长。

---

① 据说《射雕英雄传》便因题目化用了毛泽东《沁园春·雪》的一句诗词,被台湾当局所嫉恨,直到1979年,金庸方才在台解禁。
② 此书有改版《新仙鹤神针》。

以这批作家作品为榜样，写作和阅读武侠、仙侠小说的潮流在精神生活苦闷的台湾地区骤然兴起，一时间云蒸霞蔚，大街小巷随处可觅相关作品的踪迹，涉足创作的作家据说最后高达近四百位，最终出版了近三千部小说，作品总量则有上万种。

从成就上看，"三剑一美"与金庸、梁羽生两位大师相比当然逊色许多，然则金庸、梁羽生虽属新派武侠，并将侠客提高到了"为国为民"的新高度，其创作整体上仍是对传统形式的扬弃，是传统武侠的"受迫性"延伸，而比"三剑一美"出道稍晚的60年代中段——当时台湾已经开始经济起飞，直至后来一路跻身"亚洲四小龙"——出现了以全方位突破旧小说体例、实施颠覆性创作为宗旨的古龙，由其引领的现代主义风潮令文坛呈现别样生机，所谓"古龙之前无新派"是也。

古龙（1937—1985），原名熊耀华，"古龙"是为纪念死去的女性友人而起的笔名。他祖籍江西南昌，生于香港，但十来岁便定居台湾，主要在台湾文坛活动。他是个性情中人和酒色之徒，一生豪情奔放，嗜酒如命——坊间传说其写作多为换酒而率性为之，没酒便直接辍笔，而其最终也宛若流星划过天际，死在酗酒导致的肝硬化上；他有过金庸封笔后接替登顶、成为侠坛魁首的荣耀时刻，也有过债主上门，乃至稿件被几度劝退的窘迫；他对武侠创作有独特理解，那就是一心"求新、求变"，打破成规藩篱，带来新鲜空气，让小说"开始写人，活生生的人，有血有肉的人"，而不是"不近人情的神"……使得"读者在悲欢感动之余，还能对这世上的人和事看得更深些、更远些"。

在"求新、求变"的思想指导下，古龙的作品显然与金庸或梁羽生的作品不同。前文曾反复述及武侠小说创作面对的"三板斧"，第三"斧"就是时代背景，作家一般都较注重对历史乃至诗词歌赋等文化元素的掌握，但古龙深受其海量阅读与观赏的西方现代小说和经典影视的影响，[1]成熟期剑走偏锋地简化时代背景和武打技击（仅以"气势"与"快"

---

[1] 据说古龙藏书高达十万册之多，不但熟读19世纪以来的西方作品，还经常阅读世界各国的英文报刊。

取胜),大胆融入侦探推理文学(尤其体现在带有浓烈侦探色彩的两大王牌系列——"陆小凤"和"楚留香"之中)和日本武士文化(如吉川英治的《宫本武藏》,再如柴田炼三郎、南条范夫等人的作品)的因子。由于自身认识和知识结构,古龙完全摆脱了旧式章回说书的桎梏,抛弃了儒道释三家的思想,转而拥抱西方心理学和存在主义。他的小说没有详尽的历史地理描述,也缺少古文化韵味,而文本更像电影剧本,追求口语感,力求把繁琐的描述简洁化,胜就胜在意境了得、不受拘束,胜在题材及人设的现代性光彩,所谓在金庸的基础之上求突破是也。

古老的小说不是对历史的反思,而是当前人生的体验,写的是现代人的生活困境。与传统武侠小说的主人公不同,古龙的人物很少成为"高大全"的英雄,他们是平民之侠和江湖浪子,没有光彩照人的伟岸形象,性格怪异、神秘,同时也风流洒脱、机智豪放、不拘小节,属于"有缺点"的好人。他们在生与死、幸福与痛苦的矛盾之中,用一种狂放而孤傲的生命情调去追求自由。

金庸、梁羽生和古龙分别代表武侠小说乃至通俗小说的两条"技能树",前者是在民国各大家已铺好的道路上继续向前,深化改良;后者是从头借鉴外来因素,但也并非完全抛弃传统文化。[1]

和金庸相比,古龙的作品格外繁多芜杂,综合整理或有七十余部,但质量良莠不齐,其中还包括一些难以分辨的代笔作乃至伪作。他的早期作品尚未定型、缺乏特色,以模仿金庸等大师为噱头,空有灵气而泯然于众人;他生涯晚期又因长期耽于酒色,生活毫无规律,健康每况愈下,体力和精力不济导致许多作品难以为继,没能按构思完成。所以一般认为,古龙的小说中成就斐然、今日阅读价值较高的大抵只包括:

《武林外史》,此书影响巨大;

《绝代双骄》,此书标志古龙风格的真正确立;

"小李飞刀"系列,此系列为古龙小说中最著名者,大致包括《多情剑客无情剑》《边城浪子》《九月鹰飞》《天涯·明月·刀》《飞刀,又见

---

[1] 坊间或云,古龙后期意识到自己的不足,又曾恶补中国古典文学。

飞刀》《碧血洗银枪》六部长篇；

"陆小凤"系列，包括《金鹏王朝》《绣花大盗》《决战前后》《银钩赌坊》《幽灵山庄》《隐形的人》《凤舞九天》《剑神一笑》八个中篇；

"楚留香"系列，包括《血海飘香》《大沙漠》《画眉鸟》《借尸还魂》《蝙蝠传奇》《桃花传奇》《新月传奇》《午夜兰花》八个中篇；

"七种武器"系列，包括《长生剑》《孔雀翎》《碧玉刀》《多情环》《霸王枪》《拳头》《离别钩》七个中篇；

此外还有独立成篇的《流星·蝴蝶·剑》《三少爷的剑》《白玉老虎》《大人物》《萧十一郎》《火并萧十一郎》《七星龙王》《七杀手》《英雄无泪》和《欢乐英雄》。

古龙大火大卖之后，台湾作家的风格肉眼可见地为之大变，他们争先恐后，仿佛个个急于打破传统武侠的窠臼，来个华丽的大转型，从传统武侠摇身一变向古龙的"现代小说流"靠拢，其中弄巧成拙、转型不成反倒把风格搞丢者大有人在。

与古龙大约同时代，较为优秀的台湾武侠、仙侠或泛奇幻类作家作品有：

萧逸，代表作有《饮马流花河》《甘十九妹》《含情看剑》《马鸣风萧萧》及"七道彩虹"系列，他也是第一位正式被引入大陆的台湾武侠作家；

柳残阳，擅长写江湖帮派冲突，代表作有《青龙燕铁衣》《霜月刀》《渡心指》《银牛角》（又名《鬼手大侠》）《大煞手》《断肠花》；

司马紫烟，俗称"小司马"，其历史传奇类小说很强，代表作有《煞剑情狐》《六月飞霜》《新月剑》《大英雄》《大雷神》《英雄》《多情浪子》《燕赵雄风》《千树梅花一剑寒》《彩凤飞》《金陵侠隐》，历史武侠代表作有《悲歌》《风尘三煞》《潇湘月》《杨柳枝》《新紫钗记》《桃花新传》《明珠劫》《游侠列传》《禁宫情劫》《鹭与鹰》；

陈青云，被称作"鬼派"代表，风格尤为奇幻，擅写邪魔外道，营照阴森恐怖的氛围，主角常身负血海深仇，代表作有《残肢令》《鬼堡》

《死城》《三皇圣君》《武林生死状》《黑儒传》《雪剑冰心》；

云中岳，以明朝背景见长，在台湾作家中的知识水平首屈一指，写作态度也最认真，代表作长篇有《大刺客》《铁汉妖狐》《古剑强龙》《小魔神》《杀手春秋》《蛟索缚龙》《京华魅影》《我独行》《龙虎风云榜》《五岳狂客》《冷面刀客》《邪道笑魔》《魔剑惊龙》《浊世情鸳》《霹雳天网》《魔女情潮》《湖海群英》，短篇集有《草泽潜龙》《无情刀客有情天》；

高庸（代表作《天龙卷》《纸刀》）、易容（代表作《王者之剑》）、秦红（代表作《千乘万骑一剑香》）、奇儒（代表作《蝉翼传奇》）以及孙玉鑫、墨余生、独抱楼主、萧瑟、东方玉、独孤红、伴霞楼主、秋梦痕、曹若冰、武林樵子、司马长虹、欧阳云飞、忆文、玉翎燕等人。

说句题外话，台湾文坛的风格从古龙等人身上即可见一斑，代笔多、凑数多、腰斩多，烂作伪作一箩筐，新瓶装旧酒改头换脸者有之，贱卖笔名偷梁换柱者亦有之，乃至连开具了公证证明的"全集"也能混进大量"李鬼"，反正是认钱不认人，只要有钱拿一概不追究，以致要完全彻底地分清谁是谁的作品几乎是不可能完成的任务。

温瑞安（1954—），祖籍广东梅县，出生于马来西亚，小学开始作诗，后来到台湾求学并于十八岁起发表武侠小说，展现出惊人的才华。1980年，温瑞安因"为匪宣传"而入狱并被驱逐出境，次年辗转流落到香港，在金庸主持的《明报》上继续连载武侠小说。20世纪80年代金庸、梁羽生封笔，古龙逝世，在黄易崭露头角之前，整个武侠文坛一度几乎由温瑞安"独撑大局"。他在古龙的基础上继续探索，取得了一些成就，但后期过分执着于文字游戏，不但将散文诗体嵌入正文，甚至通篇玩弄标点符号……种种行为肆意浪掷才情，一心追求"好玩、有趣"和"突变"，效果实不理想。

温瑞安的最大特点就是富于才情也非常高产，常常一心多用、到处洒水，多部书多个系列的创作齐头并进，巅峰时期一小时可写四千字，乃至同一时期撰写十八个专栏！据不完全统计，温瑞安出版的各类书籍有一千多种，被认为是中文世界里最勤奋的作家之一，决不逊于如今的诸多网文大神。他在小说中大胆融入动作片和动漫元素，加大武戏成分，这使得打斗显得更为酣畅淋漓，爽感得以提升，但代价是时而令情节简单得像格斗游戏的背景故事，人物严重标签化，乏善可陈到没留下什么讨论空间，另一些读者则不满他作品中刻意渲染背叛、血腥、强暴等扭曲变态情节。另外，笔者一再提到武侠小说对文化水平有较高要求，而这恰恰是温瑞安的短板，若说金庸在嫁接历史上几能以假乱真，他则是漏洞百出、张冠李戴，甚至犯下把岳飞的朝代弄混的令人啼笑皆非的失误（最后只能将岳飞改作狄青，再后来又把狄青改回岳飞……），诗歌创作方面更强行上马，留下不少尴尬的"打油诗"。

尤为致命的是，温瑞安性格冲动，快意恩仇，缺乏自制力与规划力，导致大部分系列作品均是未完结的烂尾状态，进而被读者送了一个"温巨坑"的外号。其后期作品实验性过强，处处体现出浓浓的浮躁味道，碎片化、零散化的倾向愈发明显，颇有些"走火入魔"，由于年龄渐长、水平下滑，留下的无数大坑小坑连环坑也就终于无力填平了。

无论如何，温瑞安的作品总量超过前面梁羽生、金庸、古龙三位，从今日阅读价值评判，其可供一观的作品包括"神州奇侠"系列的正传八本，即以萧秋水为主角的经典长篇，亦是温瑞安成名之作，别传《侠少》《唐方一战》，后传《大侠传奇》，外传《大宗师》《逍遥游》《养生主》《人间世》；"布衣神相"系列，迄今共八篇；"四大名捕"系列中前期作品《会京师》《骷髅画》，尤其是该系列巅峰之作、伏笔转折层出不穷还曾被多次改编的《逆水寒》；"说英雄谁是英雄"系列的前五部，即《温柔一刀》《一怒拔剑》《惊艳一枪》《伤心小箭》《朝天一棍》，至主角王小石谢幕为止；带抒情和实验性质、同时不是坑的《刀丛里的诗》。

黄易（1952—2017），原名黄祖强，香港人，因喜欢玄学，以《易经》中的"日月为易"改名黄易。黄易于1987年发表处女作《破碎虚空》，1989年辞去工作隐居专心创作。他在五位大师中排行最末，主要活动于20世纪60年代至21世纪初叶，亦是当时的领军人物，但其文字水准或者说文学造诣在所谓的大师行列里是最糟糕、最白烂的，乃至比温瑞安更缺乏古韵（反过来讲也最具"现代感"）。他写作速度奇快又精通电脑游戏，堪称后世数百万字超长篇网文的开山鼻祖，在他所处的时代，前人留下的创作思路在慢慢枯竭，于是他大胆地将各种东方元素，以及穿越、科幻、修真、"种马"①等各种前卫点子和游戏思维引入武侠或中式奇幻领域，对类型融合颇有开创之功……虽然也有很多人认为黄易是一剂副作用惊人的强心针，带领大家头也不回地走上邪路，搞死港台武侠乃至为传统创作写下"挽歌"的罪魁祸首就是他。无论如何，从今日阅读价值评判，黄易单看两部巅峰之作，即超长篇《大唐双龙传》和后继创作的《边荒传说》足矣。

香港新派武侠发展中后期，受金庸影响有倪匡的《六指琴魔》《新断臂刀》等名作诞生，②受古龙影响有所谓"新三剑客"出现，包括黄鹰（代表作"大侠沈胜衣"系列，共三十篇，模仿古龙相当成功）、龙乘风（代表作"血刀浪子"系列，共五十篇，亦模仿古龙）和西门丁（代表作长篇《迷城飞鹰》、"双鹰神捕"系列五十篇）。这些人的作品多在香港《武侠世界》等杂志上长期连载发表，不过香港毕竟地方小，后金庸时代小说方面总体成就有限，不再赘述。

20世纪八九十年代以来，港台武侠小说创作相继陷入凋敝和停滞，仿佛在失去领袖人物之后也丢了魂，与地位跃居国际贸易和金融中心、与经济与文化消费大繁荣形成鲜明对比的，却是武侠小说的盛极而衰、欲振乏力，硕果仅存的耆宿们无一不被文坛边缘化，乃至落得晚景凄凉的下场。对日渐壮大的市民阶层来说，漫画、游戏和影视剧以生动的视觉刺激取代了文字功能，好在新派武侠将底蕴影响辐射到这些新领域，文脉始终未曾断绝。

后大师时代的港台武侠小说里，早年间名气和成就最大的是孙晓的

---

① 如果说这能称为一种写作手法的话，在黄易先生笔下委实登峰造极。
② 倪匡与金庸关系密切，可谓头号"金庸吹"，乃至在金庸出国期间帮忙代写过《天龙八部》的一部分。

《英雄志》、乔靖夫的《杀禅》《武道狂之诗》和于东楼的《短刀行》。《英雄志》号称"金庸封笔古龙逝，江湖唯有英雄志"，其设定于以明朝景泰年间"土木之变"为原型架构的"第二世界"，以四位性格、身份差别迥异的主角"观海云远"各自的成长为线索，抒写江湖和庙堂之争，从内容上看已非单纯的武侠小说，人与大时代的冲突、情感道德的反思才是此书主旨。这部作品的名号笔者在上一节讲第四条路径时已然提到，并乐意称其为传统武侠小说的终结者和新时代中式奇幻的开创者，作者孙晓在20世纪90年代最初从事写作时年纪轻轻，文字较为粗糙，小说的开头感觉很一般，但越往后越是激情澎湃，水平越来越高，此后他又倾十余年光阴几近癫狂地修改打磨，成功完善了小说的前半部分。整部《英雄志》按框架分为"春夏秋冬"四段，结尾及预计中的最大高潮始终难产，尚未到盖棺定论之时，惟愿孙晓的努力能获得圆满的结果。

　　《杀禅》与《武道狂之诗》的作者乔靖夫是一位香港六零后和"练家子"，十五岁开始学习空手道，曾获全港大赛亚军，又拍过武术纪录片，遍寻武术门派并与之较量。由于热爱武术，乔靖夫格外重视格斗实战，乃是以武人的心态在进行创作，硬朗的情节结合现代运动科学，抛开神奇的内功、点穴而展现拳拳到肉的武打，书中甚至附有名为"大道阵剑堂讲义"的武学说明。追求动感、令人血脉偾张的打斗情节在《杀禅》和《武道狂之诗》中频繁上演，所有角色仿佛都是"肌肉型"人才，个个嗜武如痴，为求胜利不择手段，读来宛如一场场UFC巅峰战，刚猛暴烈的场面与他人笔下仙气飘飘的比拼或一招致胜式写意战斗对比鲜明。在情节上，《杀禅》讲述六名老兵脱离战场后建立天下第一大帮，而后又反目成仇的故事；《武道狂之诗》则讲述明朝年间武当派为求"天下第一"不断挑战其他门派，直至来到青城山登山求战，年仅十七岁的主角燕横成了青城派最后一名道传弟子，眼睁睁看着师门被灭后，跟随"武当猎人"荆裂踏上讨伐武当派的复仇路，在接连的恶战中不断积累经验获得成长，最终却又落入朝廷庙堂的算计之中。

　　于东楼（1934—2003）相比前两位完全算得上是上一代作家，其本名于志宏,相当搞笑的是,于氏写稿时住在公寓东边,完稿于文末注明"于东楼",意思是写于东楼,不明就里的出版社却误以为是他的笔名,"于东楼"就此诞生。作为古龙的好友之一,于东楼号称为所有武侠名家代过笔,从而赢得了"天下第一枪手"的美称,当然他主要是为古龙代笔——于东楼曾表示在好友古龙过世以前,自己从未想过创作武侠小说——自身的风格也变得类似古龙,颇能以假乱真。他的独立创作很少,仅有20世纪80年代末90年代初数部专写小人物的惊艳之作,其中《短刀行》可为代表,是书以天才厨师小孟为主角,其人一夜醒来竟然成了武林盟主,却对武林中的打打杀杀毫无兴趣。《短刀行》行文轻松、明快、幽默,曾荣获首届"中华武侠小说创作大奖赛"。

近期港台武侠小说的代表是老牌作者上官鼎重出江湖之作《王道剑》、女作家郑丰的"神偷天下"三部曲、三弦的《天之下》和默默猴的《妖刀记》,前两部作品均有厚重的历史氛围,后两部作品则展现了网络时代创作的变革气息,不约而同设定在远离现实的架空世界之中。

先说《王道剑》,作者"上官鼎"实为国民党空军上将刘国运的三个儿子刘兆藜、刘兆玄和刘兆凯的共同笔名,其中主要创作人为刘兆玄。此笔名于1960年出道,1966年刘兆玄因学业急流勇退封笔,早期代表作为《沉沙谷》,半个世纪后,上官鼎①于2014年突然重出江湖出版了《王道剑》,2017年还推出了以抗战时衡阳之战为背景的《雁城谍影》。《王道剑》以明朝建文皇帝的下落之谜为线索,以明朝开国大将傅友德之孙傅翔为主角,结合最新研究论据,从武林的角度抒写朱棣、朱允炆这对叔侄剪不断理还乱的爱恨恩仇,堪称台湾地区近年来最精彩的传统武侠。

郑丰,本名陈宇慧,身世比上官鼎更显赫,竟是当年台湾地区"副总统"、蒋介石的头号亲信陈诚的孙女。她从小喜欢历史,成年后定居香港,业余创作武侠小说,曾荣获2006年"全球华文新武侠小说大赛"的最高奖。"神偷天下"三部曲是郑丰较成熟的作品,选取的亦是她最感兴

---

① 鲜为人知的是,"上官鼎"笔名背后的刘兆玄在这半个世纪已然飞黄腾达,在台湾地区历任要职,包括台湾清华大学校长、"交通部长"直至"行政院长"。

趣的明朝历史，讲述神偷组织与明廷的宫闱秘闻，其行文颇有民国遗风，情节大开大合，只是到结尾似乎有些走低。

《天之下》直接在网络上连载，作者三弦作为活跃的布袋戏编剧，于本书写作上做了许多时尚而大胆的尝试。书中的朝廷被九十年前一场大变局推翻，庙堂竟然就此不存在了，随之而起的大江湖时代由九大武林门派和林林总总的附庸小门派割据主宰，[1] 普通人拜师学艺后 "持证上岗" 方可成为侠客，且不能自由驰骋，必须受 "侠名状" 的限制，规矩比什么都大。由于门派势力之间不断钩心斗角、互相倾轧，世道更加残酷，九十年后矛盾终于到了激化之时，内忧外患同时爆发，《天之下》就在这样一个时刻展现了不同角色的不同选择，交织成繁复的织锦画，形成一盘大棋。《妖刀记》是台湾地区连载出版的长达五十卷的超长篇小说，前传《鱼龙舞》也有十六卷之多，故事设定在虚构的东胜洲[2]，讲述五把充满邪性、威力强悍的毒妖刀毫无预警地重现江湖后引起的腥风血雨，几大门派被迫起而对抗祸乱，书中原创了一整套架构庞大的江湖体系，情节也十分刺激紧张……不过情色成分太浓，在此不多做介绍。《妖刀记》另有改编漫画《藏锋行》可供一观，《藏锋行》在大陆同样取得了成功。

谈到漫画，武侠、仙侠、幻想漫画曾经的第一重镇无疑在香港。20世纪70年代末以来，香港漫画蓬勃发展，老少咸宜的武侠题材被漫画作者发掘为故事基础，以欧美肌肉系画风（90年代后还吸收了部分日漫经典元素，如池上辽一、井上雄彦等人的作品）为起点，与武侠、仙侠文化有机结合，催生出带有本土特色的奇幻漫画，并延续至今。其中马荣成所绘《风云》漫画堪称巅峰之作，以天马行空、恢弘壮丽的奇幻色彩展示了武侠故事的多种可能性，塑造出多个经典人物，被誉为唯一可媲美金庸、古龙小说的港漫，其商业运作上也登峰造极，从1989年开始连载到2014年完结，整整影响了两代人，衍生出脍炙人口的小说、影视剧、动画及游戏。马荣成之外，最值得一提的是被称为港漫的 "开山祖师"

---

[1] 这样的设定为武侠小说中所仅见，倒是不写朝廷的仙侠小说有不少类似场面。
[2] 值得一提的是，《妖刀记》只是作者默默猴计划的 "东胜洲" 三部曲的第一部而已。

和"教父"的黄玉郎。黄玉郎旗下的玉皇朝公司奠定了港漫的经营模式，港漫的兴衰历程和黄玉郎息息相关。[①] 黄玉郎长于世界观设定，想象力极为丰富，其漫画以"天子传奇"系列（尤其是第一部）、"神兵玄奇"系列（尤其是第一、二部）最出彩，但后期作品多为挂名，已非亲笔。

除马荣成、黄玉郎两人外，港漫画家中尚有邱福龙、郑健和（尤其是他与邓志辉合作、目前仍在连载的"西行纪"系列诸作）等人脱颖而出。若将视野放远，陈某改编历史的名作《火凤燎原》可谓剧情奇诡，盛极一时；李志清的水墨工笔画意境深邃，迥异于流行的港漫风格，又以对金庸经典作品（《射雕英雄传》《笑傲江湖》）的改编闻名；内地画家石夫辗转香港，以"白鹭"之名绘制的《全本金瓶梅》，亦有其独特魅力。不过总体而言，21世纪以来由于类型单一、套路重复、后继无人，加上网络媒体的强大冲击，纸媒地位逐步下降，港漫也渐渐走向衰落，此处不再细表。

台漫界的最大发现是郑问（1958—2017）。郑问于20世纪80年代开始创作，曾被日本讲谈社称为"亚洲的至宝"，其画风潇洒豪迈而严谨，融中国水墨技巧与西方绘画艺术为一体，走笔狂放，跃然纸上，人物造型更是一绝，甩开了日本漫画。其著名的武侠及历史漫画有《阿鼻剑》《刺客列传》《东周英雄传》《始皇》《万岁》《深邃美丽的亚细亚》《三国演义画集》等。

若说漫画是香港地区武侠及奇幻的特色载体，台湾地区的特色载体应属布袋戏。布袋戏本为东南闽粤沿海历史悠久的传统木偶戏之一，又称"掌中戏"[②]，本质上乃艺人操控精致的人偶进行复杂的人物扮演和剧情表演，辅以精心编排的故事及配音、配乐。最早成功的商业化布袋戏是黄俊雄的"金光布袋戏"，其亦成为现代布袋戏的鼻祖，后因恩怨纠葛和戏迷、观众的流失，黄俊雄之子黄文择、黄强华于20世纪80年代中后期扯旗单干，转战录像带租赁市场，分创出"霹雳布袋戏"，并青出于蓝

---

① 实际上几乎所有港漫作者，包括马荣成在内，都在黄玉郎手下工作过。
② 当然，现代的大型人偶早已无法仅凭掌中操控。

地做大做强，每剧达到上百万人次租赁用户和数百万电视观众，一度占到全台影音出租市场的百分之十，而内容量延续到2022年已有两千七百多集。

霹雳布袋戏底蕴深厚，商业模式成熟，成本相对低廉又能结合现代科技，故此深受喜爱。它满足了众多新派武侠小说读者的幻想，甚至超越大部分真人剧，被评论界称为"中国武侠最后的良心"。它在传统民间艺术大衰退的潮流中是一个异数，为生存下去乃至力挽狂澜，一直在做各种尝试和创新，视觉效果着力追求酷炫，同时设计出天马行空的幻想剧情，努力争取更多受众。

港台新派武侠的余波波及内地，唤起了中华传统文化的回归，掀起了滔天巨浪。

回想当初，新中国成立后的20世纪50、60年代，文艺风向有翻天覆地的转变，强调注重"真实""当下"和"反映社会"，而武侠小说以至所有幻想小说，包括中式奇幻赖以取材的"封建王朝"历史作品受到严格管束。但即便是在那个时期一枝独秀、独占鳌头的革命文学中，尤其是1949年至1966年间所谓"十七年文学"的革命传奇小说中，诸如《吕梁英雄传》《新儿女英雄传》《大刀记》《林海雪原》《烈火金刚》《铁道游击队》《敌后武工队》《野火春风斗古城》《万山红遍》《平原枪声》之类的作品，它们有的沿袭了旧小说的章回体传统，有的基本借鉴了《水浒传》《说岳全传》《三侠五义》的手法，而描写的杨子荣、史更新等英雄人物，以及"白手夺枪""火车打劫"等名场面，可清晰地发现部分内容继承了武侠小说的精神资源，寄托了人们对"侠客"这一草莽英雄形象的向往。就这样，武侠在革命文学的框架中隐秘而"合理"地活着。革命文学中的英雄与传统文学中的英雄事实上一脉相承，他们机智果断、身手不凡、除暴安良，深受大众喜爱，并被改编为各种评书、戏剧，继续广为流传。

可惜在后来"文革"的十年里，作品的创作被明确赋予政治涵义，上述革命传奇类小说往往也被殃及，在"革命新文艺"的尺度下遭到批判,无法正常出版,通俗文学方面更是彻底成了空白。当然,此种断裂和消亡也为今后突如其来的反弹与爆发提供了机遇,长期压抑后旺盛的阅读欲望足以让读者"像清早争买大饼油条一样"抢夺劫后复苏的通俗文学作品。

1978年党的十一届三中全会的春风吹来,大陆吹响了改革开放的号角,强调解放思想,实事求是。接下来的八九十年代以金庸作品为代表的港台武侠小说大批涌入,[①] 以1982年电影《少林寺》和1983年电视剧《霍元甲》为代表的武侠影视的热播进一步推动了这股热潮,无数国人废寝忘食地捧读,人人开口必称"射雕""神雕"。在那个百废待兴、精神食粮相对贫瘠的时代,武侠小说炙手可热、雅俗共赏,发行量大大超过纯文学作品,不但卖得多,更成为繁荣一时的租书屋里最受欢迎的门类。由于大众对通俗文学的消耗速度空前,知识产权意识又几近于无,遂给了无良书商很大的操作空间,他们或将一书巧立名目拆作多书,或张冠李戴、挂羊头卖狗肉地推出寂寂无名的新作者乃至山寨作者出品的伪作,[②] 结果却屡屡得逞、大卖特卖,惹来一次又一次清查。庞大的读者群不但催生出前文提及的"金学"研究热潮和大批影视剧,塑造了整整一代人的审美情趣,也逐渐培养出大陆的新一代作者,这批作者后来被称为"大陆新武侠"作者群。

大陆新武侠从一开始地方文人的分散努力,到"地摊文学"的遍地开花、泥沙俱下,据不完全统计,80年代到90年代初在各类刊物上发表的武侠小说有一千多种,正式出版的武侠小说有三四百部,从事武侠小说创作的作者超过一百位,甚至连文学名家余华也写过《鲜血梅花》。然而此时中国内地的创作水准远不如港台,尚未形成个性面目,第一代武侠作者多沿袭民国时期的说书、曲艺传统,以传闻纪实为主,加工历史上的真人真事,[③] 有一定影响力的作家作品除前已提及的冯育楠、聂云岚,

---

① 最先到来的是1981年梁羽生《白发魔女传》。
② 例如故意碰瓷大师名家的全庸、金墉、金康、金庸新、金庸名、吉龙、古尤、古龙巨、梁习生、黄易原、卧龙牛、巨龙生、令狐庸等等。
③ 这种书或称为"武林小说"。

还包括王占君的《白衣侠女》、刘峻骧的《峡谷芳踪》、万天石的《武林传奇》、张宝瑞的"京都武林长卷"系列、云鹤涧客的《螳螂拳史演义》、林羽的《奇剑风云图》、汪佩琴的《神力王》、柳溪的《燕子李三传奇》、张华勋的《武林志》、残墨的《神州擂》等。戊戟的"传奇"系列和冯家文的"五凤朝阳刀"系列在早期作品中是较长的，[1]前者曾催生"戊戟现象"，所谓有戊戟作品连载的报纸就能大卖，后者被改编为评书，流传度不低。苏方桂的"罗浮演义"系列（包括《罗浮侠女》《五羊恩仇》《虎穴剑影》《浊世佳人》《离乱鸳鸯》《冤家成亲》）及《和硕格格》《康熙的情人》等也具有一定影响力。

进入90年代，中国内地方才逐渐有了能与港台方面抗衡的代表，但整体创作仍处于东一榔头西一棒槌的无序状态，颇为类似后来的国产单机电子游戏。这批作者之中，如今看来实力最强者是马舸，他于20世纪90年代中期与台湾的孙晓一起出道，文笔极为老练、古雅，有返璞归真之美，作品精神上更体现出对侠道的痴狂，其代表作"江湖拾遗录"系列曾与《英雄志》并称一时瑜亮，无奈后来经历硬盘事故，书稿遗失，所剩不全，而马舸也不愿重新涉足创作。除马舸外，陈天下的《负伞的侠者》《刀歌剑笑》《江湖三弦》，青莲子（即田雁宁）的《威龙邪凤记》《青猿白虎功》、熊沐的《骷髅人》《阴阳人》、周郎[2]的"奇兵十七"系列及《伤心万柳杀》亦算是这一时期的巅峰之作。

经过不断试验与碰撞，大陆新武侠的黄金时期终于到来，这要等到从小接触金庸、古龙的一代读者长大和他们的创作技巧成熟，伴随着《今古传奇·武侠版》的诞生。该杂志于2001年底创刊，几乎立刻正本清源，成为武侠文坛的大半壁江山，月发行量最高超过七十万册，冲到全国销量第一，"大陆新武侠"的概念亦由其提出。2003年，从《今古传奇·武侠版》的班底里又衍生出《今古传奇·奇幻版》，专门针对更大范

---

[1] 这两个系列都"借鉴"过重，并自我重复，按今日眼光看相当平庸。
[2] 据说"周郎"乃周涵和周沛两兄弟的笔名，"奇兵十七"系列模仿古龙的"七种武器"写出了十六部中篇，又与长篇《天香血染衣》《横刀万里行》《燕歌行》等互相联系，共同组成统一世界观。

围的幻想文学，一时间真是风光无两。无独有偶，《科幻世界》杂志亦在2003年推出奇幻增刊，后改名《飞·奇幻世界》，中国内地的古装武侠剧、仙侠剧也在2000年至2010年间迎来一波高潮。

江山代有才人出，数百名来自天南海北的后起之秀聚集到21世纪初兴起的武侠杂志和幻想杂志旗下，共同酝酿革命，佳作如雨后春笋、应接不暇。这些作品与后来的网络小说相比，大都以文字雕琢见长，其中不少着力模仿金庸、力求在金庸定下的范式中耕耘，也有不少"求新派"，大胆吸纳西方现代文学，试图对金庸进行"革命"——当然，至少从结果上讲，后者并不算成功，许多读者认为"求新"的新武侠没有"武侠味道"，所谓"求新而怪"，而武侠失去传统文化内核和辨识度之后，也就失去了自身的魅力。

更严重的是，由于受西方和日本文化影响过深，一些大陆新武侠作者尚做不到融会贯通之时，便自觉不自觉地对武侠的"侠"采取规避乃至消解态度，转而片面拥抱"人性"和"自我价值"，甚至宣称"什么侠义精神，在我心里简直一钱不值，那都是封建残余的陈腐滥调"。回到中式奇幻的概念，某种意义上讲，也就是部分人潜意识里不打算理睬和靠拢中华文明的内核，只想给作品披上一张武打技斗的皮，与当代某些网络穿越历史小说颇有异曲同工之处，此等思想指导下的创作显然与其利用的文化遗产之间呈现高度撕裂，长远来看无异于左右互搏，部分作者进行数年创作后陷入自我重复、自我陶醉又自我否定的三重怪圈的原因或在于此。好在随着我国国力进一步发展，民族自信心进一步增强，此种趋势似乎正在消退。

21世纪第一个十年后，西方当代通俗文学更大规模地译介进入中国，以此为参照，直接催生出各种新颖的幻想文学类型，而在硬件上，网络尤其是移动网络的迅速普及，全面覆盖人们的生活，网络小说突飞猛进，杂志媒体渐趋不振，过去主要依托后者的传统武侠小说创作在短暂繁荣之后旋即陷入低谷。相关作者要么封笔转行，要么转而从事网络小说写作，从《今古传奇》等杂志过渡到网站和APP。《今古传奇·武侠版》本身在推出五百二十一期之后，亦于2022年12月号结束后正式停刊，[1]当时早已由巅峰时代一年三十六期的旬刊模式下降为一年十二期的月刊模式。与之对应，《今古传奇·奇幻版》于2012年停刊，《飞·奇幻世界》于2013年停刊，《九州幻想》于2014年停刊，《武侠故事》于2015年停刊，香港地区创刊于1959年的老牌武侠杂志《武林世界》于2019年停刊。部分杂志时代的遗老坚持以单行本形式继续推出作品，作品则更多与历史、探案、言情等文类进行嫁接与融合，以求拓宽视野，打开出路。

大陆新武侠作者群的突出代表要数小椴、凤歌和王晴川。小椴是这批作者中综合文笔最好、最有古韵的，乃至具有独特的诗人气息，这甚至使得他的作品有时写意味太浓，高贵而"不接地气"，[2]《今古传奇·武侠版》创刊号即以小椴为主打，他也一直是该杂志的头牌作者，一度被誉为"金古黄梁温"下的"椴"，代表作包括长篇《杯雪》《脂剑奇僧录》《长安古意》《洛阳女儿行》和"开唐"系列（分为《教坊》《剑器》《王孙》《海市》），此外有大量优秀中短篇（《刺》《弓箫缘》《石榴记》《青丝井的传说》《隙中驹》《江湖墟》《龙城》《隼永刀》《年华轮》《尘镜蛛奁》《京娘》《杀手楼》《忍侯列传》等），2014年以来，小椴潜心创作以前秦苻坚的崛起为主题的历史小说"裂国"系列；凤歌是模仿金庸风格最成功、最稳健的作者，代表作是"山海经"三部曲（《昆仑》《沧海》《灵飞经》和前传《铁血天骄》），该三部曲中后期他曾想做出风格上的改变，无奈评价好坏参半；王晴川坚持传统创作近二十年，一直笔耕不辍、踏实勤奋，笔下情真意切，作品也较多，包括《飞云惊澜录》《雁飞残月天》《大唐辟邪司》系列、《凿空记》《暗香传奇》《楼兰》《玄武天机》和《御天鉴》。

除上述几名代表，飘灯的《苏旷传奇》、盛颜的《三京画本》、香蝶的《烟波江南》、碎石的《逝鸿传》、懒魅客的《武林旧事》、时未寒的"明将军"系列、杨叛的推理武侠"云寄桑"系列、夜半两点的《擒龙

---

[1] 其公众号发文哀叹道："武侠版像经历了一场华胥之梦，在挣扎沉沦裹挟中消亡了。"
[2] 小椴自称："我的武侠小说的最初出发点都是诗歌。"

手》、吴昉的《冥海花》、司马嘶风的《拳无敌》、白衣卿相的《匹马戍凉州》、张草[①]的"庖人"三部曲及步非烟、月裹鸿声、方白羽、金寻者、小非、沧月、沈璎璎、璃砂、扶兰、三月初七等人的作品也值得一观。倘将视角扩大到短篇小说，亦有苏镜（"蒙元江湖"系列）、西失（《铁甲耀龙城》）、杨虚白（《挥戈》）、庞礴（《青囊记》）等人之作可供品读。倘将视角近一步浓缩到最近，也即本书成书前后（2020年前后），新近出版的较突出作品还包括踏歌的《战国·白云谣》、李亮的"战国争鸣记"系列、燕歌的"大明火枪手"系列、念远怀人的《三十六骑》及雨楼清歌的《一瓢河川》与"天下刀宗"系列等。

上述武侠作品的时代背景几乎都设定于近代以前的古典历史时期，即与西方文明发生大规模接触前的冷兵器时代[②]，与西方文明接触后的晚清和民国时期酝酿了特殊的历史氛围，亦可作为精彩舞台，尤其是在东西理念碰撞特别激烈、反衬也特别鲜明的市民人群中，颇可彰显民族主义精神和中华文化的独特之处。这样的武侠又称为"近代武侠"，风格上往往更硬桥硬马，少了些飞天遁地、乾坤挪移的神奇，比之"奇幻"，更贴近"真实"。广义上讲，近代武侠的创作者包括此前提到的平江不肖生、白羽等民国武侠作家，尤其是"会党秘闻派"的姚民哀，他们是当时人写当时事，别有一番风味，论及现下则不能不提及徐浩峰。徐浩峰既是专注近代武侠的电影编导，也是小说创作者，由其整理出版的口述纪实文学"武林纪实"系列（《逝去的武林》《高术莫用》《武人琴音》《大成若缺》）令其名噪一时，该系列以中华武术所谓最后的黄金时代见证者身份，试图原汁原味地状写现实武林界的生态，勾勒传统武术的风貌，乃至透露了许多神秘的武学绝技。由于注意写实又带有历史的沧桑厚重感，徐浩峰的武侠与高度浪漫化的金庸、古龙武侠自然有很大不同，他笔下的武术仅仅是一门行当和手艺，武人则近同于街头巷尾的说书走唱卖艺算命之辈——照徐浩峰的说法，其小说可称为"武行"小说，即

[①] 张草是马来西亚华人。
[②] 当然，火药为中国"四大发明"之一，传统的冷兵器时代故事中并非毫无火器元素。

"将武人还原为从业人员，写他们存在的真实状态和突出其职业特征"——此种职业及其生态与近代文明的冲突，对相关义理的诠释便是作品的看点。除上述几部书外，徐浩峰尚有长篇小说《武士会》《大日坛城》《道士下山》《国术馆》，中篇小说集《刀背藏身》《白俄大力士》《白色游泳衣》《诗眼倦天涯》等等。

跟徐浩峰的"武林纪实"志趣相投的有铁萼奇兰的《六合大拳师》《六合拳宗：猛虎出笼》《帝国镖路》《真武百年》和《通臂之拳》，郭捷的《真武人间》《天行之诫》，颜紫元的《太极拳史——真相大白》、龚鹏程的《武艺丛谈》等，它们的共同之处是试图描绘武术在近现代的现实处境与转变。

在武功写实派以外，20世纪90年代以来对近代江湖描写较精彩的有赵晨光以"北京江湖"为背景的《江湖消亡史》（"隐侠"系列），张北海以"北京江湖"为背景的《侠隐》，慕容无言以"天津江湖"为背景的《大天津》《杨无敌》《铁瓦琉璃》《碎金兰》和"唐门"系列等，[①] 龙一以"天津江湖"为背景的谍战系列《暗火》《借枪》《代号》《接头》《深谋》，[②] 冯骥才以"天津江湖"为背景的"俗世奇人"系列和"怪世奇谈"系列，[③] 猎衣扬以"天津江湖"为背景的《虎辞山》，雪漠以西北凉州为背景的《凉州词》，巫童的《魔术会》《暗杀1905》等等。

最后，当代人写当代事颇不讨巧。一方面所依托的历史背景尚未成为历史，描写展不开、写不大；另一方面受困于政治、时事、法律等因素，忌讳太多。台湾著名作家张大春的《城邦暴力团》可谓成功之作，[④] 但此种成功很难复制。该书是一部民国暗史接驳而成的"台湾江湖"史，从民国中期一直写到20世纪90年代，地域横跨大陆、中国台湾和日本，

[①] 慕容无言另有《关宁旧将》《胭脂扣》等其他时代背景的中篇。

[②] 龙一另有小长篇《长征食谱》，著名中篇小说集《潜伏》《恭贺新禧》《藤花香》《暗探》《刺客》等。

[③] 冯骥才的创作时间跨度较大，早期还有以天津义和团运动为背景的《义和拳》《神灯前传》，包括被归于"俗世奇人"系列的《神鞭》。

[④] 当然，该作很大一部分发生于民国的历史时期。

林林总总的人物、帮会你方唱罢我登场，其结构和故事之复杂令人叹为观止。张大春除《城邦暴力团》外，"春夏秋冬"系列和"大唐李白"系列也值得爱好者一观。

至于大陆地区，写当代的武侠作品最值得一提的应属梦入神机的"国术"系列（《龙蛇演义》《点到为止》），该系列其实是网络小说，姑且提前介绍。

梦入神机乃网络小说界"中原五白"之一，《龙蛇演义》却是具有开拓性的作品，被认为开创了网文中的"国术流"。该小说写作态度端正，查阅了大量资料，试图树立相对可信的传统武术体系（"只杀敌，不表演"）。全书围绕"武"展开，以武道追求为情节推动，以地下黑拳赛场为主要舞台，辅以三教九流、国际博弈的风云变幻，并夹杂着大量似是而非、真假莫辨的武林往事。全书虽然剧情有些直楞呆板，但不乏亮点，譬如描述原本仅为一介中学生的主角王超重走二万五千里长征路，体会红军精神，进而得以完善拳法，明心见性，悟得武道真意，终成一代武学宗师，读来让人心潮澎湃。《点道为止》是梦入神机时隔多年后在国术方面的新作，尝试融合人工智能、人体科学、心理学、量子力学等前卫思潮，用科技手段来辅助国术修炼，但似乎有用力过猛之嫌。

小子无胆的《国术凶猛》和《国术凶猛之六合无双》可视为梦入神机的精神继承者，亦有相当水准。

第四节　网络新赛道

上节所述乃传统武侠、仙侠小说的发展轨迹，然而改革开放以来，我们已经历第三次工业革命，这次工业革命又以信息技术和电子计算机的应用为主要标志，在西方肇始于20世纪30、40年代，蓬勃发展于20世纪70年代至今，我国的改革开放在时机上恰好顺应潮流，于20世纪80年代初初步建立了软件行业，90年代中后期开始形成蓬勃发展的市场。从文化上讲，第三次工业革命带来了互联网和电子游戏，一方面，西方文化，包括日本文化在内，借中国与国际大接轨之机大举入侵，以影视、游戏、漫画、动画等多种媒介实现对中国人前所未有的广泛介入，程度和幅度远胜于民国时期；另一方面，长期的稳定生活和高速发展也对中国人的心态有深远影响，现实题材逐渐不再吃香，尤其在缺乏丰富生活体验的"九零后""零零后"那里，五花八门的幻想作为大众趣味愈发大行其道。天马行空、怪力乱神的故事刺激着此前循规蹈矩的中国人，推动他们摆脱束缚，传统的幻想小说因此发生应激性改变，从中孕育出具有网络特色的中式奇幻。

经过二三十年的风云博弈，中式奇幻目前肉眼可见地主要依托于三大载体，第一是无论美、日、韩还是欧洲都没能建成的，暂且独属于我国互联网实践的网络文学生产机制，相关的网文连载平台自给自足，几乎彻底摆脱了传统出版业[1]——本来在文化产品上，近现代以来我国一向进口大过出口，是一个"入超"严重的被影响国家，偏在网络小说上打了出口的翻身仗；第二是网络电脑客户端游戏时代的中式MMORPG[2]及其遗产；第三是移动网络时代中国游戏公司逐步展现的强悍开发和运营能力，及因之诞生的新一代移动游戏。显而易见，三大载体都离不开蓬勃发展的互联网，互联网注入的新因素成为了我国在通俗文化领域（当然包括其中的奇幻领域）实现追赶和"弯道超车"的希望所在。

谈互联网和网络文学之前，笔者先简单谈谈电子游戏中的中式奇幻。不单从时间上看，游戏来得更早，而且在第三次工业革命后，文化的载体也已走向多元，游戏堪称多元载体的魁首。

电子游戏进入中国普罗大众的视野，最初可追溯到20世纪80年代末90年代初红遍大街小巷的任天堂红白机和街机，以及后来出现的小霸王学习机。据统计，到1992年，国内游戏机保有量已突破一千万台。家用

---

[1] 按某知名网络小说家的说法，"我国的网络文学已成为和美国好莱坞、日本动漫、韩国电视剧并称的'世界四大文化现象'"。
[2] MASSIVE MULTIPLAYER ONLINE ROLE-PLAYING GAME，大型多人在线角色扮演游戏。

计算机自90年代初以来也长期保持百分之五十以上的年增长率，到90年代末达到每百户六台左右的保有率，到2003年达到每百户27.81台。在这样的背景下，自90年代中期开始，我国初步拥有了自己的游戏开发业。1995年，台湾大宇资讯出品的单机游戏《仙剑奇侠传》一炮走红，火遍海峡两岸，成为中式奇幻的领袖和旗帜。①《仙剑奇侠传》虽然游戏方式上基本沿用了当时影响较大的日式角色扮演游戏，内容却异常"纯正"，从命名、情节到世界设定都深受《蜀山剑侠传》的影响，后来其翻拍、改编的多部电视剧更让仙侠文化大放光彩，乃至部分取代武侠影视剧，实现了数十年未见的仙侠大复兴，给后续的其他小说和影视创作提供了可资借鉴的模板。《仙剑奇侠传》有多部续作、外传和衍生作，截至2022年，其正传一共推出七代之多。

借鉴和仿照《仙剑奇侠传》的成功模式，国内游戏界迅速形成"三剑"②齐发的格局。"轩辕剑"系列其实论历史要早于《仙剑奇侠传》，其第一代游戏推出于1990年，第二代推出于1994年，但制作较为粗糙，游戏背景模糊，仿若电影《倩女幽魂》的同人作，直到与《仙剑奇侠传》同年推出的外传《枫之舞》才算赢得较好口碑。该系列与《仙剑奇侠传》同样深受日式角色扮演游戏的影响，不同之处在于设定在真实的历史朝代之中，力求整合华夏神话传说，而非刻意模糊时代背景。《枫之舞》之后，"轩辕剑"系列又有《云与山的彼端》《天之痕》《黑龙舞兮云飞扬》《苍之涛》《一剑凌云山海情》《汉之云》《云之遥》《凤凌长空千载云》《穹之扉》等历代作品，一路延续到最近的《轩辕剑柒》，虽然坚持不易，口碑却渐渐走低。"剑侠情缘"系列是工作室西山居的作品，第一代游戏推出于1997年，亦是中国内地第一款成品角色扮演游戏，后来又有第二代和外传《月影传说》，以及第一代的重置版《新剑侠情缘》，反响一直不错，但此后西山居便顺应潮流，将全部精力放在了网络游戏领域。

① 没错，中式奇幻的旗帜一度并非花落某个文学作品，而是一款角色扮演游戏。
② "三剑"又有"老三剑"和"新三剑"之分，"老三剑"指的是起步最早、当年最为火热的"仙剑奇侠传""轩辕剑"和"剑侠情缘"三大系列，后来"剑侠情缘"系列因故完全放弃单机内容，转向网络领域，21世纪里由后起之秀"古剑奇谭"系列取而代之，形成"新三剑"。

在单机游戏时代，其他较突出的中式奇幻游戏还包括汉堂国际的"天地劫"系列、宇骏科技的"幻想三国志"系列、目标软件的"秦殇"系列、像素软件的"刀剑封魔录"系列以及河洛工作室[①]的"武林"系列。奇幻游戏，尤其是其中仙侠游戏的火爆，催生了大量同人作，第一代网络小说作者最初大都有过同人作者的经历，有的人甚至当过游戏编剧，这对他们的创作产生了重大影响。早期的国产单机仙侠游戏及其影视改编剧，对网络小说的兴起同样起到了很大的推动作用，彼此一度形成相辅相成的关系。

1998年至2000年，互联网在中国得到初步普及，网络小说亦在新旧世纪交替之际开始崭露头角，最早依托于各大论坛及相关主页。[②]有些学者认为网络小说的源头是1996年金庸客栈的建立，另一些人追溯到1995年水木清华BBS的建立，但无论如何，1998年以后才形成初具规模的网络小说创作，诞生了著名的《第一次亲密接触》及稍早些的《风姿物语》，而后又有了清韵书院的"清韵匪帮"——大批中式奇幻作者便出自于此。2002年至2003年间网络小说的创作模式初步定型，2004年至2005年间随着起点中文网收费阅读模式的成功开始走上快车道，2008年至2009年间进一步搭上移动时代的顺风车，有赖于智能手机的普及迎来爆炸性增长，一路高歌猛进。

由此，大致可把2008年作为一个分水岭，将1998年至2007年的十年视为草创期的第一代网络文学，网络小说的受众姑且只能说是"小众中的大众"，[③]自由野蛮生长的网络文学充分释放了第一代作者的创造力，但在圈外还缺乏足够影响力；2008年以后是成熟收获期的第二代网络文

[①] 河洛工作室在智冠科技旗下制作了《金庸群侠传》《武林群侠传》和《三国群侠传》这三部脍炙人口的名作，后于2014年重组复活活跃至今，又有《侠客风云传》《侠客风云前传》《河洛群侠传》《侠之道》《天外武林》等作诞生。
[②] 如榕树下、金庸客栈、红袖添香、清韵书院、西陆论坛、龙的天空、幻剑书盟、水木清华BBS等等，今天的百度贴吧延续着论坛的传统。
[③] 数据显示，1997年我国网民数量为67万人，1998年此数字为117.5万，经过世纪之交的大发展，到六年后的2003年，此数字尚不满8000万，网络小说的读者更只有其中三四成。

学,[1]随着影响力膨胀及海量"小白"[2]的涌入,网络小说的价值导向变得完全面向乃至服从于终端文字消费者,并不断被改编为各类产品。这一时期的网络小说在波澜壮阔的大发展中营造辉煌的同时,也变得模式化、重复化、套路化,此种"大水漫灌"甚至逆向挤压和驱逐了原本的"精英"读者群和部分老作者,使得有的人在无所适从中"退圈"或"圈地自萌"。

至于何时何处可划分第三代,诚实地说,笔者在本文于疫情期间落笔前后尚难判定。

论及第一代网络小说中的中式奇幻,首先不能不提萧鼎的《诛仙》。《诛仙》是一本仙侠"言情"小说,其世界体系与《仙剑奇侠传》一样脱胎于"蜀山"系列,[3]充分展现了中国传统文化与新兴潮流的融合,是开天辟地、奠定网络时代仙侠小说风格的最重要作品之一。可以说在地位上,《诛仙》与港台新派武侠小说时代梁羽生的作品相似,一方面重拾沉寂数十年的仙侠小说创作文脉,另一方面注重仙侠中的"侠"字,与后来移动网络时代更加快餐化和低龄化、单纯着眼于修炼与打怪升级的修仙小说拉开了距离。《诛仙》以平凡少年张小凡的成长为主线,以正邪之争为背景,讲述张小凡与两位奇女子凄美黯然的生死绝恋,[4]用《道德经》中"天地不仁,以万物为刍狗"道出远大立意,主角为"情"之一字而孤独地面对整个世界,这个切入点搭配动人的描写,至今仍可算网络文学中的巅峰水平。

《诛仙》还是中国第一批卖出版权的网络小说,此后数次改编为游戏[5]、动画、电视剧和电影,一路破圈吸粉,长盛不衰。个中原因,恐怕与《诛仙》出现在网络文学草创时代、作者还肯静下心来认真负责地刻

---

[1] 数据显示,2009年我国网民数量爆发性增长到3.8亿,其中网络小说读者有1.62亿。
[2] 泛指从未有阅读习惯,随网络普及方才开始看小说的人。
[3] 同时《诛仙》也致敬了《仙剑奇侠传》中的情缘关系。
[4] 事实上,此为中国言情故事的经典桥段,《诛仙》胜在成功的嫁接,张小凡面对的是古灵精怪的"魔女"碧瑶与外冷内热的"仙女"陆雪琪。
[5] 《诛仙》改编游戏直接支撑了完美世界这个大公司。

画人物感情有莫大关联，这样的刻画在后来浮躁跳脱的网络文学市场中变得稀罕了。

与《诛仙》几乎同时或略晚些出现的鬼雨的《道缘儒仙》《鬼雨仙踪》、牛语者的《仙剑神曲》《仙羽幻境》《剑谍》《晓寒春山》、月涌清江的《太乙天寰录》、浮云深处的《洛仙》、管平潮的《仙路烟尘》[①]和烟雨江南的《尘缘》均可称为风格近似的名篇，尤其是《尘缘》的文笔、布局和人物塑造颇有可圈可点之处，百世轮回与一世情缘，顺缘逆缘皆是前缘，沉重的矛盾冲突将故事不断推向高潮。如上所述，此类早期网络小说诞生于商业化尚不浓厚、套路尚不至于大行其道的环境下，得以不失仙侠的本心，阅读时仿若观赏写意水墨，为后来者所不能及，几为绝品。

若说《诛仙》《尘缘》等代表第一代网络小说"小清新"的一面，那么"黑深残"的另一面就是缺月梧桐的《缺月梧桐》、又是十三的《乱世铜炉》、荆柯守的《风起紫罗峡》和泥人的《江山如此多娇》。这批早期作品的共同优点是不做作而相对真诚，更是对社会现实黑暗的大揭露，文字有时虽显中二但不失震撼，此种画风后来被冰临神下的《死人经》、减肥专家的《幽冥仙途》等继承。

不过请注意，"黑深残"的几部作品或多或少存在烂尾问题，有的根本挖坑未填，即便多年后填坑完成了读者的心愿，评价亦不如前期。而"黑深残"如果程度太过、戾气太重，走歪了就会与《蛊真人》一样落得被封禁的下场。

书归正传，不但作品可以双峰对峙，人也可以，第一代网络小说作家中的名人江南与今何在就是如此。他们两位均身列九州"创世七天神"，曾是亲密合作者，分别为"九州"系列创作了两大核心小说《九州·缥缈录》和《九州·海上牧云记》，后来又势不两立、分道扬镳。这两位中今何在的作品大都不长，与"九州"相关有两部长篇《九州·海

[①] 又名《仙剑问情》。

上牧云记》①和《九州·羽传说》，而于"九州"系列之外、大致为青春意识流写法的《悟空传》胜在对文学经典的成功致敬与改造，抒发了一代青年的苦闷情怀，一度被称作"网络第一神书"，乃是今何在诸作中最值得一看的。洛水的《知北游》与之有情趣上的共通之处，也曾被誉为"半部天书"，主题是自强不息、人定胜天；可蕊的《都市妖奇谈》笔触清新淡雅，以妖写人，此两文并称佳作，亦在此稍作推荐。

江南的作品更为丰富，他见闻广博，笔下小说涵盖各种类型和题材，②而他在奇幻方面的代表作便是《九州·缥缈录》。江南在最青春热血的年代为此项目倾尽全力，试图使其成为"九州"系列响当当的招牌和核心故事。该小说共有六部，史诗感十足，发生在整个"九州"设定最丰富、最有骨感的胤王朝③末年，以两大英雄姬野和吕归尘的成长为线索，描写王朝更迭的乱世，读来令人心潮澎湃，亦是整个"九州"体系截至目前最完整的篇章。但众所周知，《九州·缥缈录》只是预计中三部曲的开头，续作《九州·捭阖录》始终未能完成，第三部甚至没有命名！江南后续发生在第五个王朝燮的"飘零书"系列同样只发表了第一部《商博良》，第二部《归墟》便半途而废。此外，江南或江南主持的杂志与《九州·缥缈录》相关的还包括《九州·刺客王朝·葵》《九州志》④第一至三季、九州设定集《九州·创造古卷》等，只是如今多年过去，在江南与今何在多番割袍断义般的争执之中，设定被一改再改，互相成全已不可能，而他俩又无相关新作出现，徒然在网络里留下"铁甲依然在"的口号，令人唏嘘，代表中式奇幻另一种尝试的"九州"也就逐渐

---

① 以此为核心设定了"九州"中第七个人类王朝端朝。截至目前，与江南的"九州"体系已基本等同于平行世界。

② 当然，其中有许多各种各样的烂尾"太监文"，俗称"坑神"是也。江南在"九州"之外其中最著名者是"龙族"系列。

③ 胤是九州设定的第四个人类王朝，此前还有燹、晁、赍三个奇特名字的王朝。胤王朝又被细分为蔷薇、葵花、修文、风炎和缥缈等几大时代，《九州·缥缈录》如其书名所示讲述了缥缈时代的故事。

④ "九州"分家之后这MOOK杂志被称为"北九州"，共出十四本，诸多核心篇目在此结集，第三季之后还有三十一本挂名知音旗下的杂志。

消失在众人视野之外。

抛开江南和今何在,"创世七天神"尚有大角(本名潘海天,曾长期担任被称为"南九州"的《九州幻想》主编,著有"九州"相关长篇《九州·铁浮图》《九州·白雀神龟》《九州·死者夜谈》)、斩鞍(著有"九州"相关长篇《九州·朱颜记》《九州·秋林箭》《九州·旅人·怀人》)、遥控ShakeSpace(《九州·无星之夜》)、多事和水泡(《九州·龙之寂》)。骑桶人亦曾担任《九州幻想》执行主编,为"九州"发展做出许多贡献,其有长篇《九州·刺龙》《流枫川志》,短篇自选集《四时歌》《东柯僧院的春天》,历史文化随笔《卷舒开合任天真:八圣人传》《鲲与虫》等。唐缺是"九州"后期的主力作者,产量极高,特点是将侦探、解密融入故事,截至目前一共写了十多部相关长篇小说。

楚惜刀的《九州·天光云影·风云会》、小青的《九州·大端梦华录》是目前正式出版或即将出版的少有的设定在端朝时间线[1]下的作品,萧如瑟的《九州·斛珠夫人》另起炉灶设定在"九州"的第八个人类王朝徵王朝时期,亦曾名噪一时且有电视剧改编。

除此之外,苏梨叶(《九州·十三绣衣使》)、塔巴塔巴(《九州·澜州战争》)、尾指银戒(《九州·海潮三十年》)、温雅(《九州·黎明枭歌》)、路鸣泽(《九州·天启薄暮》)、帕帕安(《九州·雪焚城》)、夏笳(《九州·逆旅》)、霜城(《九州·浪客行》)、君天(《九州·风虎北望》)、苏离弦(《九州·浩荡雪》)等人也推出或即将结集推出相关作品,他们大都是当年活跃的第一代奇幻网络写手。

在"第二世界"的架构野心上,与"九州"世界相似,但作品规模和影响较小的,尚有沧月、丽端和沈璎璎三位"创世女神"创造的"云荒"世界和拉拉、碎石兄弟创造的"周天"世界。前者相关作品洋洋洒洒数十部,其中最为出名并处于全系列核心地位的是沧月的"镜"系列小说,此外丽端有"云荒纪年"系列小说,沈璎璎有"云荒往世书"系列小说;后者开坑近二十年,立足于中国历史上真实的西周朝代,属于

---

[1] 即以今何在作品为基础的"南九州"时间线,有设定《莘莘大端》。

半架空奇幻,作品不算太多,已出版或连载的仅包括《狩堰》《镜弓劫》《水云双界录》等,近期(2023)有新作"出云记"系列推出。

与《九州·缥缈录》几乎同一时期的燕垒生的"天行健"系列、阿越的《新宋》及阿弩的《朔风飞扬》与之风格类似,均包含史诗性主题。燕垒生饱读诗书、博闻强记,文风潇洒大气,又写得一手好诗词。"天行健"系列是他主要的代表作,实际包括三个子系列——"天行健""地火明夷""人之道",合称"天地人"三部曲。该系列设定在中式的架空世界,并引入了法国大革命的故事因子,以战争情节为主线,风格刚硬而热血沸腾,[①] 读来令人久久不能忘怀。燕垒生二十年如一日地润色和反复修改此一系列,可谓将自己的写作生命奉献于此,预计将在今后数年推出精益求精的完美版,据说长达五百五十万字。除"天地人"三部曲,燕垒生的优秀奇幻作品还包括"贞观幽明潭"系列、"道者无心"系列、"武功院"系列、《西域幻沙录》及大量短篇;阿越是历史系科班出身,《新宋》是著名的历史穿越文,亦是此类型中最早的成名作,关于历史穿越,笔者另有评述,单就《新宋》来说,其可贵点在于作者一步一个台阶,体现了创作的克制和对历史的尊重,并未走上脱离实际、贩卖爽点的不归路;阿弩的"朔风飞扬"系列宛若盛唐的边塞诗歌般风骨遒劲,但可能更应归于历史小说的范畴,无怪乎日后再版时干脆取了个《盛唐领土争夺战》的名字。

上一节讲述武侠小说已说到梦入神机的《龙蛇演义》,其人还有一本《佛本是道》,同样是第一代网络小说里开宗立派的惊人之作。当年此作横空出世,大胆融合并演绎古典时代的神话传说和佛道两家渊源,打通《西游记》《封神演义》《蜀山剑侠传》等书内在的联系,整合了几乎所有的华夏神话设定,创造出网络小说重要的支派"洪荒流"。此书出道即巅峰,一直算得上该流派的最顶尖作品,虽然前期文字较为拙劣,但中后期异军突起,有令人吃惊的巨大提升,造成的影响之大、贡献之高,乃至坊间近年转述的神话故事,不少个例其实都被带进了沟里,并不直接

---

① 所谓"英雄一朝拔剑起,又是苍生十年劫"。

来自古书，而源于这本《佛本是道》，其构思甚至大大限制了同类作品的发挥余地。

洪荒流的跟风作普遍难以把握庞大的构架，但若干作品中有一部尝试注入大量欢脱元素，即近年来言归正传的《我的师兄实在太稳健了》，值得一读。

回到第一代网络小说，论及至高成就，理应属于天下霸唱的"鬼吹灯"系列。天下霸唱出生于天津，在内蒙古长大，从小听惯说书，父母又都是地质勘探队员，工作后更接触了许多风水先生，这些经历进而发生化学反应，培养出罕见而神奇的故事本领。他对乡土知识和生活化语言有扎实的积累，又曾广泛收罗各地志怪传说、乡村聊斋、奇异野史、风水墓葬、笔记杂谈、逸闻趣事等素材，成名后频频外出采风、实地考察，这些因素与印第安纳·琼斯和《古墓丽影》式的探险情节相结合，编织成独特的中式传奇，堪称"网络时代最好的说书人"。陵墓文化虽非中国所独有，却在我们这个文化大国最为发达、多变，不但体现了历朝历代贵胄们的苦心经营，更带起无数民间的幽暗想象，这些是《鬼吹灯》成功的坚实基础，天下霸唱用奔放瑰丽的想象力和朴实严谨的叙述风格，把陵墓文化的奇诡与现实结合起来，上下纵横数千年，足迹踏遍大江南北，气势磅礴而引人入胜。很多人认为，"鬼吹灯"系列是金庸小说以外华人世界阅读量最大的通俗文学作品。

《鬼吹灯》最初在2005年诞生于天涯论坛，此后转战起点，它启发了包括南派三叔的"盗墓笔记"系列在内的一大批当代"盗墓流"和"风水玄学鬼怪流"小说，稳坐祖师爷的宝座。除"盗墓笔记"系列外，较著名的跟风者或较优秀的同类作者作品包括耳东水寿的"民调局异闻录"系列（《民调局异闻录》《民调局异闻录后传》《绝处逢生》《暗夜将至》《民调局异闻录之最终篇章》《勉传》）、人面鲨的《黑水尸棺》《幽冥通宝》《洛河鬼书》、南无袈裟理科佛的"苗疆"系列（《民国奇人》《苗疆道事》《苗疆蛊事》《苗疆蛊事2》《捉蛊记》）、蛇从革的"诡道"系列（目前已有"三铜"系列、"异事录"系列、《八寒地狱》和"大宗师"系列等，预计还将出版《万仙大阵》《南宋四大道场》《青冥卫》等）、崔走召的"命运"三部曲和《跳大神》（其人后转战鬼怪灵异电影编剧领域，有作品"兴安岭猎人"系列、"伏妖白鱼镇"系列、《龙云镇怪谈》《山村孤妻》《鬼话怪谈·祥云寺》"人鬼交易所"系列、《金山伏魔传》《伏妖开封府》等）、暗修兰的《行脚商人的奇闻异录》《阴阳代理人》《阴阳代理人之改命师》《创始道纪》《贩妖记》《六合奇闻录》、大力金刚掌的《茅山后裔》《清微驭邪录》、夏忆的《最后一个道士》、鲁班尺的"青囊尸衣"系列、李诣凡的《十四年猎诡人》、何马的《藏地密码》、熊猫大书的《寻藏录》、仐三的《我当道士那些年》《山海秘闻录》《包不二的灵异小故事》、凝眸七弦伤的"赶尸"系列（《湘西赶尸鬼事之迎喜神》《湘西赶尸鬼事之迎造畜》《湘西赶尸鬼事之迎祝由世家》，实体书只有第一部）、景旭枫的"天眼"系列、龙飞的"黄河古事"系列、李西闽的"唐镇"三部曲、御风楼主人的"麻衣"系列（《麻衣道祖》《十大国宝》《六相》《麻衣世家》《麻衣相士》《刽子手的征途》《善恶书》《失落的桃符》）、紫梦幽龙的《崂山诡道》、偏离纬度的《画尸人》、西西弗斯的《空亡屋》、殷谦的"蒙古秘藏"系列、易之的《我是个大师》《我是个算命先生》等。

截至目前（2020年前后），天下霸唱本人也已出版了近五十本书，未来还有二十本左右的计划。这些书不但水平稳定，且几乎发生在同一时空，人物、事件互相联系，共同形成"天下霸唱宇宙"。"鬼吹灯"系列外，天下霸唱宇宙还包括"摸金校尉"系列、"地底世界"系列（或称"谜踪之国"系列）、"四神斗三妖"系列、"天坑"系列、"大耍儿"系列、"我"系列以及《贼猫》《傩神》《摸金玦》等长篇小说，更已有数十部改编翻拍的影视剧，其中不乏佳品。如此的IP规模效应，成就了中国罕见的影视作品群。

从第一代演进到第二代，即成熟期网络小说市场中，写作机遇被商业资本赋予了几乎每一个平台用户，最大赢家是商业资本建立的网文连载平台，尤其是其中执牛耳的起点中文网。起点中文网结束了无序的论坛网文时代，建立了一套有中国特色、最能体现工业化的文学生产模式，该模式与日本JUMP漫画杂志的读者投票末位淘汰制有异曲同工之妙，实质就是把读者转化为用户，作者、读者和网站透过互相成就进行深度捆绑。具体而言，作者的收入除"低保"福利制度外，完全由读者的点击支持率决定，作者之间存在抢夺读者的直接竞争，为此作者必须尽可能服务于读者，为满足点击量和实时互动反馈进行长时间、高强度的即时更新，[1] 网站则以书库、榜单、打赏等形式强化此种竞争，将作者包装为"草根英雄"，调动粉丝经济，鼓励"刷榜攻势"，从而搭建金字塔形的生态结构。

起点中文网的前身"玄幻文学协会"成立于2001年11月，2002年5月起点正式成立，2003年开始运营在线收费阅读，2004年起点被盛大收购后资源急剧膨胀，开始快速扩张，2005年实施月票制度，2006年又相应推出"白金作家签约制度"，逐步完成自我"造神""造血"体系。2014年，一直在旁虎视眈眈的腾讯趁势出巨资收购了盛大的整个文学板块，将起点中文网整合到新建立的阅文集团之中，最终完成在网文界独占鳌头的霸业。数据显示，截至2020年，该集团的平均月付费读者始终稳定在1000万上下。[2]

根据中国互联网络信息中心于2022年公布的第50次《中国互联网络发展状况统计报告》，截至2022年6月，我国网民规模达10.51亿，其中手机网民占10.47亿，使用手机上网的比例达99.6%，网络文学用户规模近5亿，网络游戏用户的规模则为5.5亿左右。网络文学和网络游戏在21世纪的第二个十年体量膨胀到了极限，"蓝海效应"使得读者群深入渗透到社会各个细微层面，总数远大于当年传统武侠小说的拥趸，所有从业者都或多或少从巨大的红利蛋糕中分得了一杯羹，得票、奖金、荣誉等不断被刷新，数据屡创新高。当然从另一方面讲，到21世纪第二个十年

---

[1] 往往一日两更乃至"爆更"四五次，一天更新5000到8000字，有时达到15000字甚至数万字之多。

[2] 所有网文连载平台的月平均付费人数大约接近2000万。当然，此外还有数十倍的免费用户和盗版用户。

的末尾，由于中国互联网人口红利耗尽，依靠粉丝经济的网文市场的规模和使用率也不可避免地出现增长瓶颈，新增长点可能要依托于IP改编，建立泛娱乐产业链，形成对上下游的完整覆盖。

网络小说占用存储空间少、易于下载，其接入成本几近于无，发表和传播成本也大大低于传统出版，只需一台联网的电脑（乃至手机）用来码字，上传一秒钟即可完成，等于说人们不但都是读者，也可以都是作者，这"恢复了千万人的阅读梦和写作梦"，某种意义上讲是话语平权运动的延伸。据中国社会科学院发布的报告，目前的网文职业、半职业和业余作者高达近两千万人之多，其中签约及全职作者有好几十万，大神级作者四五百人，所有作者的作品总计有数千万部。受惠于灵活的机制，无论什么稀奇古怪的念头都能形成文字、征求认同，又无需受到编辑的严格管制，广大群众的创造力遂得到空前释放，许多人告别了怀才不遇的遗憾，下海一试身手以求"一书封神"进而"一夜暴富"。这场亿万人参与的文学盛事对各种类型文学都有很大促进，而在汹涌的热潮中，幻想文学又因其独有的魅力，可说是热度最大、创作门槛相对较低的一大类，数据显示其份额任何时候都不低于网文的四分之一，时而超过一半。可以说，正是在网络小说这个熔炉和试验田里，中式奇幻真正实现了商业循环，取得突破性发展，当然也不可避免地暴露出草莽时代的种种问题。

网络小说作为创意产业，其机制对作者可能的益处显而易见，除收入相对稳定外，由付费机制催生的竞争也会迫使他们不断提高写作技巧，否则就要面临被淘汰的风险。他们中的成功人士有机会走向人生巅峰，享受到结驷连骑、纸醉金迷的富豪生活，获得财务自由的同时还拥有一呼百应的粉丝群体。反过来讲，网络小说对作者的隐性危害也很大，除开结构极其受限，[①]主要是必须适应上述极其严酷的订阅模式，服从于每日更新的短线写作，而网络编辑又不负责修改润色，使得作者几乎没有统筹、回顾和打磨的余暇，工作量时而接近身体极限，乃至四十岁左右

---

① 由于直接面对读者，为增强代入感，绝大多数网络小说只能舍弃多元复合结构，乃至从"花开两朵，各表一枝"的旧小说结构上再往后退，径直简化为第一人称单一主角模式。

便有"油尽灯枯"之感。

任何人在网文平台上连载小说都难免陷入类似状态：为取悦及迎合读者，急功近利地倒向所谓"15秒兴奋阀值"，以"爽"为本，[1] 为"活下去"而自觉不自觉地抛开叙事结构、情节设置和戏剧冲突的通盘构架，将文学理想和严谨构思抛诸九霄云外，纵然状态不佳也竭力凑字数拉家常，进而导致文本拖沓冗长，动辄数百万字，其中语病频出，充斥着大量同质化严重、逻辑堪忧、对整体结构几无意义的重复描写，久而久之，哪怕基本功和天赋极好的作者落笔也会不动脑子，质量漂浮不定、参差不齐，而故事结尾往往过于草率，俗称"烂尾"。

除此之外，还有最令作者们口头上不齿、却被很多人私下用得麻利的"拿来主义"（又名"借鉴学习"），由于检索的发达和更新的压力，便将他人成果信手拈来，动不动就原封不动地沿用他人宝贵的创作结晶当"文抄公"，不但欠缺版权意识，更缺乏道德廉耻，乃至屡屡发生名作被状告抄袭的恶性案件。[2]

其实从文字水准和整体构架上看，网络作者中具有开创能力的顶尖高手[3]已非常靠近通俗文学的高端门槛，似乎已触到网文写作的天花板，离脱胎换骨只差一口气。如果他们有机会重新修订自己的文字，挤掉"水分"，精细化语言，在现有的商业成绩之上提高艺术追求，未尝不可能登上"杰作"的殿堂，可惜他们没有时间、精力和机会进行此种精修。

比这批顶尖高手次一些的作者，文字水准往往就平庸多了。读者如果饱读过上节介绍的那些传统作家，尤其是民国时期的作品，对下文将会出现的部分网络小说的文字水准应当做好一定的思想准备。

第二代网络小说的中式奇幻里较有阅读价值的作家作品包括：

烽火戏诸侯的《雪中悍刀行》《剑来》。烽火戏诸侯是"网络文青"

---

[1] 此种价值取向的代表便是下文将提到的"小白文"。
[2] 注意，这还只针对同时代的作者作品，至于说古代的诗歌、文章……几乎所有网络作者都不吝于当"不干胶"，信手"粘"来，一点不带脸红，而小说中的人物，往往也仅是把历史人物的干尸挖出坟墓客串。
[3] 比如所谓"四大文青"——烽火戏诸侯、猫腻、愤怒的香蕉和烟雨江南。

的头号代表，因"烂尾文"众多又有"大内总管"的"雅号"，然而《雪中悍刀行》与《剑来》无疑是他倾尽全力的巅峰之作，是他对自己写作技巧的总结，其文笔古意盎然、潇洒明快、绚丽多彩、热切动人，缺点则是擅长起势而不会收束，情节繁简不够得当，非必要的群像人物和支线过多，掌控力与张力时而显得不足。

前文叙述中式奇幻的3.5条路径时已然点出，这两部作品具有值得称道的开拓价值，它们在写作上同出一脉（当然，《剑来》又更上一层楼），均以虚构和架空的中式"第二世界"为舞台，讲述家国天下、拯救苍生的动人故事——也就是和《魔戒》《冰与火之歌》的创作野心并无二致。烽火戏诸侯试图把中国历史及武侠、仙侠小说中"那些最令人心折的形象、最让人向往的场景"化用为书里"第二世界"的江湖、庙堂与沙场，烘托出一段风云壮阔，尤其是将"气运""气数""仙人""神魔""天界""妖怪"等元素合理地缝合起来，形成一个武侠和仙侠共存、逻辑自洽、细节丰满、体现中国儒道释特质的宇宙，而非想当然的强塞进"民主共和""个性自由"等近代的西方舶来概念，在笔者看来无疑是可取之处。《雪中悍刀行》与《剑来》铺下的土壤，最有可能令中式奇幻的国度改天换地，抑或从中诞生石破天惊的经典。

猫腻的《将夜》。猫腻是另一位集类型文学之大成的文青作家，《将夜》代表他创作（至少在中式奇幻创作方面）的巅峰。这部连载开始于2011年的作品，设定在与古代中国极其类似、但拥有独特信仰和运转逻辑的"第二世界"，抒写千年一回的漫长永夜到来前，如何阻止永夜降临的故事。书中核心设定之一的书院直接取材于《论语》中的孔门众人，生动塑造了理想的儒家师徒形象，赋予其不畏神魔权贵、不惧求索、一心守护人间烟火的人性光辉，进而感动了万千读者。

《将夜》的成功同样照亮了上文提及的中式奇幻3.5条路径，在那个时间点上令核心读者和舆论界呼唤已久的东方奇幻在网络文学界落地生根，具有里程碑意义。猫腻的写作细腻而充满文青气息，当然缺点也在于过于文青，自我表现欲时常喧宾夺主，某些段落文字类似古龙或温瑞安不太优秀的篇章那样散碎、杂乱，灌水也相当严重，尤其《将夜》进入后半部愈发意识流，类似哲学研究的玄之又玄、矫揉造作的描述给读者留下了一些不太美好的印象。

猫腻另有《庆余年》《间客》《择天记》《大道朝天》等作可供一观，尤其《庆余年》是其上升期作品，纸质版本还经过较大幅度修订润色，不过其内混入了科幻元素，风格见仁见智。

愤怒的香蕉的《赘婿》。《赘婿》同样是中式奇幻的扛鼎之作，讲述男主角穿越到架空的武朝[①]成为一介穷书生，按长辈订立的婚约入赘富商家中，经过努力齐家安宅，进而视野拓展到家国天下。《赘婿》开创了所谓"赘婿流"[②]，但它与此后的跟风者有境界之别，自一开始的家事宅斗上行到江湖世道，再到国家破灭、外族入侵、救亡图存，明显呈现出"家—国—天下"的结构。愤怒的香蕉的笔触带着文青作者那种淡淡的"小闷骚"，其真实野心在于以笔为刀，重构古典名著，多年来精雕细刻的背后一直在传达思想，也对自己进行文学训练，渐入佳境的文字仿佛想与读者"共同养育一种英雄气魄"。

《赘婿》的缺点同样来源于过高的野心，致使写作速度异常缓慢，连载超过十年仍未完结，而前后风格已发生较大变化，结构的平衡和匀称也不可避免地被打破，至于要说在宋朝（武朝）实现"民主共和"，则属于常人不可道也的目标了……

《赘婿》还有一个为某些读者诟病又为某些读者追捧的特色就是大开"后宫"（这点与后来的改编电视剧截然不同），"男频奇幻"中继承这一特色的代表作又有说梦者的《许仙志》和姬叉的《娱乐春秋》《问道红尘》。

忘语的《凡人修仙传》。《凡人修仙传》创造了"凡人流"，是仙侠小说以至中式奇幻小说的又一个里程碑。在此之前，仙侠小说基本笼罩在

[①] 这个架空的创造性严重不足，实际就是北宋末年，充斥着历史传说尤其是《水浒传》中的人物。

[②] 弱势贫穷的男主角入赘强势的娘家，平素被娘家人瞧不起，却屡屡在关键时刻决定或拯救娘家命运的套路。

"蜀山"的巨影之下，到这里才革了"蜀山"的命，取得再次突破。凡人流的特点是修仙由"唯心"转向"唯物"，修行需要大量资源，而资源获取受到严格限制，在森严的世界等级架构中，不具备某种地位便得不到资源，所谓"旱的旱死涝的涝死"。凡人流的主角一般天生具有某种缺陷或地位极低，必须抓住宝贵的机缘，不择手段地争抢、钩心斗角及扮猪吃老虎，努力往上爬、往上卷——此种钩心斗角有时发展到被诟病为"黑社会修仙"的地步，正所谓"杀人夺宝似屠狗，路见不平绕道走"……好歹主角虽饱经沧桑，最终仍会成为一个保持良心的"好人"。从以上描述中，我们很容易得出结论，即凡人流是处于重大转型期的中国社会在仙侠小说中的直接映射，随着城镇化加速和经济的大发展，在这个"大争之世"，许多个体背井离乡，从乡村来到城市或从小城市来到大城市，自社会底端开始如履薄冰地奋力向上，他们的渴望、焦虑、失落与茫然是前所未有的，他们对社会资源的希冀反映到小说中，遂取代了古典仙侠小说对修道"仙气""心意"的追求。修仙宗门成为人际关系恶化、弱肉强食、竞争激烈、互相压榨的当代职场的夸张对应，资源的高度量化也体现了网络游戏设定对作者思维的改造。[1]

正因凡人流小说极易令普通读者代入，具有以"契合实际"的方式逃避现实的独特魅力，触动了千万人的心弦，所以即便其行文大都具有一味强调升级打怪、语言单调干瘪、放弃精神追求、崇拜丛林法则等种种问题，依旧屡屡脱颖而出，2010年以后长期主宰仙侠小说的文脉。《凡人修仙传》的写作水准远不如《冰与火之歌》，但在特殊领域中的意义却是类似，它当年曾雄霸起点中文网推荐榜首，得票数一度两倍于位居第二名的"小白文"代表《斗破苍穹》。

忘语在《凡人修仙传》之后尚有《魔天记》《玄界之门》《大梦主》《仙者》等，但自我重复较多。

耳根的《一念永恒》。耳根有自己架构的庞大仙侠宇宙，其中已有《仙逆》《求魔》《我欲封天》《一念永恒》《三寸人间》《光阴之外》等多

---

[1] 凡人流小说成功后，反过来进一步推动了网络游戏的相关设定，形成一种双生螺旋。

部作品，大体均可视为凡人流小说，而且是《凡人修仙传》之外最成功的凡人流小说。事实上，耳根处女作《仙逆》的发表时间与《凡人修仙传》相近，更新期间甚至打过与《凡人修仙传》互相"抄袭"的嘴仗。在一干小说中，《一念永恒》前半段的文笔最为有趣成熟，此书设定了一个韦小宝式的主人公，刻意注入各种轻松和诙谐的成分，以化解在《仙逆》《求魔》及其他凡人流小说中向来杀人夺宝、浓得解不开的戾气。此种对冷酷修真界套路的反叛，迎合了普通读者的情趣，拓展了凡人流的腾挪空间，无疑是一大进步，因此本书也成为IP改编的香饽饽。

值得一提的是，耳根与忘语的创作观一脉相承，而构思更加宏大，他创造的仙侠宇宙将《凡人修仙传》乃至《缥缈之旅》以来的修炼体系（筑基—结丹—元婴—化神……）进一步量化、固化，奠定为设定语言，为后来的作者及游戏策划轻车熟路地上手打下了坚实基础。这套体系当然称不上最具原创性，但在未来可能形成的与"龙与地下城"对抗的仙侠设定范式中，却具有不可低估的意义。近年来，较为成功的仙侠游戏都不约而同地采用了类似设定。

此外，耳根一直尝试将凡人流与其他类型融合，在他的作品中，《仙逆》和《求魔》是典型的苦大仇深式主角成长记，到《我欲封天》加入一定比例的温情和幽默，而《一念永恒》后的《三寸人间》走"灵气复苏流"[1]，《光阴之外》走"末世流"。耳根的最大缺点是文笔虽一直努力向文青靠拢，但着实不敢恭维，有时甚至拙劣到不忍卒读的地步，远不足以匹配他丰沛的想象力。

齐可修的《修真门派掌门路》。凡人流小说中又一具有影响力的作品，此书将凡人流和种田流相结合，重点从个人奋斗转移到门派经营，实际是把现实中的创业者心路历程反映到仙侠世界。主角齐休人到中年，身为一小门派的弱势掌门，处在尔虞我诈的修仙丛林社会之中，一方面要和各大势力钩心斗角，在夹缝中苦苦求生，另一方面还要和内部势力

---

[1] 所谓"灵气复苏"是指现代社会因故突发巨变，被压抑的仙法、异能、武道等不科学的奇幻能力重新出现，整个世界从科学时代进入超凡时代。

博弈，带领门派逐渐成长，从衰落走向复兴。此书设定真实、合理，人物性格鲜明且接地气，就像给中年奋斗者写的表面平淡如水但台面下暗潮汹涌的商战文，缺陷则在于缺乏高潮，时而显得像流水账，更可怕的无过于作者曾出现"断更"数年、让人误认为已"弃坑"的行为。

门派可以修真种田，世俗国家可不可以也写成修真世界呢？八宝饭的《道门法则》就是做此尝试的代表作品，可以一读，不过有点虎头蛇尾。

悟道者的《大道争锋》。《大道争锋》是表现灵根低劣但心性一流、杀伐果断、长于运筹帷幄的穿越主角在仙侠世界中争夺道途的故事，这是典型的凡人流主线，纯粹到甚至没安排女主。悟道者的文字节奏虽显缓慢，但半文半白的风格颇具表现力，行文赤裸裸地以修仙社会为职场、官场，将权力结构和社会组织的描述一一落在实处，而随着境界提升，风格、写法亦能随之变化，不若《凡人修仙传》般后继乏力，因此又被誉为凡人流小说的"高配版"和"完全体"。

悟道者在《大道争锋》完结之后，再接再厉创作了《玄浑道章》，加入文明对抗元素，同样获得读者的肯定。雾外江山的巅峰之作《大道独行》极为厚重，情何以甚的处女作《赤心巡天》写作严谨，它们也可以媲美《大道争锋》。

减肥专家的《幽冥仙途》。此书一度名列所谓"三大仙侠奇书"之一，亦是作者减肥专家历五年心血最终写成的处女作。其创作特色鲜明，阴谋论贯穿始终，剧情进展压抑憋屈，渲染了浓重的绝望情绪。淳朴的少年主角怀着希冀踏入仙门，却不料从头到尾被高人算计，只能一路苟且偷生，在正邪之间徘徊周旋，还做出许多令人不齿的行为，[1]直到最后才侥幸翻盘。由于一环扣一环的剧情设计及与小白文截然不同的氛围，本书广受文青和"老白"读者的推崇，但亦有匠气太重之嫌。

减肥专家在《幽冥仙途》之后另有《问镜》一作较为优秀，其设定更加宏大，想象更为雄奇，特别是写出了"仙"的眼界与层次，但设定

---

① 有评论者就此称本书为"人渣是怎样炼成的"……

虽好，与剧情的比例却有些失调，尤其是小说的后半部分最为读者所诟病。清啼的《绯影魔踪》与《幽冥仙途》风格类似，也以"虐主"闻名，同样值得一看。

豆子惹的祸的《搬山》《升邪》。搬山就是搬仙，就是要人类与仙人平起平坐。单论文字水平，其实豆子惹的祸相对平庸、质朴了一些，正所谓有"土气"无"仙气"，幸好带有喜乐、幽默和优哉游哉的成分，不至于枯燥。其亮点主要在于伏笔与填坑方面非常巧妙，真相互相串联、峰回路转，令人拍案叫绝，更有主张入世、鞭挞出世的积极世界观和思想内核，可谓是瑕不掩瑜的佳作。

除情节设计颇具亮点之外，作者豆子惹的祸还架构了一个完整而原创的世界观，包括想象出中式的人间、地狱和天堂各自的样貌，独特的"三劫十二境"的修炼体系，令人耳目一新。

冰临神下的《死人经》《拔魔》《孺子帝》。冰临神下的特点是剑走偏锋、勇于创新和表达自我，具备不媚俗、不妥协，也不被风格和题材束缚的先锋精神。《死人经》源自对"恶"的思考，题材是网络小说中少见的传统武侠，以杀手视角代入一个阴郁黑暗的世界，辅以强烈的悬念，仿佛每一步都如履薄冰，阴谋算计层出不穷，被称为让武侠创作在网文界"起死回生"之作；《拔魔》是修仙小说，大胆抛弃了此前各路仙侠成名作的套路，不落窠臼地开辟了所谓"九大道统十八道科"的修真体系，并设定了"道士之心"来对比凡人，但小说后期高开低走；《孺子帝》为"第二世界"架空小说，篇幅不长，讲述一个被临时扶上台的傀儡如何由橡皮图章成长为皇位实权者的故事，全书写尽"权力"二字，亦是冰临神下的封神之作。冰临神下的缺点是人物刻画不够突出，文字有时显得冷漠、干枯、疏离，这或许也是先锋精神的代价。

值得一提的是，网文平台上与《死人经》类似、有一定水准的传统武侠不多见，2019年出现的虬胡山主的《缥缈风烟录》或可一观，此书向上逆推金庸《天龙八部》的时间线，可视为金庸小说系列的半部"前传"。

流浪的蛞蝓的《仙葫》《蜀山》。流浪的蛞蝓文笔清爽，其最大功绩莫过于"曾以一支笔救活起点的VIP收费阅读制度"，《仙葫》作为他的代表作，可视为网络小说时代对《蜀山剑侠传》精气神的某种传承，其情节设置脱胎于"蜀山"，亲缘关系至为明显。此书强调修行也要讲究天赋、道心，而非仅仅是灵石、法器等硬资源的比拼，主角的动机和追求可浓缩为飘逸的一句名言："千般法术，无穷大道，我只问一句，可得长生么？"——从中可以看出，其试图区别于凡人流单纯强调自我强化的社会达尔文主义。这本小说也衍生出一批追随者和一个小小的流派"心性流"。

《仙葫》另有后传性质的《焚天》和前传性质的《赤城》，均有一定水准，但不如《仙葫》本身，而流浪的蛞蝓毫无润色修改的写作，实际上也是对网络小说更新模式弊端的大暴露。无极书虫的《太浩》《太易》借鉴了《仙葫》的写法，乃心性流其他作品中较为突出者。

至于《蜀山》，乃是把网络游戏的情节直接化为小说，同样开创了流派，此种"游戏化"写法的至高名作无过于蝴蝶蓝的《全职高手》。

观棋的《长生不死》。观棋凭这本书开创了所谓"王朝气运流"，即把修仙从个人层面提升到国家层面，主角不只是个修士，还是王朝的皇帝，根据书中所谓"一命二运三风水四积阴德五功名"的原创体系，随气运晋升，帝国也不断升级，而主角为求长生不死，统一小世界之后破开天地屏障，继续向上晋升，波澜壮阔的情节令读者颇为感慨和激动。不过可惜的是观棋写完这本书之后，其他作品按此套路进行，且无甚突破，陷入了长期的自我复制之中。

徐公子胜治的"鬼、神、人、山、地、天、惊"系列。徐公子胜治是证券分析师出身的神奇作者，其人对传统文化——譬如"内丹术"——了解深刻，对西方宗教、医学、心理学亦有涉猎，在万千网络小说中别出心裁地构筑出独树一帜、自洽完整的现实仙侠志怪修行体系，建立起一个从古至今的修仙世界观。其他仙侠小说作者往往会虚化时代背景，徐公子胜治却反其道而行之，试图将中国道教、西方上帝、奥林匹斯诸神等各种传说合理地串联起来，旁征博引地化为一炉，力求以人心论修行、谈感悟，小说中的日常情节常常以假乱真，"真实"到让读者仿佛触手可及的程度，有不少人甚至曾按书中的法门去尝试吐纳呼吸出窍……此种兼具知识性与哲理性的写法可谓仙气飘飘，与硬科幻类比可称为"硬修仙"。除代表作《鬼股》《神游》《人欲》《灵山》《地师》《天枢》《惊门》之外，徐又续写了《太上章》和《方外》，但其诸书的缺点是"文以载道"、论道讲理的冲动太强，缺乏爽感，倘若读者未能与作者所讲的"道"合拍，甚至会产生抵触情绪。

写出东西方道术、术法源流差异的，还有知秋的《十州风云志》与《异域神州道》，不过两作均是长期更新而未完状态，入坑需谨慎。

亲吻指尖的《人道纪元》《黄庭》《白骨道宫》。亲吻指尖的这个三部曲借鉴了洪荒流的写法，同样充斥着大量中国古代神话传说及《西游记》《封神演义》中的人物，其野心在于以第一部《人道纪元》写人类最初的崛起，第二部《黄庭》跳到千年后的修仙时代，第三部《白骨道宫》在为前两部填坑，而三部又分别独立成章，气魄非凡。《人道纪元》中主角南落一剑化天河、斩尽诸天仙佛的结局让读者长久津津乐道。

亲吻指尖创作这一系列时运用了大量意识流写法，且越到后面味道越浓，余韵逐渐加深。对此部分粉丝固然欢迎，但也令此系列缺乏路人缘，许多大众读者认为阅读体验寡淡如白开水，感受不佳。

风御九秋的《紫阳》。风御九秋军旅出身，是一位对传统文化了解深刻的作者，《紫阳》则是一本实实在在的"道"之书。此书设定在西晋末年五胡乱华的纷乱时期，主人公乃一介书生，在胡人入侵的混乱中失去了一切，后偶然拜入山门成为道士，又因缘际会习得经学和独门绝技。此书将人物成长与时代背景融为一体，并从道教典籍中汲取大量养分，结合阴阳正道的思想，一边讲故事一边系统性地刻画道家，甚至可作为道教教义普及读本观之。毫无疑问，网络小说的兴起给民间由兴趣激发的传统文化爱好者带来了大展宏图的机遇，至于其中思想是否迂腐、是否"封建"则见仁见智，至少保留了几分原汁原味的真髓。

风御九秋另有相同风格的佳作《气御九秋》《残袍》。与其风格近似，写作较为认真、扎实的还有沫繁的《玄真剑侠录》。

爱潜水的乌贼的《灭运图录》《奥术神座》《一世之尊》《武道宗师》《诡秘之主》《长夜余火》《宿命之环》。爱潜水的乌贼最出名的作品无疑是《诡秘之主》，此书灵感来自西方奇幻中洛夫克拉夫特的"克苏鲁神话"，通过借用大量"克苏鲁神话"、SCP基金会和蒸汽朋克元素，以完整的逻辑重构一套复杂的世界体系。该世界本质上是非理性的，人类文明的秩序是"反自然"的产物，因此力量越强者就越容易失控发狂，接近自然的本色，甚至所谓"真实造物主"本来也是疯子，对"祂的造物"充满恶意。这样的设计出人意料地令大批读者沉醉其中，以至"克系"亚文化元素迅速走红，被其他作者缝合进各种题材小说之中，进而转化为网络小说的流行设定之一。在传统中式奇幻方面，爱潜水的乌贼尚有《灭运图录》《一世之尊》两部名作，前者是与凡人流不同、与《仙葫》同脉的心性流，强调修仙即修心，而非单纯的力量膨胀，心境不正不可为仙；后者则融合诸多"无限流"①的手法，采用拼接的多元世界观，青出于蓝地串联起庞大构架，其对掌控时光的设计和描写堪称精妙——读者们到头来发现，看似强大的主角配角们竟然只是更高层面的隐世大能在主世界博弈的棋子而已。

爱潜水的乌贼带火了"克系"风格，也间接带火了2022年狐尾的笔的《道诡异仙》。在《一世之尊》借鉴的无限流之中，近年来又有祭酒的《地煞七十二变》较为突出。

圣骑士的传说的《修真聊天群》。《修真聊天群》是现代社会与修真世界结合的代表作，堪称修仙中的"生活流"。当代大一学生宋书航机缘巧合，因记错QQ号码而加入名为"九洲一号"的QQ群，发现群友均以"道友"相称，备注身份是各种尊者、洞主、真人、天师之流，最初他以为这是一群"中二病资深患者"，不承想却三观尽毁地发现一切都是真的，以至于自己也身不由己地踏入了修真界，开始一步步炼丹、修炼。

---

① 无限流指主角前往各个神秘的副本世界，在看似没有尽头的轮回中获得启示或力量。

《修真聊天群》充满都市元素，异常贴近网络生活，节奏轻松散漫，情节以日常为主。读者在阅读中恍然发觉原来仙人就在身边，也会聊QQ、打网游、坐飞机、刷直播、看演唱会，各种接地气的梗层出不穷，令人频频露出会心的笑容。当然，语言极不精练、过度口语化也是此种写法的缺陷。与《修真聊天群》情趣类似的有会说话的肘子的《大王饶命》，其人另有都市奇幻名作《我是大玩家》《第一序列》《夜的命名术》。

卧牛真人的《修真四万年》（又名《星域四万年》）。从题目中即可直观感受到，本作受"战锤40K"的启发和影响较大。本作是中式奇幻中少有的与星际科幻、太空史诗相结合的作品，并主动融合了中国科幻大师刘慈欣的"黑暗森林"理论，试图把修真修仙的体系放到历来为纯科幻小说把持的太空宏大背景下，用中式理论来解释宇宙的缘起缘灭，角度新颖，构思宏伟，立意更是积极向上，堪称一块瑰宝和一朵奇葩。

放眼网络中式奇幻小说领域，极有影响力的作家还应包括辰东（代表作《不死不灭》《神墓》《长生界》《遮天》《完美世界》《圣墟》《深空彼岸》，其作品又被称作"上古战争流"）、天蚕土豆（代表作《斗破苍穹》《武动乾坤》《大主宰》《元尊》）、唐家三少（代表作"斗罗大陆"系列以及《冰火魔厨》《神澜奇域》《神印王座》）、我吃西红柿（代表作《星辰变》《盘龙》《吞噬星空》《九鼎记》《飞剑问道》《雪鹰领主》《莽荒纪》《沧元图》）、宅猪（代表作《人道至尊》《牧神记》《临渊行》《择日飞升》）、老鹰吃小鸡（代表作《全球高武》《星门》《万族之劫》）、血红（代表作《巫颂》《巫神纪》）、善良的蜜蜂（代表作《修罗武神》）、风凌天下（代表作《傲世九重天》）、跃千愁（代表作《道君》）、火星引力（代表作《逆天邪神》）、恩赐解脱（代表作《百炼成神》）、蚕茧里的牛（代表作《武极天下》）、骷髅精灵（代表作《机动风暴》《武装风暴》《星战风暴》《机武风暴》）、zhttty（代表作《无限恐怖》）、净无痕（代表作《伏天氏》）、莫默（代表作《武炼巅峰》）、飞天鱼（代表作《万古神帝》）、剑游太虚（代表作《剑道独尊》）、逆苍天（代表作《杀神》）、滚开（代表作《十方武圣》）、卖报小郎君（代表作《大奉打更人》）等等。辰东、天蚕土豆、唐家三少、我吃西红柿和前文已两次介绍的梦入神机（梦入神机的奇幻代表作另有《黑山老妖》《阳神》《永生》）又被网民评为"五大至尊"或"中原五白"。[①] "至尊"且不论，"五白"当然是一种污名化的调侃，意思是说他们的"小白文"写得炉火纯青、各擅胜场，所以阅读普及率极高。

"小白文"一般指以"打怪升级换副本"为主要内容的网络小说，创作者无须具备什么专业知识与考证功夫，只要凭借想象力和文字技巧，尽最大可能满足读者成为至尊强者的"YY欲望"和虚荣心（甚或包括自己注水赚稿费的私心），文中多为增强代入感设置看似"废柴"实为"龙傲天"的滥强主角，大量程序化装逼打脸情节，无数路人背景板对主角惊人成长的谄媚吹捧，目不暇接大开"金手指"的越级挑战和对手反复送人头、送经验、送装备的流程，一言以蔽之，通过高频率正面反馈来呈现极致的阅读快感。此等三章一个小高潮、八章一个大高潮的人气小说，且不要说文字水准，单立意与"文以载道"的传统作品差别之远，仿佛一个家在漠河另一个在曾母暗沙潜水，而小白文作者往往只有粗略的大纲腹稿，可随时延长、增添情节直到人气下跌方才罢手。

小白文过去和现在都深受追捧，也备受舆论鄙夷，被戏称为"屌丝"逆袭梦的重灾区，侮辱大众智商的负面榜样。当然，并不是说类似弊病专属于上述五位及相似的作者，更不是说上述作品毫无优点可言（至少很多都是教科书级别的小白文代表作），实际上在前文提及的较突出的网络小说中，小白文的影子也比比皆是、层出不穷。但一般而言，"五白"由于成名时的年龄因素，文字水准比前文提到的那些作家要白烂稚嫩一些，生活阅历更欠缺一些，读者年龄层次也更低一些，乃至个别人士始终拒绝走出小白文的舒适区，宁可吃老本消费自己。与之相对，前文提到的某些作品往往又称"老白文"，"小"与"老"的分界一般在于作者是否愿意在求爽之外更多地加入现实主义成分。

---

① 从"北派五大家"到"港台五大师"，再到"五白"，中国人多喜欢凑整可见一斑……其实网上还流传有"中原五黄""中原五绿"等雅号。

小说家当然不是哲学家，但完全没有思想的作品恐怕只能是平庸之作。稍显尖刻地说，小白文读者群固然庞大，其知识结构、文化水平乃至社会地位却往往处于社会中下游，极少数愿意欣赏和阐释小白文的权威人士只能被无穷多的"小白"所淹没。"小白"是沉默的大多数，专为他们消磨时间、满足他们赤裸裸的爽感而创造的文字——小白文——几乎也只能被快速消费掉，最终生于沉默而死于沉默。当然无论如何，小白文作家在阅读量上毫不吃亏，乘着21世纪第二个十年末3D动画改编的东风，"中原五白"的代表作均已被改编为长篇动画，《斗罗大陆》《斗破苍穹》《星辰变》《完美世界》《遮天》等动画个个制作精良，堪为一时翘楚，对小说IP的反哺作用也尤为惊人。

让我们继续放开眼界。当代通俗历史小说多以古典中国为背景，依托于历史与悬疑的结合，同时带有丰富的武侠元素、神魔元素乃至修炼元素。在崇拜历史的中国，古有"文史不分家"，今可谓"幻史不分家"，之所以将某些作品首先定义为历史小说，无非是各种元素的主次比例问题。不少"历史小说"与探案小说、权谋小说及武侠小说原本便难以区分，譬如市面上流行的古风探案，往往案件只是引子和副本，骨子里是家国天下，这样的作品何尝不能称为"历史小说"呢？有的作品主角身怀绝技，每每绝处逢生、大显身手，又何尝不能称为"武侠小说"呢？因此，中式奇幻的爱好者可以放心大胆、有选择性地拓展阅读面。

当今最炙手可热的通俗历史小说家无疑是马伯庸，其人知识储备广博、奇思妙想层出不穷、脑洞巨大，许多点子发前人之所未想，素有"鬼才"之称。马伯庸的小说题材往往选取历史大事件夹缝当中的小人物，在犄角旮旯里制造悬疑，节奏感安排也甚好，当然也有笔力不够、收尾不佳的顽疾，其代表作有：《殷商舰队玛雅征服史》《风起陇西》《三国机密》《三国配角演义》《长安十二时辰》《两京十五日》《长安的荔枝》以及"古董局中局"系列、"大医"系列。[①] 另一个稍显冷门的经典案例是

[①] 此外马伯庸尚有专业历史方向的《帝国最后的荣耀》《触电的帝国》《显微镜下的大明》等，以及由他出任编剧的《风起洛阳》《天启异闻录》《大明书商》《敦煌:归义英雄》等。

史杰鹏，此人网名"梁惠王"，以汉代历史见长，同样底蕴深厚，主要代表作包括《亭长小武》《婴齐传》《赌徒陈汤》《鹄奔亭》和《刺杀孙策》。

与马伯庸、史杰鹏二人类似的优秀历史向作品还有冶文彪的"清明上河图密码"系列和《人皮论语》、陈渐的"西游八十一案"系列、徐英瑾的《坚》、金理新的《遁》、吴有音的《沙海无门》、苗棣的"天顺"三部曲、唐隐的"大唐悬疑录"系列、何慕的"三国谍影"系列、烟书的"锦衣卫隐案"系列、周游的《麒麟》、马鸣谦的《降魔变》、赵松的《隐》、董哲的《大唐玄武门》、李纲的《洛阳危机》等。

上述作品大都为实体出版物，当然网络小说界更不乏带有中式奇幻色彩的历史小说，又以穿越类最普遍。不过以笔者之见，若说仙侠修仙小说适合天马行空的幻想，网络创作的诸多特质有助于它们摆脱束缚的话，那么历史类恐怕并不十分适合高强度的网络更新。当然，笔者所指的不适合，与商业上的成就或因此能赚取多少稿费、赢得多少读者无关，而是历史文章架构于具体时空之中，对作者的知识积累和把控能力有严格要求，历史背景在给予作者坚实支撑的同时也是极大的限制与鞭策，让他们不得不"戴着镣铐跳舞"。一股脑往前冲的网络更新模式，放在历史类型中其缺陷会被无限放大，明显会导致写作中途出现卡壳、跳脱、乏力乃至断更，语言文字越写越白烂，内容要么陷入对历史元素的繁琐解释之中，要么被迫脱离背景、自说自话。缜密的历史逻辑不是单凭一腔热血就能解决，因而历史类小说的烂尾比例恐怕也雄踞于各类网文之首，即便其中的佼佼者，质量也很难达到上述通俗历史小说家的水准，遑论与老一代名家相提并论。

纵观一般意义上的网络历史小说，酒徒的"隋唐"三部曲（《隋乱》《开国功贼》《盛唐烟云》）的质量数一数二，在历史考证和虚构人物的关系处理上足够巧妙，至于数量及比例上占压倒优势的穿越小说……按说"穿越"作为一种神奇的能力或途径，似乎与幻想小说乃至奇幻直接相关，但穿越与历史，尤其是中国古代历史的结合却容易陷入不尊重历史逻辑的大陷阱。

穿越首先是体验历史，进而探索历史的可能性，然而穿越小说的作者往往只对中国历史有故事性了解，对其内在的运行和延续，尤其作为"中控大脑"的儒家思想缺乏兴趣和认知，自身的知识结构拜倒在西方近现代话语框架之下，将西式的民主政治、器物发明等奉为圭臬而不自知，所谓融会"古今中西"，在某类作品中活脱脱就是"西方决定论""西方中心论"的翻版，以西方路径为唯一路径，因此穿越者的潜在目标必然是尽早尽快将中国的体系统统毁灭而演变成西方"民主"国家，甚至出现穿越者成为殖民侵略者，用殖民来启发中国的怪胎！此类穿越，可以说根本就不具备中国文化的主体意识，在僵硬的照搬之外亦不具备政治体系的想象力和架构能力，甚至隐隐可以说否定中国本身，也就更谈不上探索历史的可能性和趣味性了。

截至目前的穿越历史小说，尤其是那些野心超越《寻秦记》，超越开"金手指"的爽快、自称具有"严肃性"、企图去改变中国的作品，几乎都不能在"历史中国"与"现代中国"之间达成和解，遑论做到前文描述3.5条路径时鼓吹的"再造东方"。许多作者由于年龄、见识和人文素养等客观原因，他们只想用目所能及的结果，尤其是西方工业革命和当代中国的发展主义思维去移植指导历史中国，动不动就试图用技术来改变时代，从未将历史中国视为当代中国不可分割的一部分，更有甚者顺着西方人暗含的歧视立场，将数千年的历史中国当作一种低等、次级、积重难返的原始文明；他们不能或无力与历史中国的儒家思想达成和解，而其企图通过穿越实现的"现代化"，几乎都秉承"启蒙思想决定论"或干脆"科技工业决定论"，其设想的政治体系几乎都是法国大革命与现代美国联邦制的杂糅；他们所提出的方案，既谈不上在历史中国的基础上重构现实，更谈不上探索把中国同样变成西方帝国主义之外的其他可能，最终只能走向掠夺和支配，走向在虚构的"原始文明"和"土著人"面前寻找优越感的"日不落帝国"——一个对古老的东方文明来说没有内涵可言、充满虚无主义的空壳子，说严重点与其看这样的文字，何不认真读一部英国史呢？有鉴于此，笔者对之评价不高，并认为若想了解和欣赏穿越历史类小说，男性作家中，除开介绍第一代网络小说提及的《新宋》，较晚近的作品仅参阅榴弹怕水的《绍宋》和七月新番的《秦吏》即可，前者可谓新时代的历史演义，写出了历史大变局中人的成长（穿越者成了仓皇南逃的宋高宗），最后痛痛快快地圆了炎黄子孙千百年来挺起脊梁、一雪靖康之耻的历史情结；后者又是科班出品，对秦一统六国的过程有精彩描述。女性作家中，蓝云舒的"大唐明月"系列与历史氛围嵌合极佳，亦值得推荐。

说到女性作家，现代文艺创作的另一大趋势便是女性的大量参与，随之打开了广阔天地和各种新颖视角，中式奇幻领域也概莫能外。从上一节可以发现，传统的武侠小说作者，包括所谓港台新派武侠小说家，除笔者罗列的飘灯、沧月、盛颜、步非烟等几位（而且这几位无一例外都是当代人），可以说几乎没有女性，这符合我们的社会感知，也体现了女性解放思潮和平权运动的演进过程。近代以前，女性在创作上是被动者，女性作者及其作品在人类文学中的体量占比微乎其微，但越到当下，此比例越是急剧上升，并向着两性平等继续发展。在当代，女性作者可以充分释放她们的创造力，不仅能写作符合传统的审美标准、书写模式和价值判断的作品，更由于网络媒体的隐蔽性和隔离性，她们还可以不再理会男性和世俗无所不在的眼光，摆脱无形的压抑，打破刻板印象，探寻从前不被认可或被扭曲的欲望，写出具有反叛和颠覆意味的文字，诸如"耽美""女尊"等。

女性作者如今拥有晋江、红袖添香、潇湘书院、云起书城等女性用户占绝大多数的"女频网文"平台，连起点中文网也分化出起点女生网，这些公共空间使她们能不被干扰地进行女性主义的写作实验，在既有的条条框框之外表达自己的价值观和审美，寻找自己的"爽点"——一般而言，女性的文字总比男性更细腻、精练和紧凑，抒发的感情更为饱满，她们格外钟情于表达和渲染意境，其中的优秀作品与充斥着升级打怪的小白文的男性市场形成了鲜明对比。当然，女性创作未来还有很大提升空间，尤其是在占据市场龙头地位的超长篇小说的创作上，女性作者和作品似乎还偏少。

传统意义上，女性作者带有中式奇幻色彩的作品以古风言情（即所谓"古言"）为主，而武侠、史诗这样的刚性文学中几乎没有女性的天地，但如今在日新月异的发展浪潮中早已不局限于此。以笔者有限的阅读经验，抛开描述传统武侠轨迹时已罗列提及的那些女性作家作品，值得一提的佼佼者应包括：

架空世界方向下，红猪侠的《庆熹纪事》、雪满梁园的《鹤唳华亭》、海宴的"琅琊榜"系列、沉筱之的《恰逢雨连天》、青垚的《天子谋》、纳兰容若的《小楼传奇》及煌瑛的《一年天下》；

真实历史背景下，米兰Lady的"两宋梦华"系列（《孤城闭》《柔福帝姬》《御天香》《眼儿媚》《司宫令》《女君纪》）、西西的《哨鹿》《钦天监》、森林鹿的《唐宫奇案》、尚思伽的《太平鬼记》、水天一色的《乱神馆记》、孟晖的《盂兰变》、墨宝非宝的《永安调》、蓝色狮的《士为知己》、姞文的"秦淮故事"系列（《歌鹿鸣》《朝天阙》《琉璃世琉璃塔》《瞻玉堂》）及《长干里》、祈祷君的《木兰无长兄》、紫流苏的《风逝幽幽莲》、郁馥的《长安骊歌》、匪我思存的《寂寞空庭春欲晚》、关心则乱的《知否？知否？应是绿肥红瘦》；

武侠仙侠方向下，priest的《镇魂》《山河表里》《六爻》《杀破狼》《有匪》《无污染无公害》《烈火浇愁》《太岁》、意缥缈的《步剑庭》、藤萍的《吉祥纹莲花楼》《香初上舞》、十四郎的《斩春》、墨香铜臭的《魔道祖师》《天官赐福》、飞花的《摩合罗传》；

志怪玄奇方向下，尾鱼的奇幻悬疑故事系列（《半妖司藤》《怨气撞铃》《七根凶简》《三线轮回》《龙骨焚箱》《西出玉门》《开封志怪》《枭起青壤》）、尼罗的《无心法师》。

纵观21世纪以来的发展，可以说在网络这个最大助推器的促进之下，中式奇幻整体获得了从前不敢想象、不可思议的巨大跨越。新中国成立之后，通俗小说的创作与阅读因故出现长达几十年的大断层，如何接续文脉，闯出未来的道路，本是一个世纪性难题，谁曾料到网络乃至移动网络的出现呢？但任何事物均有辩证性和两面性，务必"居安思危"，不可盲目乐观。应当清醒地看到，数以亿计被网络小说吸引而来的普通读者或所谓的小白，他们并非文学爱好者，他们所进行的只是故事层面的浅层消费，并不绑定于文字形式。当技术手段更加成熟之后，他们对故事的需求很可能就会转向短视频、手机游戏乃至有声说书等其他形式。所以我们讲中式奇幻，不能局限在传统的写作范围之内，而网络小说也决不能因为暂时的繁荣就高枕无忧，否则随时可能变成下一个时代的恐龙——这就好比仙侠修仙小说一度是资本捧为上宾的香饽饽和影视改编的重点，但由于无底线制作太多，影视化和文本之间往往存在巨大落差，许多观众一度抛弃了这个被贴上"烂片"标签的领域。

回到电子游戏领域，国产单机游戏经历短暂辉煌之后，由于先天发育严重不足，迅速倒在网络发展的大潮之中，继之而起的是MMORPG，这也是迄今为止我国在移动游戏之外唯一能与国外分庭抗礼的游戏类型。与网络文学相似，网络游戏在中国也大致兴起于2000年前后。[①] 1996年，中国内地最早的文字网络游戏（MUD）《侠客行》上线，仅仅几个月后类似游戏便遍地开花、生根发芽，它们大都源自武侠小说，但还过于小众，操作较为繁琐。2001年，韩国游戏《传奇》由盛大公司引入中国，成功使得网络游戏进入大众视野。[②] 2002年网易开发的回合制MMORPG《大话西游2》成为第一款取得巨大成功的国产原创网络游戏，2003年其精神续作《梦幻西游》上线取得更大成功，直到二十年后的今天仍是全球收入和在线人数前十的网游，"西游"系列也一直是网易游戏的金字招牌。

2005年，美国暴雪公司的《魔兽世界》登录中国，这款划时代的即时制MMORPG对网游有巨大的推动和示范作用，虽然日后许多游戏都号称要挑战乃至颠覆《魔兽世界》，但在以组队协作对抗为主要游戏方式的"DOTA类"游戏和大逃杀生存模式为主要游戏方式的"吃鸡类"游戏出

[①] 由于网络小说和网络游戏的首要用户均为二十岁左右的年轻人，两者的发展轨迹出现高度重叠并不奇怪。
[②] 这款游戏是游戏史上第一款同时在线人数突破五十万人的作品。

现以前（两类游戏的代表分别是《英雄联盟》和《绝地求生》），《魔兽世界》始终牢牢占据着网游的头把交椅。此前推出"剑侠情缘"单机系列的西山居便以《魔兽世界》为学习模板，结合中国丰厚的武侠文化底蕴，制作了脍炙人口的《剑侠情缘网络版3》（简称《剑网3》）。当然，中国游戏能攻城略地，靠的不光是独特的文化韵味，更借助于超乎常规的"免费模式"。此模式诞生于2006年巨人网络的原创网络游戏《征途》，同时代国外游戏通用的按时间计费制度被精明的中国人改为五花八门的道具收费，直观地说是把付费与游戏效率、游戏体验直接绑定，从客户端时代到移动游戏时代一路改良贯彻到底，不但赚得了海量"氪金"，还塑造了整整一代人的消费习惯。

总体来看，国产客户端网游自21世纪初开始，与国外的《传奇》《魔兽世界》等名作并行竞争发展，经过十余年拼杀有了丰富积累，与早早败下阵来的国产单机游戏的命运有天壤之别。国产网游以幻想类MMORPG为主，这亦是中式奇幻赖以存续的主要载体之一，到目前为止（2020年前后），存活下来质量较好的中式奇幻MMORPG包括西山居的《剑网3》、网易的《梦幻西游》《逆水寒》《天下》《倩女幽魂》、腾讯的《天涯明月刀》、网元圣唐的《古剑奇谭网络版》以及完美世界的"诛仙"系列，这些游戏亦可称作国产原创客户端网游的大半壁江山。其中《剑网3》《逆水寒》和《天涯明月刀》是武侠游戏，[1]《古剑奇谭网络版》《梦幻西游》《天下》《倩女幽魂》和《诛仙》是仙侠游戏。面向未来，MMORPG面临的共同困境是缺乏可吸引的新用户，因此不约而同地采取开发移动端的方式，试图将这份遗产转移或部分转移到移动用户上。

2007年，苹果发布第一款iPhone，开启了智能手机时代，随后苹果和安卓应用商店的诞生为移动游戏的大发展彻底松绑，任何底层开发者都无须受制于发行公司，只要一台计算机和一根网线就能拥有发布机会，为满足玩家而直接开发游戏——这与网文连载平台显然有异曲同工之妙。

---

[1] 以《剑网3》最突出，作为一棵常青树，它保持了强大的亚文化辐射能力，涵盖大量小说、设定集及周边创作，乃至推出了衍生粤剧、舞台剧、电视剧和动画片。

在单机游戏时代和网络客户端游戏时代，我国由于客观因素始终慢人一步，处于亦步亦趋的模仿、跟随和学习之中，但在移动平台时代，我国即便没能站在初始起跑线上，也有幸与大多数西方国家进行平行竞争，终于能充分发挥出自己的优势与特点，而非苦苦追赶，累得上气不接下气。

2015年以后，大制作的精品级手机游戏在我国接连出现，亦迅速赢得广阔的海外市场。当年11月，腾讯游戏在手机端DOTA类游戏领域布局的名作《王者荣耀》上市，一年后日活用户便达数千万之多，注册用户超过两亿。《王者荣耀》完美体现了中国游戏一贯以来的开发模式，即起初大都从外国游戏"换皮"开始，① 通过持续不断的微创新和优化，保持高速迭代，最终走出特色道路，形成独有风格。

这也变相告诫我们，中式奇幻的理想是坚持自己的内核和审美，但绝非拒绝学习交流的闭门造车，类似"既然要体现汉字之美，以后就再也不用学英语了"之类的论调只能导致狭隘和落后。

目前在移动端中式奇幻游戏中，除拥有霸主地位的《王者荣耀》外，影响力较大的包括此前提到的《天涯明月刀》《诛仙》《梦幻西游》《逆水寒》等著名客户端游戏的移动版、专为移动平台开发的MMO《妄想山海》、水墨修仙游戏《一念逍遥》、《三国杀》移动版以及"天地劫"系列在移动端的新作《幽城再临》等等。② 网易出品的《永劫无间》实现了吃鸡类游戏的中国化，并在全球范围内拥有持续热度，亦在向移动端发展。

21世纪第二个十年的后半段，随着经济持续发展和STEAM平台③的进入，我国的单机游戏亦有了复兴迹象，新一代作品又以中式奇幻为龙头。在大投入商业游戏方面，有网元圣唐的仙侠游戏"古剑奇谭"系列（目前包括《琴心剑魄今何在》《永夜初晗凝碧天》《梦付千秋星垂野》及

---

① 如《英雄联盟》之于《王者荣耀》，如之前提到的日式角色扮演游戏之于《仙剑奇侠传》，再如《魔兽世界》之于《剑网3》等等。
② 至于与历史元素关联更大的SLG类游戏，如《三国志战略版》，以及声势如日中天的二次元游戏，篇幅所限，本文不作辨析介绍。
③ 平台始终是激活创造力的头号元素。

网络版）和"神舞幻想"系列，有甲山林公司的武侠游戏"天命奇御"系列；在独立游戏方面，有《太吾绘卷》《鬼谷八荒》《了不起的修仙模拟器》《觅长生》《汉家江湖》《部落与弯刀》《弈仙牌》《暖雪》《风信楼》《嗜血印》《暗影火炬城》《斩妖行》《大侠立志传》《末刀》及"纸嫁衣"系列等等。而数款被舆论寄托"破局"希望的3A级大制作《黑神话：悟空》《燕云十八声》《百面千相》《王者荣耀：世界》《代号：致金庸》等等正呼之欲出。

在这个时代，中式奇幻的载体除网络文学和各种游戏以及它们改编的影视剧之外，不得不提的还有动漫——所谓"动漫"，应理解为"动画"和"漫画"两个层面。在动画层面，抛开20世纪《大闹天宫》《九色鹿》《天书奇谭》《葫芦娃》等名作，进入21世纪后筚路蓝缕一路坚持下来的是玄机科技沈乐平导演的"秦时明月"系列，[①]在漫长的蛰伏期中，我国有意识地加大投入，不断培养动画人才、更新技术手段，此后才有厚积薄发——2015年豪取近十亿票房的《大圣归来》。以《大圣归来》的成功为标志与契机，动画市场的潜力得到充分验证，优秀作品开始井喷，如追光动画的"白蛇"系列和"新神榜"系列、彩条屋的《大鱼·海棠》和"中国神话"系列（《哪吒之魔童降世》《姜子牙》等）、视美影业的《一念永恒》《魔道祖师》《民调局异闻录》《历师》等改编动画版、MTJJ的"罗小黑战记"系列、若森数字的"画江湖之不良人"系列及《风语咒》、更三动画的"枕刀歌"系列、君艺心动画的"少年歌行"宇宙（《少年歌行》《君有云》《少年白马醉春风》《暗河传》）及《第一序列》、天工艺彩的《永生》以及"末世觉醒"系列、艺画开天的"灵笼"系列、《大理寺日记》系列、"狐妖小红娘"系列、"墓王之王"系列、"中国唱诗班"系列、"中国奇谭"系列、"雾山五行"系列、"山河剑心"系列、"眷思量"系列、"非人哉"系列、"有兽焉"系列、《深海》等等。

[①] 玄机科技也在"秦时明月"系列的长期坚持之后守得云开见月明，目前俨然成为中国3D电视动画的头牌企业，另有《武庚纪》《天行九歌》《天宝伏妖录》《斗罗大陆》《吞噬星空》《师兄啊师兄》等多部作品。

此种突破由点到线、由线到面，步子越迈越大。事实上，本书前面提到的许多网络小说，对后来者而言最佳欣赏方式之一可能就是观看相关改编动画。截至2020年，中国动画的整体水准俨然已追赶到美、日之后的第三名，3D技术和CG技术对日本实现了部分反超，2D动画领域亦在高速发展之中，在可预见的将来前景极其光明。

至于漫画层面，国内在黑白传统漫画发展尚不完备时提前进化到网络时代的条漫和彩漫，以分镜和故事讲述的弱化、质感相对欠缺为代价换取作品数量，初步满足了众多手机读者和年轻读者的阅读需求。快餐化的市场上固然多以IP改编为主，但也有一些不错的原创作品，如夏达的《长歌行》《步天歌》《子不语》、米二的《一人之下》、张晓雨的《面人麻生》、第年秒的《长安督武司》[①]、许辰的《镇魂街》、凯的《灵墟游记》、肖新宇的《绝顶》、无言的《山海师》、蒋家梅子的《尚善》、一汪空气的《非人哉》、RC的《大理寺日记》、STARember的《天官赐福漫画版》[②]、吴青松的《山海戮》、墨飞的《谷围南亭》《楚乌》、黄嘉伟的《狩魂曲》、早稻的《松风》、元子的《若风之声》、狐周周的《月满千江》[③]、吴森的《塔希里亚故事集》[④]……尤其是许先哲的《镖人》。许先哲摈弃了二次元风格的扁平画风，师法日本漫画名家井上雄彦，以粗犷的写实风书写隋末乱世，将无名侠客的故事巧妙置入历史的大背景之中，形成独特的硬派武侠时代漫画。

此外，传统连环画的最高成就虽在新中国成立初期，但在新时代亦维持着一方园地，其中又以云南九轩文化的名著原创改编最为出彩（《封神演义》《水浒传》等），延续了过往上海美术社《三国演义》《红楼梦》等作的优良传统。

---

① 此作因故已烂尾。
② 此作堪称IP改编类最佳。
③ 此作另有配书《春明梦余录》。
④ 此作走西方奇幻路线，是对"龙与地下城"的优秀改编。

附录　各大奇幻奖项

一、雨果奖

该奖创立于1953年，每年由世界科幻协会（World Science Fiction Society，简称WSFS）颁发，是所有幻想奖项中资格最老、影响力最大、分量也是最重的。一个经常被中国读者误解的问题是，"雨果奖"中的"雨果"并非取自法国文豪雨果之名，而是为纪念美国"科幻之父"雨果·根斯巴克（1884—1967）。根斯巴克作为科幻文学的先驱，20世纪初来到美国，系统性地提出"科学幻想小说"的概念，并创办了以《惊奇故事》（*Amazing Stories*）为代表的一大批科幻杂志，带来了美国科幻文学的繁荣。

"雨果奖"每年在世界科幻大会（World SF Convention）上颁布，大会举办地每年更换，经选举由世界各大城市轮流承办（绝大多数是在美国），截至2023年已举办八十一届。世界科幻大会同时也是幻迷们的节日，来自世界各地的幻迷、作者、艺术家和编辑们齐聚一堂，盛况空前。

"雨果奖"历史悠久，它本来主要颁给科幻作品，但自20世纪70年代末美国原创奇幻蓬勃兴起以来，"雨果奖"的得奖名单也逐渐发生倾斜，科幻开始让位于奇幻。21世纪的头一个十年里，"雨果奖"的重头戏"最佳长篇小说奖"竟已被奇幻作品夺魁六次，分别是2001年的《哈利波特与火焰杯》、2002年的《美国众神》、2004年的《灵魂骑士》、2005年的《大魔法师》、2009年的《坟场之书》和2010年的《城与城》（并列得奖），足见奇幻文学的强势！拥有"雨果奖"投票权的多为资深的忠实幻迷，他们虽然眷恋科幻文学，但比起纯粹由作家自选的"星云奖"，选择面又显得平民化、大众化了许多，故而奇幻作品能屡屡折桂。当然，作为奇幻主流的史诗奇幻并未获得该奖承认，其中"冰与火之歌"系列曾多次进入"雨果奖"长篇小说决选，可惜最终都告落选。

2016年后，因应美国的政治形势和社会思潮，"雨果奖"的风潮出现重大变化。2016至2022年间，几乎没有男性作者获得大奖，且小说选题愈发向种族话题和LGBT话题倾斜，"老白人"作家集体靠边站，最后闹到连提名也几乎全由女性组成的地步。个中种种，不再赘述。

"雨果奖"设立有"最佳长篇小说""最佳中篇小说""最佳短中篇小说""最佳短篇小说""最佳非小说类作品""最佳图画小说""最佳长剧""最佳短剧""最佳长篇编辑""最佳短篇编辑""最佳专业艺术家""最佳专业杂志""最佳同人志""最佳业余作者""最佳业余艺术家"等多个奖项。1996年起又增加了"回顾奖"，以奖励"雨果奖"尚未设立时的作家作品。

与"雨果奖"同时颁发的还有"约翰·坎贝尔纪念奖"，以鼓励新秀。

二、星云奖

该奖设立于1966年，每年由美国科幻与奇幻作家协会（Science Fiction and Fantasy Writers of America，原为美国科幻作家协会，1991年更名）评选和颁发。在各大幻想文学和文化奖项中，"星云奖"的影响力仅次于"雨果奖"，该奖奖杯为镶嵌在荧光树脂中的螺旋状星云。

"星云奖"的评选范围仅限于美国原创作品或在美国译介出版的外国作品，"星云奖"的参选作品必须由美国科幻与奇幻作家协会的会员推荐，且必须得到十个以上有效推荐才有资格参选。由于诸多限制（截至2022年，该协会在全世界仅有两千两百名会员），导致"星云奖"比"雨果奖"的"文青气"更重，而奇幻作品也相对较难以进入决选。

"星云奖"设立了"最佳长篇小说""最佳中篇小说""最佳短中小

说""最佳短篇小说""雷·布雷德伯里纪念奖"（奖励编剧）和"安德雷·诺顿纪念奖"（奖励青少年文学），还不定期地颁发"大师特别奖"和"名誉退休奖"，2018年又增加了"最佳游戏编剧奖"。21世纪里曾获奖的奇幻作品包括尼尔·盖曼的《美国众神》（2003）、路易丝·麦克马斯特·比约德的《灵魂骑士》（2005）、厄修拉·勒古恩的《力量》（2009）等。

三、世界奇幻奖

该奖设立于1975年，由每年11月底召开的世界奇幻大会（World Fantasy Convention）颁发，其奖杯从前是一尊H. P. 洛夫克拉夫特的半身像，2016后更改（前已提及，不再赘述）。值得注意的是，世界奇幻大会名字光鲜，但主要是作家、艺术家、收藏家等专业人士参与的聚会，重心不在于粉丝见面、游戏展示、娱乐表演、COSPLAY等"浅"层面。

按道理来说，"世界奇幻奖"理应是奇幻作品的最高荣誉，然而该奖采取每年推举五六名知名作家组成评委会的方式来进行奖项选举及裁定，每个奖项产生五六个提名作品，其中两个名额由此次和此前两年参加会议的成员投票产生，其余全部由评委会推选。如此一来，如果说"星云奖"是小圈子，那么"世界奇幻奖"就是更小的圈子！评委会的大作家们看重的往往是一些文艺性较强、但相对而言比较偏门的作品，甚至会选择大众购买不到的小规模出版物。由于争执不下，投票人数又过少，还会发生由大会管理者来决定最终获奖者的尴尬局面。因此，在"世界奇幻奖"获奖名单中，读者很难看到当年的流行作品，普通读者不太适合通过接触"世界奇幻奖"获奖作品来入门奇幻文学。

"世界奇幻奖"目前设立了"最佳长篇小说""最佳中短篇小说""最佳短篇小说""最佳多人选集""最佳个人文集""最佳艺术家""最佳职业人士""最佳非职业人士"和"终身成就奖"。21世纪以来的长篇获奖作品中，国人较熟悉的包括村上春树的《海边的卡夫卡》（2006）、苏珊娜·卡拉克的《大魔法师》（2005）、琼恩·沃顿的《尖牙与利爪》

(2004)、帕特里夏·麦奇利普的《幽城迷影》(2003)、厄修拉·勒古恩的《地海奇风》(2002) 等等，再往前回溯，如1986年的获奖作品帕特里克·聚斯金德的《香水》等，也是国人熟知的名作。

四、轨迹奖

该奖设立于1971年，由业内著名的《轨迹》杂志（*Locus Magazine*）颁发。

《轨迹》杂志作为专业幻想文学杂志，它不刊登小说，而全部登载业内新闻、评论、推介等内容，乃是读者了解世界幻想文坛的窗口。

"轨迹奖"完全来自读者投票（杂志会给出一份推荐名单，但读者不用按名单投票，可以投给自己想投的任何作品），使得它与前述的"世界奇幻奖"形成强烈反差。它的群众基础最好，能代表大众阅读口味，了解"轨迹奖"每年的提名作品，基本就能了解该年度幻想文坛的最新动态。

"轨迹奖"分为"最佳长篇科幻小说""最佳长篇奇幻小说""最佳长篇恐怖小说""最佳青少年长篇小说""最佳长篇处女作""最佳中篇小说""最佳短中篇小说""最佳短篇小说""最佳多人合集""最佳个人选集""最佳非小说/艺术类""最佳编辑""最佳杂志""最佳出版社"和"最佳艺术家"这几大奖项。21世纪里曾获"轨迹奖最佳长篇奇幻小说奖"的作品包括尼尔·盖曼的《蜘蛛男孩》(2006) 和《美国众神》(2022)、路易丝·麦克马斯特·比约德的《灵魂骑士》(2004)、乔治·R.R.马丁的《冰与火之歌（卷三）：冰雨的风暴》(2001) 等等。

截至2021年，历史上极受"轨迹奖"青睐的奇幻作家包括：厄修拉·勒古恩（八十次提名、二十四次获奖）、乔治·R.R.马丁（六十三次提名、十六次获奖）、吉恩·沃尔夫（七十四次提名、六次获奖）和尼尔·盖曼（三十七次提名、二十二次获奖）。

五、布拉姆·史铎克奖（Bram Stoker Awards）

该奖创立于1987年，由世界恐怖作家协会（Horror Writers Association）颁发，该奖以经典小说《德拉库拉伯爵》的作者布拉姆·史铎克之名命名，虽然还相当"年轻"，却是世界恐怖文学的最高荣誉。由于诸多奇幻小说都包含恐怖成分，所以获奖作品多为奇幻小说。

有趣的是，虽然"布拉姆·史铎克奖"跟"星云奖"一样由作家协会投票产生，但较为"亲民"。为扩大获奖范围也为防止小圈子之间互相吹捧，它立定宗旨要奖励该年"取得巨大成功"的作品，而非文学意义上的最佳。这样使得很多商业上获得成功的大作也能频频得奖，某种程度上增强了奖项的公信力和影响力。

"布拉姆·史铎克奖"分为"最佳长篇小说""最佳处女作""最佳青少年小说""最佳漫画""最佳中篇小说""最佳短篇小说""最佳多人选集""最佳个人文集""最佳非小说类""最佳非小说类短篇""最佳诗集""最佳影视改编""终身成就"等奖项。

六、奇幻创神奖（Mythopoeic Awards）

"奇幻创神奖"由研究托尔金和C.S.刘易斯的团队"创神会"创立和颁发。创神会（Mythopoeic Society）便是"创造神话"之意，它成立于1967年，起初仅在洛杉矶活动，后来扩展到整个北美，吸收容纳了"美国托尔金学会"，很快发展壮大。创神会欢迎一切关于神话的研究，只要对阅读、研究和写作神话与奇幻感兴趣，都可以加入成为其会员。它不仅定期出版三种刊物，甚至拥有一个小型出版社来刊发各类神话和奇幻方面的文章。此外，创神会每年还要召开颇具影响力的"创神年会"，会址基本在美国的各大高校，有时也在英国的大学内召开，譬如2005年，为纪念《魔戒》诞生五十周年，第三十六届创神年会就在英国伯明翰的阿斯顿大学——也就是托尔金的老家——召开。

"奇幻创神奖"是1971年以来，由创神会专门颁给在再造神话、奇幻创作等方面作出杰出贡献的文学作品和学术作品，奖杯被做成《纳尼亚传奇》中的狮子阿斯兰的形象。在诸多幻想文学奖项中，"奇幻创神奖"的影响力不算最大，但由于其学术背景，历来受到各界的尊重和敬仰。

奖项设立上，"奇幻创神奖"分为小说奖和学术奖两大部类，自1992年起，小说奖又被分为"成人文学奇幻创神奖"和"儿童文学奇幻创神奖"。历史上有很多我们耳熟能详的作家作品获得过"奇幻创神奖"，包括托尔金的《未完成的故事》、尼尔·盖曼的《星尘》和《蜘蛛男孩》、路易丝·麦克马斯特·比约德的《查里昂的诅咒》、苏珊娜·克拉克的《大魔法师》、特里·普拉切特的《帽子的天空》、J.K.罗琳的"哈利·波特"系列等等。

七、英伦奇幻奖（British Fantasy Awards）

该奖创立于1972年，由英国幻想协会（British Fantasy Society）颁发，前身是"奥古斯特·德莱斯奇幻奖"，以继承H.P.洛夫克拉夫特衣钵的奥古斯特·德莱斯之名命名，1976年后扩充并改称"英伦奇幻奖"（"奥古斯特·德莱斯奇幻奖"在2011年前仍作为"英伦奇幻奖"之中的"最佳长篇小说奖"存在，2011年后改为其中的"最佳长篇恐怖小说奖"），每年由该协会成员内部进行提名投票和获奖投票。由于协会成员大都是英国人，该奖获奖作品也以在英国本土出版的奇幻作品为主，与"雨果奖""轨迹奖"等稍有不同，但大抵也能代表欧美读者的主流口味。

目前，"英伦奇幻奖"分为"最佳长篇奇幻小说""最佳长篇恐怖小说""最佳中篇小说""最佳短篇小说""最佳小出版物""最佳漫画""最佳非小说""最佳艺术家""最佳多人选集""最佳个人文集""最佳新人"等奖项。该奖获奖作品里为国内读者熟悉的包括尼尔·盖曼的《蜘蛛男孩》（2006）、斯蒂芬·金的《黑暗塔》（2005）等。

八、大卫·盖梅尔传奇奖（David Gemmell Legend Award）

该奖创立于2008年，乃是最年轻的奇幻奖，也是所有奇幻奖项中血统最"纯"的，因是纪念"新英雄奇幻"大师大卫·盖梅尔而设立，参选作品也被要求必须秉承盖梅尔的写作精神。

实际上,"大卫·盖梅尔纪念奖"是史上第一个完全由网友票选的奇幻文学奖,2009年第一届"大卫·盖梅尔奖"号称收到来自七十五个国家和地区的超过一万张选票。该奖原本只设立"最佳奇幻小说奖",2010年的第二届又增加了"最佳封面"和"最佳奇幻新秀"两个奖项。

2009年,该奖被颁给波兰作家安杰伊·萨普科夫斯基的"猎魔人"系列第三本《精灵之血》;2010年获奖的是格拉姆·麦克尼尔(Graham McNeill)的《帝国:西格玛之传奇》(Empire: The Legend of Sigmar,属于"战锤"系列);2011年获奖的是布兰登·桑德森的《王者之路》;2012年获奖的是帕特里克·罗斯福斯的《风之名》;2013年获奖的是布伦特·维克斯的《夺光刃》;2014年获奖的是马克·劳伦斯的《荆棘帝国》;2015年获奖的是布兰登·桑德森的《光辉真言》;2016年获奖的是马克·劳伦斯的《骗子的钥匙》;2017年获奖的是盖文·索普(Gav Thorpe)的《战争猛兽》(Warbeast,属于"战锤"系列);2018年的获奖者是罗苹·荷布的《刺客命运》。

2019年以后,"大卫·盖梅尔传奇奖"因故停办。

九、鲁斯凡爵士奖(Lord Ruthven Awards)

该奖创立于1989年,由鲁斯凡爵士会(The Lord Ruthven Assembly)出资设立,该协会是国际幻想艺术协会下一个关于吸血鬼/幽灵艺术形象的学术组织。"鲁斯凡爵士奖"是奇幻子流派的奖项代表,专门颁发给拥有吸血鬼角色的小说与非小说,并在每年的国际幻想艺术大会上宣布。

鲁斯凡爵士原本是英国诗人拜伦的秘书兼私人医生约翰·波李道利以拜伦未完成的吸血鬼故事为大纲所写的中篇小说的主人公,其性格作风均与拜伦本人神似,生性冷酷、面貌俊美,拥有诱惑女子的危险魅力,是英文小说中第一个经典吸血鬼形象。

"鲁斯凡爵士奖"分小说、非小说和影视/流行文化类三类,如果当年某一项目没有足够优秀的作品问世,则保持空缺。其中影视/流行文化类奖项是2003年才设立的，主要颁发对象是HBO电视剧《真爱如血》这样的影视作品。

十、甘道夫奖（Gandalf Awards）

本奖与"大卫·盖梅尔奇幻奖"一样"中道崩殂"，且延续时间更短，从1974年到1981年仅仅颁发了八届。之所以介绍到它，是因当年它与"雨果奖"同时投票、同时颁布，每年从五六位奇幻作家中推出一位得奖者，以奖励古早的奇幻大师与名人，可以说是对他们历史地位的肯定。得奖或获得提名的奇幻大师包括J. R. R.托尔金、波尔·安德森、斯普拉格·德·坎普、弗里茨·莱伯、厄修拉·勒古恩、C. S.刘易斯、安德雷·诺顿、雷·布雷德伯里、迈克尔·摩考克、罗杰·泽拉兹尼、杰克·万斯、安妮·麦考菲利、帕特里夏·麦奇利普、玛丽安·纪默·布雷利和C. L.摩尔等。

值得注意的是，"甘道夫奖"也是著名奇幻编辑林·卡特离开巴兰亭书社以后亲自赞助并设立的，某种程度上可视为"巴兰亭成人奇幻丛书"的精神延续。

后　记

在这本《巨龙的颂歌：世界奇幻小说简史（典藏版）》收笔之际，我收到了一本沉重得惊人的原版新书《龙与地下城的艺术与魔力：一部图像史》（Dungeons & Dragons Art & Arcana: A Visual History），作者为迈克尔·怀特威尔（Michael Witwer）。

这是一本好书，让我击节赞叹、手不释卷，对比自己这本即将付梓的拙作，不免感到些许遗憾。

最大的遗憾莫过于《龙与地下城的艺术与魔力》是一本业界顶尖的、不惜成本和代价制作的图文混排精装大开本，带有几百张极具收藏价值的精美插图，而我们的《巨龙的颂歌》，考虑到版权及其他因素，做了大量视觉图像上的精简。

遥想2016年前后，我曾以《巨龙的颂歌》为蓝本，向出版社提议推出一部《奇幻名著精粹》，同样是图文混排的精装大开本，内容上用几十部最优秀最具代表性的奇幻作品来串联整个奇幻史，外观形式和美术风格与这部《龙与地下城的艺术与魔力》有异曲同工之妙。但很可惜，仍是由于各种客观因素限制，此书目前未能和读者见面。

此外，因为本书主题太大，时间跨度太长，而前面部分依据的底本只是十余年前写成的旧版《巨龙的颂歌》，并未彻底推倒重来，因此难免在体例上显得不够灵活，部分资料也略显陈旧。

再者，本书的中文奇幻部分多涉及近现代社会变迁，付梓之际略有精简，读者可从书中介绍的人物和书籍出发，进行拓展阅读。

遗憾本就是生活的一部分，而世界继续滚滚向前。放在您手中的这部典藏版《巨龙的颂歌》，可以说是作者的爱好之作、心血之作，抑可称为截至目前，中文世界对奇幻作品乃至奇幻文化前所未有的大总结，但安知若干年后，它不会以崭新的进化形式再次呈现在您眼前呢？

我知道很多读者在购书前都会先翻到最后，看看结局，看看后记，看看作者到底想说些什么。对这么一本长达三百多页、将近三十万字的书籍来说，这或许并不是一个过分的要求。作为作者的我，此番就在后记里就读者可能最关心的三个问题做一总结，以此作为本书的精华浓缩——或称本书的"太长不看版"。

首先，什么是科幻？什么是奇幻？

可以形象地认为，我们自身所处的现实宇宙的"魔法体系"就是科学，只有科学能够正确地认知这个世界，并且被这个世界的客观现实检验和验证。只有科学能帮助我们超越人体的物理限制，实现各种天马行空的目标，而其他不能被世界的客观现实检验和验证的能力或认知就是"伪科学"，或者说"魔法"。

以此为基础来考察文学作品和文化产品，含有符合科学认知的幻想元素的作品就是科幻，含有不符合科学认知的幻想元素的作品就是奇幻，假设某些作品同时包含这两类幻想元素，就看谁占据主导抑或干脆称之为"科奇幻"这样的杂交种。

现代科幻和现代奇幻都是近代"科学革命"之后诞生的，其中科幻诞生稍早，顺应着时代变迁的潮流；奇幻诞生稍晚，某种程度上是对科幻的反叛。

科幻的乐趣在于现实性和前瞻性，由于它离不开"科学革命"以后产生的科学认知，因此必然倾向于描述客观世界，主要或部分地呈现现实主义乃至后现实主义，同时对未来进行各种乐观或悲观的预测。

与之相对，奇幻的乐趣在于复古性和多元性。我们通过奇幻作品，回到已经消逝的世界或者大胆前往与现实宇宙完全不相容的世界。尽管现实宇宙的"魔法"目前看来只有一个大体系，但幻想宇宙的魔法可以有无数体系。

而对于一些杂交品种，例如"星球大战"这样的科奇幻，读者在意的其实不是科技是否合理或具有前瞻意义，只是希望品味科幻文化创造的某些独特的时代背景，例如太空歌剧、宇宙大战、机甲对决等等。从精神本质上说，或许科奇幻更倾向于"奇幻"。

由此引向了第二个问题，即西式奇幻和中式奇幻的区别。

简单来讲，典型的西方奇幻的核心部分，或者说"复古乐趣"所在的部分，乃是对欧洲中世纪生活方式和精神内核的幻想，与之相对，中式奇幻其乐趣的核心部分是对"唐宋元明清"稳定的大一统传统社会的幻想。这并不是说作品的时代背景一定必须设定为古代，但即便不在古代，往往也逃不开其中元素的主宰。

二三十年前刚开始大规模接触幻想作品的时候，我看了很多优秀之作，并想当然地认为，现代奇幻有一个统一的审美，所谓东方西方无非是调味的不同罢了。在成功的奇幻作品上面加上东方"元素"或东方"风味"，就可以成为优秀的东方奇幻作品，因此我们应该做的就是大力实施拿来主义，并找准机会去"嫁接"。

现在回头看来这样的认知未免失于肤浅。无论《刺客信条》怎样改编，它和"荆轲刺秦王"就是两种文明诞生的不同物品，从"中世纪"之中结出的果实和"大一统"王朝就是味道不一样。而我们未来应该追求的，希望像《三体》那样获得世界性成功的，或者说甚至在人文层面超越《三体》的本土奇幻作品，必须做到在本民族和世界大众的心中都引起共鸣，所谓"只有民族的，才是世界的"。什么意思呢？若以《冰与火之歌》和《红楼梦》这样的伟大作品为例，我们不应该苦苦思索如何在《冰与火之歌》之中加入《红楼梦》的因素，而是应当大胆地以《红楼梦》为底盘，借鉴部分《冰与火之歌》的写法，这是一个以谁为主的问题。

这样的主体意识，反倒在我国的网络小说作者的创作中得到了极大彰显，有的作者阅读面相对较窄，思维却也因之更为"纯粹"；有意识进行"正统"奇幻创作的作者们，有时却受到阅读倾向的制约而容易被束缚。

最后，阅读兴趣。

我的阅读积累和知识兴趣，诚实地说，更多的还是倾向于西方成体系、各方面高度发达的奇幻，无论何时回顾，都让人有种欲罢不能、宽广宏大的感受，而我们国内的奇幻还在高速发展之中，虽然本书我花去了接近三分之一的篇幅来讲述"中式奇幻"，但同时我也指出了它还是很不成体系的，甚至处于严重缺乏自觉的混沌状态。

在我看来，要想成为现代奇幻——准确说是西方奇幻——的毕业生，你至少需要了解以下部分，假设让我开科讲课，我认为这些部分就是百年来奇幻文化真正流传下来的结晶，也是奇幻这门学科的"必修课"和精讲精读部分：

五个影响力最大的小说系列及其相关IP作品、衍生作品：

"魔戒"系列、"冰与火之歌"系列、"猎魔人"系列、"克苏鲁神话"系列和"哈利·波特"系列；

三个最核心的桌上游戏系列及其相关IP作品、衍生作品：

"龙与地下城"系列、"万智牌"系列、"战锤"系列；

作为奇幻文学主干的"旧史诗奇幻"和"新史诗奇幻"的核心作品（不含上面已经提及的小说）：

"时光之轮"系列、"回忆，悲伤与荆棘"系列、"刺客"系列、"三界宙"系列、"第一律法"系列、"第二次毁灭"（或称"前度的黑暗"）系列和"马拉兹"系列；

CRPG的发展史及其发展历程中最耀眼的几部奇幻作品：

"上古卷轴"系列、"龙之世纪"系列、"永恒之柱"系列，"暗黑破坏神"系列、"魂"系列；

网络角色扮演游戏方向的《魔兽世界》及其相关作品和IP文化。

网络竞技游戏方向的《英雄联盟》及其相关作品和IP文化。

以此感悟为后记。

屈　畅